LE BIGORNEAU

AMOUREUX

Copyright @ Arnaud Lequertier 2017

Dépôt légal : Juin 2017

ISBN : 978-2-9561017-1-0

Arnaud Lequertier

Le bigorneau amoureux

Roman

Si tu peux voir détruit l'ouvrage de ta vie
Et sans dire un seul mot te mettre à rebâtir,
Ou perdre en un seul coup le gain de cent parties
Sans un geste et sans un soupir ;
[...]
Alors les Rois, les Dieux, la Chance et la Victoire
Seront à tout jamais tes esclaves soumis,
Et, ce qui vaut mieux que les Rois et la Gloire
Tu seras un homme, mon fils.

Rudyard Kipling (1910),
traduit de l'anglais par André Maurois (1918)

PREMIÈRE PARTIE :
LE BIGORNEAU

« *La vie est difficile. Si nous souffrons, ce n'est pas tant à cause de la difficulté de la vie que de notre croyance en une vie facile.* »
(Scott Peck)

Mardi 28 janvier 2010, 1 h 15 du matin

Dans la vie, certaines personnes ont de la chance, d'autres moins. J'ai toujours eu le sentiment d'appartenir à cette seconde catégorie, comme si je n'étais pas né sous une bonne étoile. Comment expliquer sinon que j'ai hérité de la toison orange de ma grand-mère paternelle dans une famille où la seule originalité capillaire se jouait dans les nuances de brun ? Un brin de chance, était-ce trop demander pour une fois dans ma vie ?

1.

En ce lendemain de Noël, les yeux clos, Aurélien respirait à pleins poumons. Une fois n'est pas coutume, il n'avait pas hésité bien longtemps lorsque des amis d'enfance lui avaient proposé ces quelques jours de vacances à Courchevel. C'était l'occasion rêvée de changer d'air en passant un Nouvel An inédit et exotique à la montagne, tout en s'épargnant les affres de la recherche des sempiternels plans de dernière minute. Cela faisait des semaines maintenant qu'il attendait cette grande bouffée d'oxygène, avec le même mélange d'impatience et d'excitation qu'un enfant éprouve au mois de décembre. En même temps, les derniers jours au bureau lui avaient semblé si longs, presque sans fin, à tel point qu'il se sentait devenir *un véritable « Bill Murray de la comptabilité »*[1].

Il rouvrit les yeux. Les nuages étaient aux abonnés absents, laissant toute latitude au soleil pour lui réchauffer l'épiderme. Maxime, son plus vieil ami d'enfance, et lui partageaient le télésiège avec deux adolescents, habillés à la dernière mode de Snowboard magazine et surexcités à l'idée de leur semaine : la glisse, les potes, les filles... Aurélien les écoutait et souriait malgré lui. Une bonne dizaine d'années les séparait, peut-être plus, et pourtant leurs programmes se recoupaient en tout point. La remontée mécanique toussota sur quelques mètres avant de s'immobiliser. Il en profita pour admirer à nouveau l'immensité blanche à perte de vue, sur laquelle des petits bonshommes laissaient de fugaces empreintes. *Au fond, comme nous sur la Terre*, philosophat-il en son for intérieur.

— Alors Aurélien, il est pas impressionnant ce domaine ? s'emballa Maxime en lui tapant sur l'épaule.

— C'est exactement ce que j'étais en train de me dire, abonda-t-il après avoir manqué de laisser échapper un bâton au beau milieu des sapins. Merci encore pour l'invitation ! On va passer une pure semaine, *I gotta feeling* !

---

[1] Tout le monde n'a pas la chance du personnage de Bill Murray dans le film *Un jour sans fin* de vivre et revivre indéfiniment le jour de la marmotte à Punxsutawney au côté d'Andie MacDowell.

— High five ! Mais remercie plutôt mon oncle qui nous loue quasi gracieusement le studio. Et puis je trouve ça cool qu'on puisse se faire un truc tous ensemble, on ne te voit plus trop ces derniers temps, depuis que Môssieur vit à Paris...

— C'est vrai, j'avoue. En même temps, les derniers mois ont filé à une telle vitesse, je n'en reviens pas moi-même... Mais bon, on a toute une semaine pour rattraper le temps perdu !

— Carrément ! C'est juste dommage que les deux feignasses de Lucas et Julien ne se soient pas motivées cet après-midi. Je te jure, ces deux-là... Au moins, ils seront en forme pour ce soir. D'ailleurs, c'était sympa la fondue hier soir ?

Un léger balancier s'opéra avant le redémarrage complet.

— Très sympa oui... Une excellente mise en bouche, précisa Aurélien, avant de s'évader quelques instants du télésiège.

Au fil de la fondue, les bouteilles de *Roussette de Savoie*[2] tombaient au rythme des croûtons, happés par les fromages mouvants vers la fonte de l'appareil. *Quoi de mieux qu'une bonne fondue pour lancer une semaine au ski !* Entre deux souvenirs d'enfance, il les écoutait s'étendre sur leur vie à tour de rôle. Il était tellement content de les retrouver, même Lucas qui comme à son habitude, ne pouvait s'empêcher d'en faire des tonnes. *Dire qu'il était aussi timide que moi à l'époque du collège...* Égaré dans l'espace-temps, Aurélien fit répéter Julien.

— Je te demandais quelles étaient les dernières nouvelles pour toi, Aurel'...

— Moi pas grand-chose, la routine... Pas mal de boulot ces derniers mois, quelques week-ends à droite à gauche et surtout la préparation du marathon de Chicago, qui a d'ailleurs été la croix et la bannière à négocier avec le bureau.

— T'as réalisé quel temps déjà ? lui demanda Maxime.

---

[2] L'association cocasse avec la couleur de cheveux d'Aurélien avait décidé Lucas, dont les connaissances en œnologie se limitaient à quelques grandes appellations.

— Trois heures, dix minutes et vingt-neuf secondes. C'est bien, mais je visais un peu mieux...

— C'est déjà énorme ! Ça fait quoi, du 12 km/h ?

— Plutôt 13,3.

— Dire que je ne tiendrais même pas cette allure sur trois kilomètres..., renchérit Julien, tandis que les autres opinaient la bouche pleine.

— Vous vous sous-estimez les gars, même si c'est vrai que physiquement, je suis plutôt en forme en ce moment. Après je vous l'ai déjà dit, la course de fond, ce n'est qu'une question d'entraînement.

Le fromage déclinait à vue d'œil, les fourchettes crissaient et la fatigue du trajet (à moins que ce ne soit la « Roussette ») rattrapait les compagnons. Maxime insista néanmoins pour leur faire découvrir le génépi, le digestif local, et Aurélien pour aller prendre un dernier verre. Pour ce dernier qui écumait chaque week-end les bars et boîtes de la capitale jusqu'à l'aube, la nuit était encore jeune et à seulement quelques mètres de là, la soirée semblait battre son plein...

— Un verre alors, concéda Lucas.

Après deux tournées de vodka-redbull, les quatre amis investirent la piste qui ne les avait pas attendus. Les déhanchements de Maxime captèrent rapidement l'attention, et au fil des chansons, Aurélien débranchait et se lâchait de plus en plus. Mais ça, c'était avant le drame, avant que Julien ne lui bégaye à l'oreille. « Sois discret Aurel', mais je crois que t'as une touche. À trois heures. » Oubliant totalement le volet discrétion, il s'empressa de tourner la tête et croisa furtivement le regard d'une jolie petite blonde.

— Tu parles quand même pas de la blonde ?

Julien lui confirma d'un léger hochement de tête.

— Tu l'as bien regardée ? Impossible...

Malgré tout, cette toison d'or agit très vite sur Aurélien comme un paralysant aimant. Et bien qu'au diapason avec le son aux accents hip-hop, ses pas perdirent brusquement de leur relâchement, de leur fluidité. Ses globes oculaires lorgnaient irrésistiblement sur cette pépite. Presque à portée de main, elle murmura quelques mots à l'oreille d'une amie, dont le regard se porta aussitôt sur le jeune homme.

Aurélien ressentit alors l'urgent besoin d'inspecter ses chaussures, puis releva la tête. La jolie blonde souriait encore. *Probablement juste heureuse d'être là... En même temps, Courchevel à Noël y a pire !* Elle arborait un sourire à tomber, de ceux qui l'avaient toujours rendu sourd aux élans de son cœur, et complètement muet. Et sans Lucas, il ne lui aurait sûrement jamais adressé la parole. Au propre comme au figuré, Lucas le poussa vers elle, manquant de peu de la renverser.

— Oh, pardon ! Je suis désolé, on m'a poussé... Ça va, je vous ai pas fait mal ?

— Quoi ? lui demanda-t-elle dans l'assourdissant bruit des basses.

— Rien, je disais que j'étais désolé... Bonne soirée, bafouilla-t-il d'une voix hésitante en tournant déjà les talons.

Incapable de profiter de sa chance, il tenta de s'expliquer avec Lucas dans le brouhaha. Aurélien, dès qu'il s'agissait de draguer, se transformait en une sorte de Jean-Claude Duss moderne et chevelu, espérant comme lui, qu'effectivement « on ne sait jamais, que sur un malentendu, ça peut marcher », mais oubliant la première partie de l'équation « Oublie que tu n'as aucune chance, vas-y fonce ! ». Et au milieu de ces palabres, elle finit par quitter le pub, non sans un ultime regard.

Se pourrait-il que je lui aie plu ? Ce serait bien surprenant, mais après tout, tous les goûts sont dans la nature... Ah, j'aurais dû aller lui parler, au moins j'en aurais le cœur net... Allez, c'est décidé : si jamais on la recroise dans la semaine, je vais lui parler...

— Aurel' ? Aurel', tes skis ! le brusqua Maxime à l'approche des tout derniers pylônes du télésiège. T'étais encore perdu dans tes pensées, toi ?

La barre relevée, le duo se laissa glisser jusqu'à l'intersection de deux départs de piste : à droite, *les Suisses*, une noire assez technique d'après Maxime qui la connaissait comme sa poche, et tout droit, *les Montagnes Russes*, une rouge bien roulante.

— Allons tout droit, si ça te va. Ça nous permettra de digérer.

— Ça marche Aurel', on se voit en bas !

Le temps d'enfiler ses dragonnes, Aurélien admirait le ski très propre, la technique irréprochable de Maxime, aussi à l'aise sur les pistes le jour que la nuit. Aurélien s'élança à son tour. Il poussait de toutes ses forces sur les bâtons et minimisait les virages pour maximiser sa vitesse. Le vent lui caressait le visage. Il n'apercevait plus Maxime, mais se sentait bien, libre, presque sûr de lui. Il était là où il devait être...

Les quatre fers en l'air, il ôta les plaques de neige de son visage. Ses fausses Rayban aviateur étaient en puzzle, ses skis en ordre dispersé : l'un était resté planté quelques mètres en amont, l'autre avait dévalé nettement plus bas. *Sacrée gamelle !* s'amusa-t-il sur le coup. Il ressentit alors une légère gêne au genou droit, mais rien de très douloureux. En y réfléchissant, il revoyait bien son décollage incontrôlé sur cette bosse sournoise, mais ne gardait, en revanche, aucun souvenir de sa chute. Des skieurs charitables lui rapportèrent rapidement ses spatules avant de s'enquérir de son état. Il les rassura et se décida à se relever pour rechausser. Maxime allait l'attendre. Mais sous son poids, son genou droit se déroba. Il s'affala de nouveau dans la neige. Pour de bon cette fois.

Il peina à respirer, pressentant instantanément le pire. Le joli ciel bleu sans l'ombre d'un nuage, qu'il contemplait encore du télésiège cinq minutes plus tôt, venait de lui tomber sur la tête.

2.

Aurélien n'y croyait pas. Plutôt, il ne voulait pas y croire. Plusieurs minutes, il resta ainsi, prostré et sans voix. Jusqu'à ce flash.

— Très bien, un forfait *Domaine des Trois-Vallées*. Souhaitez-vous prendre l'assurance, qui ne s'élève qu'à quarante-cinq euros pour la semaine ?

Il avait un instant regardé derrière le guichet cette employée dont les formes faisaient ressortir son badge. Sybille[3], il aurait dû se méfier.

— Non merci, ça ira. Il ne m'est jamais rien arrivé jusqu'ici, avait-il souri en tapotant le bois du comptoir.

« Mais, quel con ! Quel con ! », s'époumona-t-il sans parvenir à quitter des yeux ses bâtons profilés par la chute et plantés devant lui. Mais il lui fallait maintenant penser à la suite et il n'y avait pas trente-six solutions.

— Les secours arrivent d'ici une petite vingtaine de minutes, Monsieur. Ne bougez pas.

Ne pas bouger. *Je ne rêve pas, cet abruti vient bien de me dire de ne pas bouger... Si je l'avais en face de moi celui-là...* Hors de lui, il fixait silencieux l'éclat sur l'écran de son téléphone : il était salement amoché, mais marchait toujours, lui... Il tenta à ce moment-là d'avertir Maxime qui devait réellement commencer à s'impatienter. En vain. Ses appels à Lucas et Julien ne rencontrèrent pas plus de succès ; Aurélien les imaginait aisément, allongés sur le canapé en pleine sieste au son de la télévision. *Ah, si seulement j'étais rentré avec eux...*

Seul et perdu dans l'immensité blanche, Aurélien se refaisait le film (plutôt le court-métrage) des dernières heures. Lui qui depuis toujours se plaignait de manquer de chance à la moindre broutille du quotidien faisait enfin connaissance avec ce qu'il convenait d'appeler, la poisse. Vociférant contre les salves de passagers innocemment perchés sur leur télésiège et à l'attitude jugée inquisitrice, des larmes affluèrent

---

[3] Si Aurélien avait été plus attentif en cours de mythologie grecque, il se serait méfié de ce nom, attribué jadis à des femmes dotées de la connaissance de l'avenir et du don de prophétie.

mais butèrent sur la membrane de ses yeux. Ce n'était pourtant pas l'envie qui lui manquait, mais depuis sa plus tendre enfance, Aurélien avait pris l'habitude d'enfermer ses émotions à double tour à l'abri des regards. Et ce jour ne dérogeait pas à la règle. Incapable de pleurer, il se tapait frénétiquement sur le crâne, de colère, de dépit, mais pas uniquement. À cet instant précis, il caressait encore l'espoir enfantin de se réveiller de ce cauchemar...

— Monsieur Tissot ?

Aurélien releva la tête et opina timidement. Un grand gaillard bronzé au fort accent du Sud l'invita à lui décrire précisément les circonstances de l'accident. En quelques phrases saccadées, Aurélien lui relata sa descente rapide, la bosse sournoise, son envolée et son genou sans ressort, tandis que Franck, le secouriste, l'installait avec la plus grande précaution sur son traîneau, sous un amas de couvertures.

— Au moins, je ne risque pas l'hypothermie...

— C'est le but en effet.

— ... C'est grave selon vous ?

Son visage hâlé resta un instant interdit. Un bref silence suffisant pour Aurélien. Franck se garda bien de tout autre commentaire médical que le prudent « On en saura plus après l'examen et la radio du médecin de station. », mais cela sentait la rupture des ligaments croisés à plein nez. Il faut dire qu'il en ramassait des dizaines d'Aurélien par saison, pour l'essentiel des nantis de Parisiens et autres Anglais, à qui il offrait une dernière (et onéreuse) descente sur ce majestueux manteau blanc. Conformément à sa formation, Franck ne cessa de s'enquérir de l'état de son jeune passager, de son confort. Assailli de toutes parts d'idées plus noires que les pistes les plus coriaces du domaine, celui-ci répondait aussi laconiquement que mécaniquement au sauveteur, dont le sourire Colgate devait faire des ravages en station. Par-dessus tout, Aurélien mourrait d'envie de chasser toute l'attention que captait son attelage de l'infortune. Il n'avait jamais aimé être au centre des regards, alors là...

— Bonne chance ! lui souhaita Franck en le confiant à l'ambulancier.

— Merci pour la balade. Combien je vous dois ?

Cette fausse nonchalance ne dupa personne. Aurélien était tout sauf décontracté. Les minutes s'égrenaient et il soupirait tant qu'il pouvait à la vision des pistes ensoleillées qu'il ne foulerait pas de sitôt. *Bon, il la termine sa clope, oui !* Adossé à l'arrière du véhicule, l'ambulancier aussi large que haut guettait, une cigarette à la main, le flanc de la montagne. *Mais qu'attendons-nous bon sang ?*

— S'il vous plait ? Y en a encore pour longtemps ?

L'homme disparut au même moment, laissant pour seule réponse à Aurélien d'intenses cris de douleurs. D'abord perplexe, Aurélien comprit très vite : *d'une ambulance, deux éclopés – à Courchevel comme ailleurs, la productivité règne en maître.* La malheureuse avait la cinquantaine, une combinaison d'un autre temps tout droit sortie des *Bronzés font du ski*, abaissée jusqu'à la taille. Le bras gauche le long du corps, elle semblait souffrir le martyre. Toujours exempt de douleurs, le jeune homme se prit à espérer pour ses ligaments. *Quand j'y pense maintenant, les footballeurs qui se font les croisés se tordent de douleurs au sol, avant d'être évacué en larmes sur une civière... Ce n'est peut-être qu'une bonne entorse...* Au milieu de ses vœux pieux, Maxime le rappela.

— Mon pauvre... Je te retrouve chez le médecin de station. Tiens le coup mec !

— Aie ! Putain de bordel de merde ! résonna distinctement dans l'ambulance.

— C'était quoi ça ?

— Rien, enfin si, un dos d'âne, je t'expliquerai...

Quelques ralentisseurs plus loin, on installa Aurélien sur un fauteuil roulant dans l'antichambre du cabinet médical. Ses ongles rongés jusqu'au sang étaient là pour en attester : jamais salle d'attente n'avait aussi bien porté son nom. Ressassant en boucle les mots de Franck « On en saura plus après la radio », Aurélien avait pour seule compagnie la trotteuse de l'horloge murale. Il l'accompagnait pas à pas, seconde après seconde, mais cette dernière semblait bien décidée cette fois à lézarder. Un court instant, le son d'une cloche masqua le lancinant bruit. Maxime débáula, suivi de près par Julien et Lucas, ébouriffés comme au matin. Voir ses têtes familières lui réchauffa aussitôt le cœur. Il n'était plus seul.

Ce sentiment s'envola dès son installation sur la table du médecin. Tantôt à droite, tantôt à gauche, Aurélien suivit ses mains puissantes lui manipuler le genou sans ménagement. Une première douleur, puis une autre, plus forte : ses espoirs prenaient leurs jambes à leur cou, le laissant avec la désagréable odeur de tabac froid du médecin. Ce dernier, après avoir photographié son articulation sous toutes les coutures, poursuivit son auscultation. Aurélien ne tenait plus, tandis que debout, face à une plage lumineuse, le docteur observait les différents clichés, toujours sans piper mot.

— Alors ?

— Écoutez, il faudra attendre les résultats de l'IRM que je vous conseille de planifier le plus vite possible, mais voyez-vous, je vous ai pratiqué ce qu'on appelle dans notre jargon le test du tiroir, qui consiste en...

— Oui et ?

— Et j'ai bien peur que vos ligaments ne soient touchés...

Il lui avait asséné la formule consacrée en faisant aller et venir son briquet entre ses doigts trapus et jaunis.

— Mais encore une fois, seule l'IRM le confirmera avec certitude.

— ...

— À votre place, je me ferais rapatrier au plus tôt et prendrais rendez-vous dans une clinique spécialisée. À Paris, il y en a de très bonnes. Mais vraiment, ne tardez pas, les délais sont parfois très longs et avec le début de la saison de ski... Pour vous dire, vous êtes déjà mon troisième genou aujourd'hui et la journée n'est pas finie !

Aurélien s'affaissa sur son siège. Une nouvelle fois, le ciel lui tombait sur la tête. Et l'ampleur des démarches et complications à venir l'accablait autant que le diagnostic provisoire l'atterrait.

— Un rapatriement ? Ça se passe comment ? Dire que je suis arrivé à Courchevel il y a moins de vingt-quatre heures...

Maxime

De le voir s'échiner ainsi, j'en avais des nœuds à l'estomac. Ce qu'il pouvait être têtu par moments ! À la sortie du cabinet, il avait obstinément refusé l'idée d'un taxi pour « seulement quelques petits hectomètres ». À mon avis, le coût du combo « traîneau-ambulance » et du rapatriement à venir devait l'échauder. Aussi, il préférait galérer sur les trottoirs enneigés, malgré les crampons amovibles de ses béquilles. Les bras visiblement tétanisés, il multipliait les arrêts. Sa détresse me rappelait son récit du marathon de Copenhague, couru sous des trombes d'eau et achevé déshydraté, en hypoglycémie et à deux doigts de l'hypothermie. Je l'entendais encore me décrire ces derniers kilomètres scandinaves : « ... des moments terriblement singuliers, où le mental s'érode, où le physique vous lâche, où vous ne sentez plus une once d'énergie traverser votre corps, mais où malgré tout vous continuez, foulée après foulée, mètre après mètre jusqu'à la ligne d'arrivée... »

— Allez Aurel', comme à Copenhague ! l'encourageai-je.

— Copenhague, c'était une partie de plaisir à côté. Je fais de la course à pied moi, pas du bodybuilding.

— Attends, il a rien dans les bras, le marathonien ?

Un léger rictus, un baroud d'honneur, et il s'arrêtait à nouveau. « Allez, encore un petit effort, on n'a jamais été aussi près ! », glissa alors Julien qui ne supportait pas non plus de voir son ami de toujours dans cet état. C'était typiquement le genre de lapalissade qu'Aurélien ne laissait d'ordinaire pas passer, gratifiant leurs auteurs d'un incisif sarcasme. Mais à ces mots il ne broncha pas, semblant même s'y accrocher de tous ses crampons. Il releva la tête et reconnut à l'angle de la rue la façade décrépite de l'immeuble de notre studio.

— On n'a effectivement jamais été aussi près..., sourit-il.

Sans médaille, ni ravitaillement, Aurélien s'allongea (pour ne pas dire s'écroula) sur le lit, dont les lattes fatiguées couinèrent. Le convecteur électrique avait beau tourner à plein régime, il grelottait. Je fouillais les placards encastrés à la recherche de couvertures supplémentaires pour le border. De son côté, Julien préparait un cocktail d'antidouleurs et d'anti-inflammatoires, tandis que Lucas lui apportait de quoi boire. « Tu veux manger quelque chose, dis-nous ». Il déclinait poliment. « Il faut que tu reprennes des forces », insistions-nous en chœur. Mais il n'avait justement le cœur à rien, et surtout pas à manger. Et sans crier gare, il nous commanda un seau. Julien eut tout juste le temps de revenir avec la première bassine trouvée qu'une odeur abjecte envahit l'air de la pièce. Les larmes aux yeux, il nous remercia tout en se confondant en excuses.

— À vous trois, vous êtes comme une mère pour moi.

— Surtout Julien, non ? plaisanta Lucas.

— Et vraiment, tu n'hésites pas si tu as besoin de quoi que ce soit, réitérai-je.

Silencieux, je restais assis auprès de lui. Je ne l'avais pas senti aussi vulnérable depuis le lycée. De but en blanc, il me pria de choisir entre la peste et le choléra. Interloqué, je le regardai, lui et son teint blême, et finis par opter pour le choléra, au nom d'un plus grand exotisme.

— Très bien, j'appelle d'abord la compagnie d'assurance, me dit-il en me faisant part de son angoisse administrative.

— Et la peste, c'était quoi ?

— L'inquiétude maladive de ma mère...

— Je suis à côté si tu as besoin.

Un instant, il sembla vouloir se laisser aller, remettre cela à plus tard. Comme souvent avec les choses qui l'embarrassaient. Mais après quelques secondes, il pianotait déjà sur son téléphone. J'en profitai pour donner des nouvelles fraîches à ma copine avant de retrouver Aurélien. À sa grande surprise, la logistique releva d'une bénigne formalité. Il nous expliqua que la téléconseillère (à la voix mélodieuse) se chargerait de tout : de l'acheminement jusqu'à la gare la plus proche, des billets de train et du convoi d'accueil à la gare de Lyon. Un rapatriement zéro tracas, une part d'Aurélien n'osait y croire. Tour à tour, nous l'incitâmes à rester, jurant que nous n'avions pas besoin de skier toute la journée et que nous nous occuperions bien de lui.

— Merci les amis, j'apprécie sincèrement, mais ce sera mieux ainsi, pour tout le monde croyez-moi. Vous ne sentez pas ? Y a déjà des relents de vomi dans l'appart et on a à peine commencé à boire...

Il lui restait la « peste ». Aurélien dramatisait. C'était fou comme par moments il pouvait lui arriver de se faire toute une montagne de choses. Comme avec sa mère. Ah lui et sa mère... Quelques souvenirs d'adolescence me revenaient encore en mémoire. Lors de nos interminables parties de consoles, enfermés dans sa chambre, chaque apparition de sa mère provoquait chez lui une vive réaction, quasi épidermique. Tout ce qu'elle disait, faisait et même pensait semblait l'agacer. Un jour, sur le chemin de leur cuisine, j'avais même surpris des pleurs émanant de la chambre maternelle. Étant également enfant de parents divorcés, j'avais plusieurs fois tenté de parler avec lui de ses relations conflictuelles avec sa mère et de son père absent, même si au contraire d'Aurélien, je n'avais jamais cessé de voir mon père. Mais il était clair que le sujet l'embarrassait et une forme de pudeur masculine l'avait finalement emporté.

Dix ans plus tard, l'embarras demeurait. La stratégie qui consistait à enfouir certaines choses sous le tapis avait ses limites... Et pendant que nous rassemblions les quelques affaires d'Aurélien, sonnant ainsi le glas de ses vacances, je pensai soudainement à ce qui nous différenciait tant des filles, nous les garçons. Ma copine parlait avec ses amies d'aspects très intimes de sa vie (limite trop parfois...), que nous n'aurions jamais abordés entre mecs. Était-ce une fierté très masculine qui nous empêchait de nous montrer à l'autre avec nos faiblesses, nos doutes ? Ou peut-être étions-nous juste, mes amis et moi, un cas à part ? Toujours est-il qu'à quelques mètres de moi, échoué sur son canapé sous plusieurs couvertures, Aurélien marmonnait, comme s'il essayait d'écrire le script du périlleux appel à venir.

— Salut M'man, c'est moi. Ça va ? dit-il du ton le plus enjoué de son arsenal.

— (...)

— Euh oui, beau temps, bonne neige... Par contre, il m'est arrivé un petit truc cet après-midi.

— (...)

— Je suis tombé, et on a dû m'emmener chez le médecin de station, où j'ai passé une radio. Il faudra attendre d'autres examens, mais je pense que mon genou a un peu souffert dans la bataille..., lui expliqua-t-il d'un ton calme et neutre. D'ailleurs, on me rapatrie demain...

Dans le studio alors plongé dans un silence de cathédrale, j'entendis clairement la voix catastrophée de sa mère. « On te rapatrie ? Oh mon Dieu, c'est pas vrai ! »

— Maman, s'il te plaît. À t'écouter, tu as toujours de mauvais pressentiments, mais là n'est pas la question. On me rapatrie, tout est organisé et il va falloir que je vienne passer quelques jours à la maison dans l'attente des examens. Je devrais arriver à Deuil demain vers dix-neuf heures. OK ?

— (...)

— Pleure pas M'man. De toute façon, ils annonçaient une météo pourrie pour le reste de la semaine...

— (...)

— Bon, je t'appelle demain s'il y a le moindre souci sur le trajet. Et fais-moi plaisir ne t'inquiète pas, ça va aller, tenta-t-il vainement de l'en convaincre. De s'en convaincre.

— (...)

— À demain M'man...

Décidément, les soirées se suivaient et ne se ressemblaient pas. Ce soir, il n'était pas vingt heures et Aurélien était tombé comme une masse, le téléphone dans le creux de la main. Dans la cuisine, autour d'une bonne eau du robinet en carafe, nous « dégustions » une plâtrée de pâtes trop cuites (c'était Aurélien qui cuisinait le mieux du groupe), recouvertes d'un emmental râpé premier prix. Le tout en chuchotant.

— C'est fou comme tout peut si vite dérailler... Une bosse et direction le premier train pour Paris, partageai-je encore abasourdi par l'enchaînement éclair des évènements.

— C'est pour cela qu'il faut vraiment en profiter tant qu'on peut, rebondit Julien, qui à bientôt trente ans vivait toujours chez ses parents en banlieue.

— Oui et non. S'il en avait moins profité hier soir, que nous étions rentrés après la fondue, comme je l'avais proposé entre parenthèses, tout cela ne serait peut-être jamais

arrivé. À force de vivre à cent à l'heure, on se brûle les ailes...,
rétorqua Lucas.

« Et si je n'avais pas foncé si vite, il n'aurait peut-être pas
pris autant de risques... », me répétai-je en boucle malgré
les mots de ma copine. Elle avait eu beau insister sur mon
absence de responsabilité dans cet accident, dont elle relati-
visait d'ailleurs la gravité (« ce n'est qu'un genou après
tout... »), je ne pouvais m'empêcher de culpabiliser vis-à-vis
de lui. Il semblait tellement les attendre ces quelques jours
à la montagne.

3.

En nage, Aurélien se réveilla avec l'impression d'avoir à peine dormi. Son portable affichait pourtant trois heures du matin passées. De surcroît, il émergeait avec cet arrière-goût âcre et tenace qui entêtait encore sa bouche et ses narines. Les lèvres arides, il but quelques gorgées d'une eau tiédasse qu'il manqua de recracher dans la bassine. À l'exception des ronflements gutturaux si caractéristiques de Lucas, on n'entendait rien.

En consultant son téléphone et son compte Facebook, une avalanche de « likes » emporta Aurélien. Sa gorge se serra en faisant défiler la foultitude d'amis, de connaissances qui avait réagi à la photo d'eux quatre en haut des pistes ensoleillées. « Courchevel, watch out ! »[4], l'avait-il intitulée. Depuis des années, il avait pris cette (curieuse) habitude sur Facebook de s'exprimer dans la langue de Shakespeare. Au motif de garder le contact avec ses connaissances internationales, il s'affranchissait surtout de la censure émotive de son quotidien en français. Tout devenait plus facile à écrire, à dire en anglais, comme si le recours à une langue étrangère le distanciait du fond de son propos... En parcourant les commentaires, il s'étrangla sur celui de Léa : « Souris mon grand, et surtout, éclate-toi bien ! Lucky you ! » *S'éclater oui... Par contre, tu parles d'une chance !*

Faisant fi de toute posologie, il avala deux nouveaux comprimés et referma les yeux aussi fort que possible. Mais le sommeil se refusait à lui comme à un enfant réveillé en pleine nuit par un cauchemar. Le silence le laissait en tête-à-tête avec ses pensées, avec ses démons, et il le maudissait pour cela. *Mais pourquoi bon sang ? Pourquoi moi ? Et pourquoi le premier jour et pas le dernier ? Au moins, j'aurais profité du séjour...*

Au petit jour, il émergea vaseux, avec tous les symptômes d'une sévère gueule de bois, l'exaltation de l'enivrement en

---

4 « Prend garde à toi Courchevel, nous voilà ! » Pour Aurélien, ce message était déjà de l'histoire ancienne.

moins. Malgré son insistance, ses trois amis firent une croix sur leur matinée de ski.

— Merci encore les gars... Et surtout, profitez-en bien, je compte sur vous. Vraiment ! leur intima-t-il en s'installant dans le taxi.

— Tu peux ! Et toi, donne-nous de tes nouvelles, le somma Maxime en forçant un sourire de circonstance.

Au quart de tour, le véhicule démarra. Sa jambe meurtrie ficelée dans une attelle et allongée sur la banquette dont le cuir sentait bon le neuf, Aurélien eut à peine le temps d'un dernier signe vers ses amis que son regard embué se perdait dans la montagne dont il avait si peu profité... *Au moins, je ne me suis pas effondré devant eux...*

Le chauffeur bedonnant monta très vite le son de la radio, bloquée sur la fréquence de Nostalgie. Il était silencieux et taciturne, et à vrai dire, cela lui convenait. Il ne se sentait nullement la force d'entretenir une quelconque conversation, aussi triviale fût-elle. Ce qui lui convenait moins en revanche, c'était sa conduite sportive. Les mains agrippées à la moumoute de son volant, il dévalait à vive allure la sinueuse route vers la vallée. Après seulement quelques lacets, l'estomac vide d'Aurélien lui criait sa détresse, tandis que de violents haut-le-cœur ravivaient de bien mauvais souvenirs à ses papilles. Il se sentait blêmir, l'autre sifflotait.

Trois virages plus bas, il se décida.

— Excusez-moi, ça vous dérangerait de lever un peu le pied ?

Le pilote grommela quelque chose d'inaudible.

— Je ne me sens vraiment pas très bien...

— Oh oui, bien sûr. Ça va aller ? On peut s'arrêter si vous le souhaitez ?

Il ralentit aussi vite qu'il s'était radouci. Il monitorait dans son rétroviseur l'état de son passager, qui lisait dans ses yeux la peur qu'il salisse son précieux outil de travail flambant neuf. Mais Aurélien respirait déjà mieux et constatait dans les virages la file indienne qui s'était formée derrière eux.

— Vous voulez que je coupe la musique ?

— Non, laissez-la s'il vous plaît.

Ces vieilles chansons françaises l'apaisaient. Elles lui rappelaient les airs démodés de la compilation de slows que sa mère mettait en boucle dans le radio cassette de son ancienne Toyota sur l'autoroute des vacances hivernales. Enfant, ces airs le berçaient lors de trajets nocturnes sur la banquette arrière, transformée pour l'occasion en véritable lit douillet à l'aide des sacs de voyage et autres matériels divers. Certaines années, il lui arrivait parfois de ne se réveiller qu'au pied du col enneigé des étoiles plein les yeux. Quelques années et étoiles plus tard, il s'installait à l'avant, comme les grands, et se forgeait aux côtés de sa mère les prémices de sa maigre culture musicale. *À quand remontait notre dernier voyage ensemble...? Plus d'une décennie*, calcula-t-il, soudain happé par le vertige du temps. Et ironie du sort, cette année-là, sa mère et lui avaient dû être pris en charge par la compagnie d'assurance familiale suite à la fracture du poignet de sa mère, mais la mémoire d'Aurélien semblait avoir occulté cet épisode. Sa mère s'en souvenait, elle, sur le bout des doigts. Elle qui s'était enfin décidée après plusieurs séjours à prendre des leçons de ski ne remonta plus jamais sur des spatules.

Une fois dans le TER[5], Aurélien laissa son esprit vagabonder sans direction, le ramenant inlassablement à Deuilla-Barre, la ville de banlieue que n'avait jamais quittée sa mère. Dans l'incapacité de regagner son studio parisien, au troisième étage sans ascenseur, et son lit en mezzanine sous les poutres apparentes si typiques du quartier du Marais, il se projeta alors sur son retour forcé dans le giron maternel. *Les choses allaient-elles être différentes ?*

Il croulait dans le TGV sous le poids des regards braqués sur son attelle. L'esprit aussi vide que l'estomac, son vague à l'âme et lui regardaient défiler les clochers de villages où personne ne s'arrêtait jamais, un monde agricole qui agonisait dans l'anonymat national et ces arbres, une collection d'arbres nus, si impudiquement semblables à plus de trois cents kilomètres par heure. Tout cela sous un ciel qui ne cessait de se couvrir, de s'assombrir à l'approche de la capitale.

---

[5] Train Express Régional, qui n'avait d'express que le nom, tant il cheminait tranquillement à travers les vallées Rhône-alpines.

À l'arrivée en gare, il faisait déjà nuit. Habitué à devancer le message annonçant la fin du trajet, Aurélien descendait toujours dans les premiers sur le quai. En même temps, à l'écouter, il n'avait jamais *une minute à perdre*. Aussi pour la première fois depuis longtemps, comme un enfant voyageant sans ses parents, il dut patienter et fut contraint d'assister durant de longues minutes au spectacle de la descente de ce flot d'escargots qui semblaient vouloir élire domicile dans la rame. *Allez, s'il vous plaît, bougez-vous !* implora-t-il dans un impuissant murmure. Lui et ses nerfs déjà éprouvés par le rapatriement se désespéraient franchement, quand deux employés de gare, aimables comme des portes de prison, finirent par l'escorter en fauteuil roulant jusqu'à un VSL[6].

Sous un léger crachin parisien, non pas un, mais deux chauffeurs sautèrent hors du véhicule, le sourire aux lèvres. L'un d'eux l'installa au plus vite sur la banquette arrière, tandis que l'autre s'occupait de ses bagages. Aurélien n'en espérait pas tant. Prêt à partir, le pilote lui demanda d'une voix chaude de lui confirmer l'adresse en banlieue. « *Non, c'est une erreur. Déposez-moi chez moi, dans le Marais, au métro Saint-Paul* », rêva-t-il de répondre. *J'y serai seul, j'y serai bien.* Mais cela relevait de la pure utopie.

— Oui, c'est bien ça. 15 rue des Mortefontaines, à Deuil-la-Barre. Merci.

« Salut M'man, bien arrivé à Gare de Lyon, je suis dans le taxi. J'arrive d'ici une trentaine de minutes. A+. » Puis, les yeux mi-clos, il songea à ses amis. À cette heure-ci, ils devaient probablement s'attabler pour l'apéro ou qui sait, pour une copieuse raclette. Il devait arrêter d'y penser et regarder devant. Devant lui justement trônait un lion, qu'Aurélien reconnut aussitôt. Il se frotta les yeux néanmoins, mais pas de doute possible : c'était bien le lion qui dominait la place Denfert Rochereau. *On peut m'expliquer à quoi ça sert d'avoir un foutu copilote, si c'est pour au final partir à contresens ?*

---

[6] Je vous parle d'un acronyme que les bien-portants ne peuvent pas connaître. Allez, je vous aide, il s'agit d'un Véhicule Sanitaire Léger, sorte de composé hybride entre taxi et ambulance.

— Excusez-moi, je peux savoir quel itinéraire vous donne votre GPS, car depuis Gare de Lyon, ça ne me semble pas être du tout le plus direct ?

— En fait, pour être honnête, notre GPS est à plat. Du coup, je pensais prendre un itinéraire que je connais bien en récupérant le périphérique à Porte d'Orléans et en remontant par l'ouest.

Ses craintes se confirmaient, il était leur pigeon aux œufs d'or du jour. Déjà trente-et-un euros au compteur et celui-ci allait encore s'envoler avec ce tour de la capitale à rebours. Mais à cet instant précis, il n'avait ni la force de batailler avec eux, ni la batterie suffisante sur son téléphone pour jouer les copilotes de substitution.

— OK, mais faites vite s'il vous plaît...

Après la bagatelle d'une heure vingt-cinq de ballade francilienne, il tomba dans les bras de sa mère pour une longue étreinte. Peu lui importait alors le froid hivernal du parking de l'immeuble. Une fois dans l'ascenseur, il découvrit sa tête dans la glace et prit peur. Les yeux rougis et gonflés, sa mère fixait son imposante attelle et fondit en larmes malgré le complément d'antidépresseurs avalés en prévention. Il tapota sur sa chaussure à l'aide de sa béquille, et elle releva la tête.

— Ça va aller M'man. T'en fais pas pour moi...

— Je t'aime mon bonhomme...

— ...

4.

— Ça te va ? T'en es bien sûr ? Sinon, tu peux prendre mon lit, ça ne me dérange pas.

À aucun moment de son *périple*, Aurélien n'y avait songé, mais cela faisait des années maintenant que la chambre de sa jeunesse avait mué en salle d'ordinateur, mêlée d'un grand débarras stockant mille reliques. Sa mère et lui souffraient d'un mal commun, une syllogomanie[7] manifeste.

— Oui, c'est parfait M'man, souffla-t-il en s'asseyant sur ce lit de fortune dans la salle à manger.

Le temps passe, les choses changent. Ma mère elle reste la même, toujours prête à se saigner pour moi.

Aurélien regardait sa mère ranger méthodiquement sa valise et ses affaires dans un coin de la pièce, lorsque Sa Majesté Hercule se décida à pointer le bout de son nez pour rejoindre sa maîtresse. Dévastée par les décès rapprochés de ses parents, dont elle avait fait le choix de s'occuper dès l'apparition des premières métastases dans leurs colons et intestins respectifs, la mère d'Aurélien n'avait jamais repris son emploi de comptable à temps partiel, et s'était réfugiée dans le bricolage. Elle repeignait, réaménageait, rééquipait son « chez elle » sans relâche. Mais le vide ne s'effaçait pas. Aussi, lorsqu'on lui proposa cette charmante boule de poils, elle brava le cliché de la femme seule avec ses chats. Et Hercule, « son autre petit bonhomme », fut couronné.

La cohabitation des « deux petits bonhommes » débutait donc froidement, mais dans l'immédiat, Sa Majesté avait d'autres chats à fouetter (enfin façon de parler), et Aurélien aussi d'ailleurs. Les sirènes de sa paillasse se faisaient de plus en plus insistantes, mais sa mère nourrissait pour lui d'autres desseins. Et face à la tendre pression maternelle, il se força à ingurgiter quelques pâtes devant la télévision. Avant de s'endormir d'épuisement, tant physique que psychologique, au son du film du dimanche soir de TF1.

---

[7] L'accumulation excessive d'objets sans pouvoir parvenir à les jeter n'était pas son seul héritage maternel...

Et l'on ose appeler cela « la période des fêtes »... Aurélien riait jaune à chaque reportage ; pour lui, la réalité était tout autre. Le matin, il prenait place sur le canapé du salon où la piqûre quotidienne anti phlébite lançait les hostilités. Il s'enfermait ensuite dans une consommation vorace de séries et de films en tout genre (évitant seulement les incontournables comédies de Noël pleines de bons sentiments et de happy ends). Le soir, lorsqu'il s'en arrachait, il distinguait dans le cuir l'empreinte de son assiduité.

Seules quelques rares visites, quelques appels et messages de France et de Navarre venaient briser la monotone anesthésie qui était la sienne. D'abord touché par ces marques de sollicitude, elles plombèrent très vite son moral, déjà dans les chaussettes. Chaque échange le sortait un instant de Deuil et de son collant canapé, mais le ramenait immanquablement à Courchevel et à ce *stupide accident*, même s'il n'avait alors besoin de personne pour cela. Une part de lui-même était restée là-bas sur cette piste, sur ces *Montagnes Russes*. Son cerveau se perdait fréquemment dans des scénarios aussi variés qu'irréalistes en quête d'une fin alternative. *Si seulement j'avais eu de meilleures lunettes, je l'aurais sûrement vu cette bosse... Ou s'il avait fait juste un tout petit peu moins beau, j'aurais pu éviter ce maudit tremplin olympique de saut à skis. Ou si j'étais tout simplement rentré avec Julien et Lucas, je n'en serais pas là aujourd'hui...* Mais à son plus grand dam, personne n'avait encore inventé de baguette magique ou de machine à voyager dans le temps. Aussi, à chaque occasion, sa mère l'entendait évoquer du bout des lèvres à ses amis « un mince espoir ». Ses trois mots la désolaient, mais voilà tout ce qui raccrochait son fils à sa vie d'avant. Lui qui passait son temps à courir à la recherche de quelque chose, de quelqu'un, sentait planer au-dessus de lui l'ombre terrifiante de longs mois à l'arrêt, sur le bas-côté de ce qu'était sa vie. Aussi, il laissa rapidement leur message s'échouer sur sa boîte vocale. Et lors de légers regains d'espoir, il se fendait d'une réponse écrite à la plupart, en rappelait quelques autres.

Comme Florent, son meilleur ami. Sept années qu'ils se connaissaient. À l'occasion de leur tout premier cours à l'École de commerce, les retards respectifs des deux banlieu-sards leur avaient accordé deux places de choix pour découvrir le marketing, au premier rang. Quelques fous rires, une connivence immédiate, et une belle amitié était née entre ces deux fanas de sport. Une sorte de coup de foudre amical. L'année suivante, les deux amis partageaient une colocation dans le centre-ville de Grenoble, puis à Paris après leur diplôme. Et ce, jusqu'à l'été dernier où leurs routes divergèrent. Aurélien emménagea dans son studio du centre historique de Paris, et Florent dans un appartement en banlieue avec Morgane, sa petite amie depuis deux ans et future épouse au printemps prochain.

— Allo ?

— Salut Flo ! C'est Aurélien...

— Aurélien ? Vous devez faire erreur, je connaissais bien un Aurélien à une époque, mais...

— Très drôle Flo ! M'en veux pas si je t'ai pas rappelé plus tôt, mais je suis sous l'eau en ce moment. J'ai pas une seconde à moi...

— Bien sûr... En tout cas, ça me fait plaisir d'entendre le son de ta voix. Tu tiens le coup ? Le genou, le retour à Deuil, tout ça ?

— Oui, on fait aller...

— C'est vrai ce mensonge ?

— C'est sûr que j'ai connu des jours meilleurs, je ne vais pas te mentir, mais j'essaye de ne pas trop y penser, du moins jusqu'à l'IRM. Plus que cinq jours... Même si au fond de moi, ça ne fait pas trop de doutes...

— Tu crains toujours pour tes ligaments croisés ?

— Oui, murmura-t-il en réprimant des larmes. Et toi, ça va ?

— Oui, moi ça va tu sais, je suis en Alsace dans la famille de Morgane pour les fêtes. C'est de son côté cette année. On mange bien, on boit pas mal. Et entre les repas, on en profite pour avancer sur les préparatifs...

— Flo, t'es toujours là ?

Aurélien entendit comme un bruit de porte.

— Oui, je me suis juste échappé dans le jardin. C'est l'horreur Aurel' ! Il faut penser à tellement de choses tu verrais, et plus ça va, plus l'addition se corse... Franchement, ne te marie pas !

— Pour l'instant, ça ne risque pas...

— Et t'as bien de la chance !

Florent sentit que son taciturne meilleur ami avait besoin de parler. Sans doute plus que jamais. Ensemble, ils balayèrent les dernières rumeurs de transferts de la planète football, les derniers films vus (les deux amis prenaient toujours un malin plaisir à s'écharper gentiment à la sortie des salles obscures) ou encore leurs plans pour le Nouvel An.

— Va falloir que j'y retourne, on doit m'attendre pour discuter origami...

— C'est le nom d'un joueur japonais ?

— Malheureusement non..., soupira Florent. Je passerai te voir dès notre retour.

— T'embête pas. En plus, ce n'est vraiment pas facile d'accès depuis votre charmante banlieue...

— Ahah... Je passerai, j'te dis. Et d'ici là, tâche de rester positif...

— Tu me connais ?

— C'est bien ce qui m'inquiète !

Le Nouvel An, c'était déjà demain. Aurélien avait décliné hier l'invitation de dernière minute pour un réveillon chez un ami à lui, invoquant autant la contrainte logistique que le principe de prudence. Il n'avait surtout aucune envie de faire la fête. Et n'aimait pas la pitié. Non c'était décidé, sa folle soirée se cantonnerait à un simple tête-à-tête avec sa mère, avec en arrière-fond l'un des animateurs phares d'une grande chaîne hertzienne et son émission préenregistrée pour l'occasion. Arthur ou Sébastien, l'archétype du choix cornélien. C'était comme si Aurélien aspirait inconsciemment à toucher le fond au plus vite, pour enfin entamer une remontée.

Et à l'heure où ses amis se mettaient sur leur trente-et-un pour célébrer en grande pompe le changement de décennie, lui moisissait dans un vieux jogging difforme de son adolescence au cœur de son antre lugubre. Le désordre (organisé aux yeux d'Aurélien) qui y régnait tranchait avec le reste des pièces, qui semblaient tout droit sorties d'un magasin d'ameublement où tout est toujours parfaitement aligné. Maniaque invétérée, sa mère se mordait les lèvres à la vue de tous ses câbles entremêlés, de ses télécommandes éparpillées et de ses livres empilés dans un coin pour rien. Retranchée dans sa cuisine, elle concoctait depuis des heures maintenant un véritable festin dont les agréables effluves avaient très vite attiré sa boule de poils préférée, qui miaulait dans ses pattes à l'affût.

À table, la voix d'Arthur et les ronronnements d'Hercule masquaient les nombreux silences.

— Ça te plaît ? Tu te régales ? En tout cas, ça me fait plaisir de te voir manger avec si bon appétit, s'aventura-t-elle.

— Oui, très bon M'man. J'ai toujours beaucoup aimé le foie gras, tu le sais.

Plusieurs bouchées passèrent au son de l'hilarité télévisuelle.

— Tu es sûr que tu n'aurais pas voulu aller chez ton ami ce soir ? Je pouvais t'emmener, tu sais...

— Je sais. Non, c'est parfait ainsi.

Il s'entendit prononcer ses mots, et l'ironie de la situation le saisit. « *Tu t'entends ? C'est parfait... Un Nouvel An en tête-à-tête avec ta mère à Deuil, alors que tu devais le fêter avec tes potes au pied des pistes à Courchevel...* »

— Et ton genou, ça va aujourd'hui ? Ça ne te fait pas trop mal ?

— Non, ça va, mais est-ce qu'on peut parler d'autre chose ?

— Tu restes persuadé que tes ligaments sont touchés ?

— ...

— Pardon, mais tu sais, je m'inquiète, c'est normal..., s'excusa-t-elle en débarrassant le restant d'oie ou de canard.

D'une créature morte à une autre, sa mère regagna la table avec une belle langouste, éventrée et enterrée sur une assiette joliment présentée avec tous les ornements de circonstance. Aurélien se débattit avec elle, comme avec cette conversation aux silences si pesants. Il n'avait jamais su s'y prendre, avec les crustacés... Face à l'impasse de la discussion, il emprunta les sentiers battus qui menaient aux amies et voisins de sa mère. Tous malades ou presque. Aurélien l'écoutait d'une oreille distraite en effleurant son genou. « *Ma mère porte peut-être la poisse ? Car bizarrement, depuis aussi loin que je m'en souvienne, le sort semble s'acharner sur elle et ses connaissances... Et si la poisse était héréditaire ?* » La vérité, c'est que depuis plusieurs décennies, et autant de déceptions tant sentimentales qu'amicales, sa mère ne se liait plus qu'à des personnes mal en point, des bêtes blessées tel le Saint-Bernard du quartier. Dans une autre vie, elle aurait exercé comme généraliste ou vétérinaire... Rapidement, il orienta la discussion sur la lecture, sa dernière lubie en date. Depuis très récemment, elle qui n'avait jamais lu jusque-là engloutissait plusieurs livres par semaine, de ces livres qui trustent les têtes de gondoles, des supermarchés aux gares en passant par les rayonnages de la Fnac, et dont elle retenait un titre sur quatre lorsqu'elle ne mélangeait pas simplement les histoires. Mais elle lisait, se prouvant à elle-même qu'elle en était capable, et sortant ainsi de sa zone de confort, sans toutefois quitter les quatre murs rassurants de son petit chez elle. Et après l'écoute d'un dernier résumé confus et une ultime cuillérée de bûche glacée, Aurélien revenait à la case départ, repu.

Dans le tube cathodique, Arthur et ses invités s'égosillaient toujours autant dans l'attente des confettis et autres embrassades de rigueur. À Deuil, 2010 se faisait (cruellement) attendre. Sur son canapé, entre deux regards appuyés sur son attelle, Aurélien tuait le temps en préparant des textos de nouvelle année résolument optimistes et personnalisés. Pour une fois qu'il avait le temps... D'ailleurs, l'heure fatidique de l'envoi approchait. Il attaqua alors les derniers messages, ceux à destination de Maxime, Julien et Lucas. Qui garde réellement le meilleur pour la fin ? Pas Aurélien en tout cas. Il avait repoussé la rédaction de ces messages au maximum, se refusant à imaginer ses trois amis d'enfance festoyant au pied des pistes, sans lui. Oui, c'était au-dessus de ses forces. Dans le même temps, sur le siège voisin, les forces abandonnaient sa mère qui bâillait de plus en plus, mais insistait malgré tout pour attendre les douze coups de minuit avec lui. Finalement, Arthur se décida à les libérer tous les deux. « 4... 3... 2... 1... Bonne année ! » Elle le serra fort dans ses bras, lui souhaitant le meilleur pour la nouvelle année d'une voix chevrotante et emplie de sanglots.

— Tous mes vœux aussi M'man !

Il aurait voulu lui souhaiter tellement plus, tant de choses, à commencer par être heureuse. En ce sens, il exhortait sa mère depuis des années, et la disparition de ses parents, à sortir, à rencontrer de nouvelles personnes, à vivre en définitive. Mais la mort dans l'âme, il s'était peu à peu résigné devant son déprimant immobilisme. Sous la couette, Aurélien contribuait à saturer les réseaux téléphoniques quand sa mère revint l'embrasser tendrement sur son front si las. Il savait que par-dessus tout et depuis toujours, elle ne voulait que son bonheur. La gorge serrée, il la regarda s'éloigner avec Hercule dans les pattes et se demanda soudainement à quoi ressemblerait la vie de sa mère, si elle n'avait pas divorcé, ou si elle avait refait sa vie. *Ces vingt dernières années, elle a vécu pour moi et pour mes grands-parents, sans jamais penser à elle, et maintenant, elle se retrouve seule, avec pour unique compagnie sa capricieuse boule de poils...* Il faillit se lever alors pour l'étreindre, lui dire qu'il était là, mais il n'en fit rien. *Et moi d'ailleurs, serais-je le même aujourd'hui, si mon père n'était pas parti, ou si j'avais grandi avec une « présence masculine » ?*

Sa mère gagna enfin son lit, non sans avoir passé un dernier coup dans sa cuisine. Elle y reprit la lecture de son livre du moment, mais celui-ci lui tomba vite des mains ; depuis l'accident de son fils, elle peinait réellement à se concentrer. « Mémé Alice, si tu m'entends, fais quelque chose pour Aurélien. Ça me fait tellement de peine de le voir ainsi... Si quelqu'un peut l'aider, c'est bien toi. » Aurélien s'était toujours montré hermétique à ses croyances farfelues. Pire, ça l'avait toujours mis en rogne d'entendre sa mère s'en remettre comme cela à sa grand-mère défunte lors de la recherche de clefs égarées ou encore d'une place de parking de supermarché à l'heure de pointe. Si la recherche durait, il se fendait immanquablement de pics sarcastiques du genre « Elle doit faire la sieste » ou bien « C'est dommage, c'est l'heure de sa partie hebdomadaire de jokari ».

À quelques pièces de là, dans un profond silence (les voisins n'étaient pas non plus à la fête ce soir), le marchand de

LE BIGORNEAU

sable se faisait désirer. Aurélien qui n'avait jamais été aussi
fatigué que ces derniers jours passés à ne rien faire ne trouvait paradoxalement pas le sommeil. Habitué depuis des années à courir, dans tous les sens, tout le temps, au fond
comme un poulet sans tête, le corps d'Aurélien semblait
jusque-là insensible au concept même de fatigue, bien aidé
par son mental de marathonien. Mais depuis l'accident, celui-ci s'ébréchait de toutes parts, face à la pesanteur du
temps et au lot de questions existentielles qui surgissaient
dans les bagages de l'ennui. Et ce soir, cerise sur le gâteau,
une boule à l'estomac le tiraillait. *Qu'est-ce que je ne donnerais pas pour qu'on me dise que ce n'est, en fin de compte,
qu'une bête entorse ? J'ai tellement besoin du sport, je ne
pourrais pas vivre sans aussi longtemps, c'est impossible...*
Cette idée lui était tout bonnement inconcevable : le sport
constituait depuis toujours sa béquille et on menaçait de la
lui enlever. Et sans elle, tout le château de cartes de sa vie
actuelle risquait de s'effondrer. *Sans parler des conséquences professionnelles qu'aurait un arrêt de travail prolongé pile-poil à la période la plus chargée de l'année...*
Telle une autruche, il se refusa cependant d'y penser plus
longuement et ralluma son ordinateur.

Vingt-quatre heures, la durée invariable d'une journée
sur Terre : pourtant, certains jours donnent la sensation de
durer autrement plus longtemps. Comme ces deux premiers
jours de l'année 2010, où la pendule du salon jouait dange-
reusement avec les nerfs d'Aurélien.

— M'man, tu pourrais m'enlever cette maudite horloge,
j'en peux plus de son petit bruit, lui intima-t-il en se défou-
lant sur son innocent chewing-gum.

— Oui, bien sûr, j'arrive tout de suite. On ne l'entend
pourtant pas tant que ça, surtout avec ton ordinateur, répliqua-t-elle tout en s'affairant déjà autour de ladite pendule.

— Moi, c'est simple, je n'entends plus que ça. Donc si tu
ne veux pas qu'elle prenne un coup de béquille malencontreux...

— Ça va, je te l'enlève. Ne t'énerve pas, je disais juste... Tu
es sûr que ça va ?

— Oui oui, ça va, marmonna-t-il entre ses dents, en relançant son épisode.

Elle avait raison, son fils était à cran et sa colère refoulée ne s'exprimait qu'à l'encontre de sa pauvre mère. Son obsédant sablier mural avait beau s'être tu, d'autres technologies prenaient le relais, éprouvant un malin plaisir à lui rappeler l'heure stagnante. Il n'avait plus que trois initiales en tête, IRM, et le temps se jouait de lui. Au plus inopportun des moments, le lièvre qu'il maudissait depuis toujours se faisait tortue.

LE BIGORNEAU

Dimanche 23 février 2010, 16 h 44

Aussi loin que je m'en souvienne, le temps ne m'a jamais laissé indifférent. À chaque Roland-Garros, je prenais conscience que l'année scolaire touchait déjà à sa fin, que j'allais quitter mes camarades de classe et refermer le livre de l'année écoulée sur son immanquable lot d'inachevés. À cette époque, le temps filait entre mes doigts insouciants. Est-ce la raison pour laquelle je m'adonne aujourd'hui, avec la précision d'un horloger suisse, à la course à pied et au marathon, dans un vain effort de ralentir le cours du temps ? Car en y réfléchissant, ce qui était vrai à dix, quinze ou vingt ans l'est tout autant aujourd'hui, à vingt-sept. Sauf en certaines occasions. Ces deux derniers mois en sont le parfait exemple. Depuis Courchevel, chaque jour je m'enlise dans une collection infinie de secondes, dont je ne vois pas le bout, du moins jusqu'au lendemain.

Tantôt insaisissable, tantôt interminable, le temps est toujours contre moi. Comme un ennemi sadique et invisible.

P.-S. : Je rouvre un instant ce journal intime pour partager cette pensée avec... bah avec toi journal. Désolé, l'exercice n'est pas encore très naturel... C'est tout moi ça, je m'excuse même auprès de mon journal intime... Bref, on entend souvent dire que les innovations technologiques incessantes nous font gagner du temps. Mais quelqu'un s'est-il déjà réellement penché sur la question ? Et si oui, que deviennent ces secondes, minutes, voire heures que nous gagnons quotidiennement ? Si quelqu'un a la réponse, prière de me contacter par courriel, téléphone, SMS... ou pigeon voyageur si vous êtes resté bloqué dans le passé.

41

5.

Nous étions le 3 janvier. Ce fameux vendredi tant attendu, tant redouté aussi. Le visage cerné de toutes parts, Aurélien glissait dans la gueule du loup : impossible de faire marche arrière désormais.

— Vous allez voir, ça ressemble beaucoup à une cabine d'UV. Le truc, c'est de rester bien immobile.

— Comme si j'avais une peau à faire des UV...

— Pardon ? Vous avez dit quelque chose ?

— Non, rien...

— Et ne soyez pas surpris par le bruit. Le casque devrait grandement l'atténuer.

Dans le vacarme du tunnel, Aurélien en appela à Coué et à sa célèbre méthode. Il était prêt à tout pour un miracle. Mais ses tentatives volèrent très vite en éclats, broyées par son pessimisme qui s'insinuait dans chaque centimètre carré du terrifiant cylindre. Même si fort heureusement, la claustrophobie ne figurait pas sur la longue liste de ses peurs. Lui qui vivait dans le mouvement perpétuel tenta alors de se concentrer sur la consigne l'invitant à « rester bien immobile ». Et si son corps la respecta peu ou prou, son esprit s'évada sans tarder, oscillant entre rêve et réalité : d'une copieuse raclette arrosée avec Max et compagnie à ces tête-à-tête silencieux avec sa mère, d'un feu d'artifice au pied des pistes au décompte factice d'Arthur ou encore de la découverte d'épaules nues sur l'oreiller voisin au réveil par sa mère en robe de chambre à Deuil... Et soudain, le silence. L'examen était fini. Il allait bientôt être fixé. Quoique... *Comble de ma malchance, il faut que mon chirurgien soit en retard...*

Dans la salle d'attente du service d'orthopédie, il feuilleta frénétiquement différents magazines people à disposition, datant pour la plupart de l'été dernier, dont le Voici exhibant traditionnellement en une Claire Chazal à la plage. « Monsieur Tissot ». Sa mère et lui se levèrent comme un seul homme.

— J'y vais seul, M'man...

— Tu ne veux vraiment pas que je t'accompagne ?

LE BIGORNEAU

Il secoua la tête et elle se rassit. Il suivit alors l'assistante au sourire de l'emploi jusqu'à un imposant bureau à la déco très sommaire. « Le Docteur Jaouen termine avec un autre patient à côté. Il sera là dans deux minutes. »

Dans quelques toutes petites minutes, c'est avec moi (et mes derniers espoirs) que le docteur en terminera... Il scruta en vitesse autour de lui : plusieurs diplômes d'universités tant francophones et anglophones au papier jauni étaient encadrés derrière le bureau, un joli bureau en bois sur lequel trônaient une lampe d'antiquaire (pour ne pas dire une antiquité), un cahier grand format, quelques stylos et crayons à papier qui rappelaient à Aurélien les bancs de l'école, et enfin la photographie d'une jeune fille particulièrement mignonne lors d'une cérémonie de remise de diplôme. Sur sa gauche, des cadres dédicacés attestaient du passage réussi de sportifs de haut niveau sous son bistouri au cours de ses nombreuses années de pratique. Il entendit un bruit et en se tournant vers la porte d'entrée, il eût encore le temps d'apercevoir, sur le dernier pan de mur, des photos de course à pied, à côté d'un certificat de finisher du marathon de New York, couru en 2h53...

— Bonjour Monsieur Tissot, l'accueillit une voix chaleureuse. Racontez-moi tout.

— En fait, je viens vous voir suite à une chute de ski. C'était il y a maintenant... un peu plus d'une semaine. Oui, le 26 décembre. Et je viens de passer l'IRM au service radiologie...

Des petites lunettes vissées sur le nez, il notait scrupuleusement dans son cahier chaque élément. Aurélien réalisa seulement à cet instant que début 2010, ce dinosaure à l'épaisse crinière blanche ne possédait pas d'ordinateur.

— Oui, mon assistante vient de me la remettre. Très bien, allons voir ce genou. Enlevez le bas et allongez-vous, l'invitat-il sans même ouvrir la grande enveloppe. Il est bien gonflé, statua-t-il d'emblée, en commençant ses manipulations. Détendez-vous.

Cela n'augurait rien de bon. Les mains croisées sur son abdomen, tendu comme une arbalète, Aurélien ne respirait plus, tandis que son genou hésitait lui, entre les mains experts du praticien, entre résistance et soumission. Quelques onomatopées de douleur plus tard, il le pria de se rhabiller et de le rejoindre. Après une semaine d'allers-retours entre doux espoirs et pessimisme froid, c'en était fini de l'apnée et du suspense.

— Je ne vais pas tourner autour du pot, Monsieur Tissot... Je n'ai pas de très bonnes nouvelles, j'en ai peur. Pour moi, votre ligament croisé antérieur est rompu et vous souffrez en plus d'une belle entorse au niveau du ligament latéral interne. Mais regardons ce qu'en disent les photos...

Ça arrive à tout le monde de se tromper, même à un grand chirurgien d'une clinique renommée, non ? La mâchoire crispée, Aurélien se refusait à entendre ce diagnostic pourtant attendu, et se raccrochait encore à ce tout dernier espoir lors de la lente ouverture de l'enveloppe contenant les résultats de son IRM. Ce chirurgien se rendait-il compte qu'il tenait entre ses mains bien plus qu'un énième défi de l'expérience face à la technologie, de l'humain face à la machine ? Aurélien le dévisageait sans relâche, tentant de lire ce que pouvaient dissimuler ses épais sourcils blancs.

— Oui, malheureusement les clichés le confirment. Et votre ménisque est légèrement touché aussi. Vous êtes sportif ?

— Oui, balbutia-t-il en haussant modestement les épaules. Je fais pas mal de football et aussi de la course à pied, des marathons. Et une demie journée de ski tous les trois ans...

— Je vois. Dans ce cas, si vous voulez reprendre comme avant, le foot et accessoirement le ski, la seule solution est l'opération.

D'abord, il lui expliqua le principe de l'intervention en animant une reproduction anatomique en trois dimensions d'un genou. Puis, le programme des « réjouissances » : une période d'immobilisation pour que l'entorse se résorbe et que le genou dégonfle, un peu de kiné pré-opératoire, puis l'opération à proprement parler avant une rééducation intensive pour remarcher, retrouver de la mobilité au niveau de l'articulation et remuscler la jambe. Envolés ses derniers espoirs, il encaissa, tel un boxeur acculé dans les cordes, chaque information, se concentrant comme jamais. Il était cette fois hors de question d'oublier le moindre détail, lui qui malgré des listes, parvenait toujours à laisser derrière lui un vêtement dans ses placards ou un aliment dans les rayons de la supérette.

— Et quand pourrai-je recourir, à peu près ?

— Vous savez, ça varie d'un patient à l'autre, mais en général, il faut compter environ cinq mois après l'opération pour re-trottiner.

— ... Et quand pourrai-je me faire opérer ?

— D'ici deux mois, je dirais. Je vous laisse confirmer cela avec mon assistante et prendre rendez-vous si cela vous convient. Vous avez d'autres questions ?

— Oui, et pour mon travail ?

Compte tenu des déplacements inhérents à son activité, il devait respecter un arrêt complet d'un mois, qui ne pouvait objectivement tomber plus mal pour le jeune cadre. Après seulement, il pourrait reprendre avec des béquilles jusqu'à l'opération. Le docteur ajouta que son assistante lui donnerait en plus de l'arrêt de travail un devis à envoyer à la mutuelle en vue de la prise en charge. Aurélien saturait sous cette pluie d'informations.

— Très bien, merci Docteur. Ah, une dernière chose. Je vois que vous avez couru le marathon de New York. En 2h53, c'est impressionnant.

— Oui, ça reste un grand souvenir : une superbe course, avec une ambiance magique, notamment à Brooklyn. Une véritable fête populaire. Je vous la recommande, une fois que vous serez rétabli. Vous n'aurez qu'à m'envoyer une carte postale avec votre temps, l'invita-t-il dans une franche poignée de main.

Dans la salle d'attente, il retrouva sa mère, empêtrée en pleins mots croisés. Elle se leva. Il grimaça. Elle comprit.

— Désolée de pleurer comme ça, mais ça me fait tellement de peine pour toi, si tu savais...

— Je sais M'man... Allez, viens.

Mais son étreinte ne se desserrait pas, alors que toute l'assemblée les regardait.

Dans la voiture, il ne décrocha pas le moindre mot. Le silence remplissait tout l'habitacle. Il repassait dans sa tête les quelques phrases du chirurgien, encore et encore. Et se perdait dans les scénarios, dans les calculs.

Au mieux, je ne pourrai recourir... qu'en septembre. Dans neuf mois. Une éternité.

6.

De retour de la clinique, Aurélien s'affala dans le canapé du salon et alluma la télévision. Dans le bruit de fond, sa mère tenta bien de venir lui parler, mais elle se heurta à un mur. Le regard vide, Aurélien réalisait avec force que malgré son pessimisme des derniers jours, une part de lui avait continué d'espérer, voulant croire en un dénouement heureux. *Après tout, cela n'a rien de surprenant : chacun d'entre nous a été élevé dans le doux culte molletonné du « happy end »...* Mais il devait se rendre à l'évidence. Le présent scénario ne prévoyait pas de miracle, ni pour lui, ni pour son manager.

À plusieurs centaines de kilomètres de là, dans le lieu de villégiature familial, Pierre, son manager, tournait en rond et enchaînait les cafés. D'un bras, il faisait tressauter contre lui Hugo, leur nouveau-né particulièrement agité ce matin, et consultait de l'autre main son Blackberry non loin de la cheminée.

— Pierre, tu veux bien arrêter avec ton téléphone ? le somma sa femme, dont l'arsenal cosmétique ne parvenait pas à masquer les valises que traînaient ses yeux depuis la maternité.

— Mais chérie, tu sais que j'attends des nouvelles d'Aurélien qui passait son IRM ce matin.

— Ça, j'ai bien compris, crois-moi, mais regarder ton téléphone comme ça, toutes les cinq minutes, ne va strictement rien changer..., répondit-elle d'un ton cassant en lui arrachant Hugo des bras.

Pierre enfila alors le cadeau de Noël de sa compagne, un élégant pull en laine, et sortit arpenter le jardin. Et souffla, dans tous les sens du terme, en manipulant son alliance. Comme prévu, les premières semaines n'étaient pas de tout repos, ce qui rendait le résultat de l'examen de son jeune collaborateur d'autant plus crucial. Et alors qu'il se rabibochait au coin du feu avec sa femme, son Blackberry sonna, le prévenant d'un nouveau courrier électronique. Cette fois, c'était Aurélien.

— Il faut que je le rappelle..., annonça-t-il en grimaçant. D'emblée, Pierre fit preuve de sollicitude à l'égard d'Aurélien, de sa douleur physique et de son moral. Il était comme cela Pierre, proche de ses équipes, et le courant passait plutôt bien entre les deux hommes qui partageaient la même passion du sport, et notamment du running au sein de l'équipe courant aux couleurs de l'entreprise. C'est d'ailleurs là que Pierre l'avait découvert, à l'aise dans le peloton de tête, avant de le prendre quelques mois plus tard avec lui sur sa principale mission. Jusqu'à cette sociabilisation par le sport, Aurélien s'acquittait de son travail d'auditeur de manière appliquée mais discrète, dans l'anonymat permis par ce grand cabinet installé dans une de ces immenses tours dont regorge le quartier de La Défense. Il y longeait les murs, obnubilé par l'idée de ne faire ni vagues ni impairs en vue des évaluations et promotions annuelles, comme si le fait de s'exposer aux yeux du monde révèlerait tôt ou tard son inaptitude et ses failles derrière ses costumes une taille trop grands et ses nœuds de cravate approximatifs. Des craintes infondées jusque-là, puisque Pierre, satisfait de son travail, lui avait renouvelé sa confiance pour cette année à l'instar de ses autres managers. Mais aujourd'hui, l'éphémère assurance d'Aurélien née sur les pistes d'athlétisme était bien loin. Échoué sur le canapé maternel dans son large jogging Adidas à pression, l'estomac noué par la difficile rédaction de son courriel aux tournures alambiquées devant la rediffusion d'un mauvais film qu'il avait déjà vu, il ne parvint qu'à balbutier quelques réponses succinctes, bourrées d'euphémismes. Puis vint « la » question, celle qui taraudait réellement Pierre.

— Comment peut-on s'organiser pour la mission de janvier ?

Sa question était toute légitime. En septembre dernier, Aurélien avait été promu au grade de senior, lui octroyant outre une belle augmentation salariale, la responsabilité opérationnelle de la mission d'audit chez les entreprises clientes, incluant l'encadrement d'équipes de collaborateurs. Et en janvier, toutes les équipes étaient sur le pont pour l'audit des comptes des sociétés clôturant leur comptabilité avec l'année civile. Moralité, un remplacement au pied levé était impossible. C'était le pire timing possible. Depuis sa chute, Aurélien savait pertinemment cette question inévitable ; pourtant, il l'avait repoussée jusqu'à l'IRM dans une sorte de superstition. Comme si envisager le pire pouvait effectivement le provoquer...

— Je ne sais pas trop, je pourrais donner un coup de main à distance, sur des aspects ne demandant pas d'échanges avec le client. J'ai mon ordinateur avec moi, marmonna-t-il.

Pierre le fit répéter. Puis, muet quelques secondes, il reprit de sa voix rauque et posée.

— OK très bien, j'y réfléchis de mon côté et on se rappelle lundi pour se coordonner. D'ici là, repose-toi bien, on va avoir besoin de toi. Bon week-end !

Tu parles d'un week-end... Deux journées s'étaient écoulées depuis son retour de la clinique. Des journées courtes, hivernales, et la faible lumière artificielle de sa caverne ne pouvait déchirer cette obscurité omniprésente. Enterré vivant, on ne pouvait pas dire que la perspective de travailler avachi dans un fauteuil, le genou en compote, enchantait Aurélien, mais pas beaucoup moins que le reste. Allongé du matin au soir, de son lit au canapé, du canapé à son lit, Aurélien végétait d'une série à l'autre, d'un film à une émission débilitante : peu lui importait le programme pourvu que le cerveau soit occupé. Une constante chez lui, même s'il oubliait pour un temps son habituelle fuite en avant, ses weekends à courir à droite et à gauche entre un brunch et la dernière exposition parisienne, ses soirées entre amis jusqu'au bout de la nuit et ses footings matinaux pour éliminer les toxines de la veille. Orphelin de toutes ses habitudes, Aurélien se sentait vide, vide comme jamais.

Deux jours aussi qu'il était coupé du monde extérieur. Après avoir pris le soin de communiquer le diagnostic sans appel à ses plus proches amis – Florent, Maxime, Léa et quelques autres – par le biais de messages faussement optimistes et remplis de smileys souriants, il n'avait reçu ni appels, ni SMS pour la simple et bonne raison qu'il avait aussitôt éteint son portable. Le fruit d'une pulsion bien plus que d'une décision réfléchie.

Seul, reclus dans sa tanière, Aurélien commençait à sentir son odeur. L'hygiène était devenue le cadet de ses soucis : depuis l'accident, son genou ne pliait guère, son équilibre était précaire, et se laver relevait, à l'entendre, de la *vraie galère*. Résultat : à côté de lui, Hercule c'était Monsieur Propre. À vrai dire, il angoissait surtout à l'idée de glisser et d'aggraver encore sa blessure (si cela était seulement possible). Sa caverne ne sentait pas non plus la rose, mais il n'attendait personne. Alors à quoi bon ? Au moment des repas, sa mère l'incitait à aérer un peu. « Tu veux en plus que j'attrape la crève, c'est ça ? », s'emportait-il systématiquement. Elle souffrait de le voir ainsi, et de se voir transformée en punching-ball humain. Entre deux salves à son endroit, elle meublait pourtant ses journées en épluchant ses livres de cuisine pour lui servir à chaque repas des assiettes aussi savoureuses que variées. Mais il manquait cruellement d'appétit, à la plus grande joie d'Hercule qui se léchait les babines au pied de la table en attendant ses restes.

Sa mère s'en désespérait, mais ses longs soupirs, ses suppliques ou ses sanglots étouffés n'y changeaient rien, bien au contraire. Les nerfs d'Aurélien s'agaçaient sur chacun de ses bienveillants sermons. Par-dessus tout, il voulait qu'on le laisse tranquille.

Léa

Au numéro 15, en haut du perron, je balayais les patronymes de l'interphone... Non, non... Tissot. Bingo !

— Oui, qui est là ?

— Bonjour Madame. Je suis Léa, une amie de votre fils. Je viens lui rendre une petite visite...

— Ah Léa ! Oui bien sûr, monte. C'est au huitième étage. Je t'ouvre.

Dans l'ascenseur, je consultai mon téléphone. Aucun nouveau message. Quelle tête de mule celui-là ! Arrivé au dernier étage, la porte s'ouvrit, et je découvris sur le palier la mère d'Aurélien. Souriante, elle m'invita à entrer, Aurélien terminait dans la salle de bains. Bien rancardée par son fils qui connaissait mon doux penchant pour le thé, elle m'offrit une tasse, et s'excusa platement pour le fouillis, mais les derniers jours avaient été tout sauf évidents...

— Quel désordre ? lui rétorquai-je, sans chercher à lui faire plaisir.

— Tu es gentille. Mais assieds-toi, je t'en prie.

Elle me remercia vivement de rendre visite à son fils, dont le moral la tracassait. Et c'était peu de le dire. Depuis son retour, il vivait cloîtré dans le salon, et avait même récemment coupé son téléphone. Je peinais à en croire mes oreilles, lui pour qui son smartphone était devenu une véritable extension de sa main. La mère d'Aurélien ne correspondait pas du tout à l'image que je m'en étais faite. Par certaines mimiques, par certaines formulations, elle me faisait penser à Aurélien, dans sa timidité, dans son manque d'affirmation, à croire qu'effectivement, la pomme ne tombait jamais très loin de l'arbre... Toujours à voix basse, elle me confia ne l'avoir jamais vu comme ça, avant de s'interrompre à l'apparition de son fils.

— Tu es quand même venue ma grande...

— Évidemment. J'ai tenté de te prévenir, mais ton portable devait être éteint.

— Oui, j'ai quelques soucis en ce moment. Mais j'y pense, t'avais même pas l'adresse ?

— Tu sais mon grand, il existe un truc qui s'appelle Google de nos jours. Tu devrais essayer à l'occasion...

Je lui arrachai un timide sourire et me serrai contre sa taille. Il sentait bon le parfum. Une fois dans le salon, il referma la fenêtre et déplaça à la hâte quelques affaires sur son lit pour libérer des assises.

— T'embête pas avec ça. J'ai pas pris tant de poids que ça pendant les fêtes...

— Je retire ce que j'ai dit, je suis très content que tu sois venue, ânonna-t-il visiblement ému.

Et dans l'intimité de son antre, il me questionna sur mes vacances en famille, sur mon copain (la tête de mule) avec qui les choses étaient à nouveau compliquées, sur la perspective de reprendre mon travail de chargée de communication dans le monde de la mode... Il m'écouta chercher mes mots, bafouiller, me contredire, et tenta de me conseiller au mieux, avec des propos remplis de bon sens. Il trouvait toujours les mots justes. C'était étrange, mais avec Aurélien, nous étions comme connectés. Comme si nous étions les deux faces d'une même pièce. En toutes circonstances, je lisais dans son regard qu'il comprenait ce que je ressentais. Et vice versa. Était-ce mon désordre qui lui parlait ?

— Je sais que j'ai toujours rêvé de travailler dans la mode, que je me suis battue pour, tu as raison. Mais aujourd'hui, c'est plus fort que moi. Chaque matin, je prends le métro à reculons ; l'autre jour, je me suis même trompée de sens... Mais assez parlé de moi, tu veux. Et toi alors ? Tu tiens le coup ?

— Oui, on fait aller... Je mate des films et des séries toute la journée, le rêve quoi...

— ...

— Non, pour être honnête, je pense que je ne réalise pas encore. J'ai bien saisi tout ce que l'on m'a dit à la clinique, toutes les étapes qui m'attendent, j'ai regardé sur internet, mais cela ne me paraît pas réel. Tu y crois toi, qu'il y a à peine dix jours j'arrivais à Courchevel pour y passer une semaine à skier et faire la fête... Et que depuis je suis enfermé ici dans ce salon, avec un genou en moins...

— Oui, j'imagine à quel point ça doit être dur, surtout pour quelqu'un comme toi qui ne tient jamais en place, qui a l'habitude de vivre à cent à l'heure... Mais là hélas, tu n'as pas le choix, il va falloir faire avec, énonçai-je en pesant chacun de mes mots.

— Oui, je sais bien ma grande... Mais pourquoi moi ? Pourquoi le premier jour ? Pourquoi maintenant ?

Sans réponse, je plongeai alors la main dans mon sac et en sortis un petit paquet. Le moment me semblait opportun. Aurélien scruta l'emballage. Comme à mon habitude, le présent était emballé dans des pages de magazines ; je trouvais ça plus original, plus personnel et aussi plus pratique que du papier-cadeau.

— Voyons voir... Qu'avons-nous de beau ? « Bombasse, rivale, collègue... Comment se les mettre dans la poche » et là, « Parfums : Découvrez quelle séductrice vous êtes ». Tout un programme...

— Ouvre !

Je ne sais pas pourquoi, mais recevoir un cadeau l'embarrassait, comme s'il estimait ne pas le mériter. Il soupesa l'objet et le secoua à son oreille, sachant pertinemment que c'était un livre.

— Des chocolats ?

— Passe-moi ça !

— C'est bon, je l'ouvre.

Il resta un moment dubitatif face à la couverture, qui représentait des traces de pas sur une dune désertique.

— « Le chemin le moins fréquenté », murmura-t-il. Je dois y voir un message subliminal pour mes prochains mois ?

Je savais que ce n'était pas un grand lecteur (il m'avait raconté que durant sa scolarité, il s'était toujours contenté de mémoriser les résumés commentés d'œuvre en vue des contrôles plutôt que de lire les classiques) et que là, par-dessus le marché, je lui offrais un livre de psychologie. Mais j'insistai sur le fait qu'il m'avait été personnellement d'une grande aide et que j'étais convaincue qu'il pourrait lui plaire à lui aussi.

— Et puis, ce n'est pas comme si tu manquais de temps, je me trompe ? ironisai-je, en jouant avec mon briquet, pendant qu'il feuilletait les pages au hasard. Et ça t'aidera peut-être à remettre certaines choses en perspective... Bon, je sais que tu détestes les spoilers[8], mais il y a notamment un passage dans le livre sur les accidents, soulignant que les accidents que nous évitons d'un rien excèdent largement les accidents effectifs de nos vies. Mais je ne t'en dis pas plus...

Il demeura dubitatif en se grattant sous son attelle, et me remercia avec une drôle d'expression sur le visage. Un léger sourire qui cachait quelque chose, j'en étais certaine. Aussi je persistai et il finit par se lancer.

— En fait, j'y pense maintenant, il y a une chose que tu ignores sur moi, dont je ne t'ai jamais parlé... En terminale, j'avais sérieusement songé à faire psycho, avant de me rabattre par pragmatisme sur des études dans le commerce. Du coup, je trouve ça drôle que tu m'offres ce livre-là, voilà tout...

— Rien n'arrive par hasard mon grand...

Il opina sans conviction et me fit la promesse de le lire celui-là. Il parcourait attentivement la quatrième de couverture et j'en profitai pour sortir un second paquet.

— Tu sais, le père Noël est déjà passé ma grande... Ou pas en fait..., se reprit-il en jetant un rapide coup d'œil à son attelle. Mais vraiment il ne fallait pas, ça me gêne...

— Ouvre !

Après quelques secondes à tergiverser, il déballa le présent.

— C'est un carnet dans lequel je me disais que tu pourrais partager, entre deux films bien sûr, tes pensées, tes doutes, tes états d'âme... Tout ce que tu veux en fait.

— Une sorte de journal intime ?

— Oui.

D'un mouvement du pouce, il fit défiler en accéléré toutes ces pages blanches qui s'offraient à lui.

— Tu en tiens un toi ?

---

[8] Son ami fuyait à l'extrême tout ce qui était susceptible de lui gâcher la découverte d'une intrigue. Rassurez-vous, le présent récit est garanti sans spoiler, quoique...

— Ça m'est arrivé, par période en fait, quand j'en ressens le besoin...

Nous parlâmes encore de tout et de rien. Surtout de rien pendant de précieuses minutes. Je lui partageai mes récentes migraines et déclinai son Doliprane au profit d'une nouvelle dose de mon cocktail homéopathique à base de Sanguinaria, dont le nom le fit sourire. Et à la nuit tombante, je pris congés, m'engageant à l'appeler bientôt, enfin si son problème de téléphone était résolu... Sa mère me glissa à l'oreille de ne surtout pas hésiter à repasser. Dans la rue qui menait droit à la gare, je traînais des pieds. Bien cramponné à ses béquilles, Aurélien me fit signe par la fenêtre. Je retournais à Paris, lui restait ici. Et en pensant à mon lundi de rentrée, je l'enviais presque.

7.

Les jours suivants, Aurélien trouva déjà le temps moins long. Mine de rien, il retrouvait un semblant de rythme, avec ses quelques heures de télétravail quotidien. Oh, ce n'était rien de très enthousiasmant, plutôt des tâches ingrates, des tableurs Excel à n'en plus finir, dont le seul petit mérite était de lui occuper momentanément l'esprit, tout en aidant ses collègues au mieux de ses capacités. Il avait bien conscience que la situation n'était évidente pour personne, à commencer par Pierre, qui, faute de staff disponible, avait bricolé une organisation (nécessairement) bancale pour pallier son absence. Le reste du temps, Aurélien poursuivait assidument son régime télévisuel à outrance. Un soir, en se brossant les dents, il découvrit même un début de corne sous son pouce droit. Et lorsqu'il saturait des positions « Assise » et « Couchée », il errait avec ses béquilles sur le carrelage de ce modeste F4, où les meubles et quelques bibelots noirs contrastaient avec le blanc des sols et des murs. Un appartement au style très manichéen.

Un après-midi, il réalisa que cet appartement, c'était sa mère. Un monde d'excès qui ne connaissait pas le gris.

Il tournicotait dans cette cage haut perchée, dont les fenêtres étaient pour lui de réelles respirations. Sortes de lucarnes sur cette ville de banlieue sans histoire et qui lui était si familière. De chacune d'elle, il prenait le temps d'observer scrupuleusement les différents quartiers, comme autant de pièces du puzzle de sa jeunesse.

Mardi 14 janvier 2010, fin d'après-midi

Cher journal,
Est-ce comme cela qu'on est censé démarrer ? Ça fait un
peu trop solennel, non ? Léa aurait quand même pu me
donner un manuel d'utilisation que je sache comment m'y
prendre. Je n'ai jamais tenu de journal intime moi... Pre-
mier constat : ça fait tout drôle de se poser comme ça, sans
le moindre bruit, ni celui de la télévision, ni celui de la ra-
dio, et de se retrouver seul face à une feuille blanche pour y
déverser une partie de nous-même... De quoi vais-je bien
pouvoir t'entretenir ? Ai-je réellement quelque chose à dire
qui vaille la peine de noircir les précieux carreaux de tes
pages encore vierges ? J'en doute, mais bon, on verra bien.
Il faut que je me lance, au moins pour Léa.
Aujourd'hui, je me suis encore promené dans l'apparte-
ment maternel, au gré des souvenirs. C'est fou de constater
que certes l'agencement des meubles, leur couleur ainsi que
celle des murs ont légèrement évolué depuis mon départ,
mais qu'au fond, rien n'a foncièrement changé ces sept der-
nières années. Un peu comme le Deuil-la-Barre de mon en-
fance que je retrouve fenêtre après fenêtre.
De la cuisine, je domine le vieux Deuil avec son église, son
bureau de poste et son cimetière. Quelques habitations y
ont poussé, modifiant cette vue que je connaissais si bien.
Cette connaissance, je la dois à mon grand-père. Il habitait
à l'époque trois étages plus bas et ne quittait presque ja-
mais la cuisine et cette vigie à l'horizon constamment em-
brumé par la fumée de sa pipe. J'entends encore ma grand-
mère. « Henri, tu pourrais m'ouvrir cette fenêtre, tu sais
bien que l'odeur de ton tabac froid me donne mal à la tête »,
l'implorait-elle sans arrêt, elle qui n'avait pourtant jamais
un mot plus haut que l'autre. Lui s'exécutait, en bougon-
nant dans sa barbe blanche clairsemée. Bougon, voilà un
terme qui qualifiait parfaitement mon grand-père. Enfant
je me souviens, lorsqu'il lui arrivait de s'en absenter, je
grimpais sur sa chaise haute pour faire comme les grands,
comme lui. Adolescent, j'y revenais. Mais que pouvait-il
bien regarder par cette fenêtre, jour après jour ? À quoi

pensait-il derrière ses épaisses lunettes des heures durant ? Maintes fois, j'ai voulu le lui demander, mais je n'ai jamais osé. Et à présent, il est trop tard.

Du salon, je surplombe le coin des écoles, contemplant ainsi mes douze années passées sur les bancs de la maternelle au collège en passant par le primaire. Je m'attarde sur l'agitation qui règne dans la cour du collège. C'est l'heure de la récréation. Je ferme les yeux pour en écouter les bruits, les cris, la vie. Je revois distinctement les traits du bon élève en jogging, à la voix frêle et abonné aux récompenses. Je revois aussi ceux de l'adolescent complexé à la toison orange, qui y multipliait les puériles bêtises avec sa classe de « rebelles ». Je revois aussi et surtout les traits de Margaux Vacth, en salopette en jean sur la photo de classe. Comment oublier cette petite blonde dont les yeux bleus faisaient battre mon cœur en cours de technologie ? Ce cours béni où le hasard alphabétique nous avait réunis autour du même bureau fatigué... Ces quatre heures hebdomadaires que j'attendais avec tant d'impatience et qui filaient entre mes doigts comme le sable le plus fin. Puis un jour, au milieu de l'hiver, elle n'est pas venue. Et ce jour s'est répété deux semaines consécutives. De mémoire, suite à une grosse bronchite ou quelque chose du genre. J'ai alors dévisagé pendant quinze longs jours sa chaise vide dans le chahut récurrent du fond de la classe, orphelin de sa voix mélodieuse et de son écriture tout en rondeur... Cette année-là, je crois bien que mes résultats dans la matière s'en sont ressentis. Les explications alambiquées de ce grand professeur dégarni en blouse blanche (comment s'appelait-il déjà ? Monsieur... Monsieur Chapouillet, c'est ça) entraient en conflit avec ces mots simples, que je tournais et retournais mille fois dans ma tête, sans jamais trouver le courage de les formuler. L'année suivante, j'ai même été jusqu'à m'inscrire au badminton pour me rapprocher d'elle. Et j'y ai réussi. Je suis devenu son ami. Uniquement son ami, coincé en pleine « friend zone »[9] comme on appelle ça aujourd'hui.

---

[9] Rares sont les spécimens vivants, qui comme Ross Geller de *Friends* sont parvenus à s'extirper de ce piège redoutable pour conquérir la « Rachel Greene » de leurs rêves...

C'est fou quand même qu'après quinze ans, j'en sois toujours à me demander ce qui se serait passé si seulement je m'étais lancé...

De mon ancienne chambre enfin, où se sont succédé au fil des années toutes les consoles de jeu du marché (ma mère n'a jamais rien pu me refuser pour le plus grand bonheur de l'industrie du jeu vidéo), j'aperçois le bar-tabac, la supérette et l'agence bancaire. Et un peu plus loin, le stade. Ah ce stade et son terrain de foot à l'herbe inégale ! Après avoir honoré ma dernière licence en club, j'y passais tous mes dimanches après-midi, de la sortie de table à la tombée de la nuit, de janvier à décembre, quelle que soit la météo. J'y retrouvais potes et inconnus, réunis autour d'une même passion, simplement, sans se prendre la tête, même s'il n'était pas question de perdre, pas au foot. Quand j'y repense, je réalise l'insouciance de ces moments entre amis, de ces quelques heures pendant lesquelles rien d'autre ne comptait. L'espace de ces après-midi, je me sentais bien, comme à ma place. Oui, arrêter le foot en club était la bonne décision, la seule... De ma vigie à moi, j'ai alors ressenti un spasme dans le genou. Moi qui ne suis jamais resté plus de deux semaines sans taper dans un ballon, comment vais-je tenir neuf mois ? Au loin, la Tour Eiffel se met à scintiller et me fait les yeux doux. À moins qu'elle ne me nargue.

Paris, le sport, ma vie. Si proche, si loin.

M'man

Comme un lion en cage. Depuis plusieurs jours, je voyais mon petit bonhomme tourner en rond dans l'appartement, traînant ses béquilles sur le carrelage, d'une pièce à l'autre, d'une fenêtre à l'autre. Parfois, il se plantait là, impassible durant plusieurs minutes. Je mourrais d'envie de savoir ce qu'il ressentait, de comprendre ce qui le tourmentait tant, mais il n'en parlait pas. Alors malgré moi, je respectais son choix. Depuis longtemps, j'avais perdu le manuel pour communiquer avec mon unique enfant, si tant est que je l'aie eu un jour ce fichu manuel... L'élever seule n'avait pas été facile tous les jours. Je l'invitai à passer à table, il me répondit sèchement qu'il terminait un truc. Savait-il seulement que j'avais toujours essayé de faire de mon mieux pour lui ? Quelques minutes plus tard, mon fils arriva à table la bouille défaite. Je m'inquiétai de son état et il s'emporta à nouveau.

— Oui, ça va... À part le fait que je sois bloqué ici et que plus ça va, plus le bureau me demande des choses qu'il m'est très difficile de faire à distance... Et encore plus avec ce foutu ordinateur qui plante toutes les cinq minutes...

— Ça va aller...

— Oui, bien sûr... Je ne vois juste pas comment... Ah si je sais, on pourrait demander à Mémé Alice !

Son agressivité à mon égard me déchirait au plus profond de mes entrailles, mais je ravalai ma peine tant bien que mal.

— Dans l'attente, mange, ça va refroidir.

Ce soir-là et pour la énième fois, il toucha à peine à son assiette, alors que ses joues se creusaient à vue d'œil. Il adorait pourtant ce plat quand il était petit...

— Oui, mais là, j'ai pas faim. Donnes-en à Hercule, ça fera un heureux !

Énergiquement, il quitta la table pour son canapé tandis que je débarrassais et nettoyais ma cuisine. J'allais filer dans ma chambre, mais revins finalement à la charge.

— Aurélien, on peut se parler ?

— Oui, répondit-il visiblement très surpris, tant par ma démarche que par le fait que je l'appelle Aurélien. Il baissa le son de la télévision. Ça va, M'man ?

— Oui, c'est juste que je trouve que tu as vraiment une toute petite mine ces derniers jours. Ça va ? Tu dors bien ?

— Bof. Je me réveille souvent la nuit, je ne sais pas trop pourquoi, peut-être le genou, mais avant que tu ne me le proposes, non ça ne vient pas du lit...

— J'imagine que revenir à Deuil, avec ton genou dans cet état et ta vieille mère, ça doit te travailler, mais je m'inquiète pour toi, tu sais.

— Je sais bien, M'man. Et oui, je suis sûrement un peu fatigué, ça fait beaucoup de choses en même temps. Et puis le boulot, où j'ai beau faire mon maximum, je sens bien que ce n'est malgré tout pas assez, que mon manager aimerait que j'en fasse plus, mais...

— ...

— ...

Il en avait gros sur le cœur, ça crevait les yeux.

— Et ton genou, il a déjà bien dégonflé, non ?

— Oui c'est sûr, mais comme ma cuisse qui a déjà fondu comme neige au soleil..., répliqua-t-il en butant sur cette expression. C'est fou comme ce que l'on met tant de temps à construire, à façonner peut aussi vite voler en éclats.

Muette, je fixai son quadriceps atrophié qui me rappela soudain le douloureux souvenir des cuisses chétives de mon père sur la fin.

— Mais ne t'inquiète pas M'man, ce n'est qu'une mauvaise passe, la roue va tourner...

Je coupai court à la conversation, sentant mes yeux s'humidifier. « Ça faisait longtemps », me morfondis-je, en avalant deux nouveaux antidépresseurs. Du fond de ma couette, en dorlotant mon petit Hercule, je réalisai que le mois de janvier touchait déjà à sa fin, signifiant le départ prochain de mon petit bonhomme.

— On va bientôt se retrouver seuls toi et moi, hein mon Hercule ?

De jour en jour, Aurélien semblait reprendre du poil de la bête. Je prenais plaisir à le voir retrouver un semblant d'appétit, au grand dam de ce pauvre Hercule qui devait lui se réhabituer aux fades (bien que très coûteuses) croquettes et autres pâtées de sa gamelle. Les journées commençaient aussi à rallonger, et il profitait désormais des après-midis froides mais ensoleillées pour s'aérer l'esprit autour du pâté de maisons. Je l'aurais bien accompagné, surtout les premières fois, juste pour être sûre, mais je pris sur moi, le laissant un peu respirer.

Cela n'était pas chose aisée. En bonne mère célibataire, j'avais toujours été là pour lui, le suivant pas à pas lors des sorties scolaires à la patinoire ou au musée, des kermesses de fin d'année et même au sein de son club de football. Il avait toujours été si introverti mon petit bonhomme que je me devais d'être là à ses côtés, et puis ça me sortait un peu, ça me faisait rencontrer du monde. Présente à chaque entraînement, à chaque match qu'il pleuve, qu'il vente, je m'étais même investie plusieurs années dans l'encadrement en tant que trésorière. Je me rappelais encore du choc pour moi, lorsque du jour au lendemain, il avait décidé d'arrêter, comme ça, sans raison apparente. D'autant qu'il avait toujours aimé ça le football, et ce depuis tout petit. Il ne se passait pas une récréation à l'école primaire sans qu'il ne tape dans les ballons en mousse que je lui achetais à la chaîne. Oui, malgré toutes ces années, sa décision restait à mes yeux un véritable mystère...

— Qu'est-ce que tu fais ?

— Un tennis, ça ne se voit pas. Non, je plaisante, pardon. Je commence le livre que m'a offert Léa.

— Ah ! Et ça parle de quoi ? lui demandai-je en caressant Hercule qui était en mal de tendresse ces dernières semaines.

Il entamait tout juste la lecture, il n'était pas encore bien sûr et me proposa par conséquent de me lire la quatrième de couverture.

— « La vie est difficile. »

« Tu parles d'un truisme », avait-il commenté en esquissant un sourire, sans que je réagisse (il faudra que je pense à chercher le mot dans le dictionnaire...). C'est bête, mais j'avais toujours peur qu'il ait honte de moi...

— « Si nous souffrons, ce n'est pas tant à cause de la difficulté de la vie que de notre croyance en une vie facile. Cette attitude, en partie due à notre éducation et aux idées fausses que la société transmet, entraîne dépression, maladies, échecs et névroses. Scott Peck nous invite à ne plus fuir ce qui fait mal en utilisant des subterfuges ou des excuses. (...) il nous enseigne ce que personne ne nous a jamais appris : des leçons fondamentales pour grandir, aimer, s'engager et être plus fort. »

— Ça a l'air intéressant. Tu me le passeras quand tu auras fini...

— Oui, sans problème. Ce livre a beaucoup aidé Léa. Alors pourquoi pas nous...

Je le laissai à sa lecture, et me glissai sous mes draps le cœur lourd. Mon bonhomme repartait demain pour Paris, et je n'étais pas prête à le voir s'en aller, lui aussi... Pourquoi tout le monde me quittait toujours ? Heureusement, il me restait encore Hercule... Et pour couronner le tout, pas moyen de trouver le sommeil. Aussi je me replongeai à cœur perdu dans mon roman à l'eau de rose que je bouclai cette nuit-là, avant de finalement m'assoupir.

Exténuée de mon insomnie de la nuit dernière, il ne fallait pas que je traîne, d'autant que tout semblait s'être ligué contre moi ce matin-là : entre la voiture qui faillit ne pas démarrer, la cohue dans les rayons du supermarché et enfin l'affluence record à la pompe à essence. Je rentrai néanmoins des commissions, le caddie rempli à ras bord de provisions, et le trouvai debout à la fenêtre du salon. Il avait rassemblé toutes ses affaires et même refait son lit pour la première fois depuis un mois. Un effort bien inutile, pensai-je, vu que j'allais le redescendre à la cave...

— J'ai de quoi tenir un siège avec tout ça, M'man ! Merci. Et tu me diras combien je te dois.

— Tu plaisantes. Ça te va, si on mange tôt ? J'aimerais bien éviter si possible le gros de la circulation.

Ce midi-là, il dévora son déjeuner. L'idée de retrouver son petit studio du Marais semblait l'enchanter. Je me réjouissais de le voir ainsi souriant, presque guilleret, mais en un sens, cela m'attristait un peu : il allait me quitter à nouveau et n'avait jamais paru aussi heureux qu'à cet instant... Sur le point de partir, je le surpris avec Hercule.

— Tu prendras bien soin de ta maîtresse pour moi, compris ? Dis, tu m'écoutes ?

— Tu m'as parlé ?

— Non, rien M'man, j'arrive.

Il reposa Hercule au sol, qui s'en alla presque dédaigneux. Avais-je bien entendu ?

Dans la voiture, le silence était de mise. L'œil rivé à la vitre, il semblait pensif. De mon côté, je tentais de contenir mon émotion derrière mes grosses lunettes de soleil. Les astres étaient avec nous : d'abord la météo, puis ce trafic fluide. « Merci Mémé Alice, tu vois quand tu veux ! » Les portes défilaient, Bagnolet, Montreuil, puis Vincennes. Aurélien ne manqua pas de me rappeler une fois de plus qu'il y avait plus court comme itinéraire ; je sortis quand même Porte de Vincennes. De là, je maîtrisais.

— Alors, t'es content de quitter ta vieille mère ?

Il marqua un temps d'hésitation.

— M'man, pourquoi tu dis ça ? C'est sûr que je suis content de retrouver Paris, mon studio, mes amis... Mais tu sais aussi que je te suis très reconnaissant pour ces dernières semaines...

— Ne me remercie pas, tu sais que je t'aime plus que tout au monde et que je ferai n'importe quoi pour toi mon bonhomme. Tu le sais hein ? articulai-je la voix pleine de trémolos avant de caler au feu tricolore.

— ...

Il m'effleura l'épaule maladroitement en esquissant un rictus. Je m'en contenterais d'autant que j'apercevais la façade de l'église Saint-Paul. En quatrième vitesse, j'enchaînai alors les allers-retours sur les piégeuses marches jusqu'à son studio, y remontant affaires et vivres.

— Aurélien ? Aurélien, voilà je t'ai tout monté. Ton frigo et tes placards débordent. Tu es sûr que ça va aller pour monter ? Les marches n'ont pas l'air commodes...

— Oui, on va y aller piano. Et tu entends ? Les cloches voisines saluent déjà mon retour.

Comme après son rapatriement de Courchevel, il me prit dans ses bras. Une étreinte écourtée par un coup de klaxon, rapidement suivi d'un second, je gênais. En toute hâte, je remontai dans l'habitacle, saluai mon fils une dernière fois par la fenêtre et calai. Fallait toujours que ça m'arrive aux pires moments ça... Je peinai à redémarrer, alors qu'en canon, les klaxons se répondaient. Décidément, je n'aimais vraiment pas rouler dans Paris. Quelques kilomètres plus loin, sur le périphérique, je fondis en larmes, appelant ma grand-mère à la rescousse. « Mémé Alice, s'il te plaît, prend bien soin d'Aurélien. Je n'ai plus que lui... »

8.

Les bras tétanisés par la montée, Aurélien poussa sa porte blindée et toussota. Une puissante odeur de renfermé venait de lui exploser au visage. Les fenêtres grandes ouvertes, il renoua avec son inconfortable canapé suédois avec une joie non dissimulée et ralluma la télévision. À ce moment précis, peu lui importait les épreuves à venir, il était juste heureux d'être chez lui, à Paris.

Mais devant le mauvais téléfilm de ce milieu d'après-midi, il ne put s'empêcher de repenser aux mots de sa mère dans la voiture et à son amour inconsidéré. Ses mots, il les connaissait par cœur, il les avait entendus prononcer des centaines de fois avec toujours l'extrême sincérité d'une mère célibataire pour son fils unique, mais ce jour-là, ces mots le dérangèrent. Il se détacha de l'écran, et attrapa le livre offert par Léa. Il tourna les pages dévorées la veille et s'arrêta sur un passage souligné au crayon : « Pour certains parents, le désir de protéger leurs enfants est motivé par un amour véritable, mais mal orienté. » *En l'absence de mon père, ma mère m'a toujours aimé pour deux voire plus et protégé comme pas un, m'accompagnant partout... Un amour mal orienté ?* Il y songea quelques instants, mais comme souvent, il n'alla pas au bout de sa réflexion et de ses bonnes intuitions. Avait-il peur de ce qu'il pourrait découvrir ? Il coupa cependant le son de la télévision pour poursuivre, un crayon à papier à la main, sa lecture.

Le lendemain, bien décidé à reprendre le cours de sa vie où il l'avait laissée, Aurélien s'évada de son studio. Une fois dehors, il prit le temps de humer l'activité de ce début de week-end. Dans sa rue, les habitants du quartier ressortaient les bras chargés des supérettes, les flâneurs et autres touristes profitaient de la fin de la période des soldes en quête de bonnes affaires. Au cœur de la foule, un coureur au short échancré tentait de se frayer un chemin sur les pavés de cette rue semi-piétonne. Sa foulée légère captura l'attention d'Aurélien, qui le regarda filer devant lui. Planté dans la chaussée, Aurélien demeura immobile, comme le spectateur qu'il était. Il le perdit quelques mètres plus loin dans un flot d'adolescents qui sortaient par grappes du lycée Charlemagne adjacent. À présent, il s'attardait sur cette foule, apprêtée à la dernière mode, très propre sur elle et pendue à leur smartphone. Certains se couraient après, d'autres s'embrassaient. Cette vision le ramena dix ans plus tôt, à la sortie de son lycée de banlieue. Personne ne leur aurait donné le même âge : Aurélien avait vingt ans à son premier téléphone portable, eux étaient presque nés avec. *Tout va plus vite à Paris, tout va plus vite de nos jours... Sauf moi, avec ces foutues béquilles...*

Confortablement installé dans une brasserie non loin, il repensa au spectacle de deux têtes blondes s'embrassant goulûment à la vue de leurs camarades. Dans l'attente de ses amis, il s'égara dans le temps et l'espace, comme télétransporté dans une autre dimension. *À quoi ressemblerais-je aujourd'hui si j'avais grandi à Paris plutôt qu'à une dizaine de kilomètres de là ? Et si j'étais né dans les années 2000 ? C'est drôle de se dire qu'on pourrait être différent, voire même une tout autre personne... Au fond, qu'est-ce qui fait que nous sommes ce que nous sommes, entre la génétique, l'éducation, le contexte, sans oublier évidemment la chance ? Et dans quelles proportions ?* L'arrivée du plus ponctuel de ses amis le ramena sur-le-champ en 2010.

— C'est de la béquille de compétition que tu as là ? lui fit remarquer cet ami, à qui aucun détail n'échappait.

— Tu crois pas si bien dire : tu as devant toi la béquille multifonctions par excellence. Son petit plus ? Les crampons amovibles. Avec ça, tu ne glisses plus sur la neige, tu te crées de la place dans les transports en commun avec quelques gestes malencontreux et enfin le plus évident, tu es paré en cas d'agression. Pour résumer, c'est la Rolls Royce de la béquille !

Tout l'après-midi, que ce soit pour quelques minutes[10] ou plusieurs heures, ses amis se relayèrent à ses côtés, d'un établissement à l'autre mais toujours dans un rayon de

---

[10] À Paris, nombreux sont les gens aux emplois du temps de ministre.

quelques centaines de mètres. Et pour l'occasion, Aurélien était bien décidé à laisser son pessimisme au placard.

— Et toi Aurel', t'as quand même réussi à faire quelque chose pour le Nouvel An ?

— Pour le Nouvel An ? J'ai vécu une soirée d'exception, un Nouvel An comme tu en fais une fois dans ta vie !

Ses amis s'étranglèrent de surprise.

— Allez, je vous plante le décor : une ville de banlieue nommée Deuil-la-Barre, ça ne s'invente pas, de hauts immeubles d'habitation, et un tête-à-tête avec ma mère, Hercule son chat, et Arthur qui se bidonnait avec ses invités sur TF1. Comme on dit sur la chaîne rivale, « un dîner presque parfait » !

— Ah oui quand même... En tout cas, c'est bien, tu gardes ton sens de l'humour et de l'autodérision.

— J'essaye. Après tout, ce n'est pas la fin des haricots...

Tous saluèrent cet état d'esprit, volontaire et positif, à l'exception de Florent pour qui ces mots sonnèrent faux.

— Et tu reprends lundi alors ?

— Oui, cap sur Évry Courcouronnes et le siège social d'Accor : un métro, une longue correspondance, un RER direction le fin fond de l'Île-de-France, une navette, et j'y suis. Au bas mot, une bonne heure et quart... Au moins, je serais assis, privilège du handicap !

Ce week-end de retrouvailles laissait Aurélien physiquement sur les rotules, mais psychologiquement redynamisé. Du moins en surface. Tandis que sa chasse d'eau cafouillait, il peaufinait devant la glace son rasage à la recherche du moindre poil récalcitrant. À cette époque, porter la barbe n'avait rien de tendance, et encore moins dans sa profession, où l'image et la présentation étaient essentielles. En passant à côté de son complet du parfait cadre dynamique pendu pour le lendemain, son estomac se noua. Sans tarder, il s'engagea dans l'ascension de sa mezzanine. Sous les poutres apparentes, sa respiration se saccada, il se sentit comme oppressé. L'heure tournait et il ne dormait toujours pas malgré le bruit de la télévision. Depuis l'adolescence, Aurélien avait pris l'habitude de s'endormir avec le bruit de fond de la radio ou de la télé pour se distraire, fuyant ainsi la possibilité de

LE BIGORNEAU

se retrouver seul face à lui-même et à ses pensées les plus profondes. Mais ce soir-là, même ce subterfuge éprouvé s'avéra inopérant. Aurélien redécouvrait le fameux blues du dimanche soir. Et cela n'avait rien d'étonnant de le voir sujet à ce syndrome moderne particulièrement répandu au sein de la population active ; dès l'enfance, la classique boule au ventre de la rentrée des classes se transformait chez lui en de véritables spasmes qui le tordaient de douleurs et sabotaient ces dernières nuits de vacances.

Tous les quarts d'heure, il décomptait son temps de sommeil théorique jusqu'au réveil. Il s'agaçait et se retournait dans tous les sens à la recherche de la position magique, celle qui lui ouvrirait les bras de Morphée. Son cerveau fonctionnait à plein régime, assailli de questions existentielles qui germaient depuis quelques semaines. Mais ce n'était ni le lieu, ni l'heure pour une introspection en profondeur. L'heure avancée ainsi que quelques dialogues et éclats de rire d'une comédie franchouillarde finirent par lui offrir le sésame tant espéré.

9.

À l'aube de sa reprise professionnelle, Aurélien se réveilla sur sa mezzanine en nage et le souffle court. La télévision recrachait le générique du DVD qui tournait en boucle. Il peina à ouvrir les yeux et en se relevant, son crâne heurta une poutre. La tête enfarinée, il se traîna vouté sur les quelques mètres jusqu'à son escalier. *Allez Aurel', on descend en enfer*, se répéta-t-il en engageant sa patte blessée avant de ramener la valide sur la même marche. Et pour une fois, ce n'était pas son catastrophisme habituel qui s'exprimait à travers ses mots, mais seulement un moyen mnémotechnique trouvé sur Internet sur la manière d'aborder les escaliers dans sa condition, « Tu montes au Paradis et tu descends en enfer ». « L'épreuve » de l'escalier derrière lui, il attaquait désormais sa toilette. Dans sa compacte salle de bains encastrée sous la mezzanine, où il ne pouvait se tenir entièrement debout une fois dans la baignoire, il tenta tant bien que mal de laver sa jambe aussi bloquée que flasque. « Aaaaarrh ! », pesta-t-il bruyamment en laissant s'échapper le savon. Puis, au prix de contorsions dignes du cirque, il parvint à enfiler sa chaussette et à attacher sa chaussure de ville. Déjà en sueur, il s'élança dans ce périple urbain qui allait devenir son lot quotidien pour les prochaines semaines. Près d'une heure trente plus tard, les membres encore flageolants, il salua ses collègues déjà bien affairés et se laissa tomber sur sa chaise. Sa journée ne faisait que commencer, mais il sentit très vite qu'il avait déjà un bon wagon de retard.

Et comme un calque des précédentes, les journées se répétèrent à l'envi, et les semaines lui parurent des mois, d'autant qu'en ce mois de février 2010 la neige s'invita durablement au tableau. Les enfants étaient aux anges, les automobilistes et Aurélien beaucoup moins. Une journée stigmatisa particulièrement ses difficultés. Ce jeudi en question, il dut rester tard pour terminer un rapport.

— Pierre, excuse-moi, c'est pour quand le rapport déjà ?

— ASAP, s'était-il contenté de répondre.

Ce fameux ASAP (« As soon as possible »). Pour les non-familiers de cet anglicisme, cela signifiait pour hier. *De toute manière, tout était toujours urgent dans ce boulot, à croire qu'on sauvait des vies.* Depuis trois ans, Aurélien s'était souvent fait cette remarque. Mais pas ce jour-là, il n'en eut simplement pas le loisir. Rien ne se passa comme prévu : ses interlocuteurs lui invoquèrent toutes sortes de contretemps, un de ses stagiaires comprenait encore tout de travers et son manager s'était déplacé spécialement, de plus en plus inquiet de l'avancement de la mission. Aurélien était complètement dépassé et perdit la notion du temps, ratant d'un rien la dernière navette. Hébété l'espace de quelques minutes sur le perron du siège social de l'entreprise, il déploya finalement les crampons sous ses béquilles, inspira profondément et entama alors une claudication, neigeuse et solitaire, sur les deux kilomètres qui le séparait de la gare RER. Il s'accrochait de toutes ses forces à ses béquilles et à la perspective de son lit, mais très vite, chaque pas s'avéra plus compliqué que le précédent dans une neige à moitié fondue. Rattrapé par le froid et la fatigue, il n'avait que des « *Pourquoi ?* » en tête. Et en passant au-dessus de l'autoroute qui vrombissait de l'empressement des automobilistes, il en profita pour insulter copieusement Murphy et sa loi des séries.

— Mais bon sang, qu'ai-je fait pour mériter un tel acharnement ? Satané Irlandais ! Quelle idée à la con d'inventer la loi de l'emmerdement maximum au pays du Trèfle ![11]

Pris de l'envie de jeter l'éponge face à la vie, il continua malgré tout. En gare d'Évry, il attendit impatiemment son RER, retardé par « un accident grave de voyageurs ». Tout le monde ou presque sut ce que ça voulait dire. *Ils pourraient tout de même se suicider autrement, ou au moins en pleine journée... Un peu comme tous ces vieux qui grossissent les embouteillages aux caisses des supermarchés le soir au grand dam de travailleurs déjà éreintés. Et puis, quelle drôle d'idée de vouloir se faire déchiqueter par un*

---

[11] Malgré la consonance irlandaise de son patronyme, on doit cette théorie de l'emmerdement à un pupille de l'Oncle Sam, un ingénieur aérospatial américain. Pas rassurant pour les programmes de la NASA...

train ? Il faut vraiment être sévèrement complexé par son physique...

Au bout de cette interminable journée, terriblement las et recroquevillé dans son lit, il respira enfin, se sentant presque à l'abri de la vie. Jusqu'au lendemain...

Car le lendemain, tout reprenait toujours de la même façon pour Aurélien, pourchassé par l'impression d'être engagé comme simple passager dans une course contre la montre sans fin. Il en venait même à regretter ses semaines à rallonge sur le canapé maternel à Deuil. Trois fois par semaine, il débauchait alors autour de dix-sept heures pour se rendre chez son kinésithérapeute. Des départs sur la pointe des béquilles, la tête basse, laissant ses collègues en pleine bourre. On lui épargnait la sempiternelle blague de l'auditeur financier frustré par ses horaires démentiels, « Tu prends ton après-midi ? », lorsqu'un collaborateur avait le malheur de partir avant dix-neuf heures. Néanmoins, il ressentait leurs regards pesants qui se détachaient furtivement de leurs écrans et dossiers pour accompagner avec envie chacun de ses départs. Celui de son manager notamment. Pierre s'efforçait de rester positif, mais Aurélien sentait bien au ton de sa voix, entre les lignes de ses emails, que la situation l'agaçait, que leurs rapports se dégradaient. Il avait beau faire de son mieux, sa motivation professionnelle se dissipait de jour en jour, d'autant qu'avec son absence prolongée, toute nouvelle promotion était exclue pour cette année. Inconsciemment, il prenait du recul et, très vite, une seule chose lui importa réellement : son genou et se rétablir au plus vite. Dans son lit, il comptait les jours ; à son bureau, il comptait les heures. Encore un mois avant l'opération, et deux nouvelles missions : il lui fallait s'accrocher.

Le temps des week-ends, sa course effrénée s'arrêtait. Lui qui sautait encore récemment sur le moindre plan de sortie ne quittait plus qu'en de très rares occasions son studio. Il compensait par une frénésie télévisuelle, qui trouvait néanmoins quelques parenthèses méditatives. Par à-coups, Aurélien se prenait à dévorer le livre de psychologie offert par sa meilleure amie, et sans qu'il le réalise pleinement, ses idées et préceptes infusaient déjà en lui. Le livre prônant notamment une remise en question régulière, Aurélien se confrontait de plus en plus à son moi intérieur et inconscient. L'introspection s'immisçait dans sa vie par la petite porte, mais Rome ne s'était pas faite en un jour. En cette fin de samedi après-midi aussi grise que froide, Aurélien lisait le cas d'un patient qui ayant grandi dans une méfiance des autres avait développé un ensemble de comportements qui validaient constamment son postulat de départ, en l'isolant toujours plus d'un monde perçu comme hostile. *Un peu comme les prophéties auto-réalisatrices qu'on nous présentait en cours d'économie, où l'annonce d'une possible pénurie de carburant entraînait un afflux massif à la pompe et une pénurie effective, l'homme peut être le meilleur artisan de son malheur, et ce, sans même s'en rendre compte, intéressant...* Il cogitait sur cette pensée, lorsque Florent débarqua à sa porte pour le kidnapper, sans sommation, le tirant momentanément de sa torpeur physique récente.

— Habille-toi Aurel', les autres nous attendent ! Et pas de discussion possible.

Il obtempéra de bon cœur et enfila un pantalon.

— Tu permets que j'ouvre un peu pendant que tu te prépares Aurel', ça pue le renfermé ici.

Ce soir-là, attablés dans un pub irlandais, où Aurélien avait ses habitudes, ses amis s'enquirent de son état, de ses dernières semaines, de ses perspectives. Sans s'étendre, Aurélien débita les quelques anecdotes récentes susceptibles de prêter à sourire : son périple nocturne sous la neige de banlieue qui avait eu raison de ses chaussures de ville, ses douches cocasses dans son exiguë salle de bain, ou encore la complicité tacite entre personnes à mobilité réduite dans l'espace public...

— Et puis quand même, le handicap m'a permis de réaliser que le Parisien était une espèce douée d'empathie... Et ça, ça n'a pas de prix ; pour tout le reste, il y a Mastercard.

Mais très vite, la vie reprit ses droits, la leur. Il faut dire que contrairement à lui, eux débordaient de projets. Les oreilles d'Aurélien bourdonnaient dans le brouhaha du bar qu'il redécouvrait. Peinant à les entendre, il acquiesçait en souriant. *Mais à quoi au juste... ?* Des couples parlaient mariage, semblait-il, certains même d'enfant. Des préoccupations à des années-lumière des siennes. D'autres détaillaient avec emphase leur réussite professionnelle récente ou leur dernier match de football. Aurélien les entendait, mais de plus en plus loin, comme s'il s'effaçait peu à peu dans le décor, gagné par l'étrange sensation d'être là sans être là. Chaque lampée de sa nouvelle pinte lui laissait un goût de plus en plus amer en bouche. Au bout d'un moment, son regard se désolidarisa de la tablée, et tomba sur la serveuse australienne à la longue mèche blond foncé (ou châtain clair, il n'avait jamais saisi la différence), qui travaillait là depuis quelque temps déjà. D'ordinaire si lumineuse, elle traînait derrière le bar une tristesse mélancolique qui lui donnait un charme fou, tandis que résonnaient son délicieux accent et ses bribes de français dans la tête d'Aurélien. Il en pinçait pour elle, mais rien à faire, il demeurait l'éternel prisonnier de sa maladive timidité. *Comment une fille comme elle pourrait-elle s'intéresser une seconde à un type comme moi ? On ne boxe pas dans la même catégorie...* Florent, qui le connaissait (presque) par cœur, capta son malaise et lui sourit. Ses yeux lui crièrent qu'il était là pour lui, de ne surtout pas hésiter ; pourtant, Aurélien prétexta une douleur lancinante ainsi qu'une grande fatigue. Ses murs l'attendaient.

— Allez Aurel', reste encore ! En plus, j'ai réussi à motiver tous ces vieux croûtons à prolonger la soirée. Ça fait tellement longtemps qu'on s'est pas fait une bonne boîte tous ensemble... Et puis tu sais, avec tes béquilles, c'est le succès garanti ! lui lança l'autre spécimen célibataire du groupe.

Aurélien sourit malgré lui à cette idée et hésita l'espace d'une seconde.

— Une prochaine fois ! Comptez sur moi !

Au beau milieu de la rame de métro, un couple aux accents grunge s'adonnait à une apnée synchronisée, à la vie à l'amour, au nez et à la barbe de tous les célibataires présents. Assis à quelques strapontins de là, Aurélien les dévisageait, bien malgré lui. Rien ne pouvait les dévier du ballet de leurs langues, ni le regard appuyé du jeune homme, ni l'invitation acrimonieuse à prendre une chambre par un sans domicile fixe, parcourant la rame en quête de quelques euros ou d'un ticket restaurant, ni encore la bande voisine de jeunes, qui ne se distinguait pourtant pas par sa discrétion. Sur leur trente-et-un, chaussés de leurs plus beaux souliers, ils prenaient tour à tour de grandes rasades de bouteilles en plastiques aux effluves de rhum, qu'ils se passaient tout en entonnant joyeusement quelques airs paillards et estudiantins. Leurs décibels s'envolaient en ce samedi soir. Les espoirs exaltés des uns croisaient la froide certitude des autres. D'un côté, la nuit incarnait toutes les promesses, d'un exutoire des corps à une évasion des âmes, et qui sait des destins qui se télescopent ; de l'autre, l'unique assurance d'heures de sommeil solitaires et plus ou moins régénératrices. Aurélien monta le son de sa musique et dès les premiers accords, zappa l'hymne planétaire des Black Eyed Peas. *Non, tonight ne sera pas une « good night »...* Quelques minutes plus tard, sous sa couette, les images de ses amis se déchaînant en discothèque et de la serveuse aussie[12] se bousculaient dans sa tête. *J'aurais peut-être dû... Ce qui est sûr, c'est que ce n'est pas comme ça que tu vas rencontrer quelqu'un Aurel'... Et puis, si tu les avais suivis, tu ne serais pas là à te triturer le cerveau inutilement...*

Décliner l'alléchante proposition avait au moins le mérite de préserver son genou de tout risque additionnel. La peur au ventre, Aurélien vivait depuis plusieurs semaines dans un état d'alerte permanent contre tous les hypothétiques dangers du quotidien. L'intervention approchait à grands pas, et son articulation lui causait bien des tracas, que les séances de manipulation n'estompaient pas.

— Tu t'es fait une sacrée entorse. D'habitude, ils ne me résistent pas bien longtemps, ressassait son kinésithérapeute, séance après séance, en forçant de plus belle de ses puissantes mains. Après ne t'inquiète pas, ce n'est pas un drame s'il ne plie pas beaucoup avant l'opération.

Il avait beau dire, l'inquiétude s'insinuait chez Aurélien, qui acquiesçait sans réelle conviction. *Et si cette absence de*

---

[12] Diminutif d'Australienne en anglais.

flexion retardait l'opération ? Il n'en dormait plus et Internet ne le réconfortait guère, bien au contraire.

Mais, en ce vendredi soir (le dernier avant son hospitalisation), les doutes laissèrent place à d'autres sentiments. Ses cernes sous le bras, Aurélien quitta les locaux de la Défense, laissant derrière lui ce long hiver 2010 et son lot de dossiers à quelques détails près en ordre. Dans les bourrasques du parvis du quartier d'affaires, il déambula comme délesté d'un gros poids, la tête désormais toute tournée vers son intervention, et s'attabla non loin de là avec Florent, son meilleur ami.

— Bien sûr, l'opération me fait un peu peur, tout comme la longue rééducation d'ailleurs... Mais je ressens aussi une forme d'impatience, comme si j'avais hâte de me retrouver sur le billard mardi, confia-t-il à Florent entre deux gorgées de houblon belge.

— Ça ne me surprend pas tant que ça. Après tout, ça fait quoi, presque trois mois que tu n'as que l'opération en tête, souleva Florent avec beaucoup de justesse. Et ne t'angoisse pas pour la rééducation, moi je ne m'en fais pas une seconde pour toi. Je suis persuadé que tu vas l'aborder avec la même détermination, la même rigueur qu'une préparation marathon et tout va bien se passer. Et puis, tu te démerdes comme tu veux, mais je ne veux pas d'un témoin monté sur béquilles à mon mariage !

Mercredi 5 mars 2010, RER de 20 h 27

Une nouvelle journée se termine. Encore une j'ai envie de dire, tellement elles se ressemblent. Aujourd'hui comme hier (et comme demain), j'ai passé la journée le nez dans le guidon (et pas uniquement à cause de mon long nez). Ce métier nous pressurise en permanence. Pour s'en sortir, il faut être plusieurs, un peloton à soi tout seul : pédagogue avec ses jeunes ouailles, contorsionniste avec ses interlocuteurs et adaptable avec ses managers. Pour tenir le choc, certains enchaînent les cigarettes, d'autres les cafés, moi les chewing-gums. On perd moins de temps... Et je passe semaine après semaine, mission après mission, dans la peur de passer à côté d'une erreur de comptabilisation, de commettre un impair avec le client ou encore de ne pas finir dans les temps.

Mais comment me suis-je retrouvé « auditeur » ? (Métier qui n'a rien à voir avec le fait d'écouter la radio, comme peuvent le penser certains de prime abord)

« Tu voudras faire quoi quand tu seras plus grand ? », nous demandait-on à chaque rentrée scolaire. Un professeur a-t-il déjà découvert la réponse « commissaire aux comptes » ou « auditeur financier » sur une de ces feuilles grands carreaux ? J'en doute. Or, nous sommes des centaines rien qu'autour de moi à exercer ce métier. Beaucoup de mes collègues ont dû se perdre en chemin, dérivant pas après pas de leurs rêves d'enfant. Je ne peux même pas en dire autant. Enfant, je laissais systématiquement un blanc à cette question, hormis l'espace de quelques années d'insouciance, où j'espérais encore devenir un footballeur de renom. À chaque occasion, je me prenais pour mes idoles de l'époque, mais je me suis vite rendu à l'évidence.

Le corollaire est que je n'ai jamais su faire de choix. À chaque carrefour d'orientation, je retardais le moment fatidique d'une spécialisation en me dirigeant vers la voie ouvrant le champ des possibles le plus vaste, d'un baccalauréat économique et social à une École de commerce qui mène à tout. Là-bas, les chiffres et la finance m'y ont ac-

cueilli un peu par défaut (et aussi par mimétisme) et au moment de trouver un premier emploi, quoi de mieux que d'intégrer un grand cabinet d'audit : c'était l'assurance d'évoluer dans un environnement jeune et non routinier, en intervenant au sein d'équipes à géométrie variable dans des entreprises de secteurs multiples, avec des problématiques financières propres. Le parfait tremplin. Mais vers quoi ?

Dans le milieu, la doxa préconisait a minima trois années pour valoriser cette expérience sur le CV. J'étais dans ma troisième année...

10.

— Tu n'es pas encore prêt ? le secoua sa mère en débarquant dans son studio.

— Non, donne-moi cinq minutes...

— Et c'est quoi tout ce chantier dans ta salle de bains ? T'as eu un souci ?

Tout penaud sur son canapé, il entreprit le récit de l'épisode malheureux qui avait émaillé tout son week-end, la goutte d'eau qui fit déborder le vase, tandis que sa mère réagençait les serviettes encore imbibées d'eau et suspendues tant bien que mal dans la minuscule salle de bains. D'abord, son voisin qui l'avait tiré du lit. Ce type, dont les sons haut perchés qui sortaient de sa bouche lui donnaient habituellement une folle envie de rire, parla vite et lui coupa cette fois toute velléité comique. Il lui expliqua que de l'eau s'infiltrait par son plafond.

— Ah merde !

— Oui, comme tu dis. En plus, ça pouvait difficilement tomber plus mal, à seulement quarante-huit heures de mon hospitalisation et un samedi... Bref, j'ai pu constater par moi-même l'ampleur de l'inondation chez lui. Nous avons réussi à couper l'arrivée d'eau et je suis parti à la recherche d'un plombier : personne n'en connaissait dans l'immeuble, à croire que j'étais le premier dégât des eaux... Chou blanc aussi auprès de ma proprio injoignable et des pages jaunes.

— Mais tu aurais dû m'appeler... Tu as finalement trouvé quelqu'un ?

— Oui, je me suis souvenu d'un prospectus déposé dans ma boîte avec des numéros d'urgence, dont un plombier à la voix très sympathique et rapidement disponible. En théorie du moins, car je l'ai attendu toute la journée, m'invoquant toutes sortes de contretemps : des complications chez son client précédent, un accident de la circulation sans gravité ainsi qu'un obscur souci de téléphone... Le Pierre Richard des plombiers !

— ...

— À la nuit tombée, il a enfin débarqué, concluant à « une fuite assez significative », qu'il pourrait réparer le lendemain à la première heure, une fois la pièce récupérée. Il m'a établi un devis, rempli de pattes de mouche d'une nomenclature incompréhensible. Un vrai charabia ! La facture était salée et incombait selon lui à ma propriétaire qui ne répondait toujours pas... Quelque chose me dérangeait, mais j'étais acculé. Je ne me voyais absolument pas rechercher un autre plombier, un dimanche cette fois... J'ai donc signé son devis...

— De combien ?

— Et un chèque d'acompte de trois cents euros, murmura-t-il, gêné de s'être montré si naïf.

— Ah oui quand même...

— Et c'est pas tout. Le dimanche, il m'a fait mariner toute la journée, me faisant miroiter sa venue, heure après heure. J'ai tenté de durcir le ton, mais il était déjà trop tard. Je m'étais fait avoir, et dans les grandes largeurs.

Le bec dans l'eau, Aurélien en mettait enfin un peu dans son vin.

— Heureusement, en début de soirée, ma propriétaire m'a rappelé et a pu me transmettre les coordonnées du plombier du syndic, qui a tout réparé ce matin en trente minutes montre en main, pour un coût six fois inférieur au devis de l'autre charlatan...

— Et bien, quelle histoire mon bonhomme !

— Oui, je m'en serais bien passé...

— Mais j'y pense, pour tes trois cents euros, moi à ta place j'appellerais la banque pour faire opposition sur ton chéquier. Tu dis que tu l'as perdu et voilà. C'est vraiment pas correct ce que t'a fait ce type !

Il la dévisagea bouche bée et opina de la tête, avant d'attraper son téléphone. *Pourquoi n'y ai-je pas pensé, c'était pourtant évident ?*

D'ordinaire, à l'approche d'une opération, on est stressé, voire angoissé. Aurélien, lui, roulait vers la clinique comme soulagé. Par la fenêtre abaissée, il respirait à pleins poumons l'air pollué du trafic parisien, en repensant aux trois longs mois d'hiver qui venaient de s'écouler. Il regardait dans le rétroviseur, le rétroviseur du temps, sans se départir de son habituelle mesure. *De cette lourde et coûteuse chute à ce dégât des eaux et ce plombier véreux, en passant par les interminables journées d'immobilisation à Deuil et les semaines de travail à rallonge couplées aux séances de torture chez le kiné : non, le sort ne m'a vraiment rien épargné.* Cependant, en ce premier jour du printemps, il se rassurait d'être toujours debout, certes soutenu par ses béquilles, mais se découvrant une patience et une résilience qu'il ne se connaissait pas. « Vous serez comme neuf, voire mieux », lui avait promis le docteur Jaouen, un spécialiste d'une des meilleures cliniques françaises pour les opérations du genou.

Bien installé dans sa chambre au crépi fatigué et jauni par endroits, Aurélien lisait et relisait les commentaires suscités par sa publication Facebook du week-end au plus fort de son désespoir. « Fantasmagorique dernier week-end, passé les pieds dans l'eau (je sais, j'habite dans le Marais mais quand même...) et m'ayant permis de faire diverses rencontres : mes voisins du dessous, étonnamment pas fan du concept de mezzanine transformée en piscine olympique, et un plombier véreux à la tirelire bien pleine (désolé pour le stéréotype amis plombiers !!) Arnaque, dégâts des eaux et billard. What else ? » Autant Facebook constituait pour certains le parfait moyen de faire l'étalage de la « coolitude » de leur existence à la face du monde, autant Aurélien s'y libérait lui des petites mésaventures de son existence et de l'inhérente frustration qui en découlait et qui le dévorait de l'intérieur. Un exutoire pour âmes torturées, on était loin des plans originels de Mr Zuckerberg. Mais une fois de plus, Aurélien était à contre-courant.

Plus tard dans l'après-midi, il écouta sagement une infirmière expérimentée venue lui décrire le programme pour les prochaines heures. Ses yeux s'égarèrent sur le badge d'apprentie ornant la poitrine de la jeune collègue qui l'accompagnait dans sa tournée, au point qu'il sentit à peine les mains à la peau parcheminée de l'infirmière inspecter sa jambe.

— Vous avez éprouvé certaines difficultés ? demanda-t-elle tout sourire, en découvrant sa jambe droite à la pilosité pour la moins inégale.

— Oui, c'était ma première fois. Et j'ai pas été aidé, je vous assure.

— Ah les premières fois...

Un sourire angélique s'échappa de son apprentie. Il leur raconta alors son inondation, l'obligation de couper l'arrivée d'eau et cette dépilation en catastrophe la veille au soir, contorsionné dans une exiguë salle de bains avec pour seul liquide le fond d'une bouteille de son réfrigérateur. Elles rirent à gorge déployée, pendant que la plus âgée égalisait le tout au rasoir.

— Vous êtes drôle vous !

— Risible plutôt..., répliqua-t-il avec les jambes d'un nouveau-né.

À dix-huit heures trente pétantes, il « dégusta » une soupe sans goût, sinon celui du sel qu'il y versa en abondance, devant *Questions pour un champion* et les devinettes de l'indéboulonnable Julien Lepers[13]. En le débarrassant, on l'informa qu'il passerait en dernier sur la table du chirurgien, lui détaillant également le lavage pré-opératoire à réaliser le lendemain matin. Vers vingt-trois heures, la faim le rattrapa. *Mais pourquoi dîne-t-on toujours aussi tôt dans les hôpitaux ?* Il décida de se rhabiller et sortit en catimini de la clinique au nez et à la barbe du personnel soignant. Il marcha jusqu'à l'enseigne lumineuse au coin de la rue. Il devait être à jeun à partir de minuit, il était encore dans les temps, pensa-t-il dans la file d'attente.

— Bonsoir, un McFlurry M&M's chocolat s'il vous plaît.

Accolé à la fenêtre du fast food, il se délecta de chaque cuillérée de cette douceur sucrée, tout en salivant devant l'agitation de la place malgré l'heure avancée.

— Debout là-dedans ! C'est le grand jour ! vint le réveiller aux aurores un discret infirmier.

---

[13] Visiblement, rien ni personne n'est réellement indéboulonnable dans le Paysage Audiovisuel Français, si ce n'est peut-être Jean-Pierre Pernaut.

Après une quinzaine de minutes de douche, à s'appliquer méticuleusement de la Bétadine sur chaque centimètre carré de peau, il en ressortit la gorge serrée et enfila la fine combinaison prévue pour la circonstance. Et encore dans le coaltar, il mélangea charlotte et chausson. Parcouru de frissons, il patienta sur le bord de son lit quand on l'installa finalement sur un brancard en direction de profonds ascenseurs. Les portes se refermèrent, il se sentit tomber. *Pourquoi ai-je dû me préparer aussi tôt pour au final poireauter des heures dans l'antichambre de la salle d'opération ?* Personne n'y pipait mot, hormis les infirmières qui se démultipliaient auprès des différents patients. Bientôt contaminé par le stress ambiant, il tenta de penser à autre chose. Mais l'horloge pendue face à lui semblait tourner au ralenti, tandis que ses compagnons disparaissaient les uns après les autres derrière les portes battantes. *Je passe en dernier, c'est bien ma chance encore une fois... J'espère simplement que tout se passera sans problème : une opération, ce n'est jamais anodin... Si seulement j'avais droit à un chewing-gum...* À défaut, il se rongeait chaque ongle. Le Docteur Jaouen était en retard. *Et s'il n'était pas en forme aujourd'hui ? Un jour sans, ça arrive à tout le monde... Ou peut-être a-t-il rencontré des complications lors de ses premières interventions qui l'auront fatigué ?* Il ressassait encore ces pensées lorsqu'on activa enfin son charriot. « C'est l'heure, Monsieur Tissot ».

Ressorti du bloc, il observait en salle de réveil ses compagnons d'infortune se réveiller d'anesthésie générale complètement désorientés et parfois agressifs avec les deux pauvres infirmières qui se démenaient d'un lit à l'autre. Il ne put par moments se retenir de sourire devant ce spectacle, pleinement satisfait de son choix d'anesthésie locale. Les quelques mots prononcés par le chirurgien à sa sortie du bloc opératoire y étaient aussi pour beaucoup : « Voilà, c'est tout bon. Tout s'est très bien passé. Je passerai vous voir dans quelques heures. »

Trente minutes plus tard, Aurélien regagna sa chambre. Son estomac gargouillait comme jamais. Il mourrait de faim, mais tentait de relativiser sa situation avec les gémissements quasi continuels de son colocataire d'origine asiatique, à peine sorti de l'adolescence (et dont il n'était toujours pas parvenu à comprendre le prénom) et qui semblait terriblement souffrir. Un goûter frugal, rapidement suivi par le peu ragoûtant repas du soir, dont il savoura pourtant chaque bouchée, calmèrent son appétit. Et cerise sur le gâteau, Léa lui fit la surprise d'une visite.

— Il n'a pas l'air bien, dis-moi ? murmura-t-elle en désignant son voisin au supplice.

— Oui, il est dans cet état depuis que je suis remonté, chuchota-t-il. Les infirmières ne cessent de venir à son chevet...

— C'est quoi ce sourire, mon grand ?

— Quel sourire ?

— ...

— OK, j'avoue, je trouve l'une d'elles très mignonne.

Elle le frappa délicatement sur l'épaule.

— Et sinon, mon chirurgien est passé tout à l'heure et avait l'air très satisfait de l'opération.

— C'est génial ! Tu vois que tu as de la chance parfois.

Ils échangèrent un sourire complice, puis il lui détailla le programme des réjouissances à venir.

— Je dois rester à la clinique jusqu'à la fin de semaine pour s'assurer que tout va bien. Puis, de nouveau une semaine chez ma mère avant de partir dans un centre pour la première phase de rééducation.

— De partir ?

— Oui, le chirurgien m'a conseillé un centre à Douarnenez-Tréboul, à la pointe bretonne. Le personnel y est selon lui très compétent et le coin est vraiment joli, enfin d'après les photos. Alors je me dis pourquoi pas... Comme ça, je pourrai me concentrer à cent pour cent sur mon genou. Et puis, changer d'air, de cadre ne me fera pas de mal non plus...C'est pas comme si j'avais beaucoup de choses qui me retenaient à Paris.

— C'est gentil, merci pour moi !

— Tu vois ce que je veux dire...

Léa voyait très bien, mais le laissa poursuivre.

— Et qui sait, ça arrêtera peut-être ces foutus dominos... Tu vois, c'est comme si cette bosse au ski avait fait tomber le premier en m'arrachant mes ligaments et que depuis, j'assistais à leur chute les uns après les autres sans pouvoir les arrêter : le sport d'abord, puis mon évolution au taf mise entre parenthèses, ensuite les potes de qui je ne me suis jamais senti aussi éloigné, sans oublier les sorties m'ôtant mon dernier défouloir et aussi mes espoirs d'enfin rencontrer quelqu'un... C'est de ta faute ça aussi, avec ton livre et ton journal, voilà que je me mets à me poser tout un tas de questions existentielles...

— De rien, mon grand. Même si nous ne trouverons jamais toutes les réponses, il est très important de ne jamais cesser de se poser des questions...

Fière de lui et de sa décision de bousculer ses habitudes, elle l'embrassa sur le front, et il la regarda sortir. Malgré la visite de ses parents et les dérivés de morphine qu'on lui perfusait, l'état de son voisin ne s'améliorait guère. Et de façon un peu honteuse, son infortune supérieure le rassurait. *Pour une fois que ça tombe pas sur moi...* Il lui demanda la permission d'allumer la télévision pour suivre un match de Coupe d'Europe. Sans un son, excepté celui des jérémiades et prières de son camarade de chambrée, il regarda ces footballeurs faire ce qu'il aimait le plus au monde : courir, sauter, changer de direction à toute vitesse... Conscient du chemin à parcourir avant de pouvoir les imiter à nouveau, il piaffait d'impatience dans son lit. Sa reconstruction débutait là et maintenant.

11.

— « Le départ du TGV numéro 8305 à destination de Quimper est imminent, prenez garde à la fermeture automatique des portes, attention au départ. »

Après des mois d'immobilisme, Aurélien se remettait en mouvement. Son sourire teinté de culpabilité se reflétait dans la vitre, et sur le quai, sa mère pleurait. *Ce n'est pas une mère que j'ai, mais les chutes du Niagara,* se désolait-il. À ses yeux vairons noyés par une sensibilité à fleur de peau, il avait toujours quinze ans, et restait « son petit bonhomme ». Aussi avait-elle expressément tenu à l'accompagner jusqu'à Montparnasse, bravant pour l'occasion sa méconnaissance de l'itinéraire et l'heure de pointe. Et en la voyant ainsi en larmes, il regrettait de ne pas lui avoir tenu tête. Il partait pour l'inconnu : cela devait l'effrayer. Lui, cela l'excitait.

Côté couloir, son voisin tapait avec force sur les touches de son clavier. Avant même le départ du train, ce prototype du parfait cadre dynamique avait ôté sa veste, desserré le nœud de sa cravate bleu roi et s'était plongé dans des tableurs Excel. Côté fenêtre, Aurélien avait bien louché plusieurs fois sur son écran, sans toutefois parvenir à comprendre de quoi il retournait précisément. Depuis, les oreilles bercées par une douce plage musicale, il poursuivait « son chemin le moins fréquenté ». Une fois de plus, Léa avait vu juste, ce livre résonnait étrangement en lui. Il lui arrivait au beau milieu d'une page de relever la tête, de regarder aux alentours et de se demander si le passage lui était spécialement dédié. Il terminait un éloquent chapitre qui parlait de la nécessité d'accepter la juste part de responsabilité dans ce qui nous arrive. Il croisa alors le regard visiblement ulcéré de la femme devant eux, dont la lecture du dernier numéro de Vogue venait subitement de prendre fin. En face d'elle, le col blanc avait délaissé son clavier et tassait de manière compulsive une innocente cigarette. Aurélien l'observait du coin de l'œil s'acharner sur sa clope, lorsque ce dernier bondit de son siège, aussitôt suivi par leur voisine au style très BCBG. Le train ralentissait.

— « ... Gare du Mans. Deux minutes d'arrêt. »
L'homme et la femme se précipitèrent, tirèrent quelques taffes appuyées avant de jeter leur cigarette à peine entamée sur le quai. Ils reprirent place dans le wagon, ramenant dans leur bagage une puissante odeur de tabac froid. C'est drôle, mais Aurélien n'y avait jamais été sensible outre mesure jusque début 2008, lorsque du jour au lendemain, la cigarette fut bannie des bars et autres restaurants. Depuis cette date, il détectait un fumeur à plusieurs mètres à la ronde. Alors deux fumeurs... Incommodé, il leur jeta tour à tour des regards appuyés sans susciter d'émoi particulier. Malgré leur dose de nicotine, les deux fumeurs semblaient toujours aussi nerveux. Aurélien coupa alors le son dans ses écouteurs et prêta l'oreille à leur échange. La femme se lamentait, blasée :

— De toute manière, c'est bien simple, ça tombe toujours sur moi. Toujours... Les bébés qui braillent, les types qui ronflent, les sans-gênes qui téléphonent... Mais toute une colonie de vacances, ça, je dois l'avouer, c'est plus rare.

— C'est le pompon vous voulez dire ! M'en parlez pas ! Moi je prends le train très souvent pour mon travail et en seconde, je ne suis jamais tranquille.

C'est vrai qu'on entendait à peine le vrombissement du train. Cela n'avait pas choqué Aurélien jusque-là, trop absorbé qu'il était par son éclairante lecture en musique, mais une réelle atmosphère de vacances régnait dans ce train. Toute cette jeunesse qui se déplaçait d'un siège à l'autre, s'esclaffait, se chamaillait aussi. Les quelques animateurs tentaient bien de contenir ces élans, mais cette vie ne demandait qu'à s'exprimer, au grand dam de la plupart des passagers de cette voiture numéro dix-huit, dont certains avaient rapidement préféré l'exil. Aurélien enleva ses écouteurs, et sa voisine l'apostropha.

— Vous aussi, ça vous dérange ce boucan ?
Le jeune homme marqua un temps d'hésitation.

— En plus, je vois que vous êtes blessé. Vous devriez vous plaindre auprès de leurs animateurs ; vous, ils vous écouteront peut-être, renchérit son voisin dont le visage ne cessait de s'empourprer.

— Honnêtement, cela ne me dérange pas plus que cela. Et je suis sûr que leurs moniteurs font déjà de leur mieux.

— On voit que vous n'avez pas à travailler dans ce barouf vous, marmonna-t-il, en se replongeant dans son écran.

Il avait raison. En d'autres circonstances, Aurélien aurait sûrement bouilli comme une cocotte-minute humaine, très vite accablée par un tel manquement à la basique tranquillité des voyageurs. Il dégoupillait souvent (mais uniquement de l'intérieur), lorsque ses « con-génères » s'affranchissaient du concept de file d'attente à la boulangerie, lorsqu'ils hurlaient dans leur téléphone portable dans les transports en commun ou encore lorsqu'ils se montraient incapables d'écouter les positions adverses dans des débats vite cacophoniques, à qui parlera le plus fort. Toutes ces petites choses du quotidien le rendaient fou, littéralement. Mais pas ce jour-là. La tête plaquée contre la vitre, oxygéné par le filet d'air frais du système de climatisation, il se laissa aller à fermer ses yeux quelques instants. Serein, il était lui aussi un peu en vacances.

Ah les vacances...

En tailleur, le jeune Aurélien était assis sur les sièges fatigués du dernier rang d'un car scolaire, en pleine partie de cartes. Les éclats de rire se mélangeaient aux accusations de tricherie et les cartes volaient. Dans cette joyeuse cacophonie, une animatrice tentait à grand-peine de leur faire passer un message. Et en un éclair, Aurélien se retrouva sur un banc aux lattes chancelantes d'un vieux réfectoire. Au cœur d'une bataille rangée, la bonne odeur de purée attendrait. La tablée d'Aurélien venait en effet d'essuyer un mitraillage en règle : l'origine des tirs étant floue, ils ripostèrent massivement et les mies perdues n'épargnèrent personne. La même animatrice, perchée sur une chaise, appelait en vain à un cessez-le-feu. En un instant, le chaos se déplaça sur une plage aux accents désertiques. Les moniteurs rappelaient vaguement à l'ordre les enfants dissipés, et noyé dans la masse, Aurélien profita de l'agitation pour s'isoler avec un camarade.

— Faut que tu m'aides Alex, tu voudrais pas aller parler à Laure, lui dire que... que je l'aime bien... et que... je voudrais bien sortir avec elle. Allez, s'te plaît, fais ça pour moi.

Aurélien insista, et Alexandre finit par accepter.

— Merci, t'es vraiment un pote.

Dans le car qui les ramenait, Laure vint s'asseoir à ses côtés. Il n'osait la regarder. Elle lui effleura d'abord la main, avant d'y glisser la sienne. Immédiatement, il sentit son petit cœur s'emballer, sa peau claire rougir. Il admirait le merveilleux spectacle de leurs deux mains juvéniles entrelacées et relevait progressivement la tête. Elle lui souriait avec ses jolies couettes et rien d'autre ne lui importait. Il était heureux.

Sens dessus dessous, Aurélien rouvrit les yeux en gare de Rennes, comme l'indiquait le panneau le long de la voie. Chose extraordinaire pour lui, il s'était assoupi dans un moyen de locomotion. Passablement désorienté, il mit quelques secondes à émerger, et aperçut les volutes de fumée et le pas pressé de ses deux voisins, tirant énergiquement leur trolley sur le quai, tandis que le train s'en arrachait et reprenait lentement sa marche. Dans le wagon, il retrouvait la colonie, toujours fidèle au poste. Et un peu malgré lui, Aurélien ne quitta plus le groupe d'adolescents des yeux jusqu'à Quimper, gagné par une singulière forme de nostalgie : la nostalgie d'un temps, de moments qu'on n'a jamais vécus et qu'on ne vivra malheureusement jamais... *Qu'est-ce que je ne donnerais pas pour être à leur place, jeune et insouciant, en chemin vers une colonie de vacances ? Qu'est-ce que je ne donnerais pas pour avoir effectivement rencontré cette Laure ?*

Laure... Sa récente rêverie lui revint peu à peu en mémoire, un évènement aussi suffisamment rare pour être signalé. Aurélien ne se rappelait pas de ses songes, jamais, comme si ce qui se passait dans son inconscient devait rester dans son inconscient. Aussi, il se demandait souvent s'il lui arrivait de rêver, une fois les lumières du jour éteintes. Il semblerait que oui. En revanche, ces quelques images classaient Aurélien dans la catégorie de ces rêveurs pragmatiques, ceux dont l'univers onirique n'était autre qu'une réalité légèrement améliorée. Rien de très surprenant en définitive : enfant, il n'avait jamais nourri de grands rêves pour lui et encore aujourd'hui, les termes « ambitions », « carrière » ou même « projet » sonnaient bien creux. Et dans le tohu-bohu ambiant, il découvrit un jeune garçon, assis sagement, un casque sur les oreilles et les yeux perdus dans le paysage. Sa gorge se serra.

— « Dans quelques minutes, nous arriverons en gare de Quimper, terminus de ce train. Tous les passagers sont invités à descendre... »

— Déjà ?

Après un examen scrupuleux des environs de son siège (Aurélien était constamment angoissé à l'idée d'égarer quelque chose), on l'escorta jusqu'à son ambulance et Brieuc. Ce moulin à paroles, à l'accent breton à couper au couteau, transportait des malades dans toute la région et menait en parallèle une carrière de footballeur amateur au sein du club du F.C. Quimper. Ce pur produit du Finistère (qu'il aurait tant aimé quitter jadis à la poursuite de ses rêves de ballon rond) se montra aussi curieux que loquace. Le sort d'Aurélien, son genou, son opération, ne le laissa pas indifférent, réveillant en lui de douloureux regrets. Plus jeune, il avait failli intégrer le centre de formation du Stade Rennais, mais une grave blessure était passée par là. Sa voix chancela, et Aurélien sentit que Brieuc mesurait parfaitement ce qu'il traversait. Dans la foulée, ce dernier lui vanta, animé d'une indéniable passion, un à un les nombreux mérites de sa région – qui était dans l'ensemble étrangère à Aurélien.

— Et les fraises de Plougastel, vous connaissez quand même ? lui demanda-t-il presque sûr de faire mouche.

— Oui, de nom. Mais, tu peux me tutoyer, tu sais. Je me sens vieux quand on me vouvoie.

— OK Aurélien ! Je t'interdis donc de repartir du Finistère sans avoir goûté les meilleures fraises du monde !

Tout à coup rattrapé par la fatigue, Aurélien tenta néanmoins de mémoriser le maximum de cette visite touristique fortuite. *Brieuc avait une reconversion toute tracée...* En pénétrant dans Douarnenez, il se redressa. Un panneau pointait la direction du *Centre de Rééducation Fonctionnelle Océane*. De la banquette arrière, il scruta le port, ses embarcations, son marché de poissons en pleine remballe, ses crêperies... Plus loin, il découvrit avec excitation la côte atlantique et sa mer chahutée qui formaient un superbe écrin pour l'établissement, littéralement posé sur le sable. Il s'extirpa du véhicule des fourmis plein les jambes et les yeux clos, respira à pleins poumons l'air marin qui s'insinuait par vagues dans ses narines.

— Alors le Parisien, ça change de la pollution ? ricana Brieuc en ouvrant le coffre.

Il se chargea de tous ses sacs et accompagna le jeune homme jusqu'à l'accueil du centre. Il l'y laissa, non sans une franche poignée de main, lui souhaitant un prompt rétablissement.

— Merci. Et bonne fin de saison à toi ! Je suivrai vos résultats, répondit Aurélien du tac au tac, en lui adressant un signe amical de la tête.

— Ça marche. Et rappelle-toi Aurélien, dans la vie l'important n'est pas de savoir tomber, mais de savoir rebondir.

12.

Sur un ton badin, il expédia les fastidieuses formalités d'admission et patienta dans un couloir d'y rencontrer le docteur Le Guirec. Il souriait tout seul. *Le Guirec : Avec un nom pareil, pas de doutes, je suis à la bonne adresse...* Devant lui, trois septuagénaires en peignoir blanc logoté du centre *Océane* l'auscultaient de la tête aux pieds. *Elles ont morflé les Drôles de dames !*, pensa-t-il goguenard. L'attente lui offrit tout le loisir de s'imprégner des lieux, organisés autour de longues et silencieuses coursives de crépi blanc (à l'origine du moins). Le centre n'était pas de toute première jeunesse, lui non plus. Soudain, un mystérieux bruit lui parvint aux oreilles. Il regarda tout autour de lui : rien ni personne, mis à part le trio défraîchi qui le dévisageait en gloussant. Le bruit ne se dissipait pourtant pas, il semblait même se rapprocher. « Déboula » alors au fond du couloir un vieil homme dégarni et tout voûté. Et l'intrigant bruit n'était autre que le contact répété et douloureux de sa canne en bois sur le sol carrelé. Le pauvre vieux nageait dans son pantalon et passa devant eux au ralenti. Le « trouple » l'accompagna du regard en ricanant. Aurélien, lui, riait jaune en maltraitant son chewing-gum. *Brieuc s'est planté, c'est pas possible ! Il m'a déposé à la maison de retraite du coin !*

Trente minutes plus tard, il ressortit du bureau savamment décoré de la doctoresse, et prit ses quartiers au troisième étage de l'établissement dans une chambre somme toute modeste, dénuée de réel charme, mais bénéficiant de la vue sur l'océan. Ses nombreux sacs l'y attendaient déjà. Entre la possibilité de manquer et voyager léger, Aurélien avait depuis toujours fait son choix. Ou était-ce justement pour ne pas en faire ? Consciencieusement, il rangea ses piles d'habits dans l'armoire qui jouxtait son lit, l'œil sans cesse attiré par les quelques affaires en ordre dispersé de l'autre côté de la pièce. En optant pour une chambre double, il s'était dit que cela lui donnerait l'occasion de se sociabiliser plus rapidement, en plus de correspondre au barème de remboursement journalier de sa mutuelle. *De qui ai-je bien pu hériter ?* se demandait-il dans un mélange de curiosité et d'inquiétude. Après quelques pas en direction de la fenêtre (oui, la curiosité l'emporta), le suspense s'avéra de courte durée : sur le dossier de la chaise, une fine polaire noire, et sur la table de chevet, de petites lunettes de vue, posées sur un gros pavé dédié à l'Histoire de France. Sans compter une odeur oppressante qui émanait d'une paire de sandales ouvertes, à la couleur brune sensiblement passée. Il ouvrit alors la fenêtre en grand, renonçant à investiguer davantage sur son colocataire à la vue de ces édifiantes pièces à conviction : *mon colocataire avait au moins l'âge d'être mon père et sentait des pieds.*

Accoudé sur le rebord, comme entre deux eaux, il soupira en admirant le spectacle du va-et-vient de l'océan aux reflets rougeoyants. Il captura l'instant avec son téléphone, et en publiant le cliché sur les réseaux sociaux, se rendit compte de l'heure déjà bien avancée. Le temps de se recoiffer à la vavite et de se vaporiser abondamment de parfum, il était dans l'ascenseur. Il y constata la présence des menus de la semaine, imprimés dans un encadrement bon marché. *Mardi soir... Voyons voir... Potage (comme chaque soir de la semaine en fait), puis lasagnes de bœuf et salade... Miam !* Il pénétra dans le réfectoire dont les grandes baies vitrées donnaient sur l'océan. La lumière déclinante rendait le décor encore plus spectaculaire que sur les photos. Il ralentit le pas, tentant en quelques coups d'œil transversaux de comprendre la logique des lieux, mais ne vit qu'une marée de personnes âgées la bave aux lèvres. Son sang se glaça.

— Bonjour, je peux vous aider ? Vous venez d'arriver ? s'éleva dans son dos une voix sèche qui le fit sursauter

— Oui, aujourd'hui.

Rechaussant ses épaisses lunettes qui pendouillaient autour de son cou, la responsable attrapa le crayon suspendu à son oreille et consulta son grand cahier. Ses lunettes lui donnaient un petit air sévère, qui n'était pas sans rappeler à Aurélien une ancienne professeure de français, particulièrement psychorigide, dont le péché mignon, l'interro-surprise, avait hanté le jeune homme une année durant. Elle balaya son plan de table en format A3, proprement écrit au crayon à papier.

— Aurélien Tissot, c'est bien cela ? Suivez-moi, je vous conduis à votre place.

Ce petit bout de femme cavala, droite comme un I, entre les rangées de tables parfaitement alignées et s'arrêta à côté d'une table de deux. Aurélien la rejoignit, déposa ses béquilles à l'emplacement prévu à cet effet et prit place sur la chaise qui offrait une vue à 180 degrés sur le restaurant. Il s'apprêta à interroger son hôte sur le fonctionnement du réfectoire, mais trop tard, elle était déjà repartie vers les cuisines. La chaise d'en face était vide, mais le couvert dressé. Sans attendre, il se lança dans de véritables incantations pour y voir apparaître une jeune et charmante demoiselle, sa façon à lui de forcer le destin. Il n'invoquait pas de grand-mère défunte mais n'était pas plus exaucé pour autant. Les minutes s'égrenaient, et toujours personne à l'horizon. La salle s'était entre temps considérablement remplie. Il la sonda grossièrement : il y avait au bas mot deux tiers de personnes âgées. Aurélien s'enfonça davantage dans son siège : un peu plus et il disparaissait sous la nappe en papier. Toujours personne. Il porta sa main à son visage, et plus précisément à sa barbe. Depuis l'opération, il avait pris la liberté, dépourvu des habituelles contraintes d'image inhérentes à ses missions professionnelles, de se laisser pousser la barbe, comme cela juste pour voir, et il aimait ce contact nouveau. Et alors que sa soupe refroidissait à vue d'œil, il jeta un ultime regard suppliant vers la porte d'entrée. Arriva alors un groupe à la complicité évidente de six « jeunes » (la jeunesse est un concept relatif et extensible dans *une maison de retraite*). Ils s'installèrent à seulement quelques tables d'Aurélien. Seul, il se résolut à attaquer sa soupe tiédie par l'espoir. *Un potage de grand-mère qui doit faire le bonheur des palets et dentiers des alentours.* Il sauçait le creux de son assiette, lorsqu'apparut devant lui, dans un fauteuil, un petit gabarit trapu, avec des cheveux en pétard raidis par un excès de gel et un piercing au sourcil gauche. *Pourquoi ai-je seulement espéré... Tu connais pourtant la formule Aurel' : pas d'espoir, pas de déceptions...*

Lui pour le coup était jeune, très jeune même. À peine majeur. Et en l'espace d'un plat de résistance, Aurélien connaissait tout ou presque de l'existence de Kevin qui gravitait autour du BMX. Il n'avait que ce mot à la bouche. Toutes les questions d'Aurélien pour alimenter la discussion lui revenaient comme un boomerang avec une nouvelle anecdote sur ce sport qui lui était jusqu'alors totalement méconnu. Passionné de sport, Aurélien avait de quoi être gâté, quoique... Il se hâtait de finir son yaourt, sa curiosité et son estomac étaient rassasiés.

— En dix ans de BMX, je ne me suis jamais rien cassé, juste quelques égratignures, des côtes fêlées aussi. Et le jour des qualifications pour les Championnats de France seniors, je me pète le genou. C'est vraiment la poisse quand même ! continua-t-il entre deux cuillérées.

Au bord de l'indigestion, Aurélien hochait la tête mécaniquement. La salle s'était déjà bien vidée lorsque Kevin actionna enfin son fauteuil. Aurélien le salua et s'arrêta devant le bureau de la responsable, qui répondait au doux prénom de Marie-Christine d'après le chevalet posé bien en évidence.

— Excusez-moi, rebonsoir... J'avais une petite question, l'importuna-t-il, alors qu'elle recadrait sans ménagement une frêle employée qui ne débarrassait pas assez vite à son goût. Tout le personnel s'activait au pas de course pour débarrasser, nettoyer et dresser les tables pour le petit-déjeuner du lendemain.

— Oui, je vous écoute.

— Je voulais savoir s'il était possible de changer de table et comment cela se passait.

— Pour les changements, c'est très simple.

Un sourire se dessina sur le visage d'Aurélien.

— Il vous faut simplement trouver quelqu'un qui soit prêt à changer de place avec vous ou attendre qu'une place se libère à une autre table, lui signifia-t-elle le plus naturellement du monde avec ce petit ton abrupt qui seyait parfaitement à ses lunettes. Sans oublier de m'en avertir, bien entendu.

Sans ses béquilles, les bras lui en seraient tombés. Il parlementa mollement, peinant intérieurement à comprendre cette rigidité procédurale. Elle lui précisa toutefois que le week-end, l'établissement se vidant de tous les régionaux, les pensionnés pouvaient s'installer où bon leur semblait. *Même en prison, les détenus s'assoient où ils veulent pour manger, non ? Du moins, c'est ce qu'on nous montre dans les films... Océane, une prison ?* Aurélien perdait rarement son sens inné de la mesure.

Sans but, Aurélien quitta le réfectoire et traîna ses béquilles sur tout le rez-de-chaussée. De-ci de-là, quelques *détenus* s'étaient isolés pour téléphoner. Près de la cafétéria fermée, une Anglaise, aux formes généreuses et maquillée comme une voiture volée, braillait dans le combiné. Il essaya de comprendre ce qu'elle pouvait bien hurler ainsi, mais buta comme souvent sur cet accent british qui le renvoyait sur les bancs de l'école. Plus loin dans le couloir, à côté des distributeurs automatiques de gourmandises et de glaçons, s'était rassemblé autour d'une partie de cartes un petit groupe de patients plutôt jeunes, dont il reconnut certaines têtes du réfectoire. Il loucha sur leur main en achetant une canette de coca et crut distinguer des atouts.

— Mais pourquoi tu ne l'as pas joué tout à l'heure ? Là, je comprends pas, faut m'expliquer !

Circonspect, il écouta les prémices d'un débat animé : la partie semblait sérieuse, les joueurs très déterminés. De son côté, il remplissait la vessie de glace qu'il avait pris le soin de descendre avec lui pour le dîner. Depuis que sa mobilité était réduite, il s'efforçait d'optimiser, encore davantage, ses déplacements : à la maison, au bureau, partout, il tentait de penser à tout, tout le temps, mais oubliait toujours un détail. « Quand on n'a pas de tête, on a des jambes... », lui répétait souvent sa grand-mère. *Et quand les deux vous manquent, Mamie... ?* La vessie pleine des précieux glaçons, il poursuivit son chemin jusqu'à la porte vitrée qui donnait sur la terrasse et l'océan. Le vent s'était levé, on pouvait l'entendre mugir à travers la paroi. Il s'affala sur l'assise disposée là et appliqua la glace sur son genou. Kinésithérapeute, médecin et chirurgien les y exhortaient, c'était important, essentiel même. Les yeux dans le vague, il s'abandonna quelques instants au ballet de l'écume et attrapa son téléphone. Sur son répondeur, un nouveau message l'attendait.

— « Bonjour mon bonhomme, je t'appelle n'ayant pas eu de tes nouvelles depuis ton message où tu me disais que tu étais bien arrivé. Tu pourrais quand même donner des nouvelles à ta vieille mère qui s'inquiète pour toi... Il est bien le centre ? Ça te plaît ? J'espère que tu vas bien t'y plaire et que ton genou va vite guérir. Je t'embrasse fort mon bonhomme. »

Son doigt hésita à la rappeler. *Qu'allais-je bien pouvoir lui dire de plus ? Que malgré mes bras en guimauve, je bats tout le centre à la course dans les couloirs, que la soupe aux vermicelles se boit comme du petit-lait, ou encore que je viens de boucler mon premier tête-à-tête avec mon François Pignon[14] à moi...* Non, il séchait complètement, ne voulant pas l'inquiéter davantage, mais il l'aurait sûrement rappelé malgré tout... Sans cette apparition. Sans Chloé.

Pour Aurélien, Chloé fut d'abord un savant bruit de béquilles et de glaçons qui s'entrechoquent. Dans un premier temps discret, ce bruit s'intensifia lorsqu'elle le frôla avec sa béquille. Il découvrit alors une silhouette fine, élancée, un physique (il l'apprendrait bientôt) de danseuse professionnelle. En fixant le large, elle se passa la main dans les cheveux, de longs cheveux bruns et ondulés qu'Aurélien imagina aussitôt virevolter lors d'une balade en tête-à-tête sur la plage. Chloé ne s'éternisa pas et repassa à hauteur du jeune homme qui s'efforça de ne pas la dévisager. Ce soir-là, ils n'échangèrent qu'un courtois— Bonsoir », suffisant cependant pour croiser ses beaux yeux clairs qui reléguaient aux oubliettes les ridules naissantes de son visage. Même son maniement de la béquille était gracieux. Il le suivit du coin de l'œil jusqu'à l'ascenseur, et il ne fut pas le seul.

---

[14] N'en déplaise à Monsieur Weber et son « dîner de cons », le patronyme de Pignon se prête tout de même mieux à un fan de BMX qu'à un maquettiste en allumettes.

Mardi 1ᵉʳ avril 2010, premier soir au centre, 21 h 18

(plus que quatre semaines et six jours...)

Une femme pareille te salue et toi tout ce que tu trouves de mieux à faire, c'est de lui marmonner un pauvre « Bonsoir » en détournant le regard et limite en bégayant... Je te jure, tu m'énerves tellement dans ces moments-là... Si encore c'était la première fois que tu me faisais le coup. Mais non, la liste est déjà très longue de toutes ces filles dont je m'éprenais le temps d'une soirée, de vacances ou d'une année scolaire sans que tu lèves le petit doigt, me cantonnant au rôle de simple spectateur. Attention, je ne dis pas que j'aurais eu la moindre chance, loin de moi cette pensée (ces filles étaient tellement parfaites qu'elles faisaient l'objet de toutes les convoitises...), mais tu aurais pu me laisser tenter quelque chose, au moins une fois...

13.

Au centre, d'aucuns disaient que Chloé incarnait la féminité à l'état brut, presque sauvage. Aucun homme normalement constitué n'y restait insensible. Sur son passage se réveillaient même les libidos endormies des charmants vieillards impotents qui peuplaient les lieux. Aurélien n'échappait pas à la règle. Les quelques lignes jetées sur son carnet (sans même s'en rendre compte, l'exercice s'inscrivait en lui) l'avaient sur le moment apaisé, mais son esprit torturé et légèrement masochiste redessinait déjà les traits de la belle et insaisissable danseuse.

Bientôt minuit, il se retournait dans son lit, encore et encore. Le silence de la pièce l'oppressait, tandis que son esprit passait en revue ses premières heures au centre... *Est-ce vraiment à cela que vont ressembler mes cinq semaines dans ces murs ? En regardant les photos d'*Océane, *je n'imaginais pas un seul instant débarquer dans un club du troisième âge... C'est tout moi ça, pour une fois que je prends une vraie décision, il faut que je me plante ! J'aurais tout simplement dû faire ma rééducation dans un des centres de la capitale, je pourrais voir mes amis le soir, aller au ciné, et je dormirais dans mon lit...* Et impossible cette fois pour Aurélien de s'évader devant un quelconque DVD, son camarade de chambrée dormait lui à poings fermés. Deux heures plus tôt, il l'avait trouvé dans un joli pyjama rouge à carreaux, blotti sous sa couverture dans les bras de Morphée. La cinquantaine bien tassée avait eu raison de son implantation capillaire et le jeune homme pouvait même, selon l'inclinaison, déceler des reflets de l'astre lunaire sur son crâne dégarni. Les soupçons nés de sa brève enquête étaient avérés. *Après Kevin, j'hérite de Kojak... De toute évidence, le hasard a une nouvelle fois choisi son camp... Mais qu'est-ce que je fous là bordel ? Quelle idée j'ai eu de m'exiler de la sorte ?* Sa respiration se saccada, et à force de gesticuler, il sentit désormais des picotements dans son articulation. Mais alors qu'il tentait d'occulter les ronflements discrets de son colocataire et de juguler sa respiration, des mots s'invitèrent à son désordre ambiant. Ceux du docteur Le Guirec.

Elle ne croyait pas aux accidents. Au contraire, elle encourageait ses patients à envisager ce séjour comme une chance, une occasion rare de prendre le temps et de réfléchir sur soi dans des vies souvent menées à cent à l'heure, la tête dans le guidon. Aurélien avait poliment acquiescé. La gêne s'intensifia alors, les ronflements aussi. Il décida donc de se laisser bercer par une douce sélection musicale.

Le lendemain, il ouvrit les yeux, devançant son réveil de deux petites minutes. Il aimait ces réveils libérés de l'agression du tocsin électronique. Il palpa son genou, heureux de ne sentir aucune douleur. La musique s'était arrêtée d'elle-même, et il avait passé une bonne nuit. Déjà tout habillé, le quinqua dégarni sortit alors de la salle de bains, l'occasion d'échanger leurs premiers mots. Il était là pour rééduquer son épaule qui souffrait d'un mal dont le nom entra par une oreille d'Aurélien pour en ressortir par l'autre, une histoire de capsule (capsulite rétractile lui reprécisa-t-il ultérieurement).

— Et toi, c'est le genou ?

Aurélien opina en grimaçant.

— Comment avez-vous deviné ?

— Vu ton âge, j'avais peu de chances de me tromper. Tu vas voir dans la salle, vous formez une belle petite clique ! Je te laisse te préparer, moi je file au petit-déj'. Sans ma dose de caféine du matin, je suis bon à rien. Et tu peux me tutoyer, tu sais ! Moi, c'est Christian.

— Aurélien.

— Enchanté, Aurélien ! À plus !

Il se passa un bon coup d'eau sur le visage. Une sorte de rituel qui prit ce matin-là une coloration différente. Alors qu'il fixait son reflet dans la glace, il n'arrivait pas à mettre le doigt dessus. Ses traits lui semblaient déjà plus détendus, mais c'était autre chose. Et comme le nez au milieu de la figure, tout s'éclaira. Il réalisa alors que sa pilosité naissante rendait son visage moins juvénile. Le comble pour ce Peter Pan des temps modernes. Ni une, ni deux, il enfila son short fétiche, un long short de basket-ball rapporté d'un séjour universitaire aux États-Unis, et prit le chemin de l'ascenseur. Il en laissa partir un déjà densément peuplé. Le sourire aux lèvres, il se sentait léger. Dans le suivant, il rejoignit une petite dame en robe de chambre et pantoufles.

— Vous êtes nouveau, jeune homme ? Je ne vous ai encore jamais vu par ici, à moins d'être rattrapée par le spectre d'Alzheimer, lui demanda-t-elle avec malice en mimant de regarder par-dessus son épaule.

— Oui, c'est mon premier jour de soins. Je suis arrivé hier, répondit-il en forçant sa voix. Et vous, vous êtes au centre depuis longtemps ?

— Pas besoin de hurler jeune homme, je ne suis pas sourde.

— Pardon, ne le prenez pas mal, mais...

— Ne vous justifiez pas, je vous charrie. La plupart de mes congénères ici sont durs de la feuille.

Il l'accompagna jusque dans le réfectoire, l'écoutant raconter qu'elle devait sa présence à *Océane*, depuis maintenant deux semaines, à une satanée prothèse de hanche, le mal de sa classe d'âge.

— Je m'arrête là.

— Au plaisir, jeune homme.

— Aurélien.

— Jeanine. Enchantée.

Plein d'entrain, il retrouva Kevin en débardeur qui engloutissait tout ce qui se présentait à lui.

— Salut Kevin ! Bien passée cette première nuit ? s'enquit-il en fixant le tatouage sur son biceps gauche. T'as bon appétit en tout cas.

— Oui, je me suis endormi en regardant des vidéos de BMX sur mon téléphone, répondit-il la bouche pleine.

Aurélien acquiesça en contenant un rictus naissant. Ce type vivait, mangeait et dormait BMX. C'était toute sa vie, et cela le poursuivrait toute sa vie, du moins sur son bras... Dans l'entourage d'Aurélien, personne n'était tatoué et il n'y avait jamais songé personnellement. Il tartina méticuleusement du beurre salé sur deux toasts, tandis que Kevin continuait sa razzia de pain. Aurélien s'intéressa à l'état de son genou violacé et couvert d'ecchymoses, et écouta distraitement la réponse du jeune cycliste et son programme de soins du jour. *D'ailleurs, qu'aurais-je envie de voir ainsi immortalisé sur mon corps à tout jamais ?*

Debout, il avala une dernière bouchée. Il n'était pas en avance. Il se dépêcha dans les couloirs et devant une salle qui sentait bon le chlore, une figure joviale l'accueillit. Il débutait en piscine. La kinésithérapeute lui protégea la cicatrice en conséquence et profita de l'occasion pour se présenter, ainsi que sa charmante apprentie qui observait sagement en retrait. Il gagna ensuite, dans son caleçon de bain moulant bon marché, le bassin d'eau de mer. Gisèle, souffrant comme Jeanine de la hanche, l'y retrouva dans un maillot de bain une-pièce, noir et bouffant. Pour sûr, son attention serait tout acquise à la voix et aux demandes du personnel soignant.

— Comme ça, c'est bien ?

— Oui, c'est ça. Juste un peu plus doucement Aurélien, répondit-elle en simulant le mouvement dans l'air. Tiens, c'est drôle ça, vous avez remarqué, vous avez exactement le même bonnet de bain, Gisèle et toi !

L'apprentie laissa échapper un rire discret avant de reconnaître d'une voix espiègle n'avoir pas osé le dire plus tôt. Aurélien dévisagea alors Gisèle et son bonnet. *Ce n'était pas du tout choquant sur elle...*

— Oui, j'ai pris le premier prix au magasin, sans réfléchir..., se défendit-il aussitôt.

Se sentant rougir, il reprit ses lents mouvements. Toutes trois arboraient un large sourire transgénérationnel.

Il ressortit de l'eau satisfait néanmoins ; il n'avait ressenti aucune gêne (articulairement parlant, on s'entend). Lors du massage individuel qui suivit, la kinésithérapeute remit sans tarder cette histoire de bonnet sur la table. Il s'en amusait à présent avec elles, conscient du ridicule du tableau. Toujours en retrait et le bloc-notes prêt à dégainer, la jeune élève dans sa saillante blouse blanche le gratifiait d'un timide sourire. Le potentiel comique de son couvre-chef aquatique momentanément épuisé, l'expérimentée kinésithérapeute lui posa milles questions, pendant que ses mains à la force insoupçonnée et pourtant très féminines le parcouraient. De son accident à son opération en passant par des questions plus personnelles, elle voulait tout savoir, et aussi bizarre que cela puisse paraître, il se sentit très vite à l'aise, se livrant sans son habituelle retenue sur les évènements des derniers mois. Comprenant rapidement sa passion pour le sport, elle lui confia en retour qu'en vingt ans au centre *Océane*, elle en avait vu défiler des genoux, y compris ceux de sportifs de haut niveau.

— Je me suis même occupé personnellement d'un perchiste médaillé aux Jeux olympiques.

— Vous avez soigné Jean Galfione ? s'emballa-t-il.

Elle confirma de la tête sans interrompre ses manipulations.

— Allez, c'est tout bon Aurélien. Par contre, je vais voir pour te mettre dans un groupe avec d'autres ligamentoplasties, ce sera mieux pour ta rééducation. Et puis, j'ai déjà fort à faire avec toutes mes hanches et mes épaules.

Il les salua respectueusement et resta assis interdit de longues minutes sur la première chaise qu'il trouva. *Pour une fois que les choses se goupillaient bien...*

En début d'après-midi, il devait se rendre au secrétariat médical, sa nouvelle affectation l'y attendrait. Dans l'attente, il se glaçait le genou à côté du réfectoire, où affluaient déjà des patients affamés. *Les personnes âgées ne plaisantent décidément pas avec l'horaire des repas...* Au milieu du club du troisième âge, il s'évada sur la Toile en postant sur Facebook le message suivant, non sans l'avoir tourné à plusieurs reprises dans sa tête : « À huit heures pétantes, séance de piscine en eau de mer avec Gisèle N., septuagénaire récemment opérée de la hanche. On a le même bonnet de bain... No comment. » Dans la minute, un ami commenta. « T'as attaqué ? » Aurélien éclata de rire, et tous les regards convergèrent vers lui, tandis qu'il répondait en gloussant : « Dégouté, on doit me changer de groupe demain pour me mettre qu'avec des ligamentoplasties. Bref, avec les plus "jeunes" du centre ! Bye bye Gisèle... Jamais le temps de construire quoi que ce soit... »

Éric

À table, c'était la franche rigolade à chaque repas. Nous étions presque tous à des stades différents de nos vies, venions tous d'horizons divers, travaillions dans des sphères aussi éloignées les unes des autres, et pourtant l'alchimie avait opéré. Eux comme moi, nous étions bien décidés à nous rétablir au mieux tout en profitant de cette parenthèse. Chacun y trouvait sa place, même si nous avions instauré comme règle de ne jamais manger deux repas de suite à la même place. Des chaises musicales sans musique comme un vaccin à la monotonie ambiante. Les serveuses nous adoraient, nous les faisions rire. Dans cet univers si prévisible, nous les déroutions. Ma préférée, c'était Monique, avec sa barrette dans les cheveux et son grand sens de l'humour et de l'autodérision. « Avec toi, je ne sais jamais si c'est du lard ou du cochon », me répétait-elle souvent.

— Allez, Monique !

— Tu vas finir par me faire virer, Éric !

— Juste un petit yaourt. Tu ne vas pas me dire qu'ils en ont besoin à leur âge... C'est trop tard pour eux, alors que regarde ce pauvre Thomas, il est en pleine croissance et en aura bien besoin pour retourner sur le Charles de Gaulle avec sa cheville en carton défendre la veuve et l'orphelin.

Comme à son habitude, elle hésita, scruta autour d'elle et nous glissa le laitage convoité. Discrètement, je la remerciai. Thomas, la bouche déjà pleine, pouvait dès lors ranger ses yeux de cocker jusqu'au lendemain. Les serveuses nous donnaient du rab en permanence, une cuillérée de soupe par-ci, un deuxième plat par-là, sans oublier ces yaourts tombés du charriot. Nous devions juste faire attention, car les yeux de fouine de Marie-Christine ne traînaient jamais loin.

— Parlons peu mais parlons bien. Tout le monde est partant pour la revanche d'hier soir ? lança Claire qui avait trépigné toute la journée à cette idée.

Tous acquiescèrent, sauf moi. Je déclinai au motif d'une alléchante soirée foot.

— Pas de tarot, Éric ? En même temps, après la pâtée prise hier, j'aurais aussi peur à ta place. Mais tu sais Éric, quand on tombe de cheval, et je m'y connais, la meilleure chose à faire est encore de se remettre en selle rapidement, à moins que tu ne prennes officiellement ta retraite après pareille bérézina ?

— Ne t'en fais pas pour moi Claire, on remet ça demain sans problème. J'ai pas perdu deux parties de suite depuis 1992…

Sur ce trait d'humour, je me levai, soufflai un baiser en direction de Monique et laissai tout ce beau monde, ne voulant en aucun cas rater le début du match.

En traversant la rue qui longeait le centre, je m'allumai une cigarette que je ne fumai qu'à moitié jusqu'à la porte du *Mercure* et son comité d'accueil.

— Salut mon Fargo ! Oh oui, c'est vraiment toi le plus beau, oui, dis-je en caressant le poil soyeux de ce magnifique labrador que je réfléchissais de plus en plus à kidnapper dans mes valises.

L'affiche pourtant alléchante n'attirait pas les foules, loin de là. Devant l'un des deux écrans plats, seulement trois anciens, des gens du cru et devant l'autre, je reconnus les silhouettes de Tic et Tac à côté de leurs béquilles. Le coup d'envoi du quart de finale de Coupe d'Europe opposant Manchester United au Bayern Munich venait d'être donné.

— Salut Tic et Tac ! C'était moins une, soufflai-je en m'asseyant, non sans un salut pour Erwan derrière son bar. Ça donne quoi les compos d'équipes ?

Il y eut un bref silence, qu'une timide voix interrompit, m'indiquant du classique tant chez les Anglos que chez les Saxons. Le visage de ce type me disait vaguement quelque chose, et les béquilles derrière lui levèrent très vite le voile. Également pensionnaire à *Océane*, Aurélien était arrivé la veille, appris-je. De la chair fraîche qui aimait le foot, ça manquait jusque-là. Je m'en frottai les mains, lorsqu'Erwan s'approcha de nous pour prendre notre commande.

— Vous avez quoi en pression ? l'interrogea le nouvel arrivant.

— Stella, Heineken, Grimbergen et Guinness.

— Une pinte de Grim, s'il vous plaît.

— Deux, Erwan.

Guillaume et JB finirent leur verre à moitié vide d'une traite et recommandèrent aussitôt une tournée. Comme à leur habitude, Guillaume tournait au pastis, JB au houblon. La première mi-temps du match fut haletante, le ballon allant d'un but à l'autre. Je sentais à ses réactions qu'Aurélien, derrière sa barbe de trois jours et sa voix fluette, connaissait le football, beaucoup plus que « Tic et Tac », qui excellaient plus avec leur coude.

— Sacré match jusqu'ici. On va s'en fumer une dehors ? Tu fumes Aurélien ?

— Non, mais je peux vous accompagner.

Sur la terrasse, en tirant sur nos cigarettes, nous nous racontâmes nos accidents respectifs.

— Et toi Éric, tu t'es blessé comment ?

— Au hand. Je suis retombé sur le pied de mon défenseur, et crac... Tout ça, sur la dernière action d'un match où nous menions largement au score : l'accident débile par excellence.

Durant la seconde période, le rythme se calma logiquement, mais le suspense demeurait entier. JB et Guillaume, les yeux pétillants, continuaient eux sur la même cadence, sans que leur élocution s'en trouve altérée pour un sou. Ils faisaient honneur à la réputation bretonne ces deux-là. Posé sur la table, mon téléphone vibra une première fois, puis une seconde. À la troisième, je l'attrapai passablement agacé et découvris les messages empreints de jalousie de Vanessa. « Je regarde le match dans un bar. Bonne soirée ! » Dans les soixante secondes, une nouvelle vibration. « Y a des filles ? » Ni une ni deux, je coupai mon portable. Le match se termina sur une courte victoire allemande, laissant présager un passionnant match retour. Autour d'un dernier verre, je pris des nouvelles des enfants respectifs de Tic et Tac. À cette question, Aurélien manqua de s'étrangler avec sa bière. C'est vrai que l'idée d'imaginer ces deux piliers de bar en pères de famille avait quelque chose d'effrayant.

— Et moi, tu m'imagines ? lui demandai-je.

Pris d'un soudain hoquet que JB lui conseilla de faire disparaître en buvant un coup (sa solution à tous les maux), Aurélien fronça les sourcils quelques secondes en scrutant mon visage à la recherche d'un indice, pas aidé qu'il était par mes deux clignotants oculaires.

— Pourquoi pas.

— Ça, c'est bien de la réponse de Normand ou je m'y connais pas, intervint Guillaume en cognant son verre contre la table. Je vais t'aider, la réponse est oui. C'est d'ailleurs surprenant qu'il t'ait pas encore montré une bonne dizaine de photos de sa grande fille, le papa-poule.

En regagnant le hall du centre, alors que je m'amusais des crampons rétractables au bout des béquilles spéciales neige du nouvel arrivant, une voix stridente s'éleva.

— Messieurs, Messieurs ! Pas si vite ! Il est vingt-trois heures passées si je ne m'abuse. Vous connaissez tous le règlement ? nous houspilla Hélène, redressée sur la pointe des pieds derrière son point accueil, en tapotant sur sa montre dans son rôle de mère fouettarde.

— Bonsoir Hélène, t'as changé quelque chose à tes cheveux ?

— Non, c'est juste un chignon, comme ça...

— Ça te va très bien en tout cas ! Nous en veux pas pour ce soir, on était juste au *Mercure* pour regarder les matchs, répondis-je en m'accoudant devant elle. Tu nous connais ?

— Je sais bien Éric, mais comprends ma position, il y a un règlement, tous les patients doivent prévenir de leur sortie et regagner l'établissement avant vingt-trois heures. C'est le règlement.

Dans l'ascenseur, Aurélien n'en croyait pas ses oreilles. « Un couvre-feu ? » Mes acolytes et moi eûmes beau lui confirmer son existence, il demeurait incrédule. « Mais on a plus douze ans... »

Je regagnai ma chambre, allumai la lumière et posé sur mon lit, me reconnectai à adopteunmec.com.

14.

Prendre un nouveau départ, on en rêve tous à un moment ou à un autre. À l'entame de sa deuxième journée au centre, Aurélien s'en serait bien passé. Il avait aimé ce faux départ... Et regrettait déjà le chamboulement de son emploi du temps et surtout le remplacement de sa paire de kinés par Nathalie, une blonde décolorée entre deux âges. Sur la pointe des pieds, il pénétra dans la grande salle qui pullulait de machines en tout genre et grouillait de patients. Mais contre toute attente, quelque chose se produisit dès les premiers exercices collectifs. Ses a priori s'envolèrent. Dans ce groupe de « genoux », tous étaient dans le même bateau, et il y régnait une excellente ambiance de travail, taquine et joueuse à l'image de Nathalie.

— Mais dis-moi Michel, tu nous as sorti tes plus beaux bas de contention, couleur chair comme ça, c'est excitant. Quelques froufrous, un petit string et on se croirait au Lido..., se faisait railler un quadra dans son short des années 70 en réapprenant à se déplacer entre deux barres parallèles.

— Ça te plaît, hein ? Laisse-moi donc passer devant toi au prochain tour espèce de pervers, que je mène la revue...

Personne n'était à l'abri, et personne ne s'en offusquait. En retrait, Aurélien appréciait cette autodérision, lui qui dans la vie avait très vite été confronté aux appellations de « poil de carotte » et autres « rouquin ». Il prenait ses marques avec ses nouveaux camarades de jeu, mais continuait de peser ses mots, ne tenant pas non plus à donner le bâton pour se faire battre.

Vint ensuite l'heure du massage individuel avec Nathalie. En tête-à-tête dans une salle exigüe, elle tâcha d'en apprendre plus sur sa blessure, son opération et sur lui aussi ; elle accordait beaucoup d'importance à la dimension psychologique dans son travail. Se sentant harcelé par cet interrogatoire, jugé trop personnel à son goût, et l'attitude rentre-dedans de la kiné, Aurélien se referma aussitôt comme une huître. Devant son faible enthousiasme, elle lui détailla les principales phases de la rééducation, informations qu'il confrontait à celles transmises par son binôme de la veille, tandis qu'il sentait sur son genou, malgré toute l'huile de massage, les callosités de ses mains expérimentées.

Une séance de kinetech ponctuait son programme de soins du jour. Le kinetech, c'était une machine un peu barbare visant à faire retrouver progressivement aux patients de l'amplitude dans la flexion. Trente minutes d'un travail passif, qui se transformait en sieste pour la plupart, mais pas pour Aurélien. *Pas de douleurs après deux jours, c'est bon signe... En plus, le groupe a l'air vraiment sympa, tout comme Nathalie au final, même si j'aimais beaucoup mon binôme de kinés d'hier... Tiens j'y pense, il faudra que je rappelle ma mère aussi... L'ère pré-téléphone portable avait quand même du bon...* L'engin s'arrêta sur cette dernière pensée et il rechaussa à la hâte ses béquilles.

Son genou et lui étaient en forme. Il déambula souriant dans les couloirs et retrouva les acharnés des cartes installés exactement au même endroit que la veille.

— Aurélien, on fait un tarot. Tu veux faire le cinquième ? l'invita Éric qui faisait partie du cercle.

Il s'approcha très lentement du groupe.

— Alors Aurélien ?

— J'aimerais beaucoup mais...

— Mais quoi ?

— J'ai bien peur de ne pas être très calé dans le domaine, admit-il après s'être raclé la gorge.

Éric se proposa de lui apprendre, insistant sur le fait que ce n'était vraiment pas sorcier. « Pas besoin d'avoir fait Bac+5, tu vas voir ! » Les autres opinèrent, et il se laissa convaincre. Les autres justement.

— Aurélien, je te présente Claire, Lucile et Thomas. Vous tous, Aurélien, une nouvelle recrue dans la Team Genou.

— Alors, c'est toi qui nous prives de notre victime expiatoire favorite au tarot, pour du foot en plus...

Aurélien marqua un temps d'hésitation.

— Ne l'écoute pas Aurélien, j'ai eu le malheur de laisser Claire gagner une fois en deux semaines, et maintenant, elle se prend pour la reine du tarot !

— Ça va, je plaisantais Éric, ne sois pas si mauvais perdant ! Plus sérieusement, bienvenue parmi nous Aurélien. Je crois t'avoir déjà vu au réfectoire. Tu ne mangerais pas avec le jeune dans un fauteuil, celui qui vient d'arriver et parle sans arrêt de VTT, non ?

— De BMX. Oui, c'est bien moi.

— Et ça va, tu tiens le coup ? On l'a croisé avec Lucile à la cafet'... Quelle plaie ! Il nous a tenu la jambe, enfin façon de parler, pendant un bon quart d'heure. Je dis un quart d'heure, c'était peut-être même une demi-heure...

— Jusqu'ici, je n'ai pris que quelques repas avec lui, mais disons que oui, il est très passionné par son sport..., répliqua-t-il en insistant bien sur le terme « passionné ». J'aime beaucoup le sport, mais chez lui, ça vire clairement à l'obsession. D'ailleurs, vous regarderez le tatouage sur son bras, ça vaut le coup d'œil...

De concert, ils lui apprirent les règles, chacun rajoutant sa pierre à l'édifice, précisant la règle précédente, dans une explication vite cacophonique.

— Ça va aller, ça va venir en jouant. On va faire une partie pour rien, conclut Éric qui lisait sur son visage une confusion grandissante.

Les mènes s'enchaînaient, Aurélien cogitait longuement avant de poser la moindre carte. Claire et Éric lui expliquaient avec pédagogie certaines de ses erreurs, en laissaient passer d'autres. À l'entame d'une seconde partie, les moues et le regard perdu d'Aurélien ne mentaient pas. Il hésitait toujours autant, et sur la dernière main, il perdit même l'Excuse, ce qui renversa l'issue de la partie. Dans la foulée, il « s'excusa » auprès d'eux, il devait aller glacer son genou. La tête basse, il s'éloigna vers l'ascenseur, et les entendit rire de bon cœur. *Décidément, les cartes ce n'est vraiment pas ma tasse de thé, même à Bac+5.*

Dans sa chambre, il attrapa sa vessie en caoutchouc et un nouveau paquet de chewing-gum avant de redescendre. En arrivant vers la cafet', il aperçut de longs cheveux dont l'ondulation lui était vaguement familière. Haletant, il s'avança d'un pas hésitant. Elle se massait avec application le tendon d'Achille, les yeux dans le vague. Il n'était plus à présent qu'à quelques mètres d'elle. Sur sa table étaient disposés une tasse, une bouilloire et un exemplaire refermé du *Ouest France* du jour. Il avait les mains moites, la gorge sèche. Elle se passa lentement la main dans les cheveux. Les hémisphères droit et gauche d'Aurélien se télescopaient pour se livrer une bataille acharnée. Comme souvent avec lui, une bataille sans vainqueur. Résultat, sa bouche ne trouvait rien de valable à dire. Mais cette fois, son corps continua de progresser vers la ligne ennemie. Jusqu'à buter avec fracas dans une chaise. Elle se retourna dans sa direction et lui sourit.

— Ça va ? s'enquit-elle d'une voix pleine de légèreté.

— Oui, ça va merci. J'oublie parfois que j'ai des trucs d'un mètre cinquante au bout des bras.

— ...

— On s'est croisé hier, non ?

— Oui. Je m'appelle Chloé. Et toi ?

— Aurélien. Qu'est-ce qui t'amène au centre ?

— Mon tendon d'Achille.

— Ah le tendon d'Achille..., fit-il en grimaçant.

— Oui...

— Au moins, ça change de tous ces genoux. Enchanté, Chloé Tendon.

Son doux rire résonna délicatement, et son visage clairsemé de taches de rousseur s'illumina, découvrant de belles dents bien équilibrées.

— J'aime assez Chloé Tendon. Et toi, qu'est-ce qui t'amène ?

— Mon genou.

— Ah, t'es un de ceux-là !

Littéralement envoûté par les puissantes effluves orangés de son parfum, Aurélien suivait la chorégraphie de ses lèvres, qu'elle se mordillait à l'occasion si délicieusement. Elle lui raconta avec des trémolos dans la voix les circonstances de son accident. Danseuse professionnelle dans une compagnie de la région, elle répétait d'arrache-pied avec sa troupe. Ce spectacle revêtait une telle importance... À deux jours de la première, elle avait décidé ce soir-là de faire quelques extras pour être prête – il entendit pour être parfaite – et sur une mauvaise réception, elle ne s'était pas relevée. Rideau... Il combla le silence naissant avec ses propres déboires, de cette *sournoise* bosse de Courchevel à son épilation les pieds dans l'eau. Et l'espace de quelques instants, il la fit rire.

— Ça me manque tellement, si tu savais..., s'étrangla-t-elle. Enfin, je vais bosser dur pour me soigner et revenir le plus vite possible.

Toute sa détermination se lisait dans son regard. Son portable sonna alors. Elle s'excusa, c'était son copain.

— J'te laisse. À plus tard ! lui chuchota Aurélien en s'éloignant.

— Oui, à plus tard !

Il chemina dans le couloir, dépassa les distributeurs et autres tarophiles pour atterrir devant la baie vitrée. De gros nuages noirs s'amoncelaient sur le littoral, tandis qu'une pluie drue s'abattait sur l'océan. *Ce n'est décidément pas une légende urbaine : il pleut tout le temps dans ce pays...*

Devant ce paysage, Aurélien réfléchissait. En seulement quarante-huit heures finistériennes, il était déjà passé par de nombreux états, d'espoirs en désillusions, de doutes en regrets. En contrebas, un joggeur remontait la plage contre les éléments déchaînés. À ce moment-là, il aurait donné beaucoup pour se faire lui aussi gifler le visage par cette pluie cinglante. À défaut, il suivit du regard le coureur dans son K-way fluo jusqu'à le voir disparaître. La belle Chloé avait raison. À leur façon, la danseuse et le coureur rappelaient à Aurélien, si besoin était, la raison de sa présence au centre. Son genou, c'était là tout l'essentiel.

DEUXIÈME PARTIE :
L'AMOUREUX

« Le don de trouver des choses de valeur ou agréables sans les avoir cherchées, c'est ainsi que l'on définit "ces heureux hasards" de la vie, en anglais "serendipity". »

(Scott Peck)

1.

— Cinq ans. Non bientôt six. Oui, six ans déjà que j'ai quitté Brest pour venir travailler ici au centre *Océane*. Le temps file à une vitesse... À l'époque, je venais de me séparer et j'avais envie de bouger, de changer d'air. Bref, de me remettre en question. Et je dois dire que je me plais bien ici. J'ai rencontré des gens sympas, j'habite dans un joli petit pavillon à Pouldergat, mais tu ne dois pas connaître...

— Je crois l'avoir vu inscrit sur un panneau à la sortie d'un village. En venant de Quimper, c'est possible ?

— Oui, c'est sur la route en effet. Moi j'habite juste à l'entrée du village. C'est très tranquille, mais ça me convient bien. J'ai même mon jardin potager, il est tout riquiqui, mais suffisant pour y faire pousser quelques légumes... Tu me le dis si je parle trop, une fois lancée on ne m'arrête plus...

C'est vrai que les séances avec Nathalie, c'était comme mettre une pièce dans un jukebox, l'odeur de l'huile de massage en plus.

— Oui, enfin non, je veux dire. Ça va, moi c'est plutôt le contraire...

— Tu trouves que je parle trop donc ?

— Non, ce n'est pas ce que j'ai voulu dire...

— Ça va, Aurélien ? Parce que là, tu deviens aussi rouge que mes tomates les plus mûres...

Elle lui arracha un discret sourire.

— Toi Aurélien, tu démarres vraiment au quart de tour. Détends-toi un peu. D'autant qu'avec moi, tu vas vite t'en rendre compte, le rire est au centre de tout. Je lui prête d'immenses vertus, y compris thérapeutiques ; je répète d'ailleurs sans arrêt à mes patients « Bien dans sa tête, bien dans son corps ». Mais tu l'as peut-être déjà remarqué dans les séances collectives ?

— Oui, ça rigole pas mal en effet...

— Tu es vraiment sûr que ça va ? Tu n'as pas l'air très en forme ce matin.

— Oui ça va. C'est juste que normalement, je devais passer le week-end à Prague pour l'enterrement de vie de garçon de mon meilleur ami dont je serai témoin, et qu'avec ce stupide accident, ça tombe à l'eau. Pendant que tous mes amis seront là-bas à s'amuser, moi je vais rester à quai ici tout seul, et sous la flotte qui plus est d'après la météo...

Elle opina de la tête en appliquant ses mains calleuses sur sa cicatrice.

— Je comprends. D'autant que tu vas vite t'en rendre compte, *Océane* le week-end, c'est mort comme le disco, avec tous les patients du coin qui rentrent chez eux... En tout cas, c'est chouette ce mariage, ça te fait une belle perspective ! dit-elle avec une pointe de mélancolie.

Malgré lui et *ces belles paroles*, il ne pouvait s'empêcher de penser à Prague.

Au petit-déjeuner déjà, en consultant ses mails seul face à son bol, il avait découvert les récents échanges liés à l'organisation du week-end : de l'enlèvement de Florent chez lui aux festivités multiples dans la capitale tchèque sans oublier le déguisement ridicule de circonstance. Chaque détail appuyait là où ça faisait mal. Qui plus est, Prague, c'était son idée... Puis, Kevin, les cheveux luisants de gel à la mode porc-épic, était arrivé à table comme une fleur, ou plutôt comme un spam. Aurélien avait à peine desserré les dents, peinant même à finir sa tartine au goût de sel. Une fois le couperet du docteur Jaouen tombé, il avait très vite fait une croix sur cet enterrement, l'enfouissant dans un tiroir de son inconscient. Et voilà qu'on rouvrait le tiroir... *D'ailleurs, il faudrait que j'appelle Flo, ça fait un bail...*

Il traversa cette journée tel un fantôme, hanté par la perspective intolérable à ses yeux de ce rassemblement festif unique qu'il allait manquer. Il y songeait encore en fin d'après-midi en somnolant sur le kinetech. Las, les yeux clos, il se représentait l'immense discothèque du Karlovy Lazne, ses cinq étages pour autant d'ambiances, bondés de grandes et jolies Tchèques et de ses meilleurs amis délirant entre deux tournées de Tennessee whiskey. Il salivait à cette vision, lorsqu'une remarque de Nathalie lui revint en mémoire. « *Le week-end, le centre se vide fortement avec tous les locaux qui désertent...* » Il rouvrit les yeux et regarda autour de lui. La bande-annonce du film de son week-end se déroulait dans sa tête. Seul, comme un hamster amorphe dans sa cage, il déambulerait au ralenti dans les étroits couloirs du centre, au son de la pluie s'abattant sur ses parois vitrées et le littoral. Dans cette prison de verre, il ne croiserait que de rares congénères, tous prêts à passer l'arme à gauche...

Le kinetech s'arrêta. Mais l'insoutenable dichotomie de son être se perpétuait, et c'est déchiré entre rêve et réalité qu'Aurélien se libéra en hâte des sangles de l'appareil pour se remettre en marche. Son genou se rappela à son bon souvenir. Passées quelques minutes à traîner la patte, il tomba sur Éric près du distributeur de glaçons, véritable centre névralgique des ligamenteux de tous bords.

— Salut Aurélien, ça va ?

— Bien. Et toi ?

— Je n'ai pas à me plaindre. Le genou va bien, enfin d'après la kiné... Et le week-end approche !

— Tu restes dans les parages ce week-end ?

— Non merci, j'ai déjà donné la semaine dernière. Ce week-end, je rentre sur Paris pour l'anniversaire de ma fille ! Elle fête ses neuf ans, j'en reviens pas ce que le temps passe vite, je la revois encore souffler sa première bougie..., lui confia-t-il en lui montrant fièrement sur son téléphone portable des photos d'elle.

— Ah, c'est cool ça... Et tu ne connaitrais pas des personnes qui restent au centre par hasard ?

— Laisse-moi réfléchir. Claire non, elle rentre chez elle à Morlaix. Thomas passe le week-end à Brest comme d'habitude. Peut-être Lucile...

— ...

— Eh ne fais pas une tête pareille, ça va aller. En plus, tu vas voir, tu pourras t'installer où tu veux à la cantine. Fini les tête-à-tête mortels avec Kevin ! s'exclama-t-il hilare.

Mais le visage d'Éric se referma aussitôt. Le fameux Kevin sortait justement d'un des ascenseurs et les frôla. D'abord gênés, Aurélien et Éric se perdirent rapidement dans un long fou rire. *Nathalie a raison, rire a vraiment du bon, enfin sauf pour mes zygomatiques en mal d'entraînement ces derniers mois...*

Dehors, le temps ne prêtait pas à sourire. De gros nuages sombres convergeaient vers la côte et en quelques minutes, il se mit à pleuvoir des cordes. Confortablement installés à l'abri des gouttes dans de larges fauteuils bien douillets, une poche de glace sur leurs genoux droits respectifs, ils discutèrent de tout et de rien, laissant seulement la pluie et... la pluie de côté. Aurélien l'interrogea sur sa fille. L'expression « la prunelle de ses yeux » n'était en rien galvaudée : il tenait tant à elle, il aurait pu en parler des heures durant... À l'image des amis d'Aurélien déjà parents, dont la progéniture était devenue l'unique sujet autour duquel gravitaient toutes les conversations, l'alpha et l'oméga de chacune d'elles. Ils comparèrent ensuite leur cicatrice et découvrirent qu'ils étaient passés tous deux sous les bistouris du même chirurgien. Et la coïncidence ne s'arrêtait pas là entre les deux hommes, puisqu'Éric gérait un magasin de bricolage depuis deux ans à seulement quelques dizaines de kilomètres de là où avait grandi Aurélien. Le bricolage, Éric était tombé dedans petit, comme Obélix dans la potion magique, en aidant son père à retaper leur maison en banlieue pendant de nombreux week-ends. Incapable de percer le moindre trou, Aurélien l'écouta sans broncher et détourna à la première occasion la conversation vers le sport, un sujet qu'il maîtrisait sur le bout des doigts et sur lequel il se montra bien plus en verve. Et si les deux hommes partageaient plein de points communs (hormis le bricolage donc), la course à pied n'en faisait assurément pas partie. Sportif devant l'Éternel, cette pratique avait toujours laissé Éric pantois. Ce dernier insista cependant pour comprendre ce qui pouvait bien pousser un type comme Aurélien, visiblement sain de corps et d'esprit, à chausser les baskets et à parcourir plusieurs dizaines de kilomètres par semaine.

Pourquoi courait-il ? Désarçonné par la question, Aurélien eut toutes les peines du monde à lui formuler une réponse claire. Il éprouvait évidemment un certain plaisir à courir autant, mais il pressentait d'autres motivations... Mais lesquelles ? Il faut dire que la question n'était pas aussi évidente qu'en apparence. Dans notre quotidien, l'habitude tend à glorifier certaines pratiques au rang de pierres angulaires de nos existences, sans jamais plus remettre en question leur pertinence. Et très vite, on en vient à faire les choses avant tout parce qu'on les a toujours faites. Certains s'y adonnent, d'autres s'y réfugient, parfois avec excès, parfois sans, mais tous y éprouvent quelque chose dépassant le plaisir pur et simple : d'un sentiment de progression dans un domaine particulier à une impression, même illusoire, même bornée, de maîtrise du cours de leur vie, en passant par quelques onces de confiance en soi. Inconsciemment, Aurélien courait un peu après tout ça.

— Et t'as une copine à Paris ? enchaîna Éric.

— Non, célibataire. Et toi ?

— Je suis avec quelqu'un depuis un peu plus d'un an, mais c'est compliqué. Elle voudrait qu'on vive ensemble, mais le courant passe très mal entre ma fille et elle. Du coup, je suis un peu perdu... On fait une sorte de pause là et on verra à mon retour du centre...

Son portable se mit alors à vibrer sur la table basse devant nous.

— Tu ne décroches pas ?

— Non, ça doit encore être elle...

Au bout de quelques minutes, il finit par consulter sa messagerie, et ses yeux se transformèrent aussitôt en stroboscopes neurasthéniques. Éric souffrait depuis l'enfance d'un clignement oculaire intempestif.

— Et puis, j'en peux vraiment plus de sa jalousie. Depuis qu'elle a perdu son boulot, elle est sans arrêt sur mon dos, soupira-t-il. Je l'ai même surprise à fouiller dans mes poches, soi-disant en vue de faire une lessive. J'en viens à penser que dans mon dos, elle doit consulter ma messagerie à la recherche d'un imaginaire pot aux roses...

Éric dodelina de la tête en soufflant tout l'air emmagasiné dans ses poumons encrassés.

— Et tu vois, j'espérais trouver un peu de tranquillité ici au centre, mais c'est limite encore pire. Le message là, c'est elle qui m'interroge sur ce que je fais en ce moment, avec qui je suis. Je lui ai pourtant expliqué qu'il n'y avait presque que des vieux au centre, mais elle n'a entendu que le « presque »... J'te jure, profite de ton célibat !

Aurélien sourit malgré lui, et acquiesça sans trop savoir quoi lui répondre. Les quelques relations qu'il avait entretenues n'avaient jamais duré très longtemps, quelques mois tout au plus.

— Oui, j'imagine que ça ne doit pas être drôle à vivre au quotidien. Après, le célibat ça va un moment aussi... J'aimerais bien rencontrer quelqu'un, laissa-t-il échapper en regardant l'horizon qui semblait vouloir se dégager un peu.

Et Aurélien de reprendre après une brève respiration.

— D'ailleurs, j'espérais un peu en venant ici, mais à moins d'être gérontophile...

2.

En quittant le réfectoire ce soir-là, Aurélien s'isola pour passer quelques appels. La discussion avec Éric l'avait revigoré, mais il ressentait encore le besoin de parler. Aussi, perché sur une chaise haute de la cafétéria déserte, il téléphona à Florent, mais ne trouva, comme souvent ces derniers temps, que son répondeur.

— Salut Flo, c'est Aurel'. J'appelais juste pour prendre quelques petites nouvelles, savoir comment tu allais, comment se passaient les préparatifs, tout ça... Voili voilou... J'essaierai de te rappeler un peu plus tard. À plus ! Embrasse Morgane.

Il tenta ensuite sa chance auprès de Léa. Il l'écouta docilement le remercier de son appel jusqu'au bip sonore, et raccrocha. Finalement, il se décida à rappeler sa mère, qui après plusieurs sonneries, finit par décrocher.

— Salut M'man, c'est moi. Ça va ? J'te dérange ?

— Non, je regardais un épisode de Docteur House, mais je l'ai déjà vu. Attends, je baisse le son. Voilà, comment va ton genou ? Tu te plais au centre ?

— Oui, les premiers soins se passent plutôt bien. Je ne ressens pas réellement de douleur, donc c'est déjà une bonne chose.

— Tant mieux ! Et le centre ?

— Comme je t'ai déjà dit, le cadre est vraiment joli. Après, j'ai un peu l'impression d'avoir débarqué dans une maison de retraite... Enfin, ce que je veux dire, c'est qu'il y a beaucoup de personnes âgées... Mais à part ça, ça va.

Elle resta silencieuse au bout du fil, expression pour le moins désuète à l'ère des smartphones, tandis qu'Aurélien reprenait lui tant bien que mal le fil de cette conversation.

— Ah si ! J'ai rencontré un type plutôt jeune, très sympa et qui aime bien le sport.

Ils échangèrent ensuite quelques banalités usuelles sur la météo, les nouvelles de son voisinage, le centre et sa nourriture... prenant bien le soin d'éviter tous les sujets qui fâchent.

— Et donne des nouvelles à ta vieille mère...

— Qu'est-ce que je fais là, M'man ? s'emporta-t-il. Allez, j'te laisse, j'ai un autre appel. À plus !

Il avait menti, personne ne cherchait à le joindre. En vérité, il avait senti poindre en lui une colère froide et insidieuse, qui n'était pas étrangère au profond sentiment d'impuissance que lui inspirait l'immuable situation de sa mère. Cela faisait des mois qu'il s'efforçait de bannir de son vocabulaire tout le champ lexical de la vieillesse en sa présence, et regrettait donc son évocation malheureuse d'une maison de retraite. Elle qui se remettait encore si difficilement des disparitions rapprochées de ses parents survivait entre déni et dépression, entre son chat et ses cachets. Pourtant, le grand-père d'Aurélien avait rejoint son épouse de toujours il y a plus de deux ans maintenant... Il avait bien tenté d'aborder une ou deux fois le sujet avec elle, mais le temps semblait n'avoir aucune emprise sur sa peine. Aurélien l'imagina en larmes dans son lit, et espéra une seule chose, que sa boule de poils noirs favorite soit à ses côtés. *J'aurais dû tourner une huitième fois ma langue dans ma bouche*, pensa-t-il en extirpant la dernière dragée de son paquet de chewing-gums. Le cœur lourd, il la mastiquait avec ardeur, lorsque son portable vibra. Il découvrit avec soulagement une photo de lui et Florent.

Leur conversation laissa Aurélien avec le bras engourdi et l'oreille en surchauffe. À moins de trois mois du jour J, Morgane avait décrété l'état d'urgence quant aux préparatifs. Florent avait partagé à son ami les réjouissances qui occupaient tout son temps libre : la galère d'un plan de table qui ne cessait d'être modifié pour d'obscures incompatibilités d'humeur, les cours de danse devant le transformer en l'espace de quelques semaines (lui et ses deux pieds gauches) en « Travolta du pauvre » ou encore les rencontres interminables avec le curé « old school » et à moitié sourd de la paroisse où s'étaient mariés les parents de Morgane. Florent avait volontairement grossi le trait, réconciliant temporairement Aurélien avec son célibat de longue durée. S'en était suivi un débat sur les derniers matchs de football, un énième débat, car les deux amis n'étaient pour ainsi dire jamais d'accord. À vrai dire, les positions d'Aurélien étaient souvent à contre-pied du commun des mortels, à croire que son esprit aimait la contradiction... Mais il aimait tout autant s'incliner devant la parole prégnante et souveraine de l'autre qu'il n'osait contredire qu'en de rares circonstances, en petits comités d'amis proches par exemple ou sur certains sujets bien spécifiques tels que le sport ou le cinéma. Enfin, les yeux rivés sur les rares places de parking occupées et le bar d'en face, Aurélien lui avait évoqué Éric, l'état de son genou et la rigidité procédurale du centre *Océane*. Mais voulant éviter toute gaffe (*un lapsus est si vite arrivé...*), il s'était bien gardé d'aborder l'appréhension qu'il ressentait à l'idée du week-end à venir, le premier d'une longue série dans son centre déserté et loin de tout. Surtout de Prague.

De vieux néons incrustés au plafond éclairaient de manière inégale le long couloir qui menait à sa chambre. Aucun bruit ou presque. Aurélien s'avançait, et sursauta. Une vitre venait de claquer sous une violente bourrasque de vent. Plongé dans l'atmosphère lugubre d'un film d'horreur de série B, il tourna, avec un mélange de délicatesse et d'empressement, la clef dans la serrure en jetant un dernier regard par-dessus son épaule, et referma la porte derrière lui. Il retrouva Christian, fauché par le sommeil en pleine lecture, ses petites lunettes sur le bout du nez et son pavé non loin du torse. Du fond de sa couette voisine, Aurélien repensa à Florent. Il ne s'imaginait pas un instant ce qui l'attendait. *Lui et tous les autres seront demain soir à Prague, moi seul dans ce trou...*

Au petit jour, il se réveilla en sueur. Christian déjà descendu, Aurélien découvrit un épais ciel gris surplombant l'océan. Ni une ni deux, il repoussa le réveil d'un bon quart d'heure sans parvenir toutefois à se rendormir. Dévoré par la jalousie, il se rêvait en route pour Roissy et la Tchéquie. En définitive, il se leva en catastrophe, juste à temps pour son premier soin du jour. Tout au long de la matinée, il fit de son mieux pour se concentrer sur les différents exercices proposés, mais son esprit était ailleurs... Et pour ne rien arranger, son ventre criait famine. Après le déjeuner, il croisa Chloé devant l'ascenseur, un sac en bandoulière sur l'épaule.

— Salut Aurélien Genou !

— Bonjour Chloé ! Je déduis à ton sac que tu ne restes pas au centre pour un week-end de folie ?

Elle sourit, découvrant de jolies fossettes.

— Non, je rentre à Brest. Mon copain vient me chercher, d'ailleurs il doit déjà m'attendre sur le parking. Désolée, il faut que j'y aille. Passe un bon week-end !

— Toi aussi...

Il suivit du regard sa gracieuse claudication.

— ... Chloé Tendon.

On lui tapa alors sur l'épaule. Il regarda derrière lui et n'aperçut personne. Il se retourna à nouveau, Éric se tenait devant lui.

— Allez, je file ! Bon courage pour ce week-end ! Au fait, Lucile reste aussi... Tu vas voir, elle est cool. À lundi ! lui dit-il en se précipitant vers la sortie, comme s'il craignait que l'administration du centre puisse revenir sur sa permission.

— Souhaite un bon anniversaire à ta fille ! Et à lundi... Enfin... Si je survis...

Autour d'Aurélien, l'excitation était palpable chez tous les chanceux qui convergeaient vers les portes de l'établissement. On aurait dit des enfants se ruant hors de la cour de l'école à l'heure du goûter ; seuls le rythme des déplacements et le nombre de décibels divergeaient. Aurélien se rassura, il n'était pas seul dans cette *galère*. Lucile, il ne l'avait croisée que lors de la furtive partie de cartes de la veille, et l'avait trouvée plutôt discrète, comme en retrait. Et alors qu'il errait dans le centre à sa recherche, les rayons d'un timide soleil perforaient les larges baies vitrées et caressaient sa peau. Sans plus attendre, il remonta à sa chambre chercher le livre de Léa et son journal, et s'aventura au-dehors. Instantanément, ces quelques rayons lui réchauffèrent le corps et l'âme.

Entre les pierres du chemin côtier voisin, Aurélien marchait avec la plus grande précaution, et après quelques minutes sur ce terrain accidenté, ses bras maigrelets lui réclamèrent une pause à proximité d'un tout petit banc perché au-dessus de l'océan. Le temps ne l'avait pas épargné, son bois était fortement attaqué. Il avait dû en essuyer des tempêtes, mais ses plaies les plus profondes demeuraient encore ces cœurs incrustés, mêlant en leur sein deux initiales, deux âmes en une seule et même passion. Assis sur tous ces élans romantiques, le cerveau irrigué par de grandes bouffées d'air marin, Aurélien dérivait. *Qu'est-ce qui ne va pas chez moi ? Pourquoi ne suis-je pas capable d'aimer de la sorte ? Moi aussi j'aimerais un jour rencontrer la bonne personne, celle avec qui graver nos initiales dans un seul et même cœur sur un banc ou sur le tronc d'un arbre... Moi aussi, j'aimerais un jour être heureux...* Un jappement brisa le flot de ses pensées. Un jeune chien survolté, de la même race que celui de Jim Carrey dans *The Mask*, courait frénétiquement derrière un bâton, sautait partout. Aurélien échangea un courtois bonjour avec ses maîtres en marinière, avant de le suivre d'un regard envieux. Il dégageait une telle insouciance. *Pour lui, le bonheur ne semble pas si sorcier... Pour sûr, l'inventeur de l'expression « une vie de chien » ne le connaissait pas...*

Aurélien se retourna face à l'océan et bercé par le murmure des vagues, contempla à nouveau le paysage qui s'offrait à lui. Ce n'était pas la capitale tchèque, mais cet endroit était loin d'être le bagne... Et il l'avait choisi.

L'AMOUREUX

Vendredi 4 avril 2010,
à l'aube du premier week-end au désert d'Océane

« Elle m'aime, un peu, beaucoup, passionnément, à la folie, pas du tout... » Dans mon souvenir, je finissais toujours d'effeuiller la marguerite sur cette dernière note pessimiste. « Pas du tout ». Depuis mes tout premiers émois au primaire, j'ai craqué sur un paquet de filles, de quoi faire un sacré bouquet... Toutes plus belles et plus touchantes les unes que les autres, je les ai désirées ardemment, mais ai-je seulement aimé l'une d'elles ? Vraiment, je veux dire... Émilie m'a aimé, elle. « Passionnément » de son point de vue, « à la folie » du mien. Cela remonte à... sept ans déjà, mince... Oui, c'est ça, j'avais vingt ans, et elle aussi. Une fille sérieuse, une Auvergnate qui vivait alors en couple avec son copain de toujours ou presque, et qui savait précisément où elle voulait aller dans la vie. Le genre de fille qui savait répondre pleine d'assurance à un recruteur où elle se voyait dans cinq ans. Tout le contraire de moi en somme, mais bizarrement nous nous sommes rapprochés, petit à petit, développant au fil des saisons une connivence taquine, jusqu'à ce que du jour au lendemain, elle m'annonce vouloir tout plaquer. Pour moi.
Ma tête devait valoir le détour ce jour-là. D'abord ébahi, mais aussi très flatté de l'intérêt d'une fille pleine de charme qui aurait fait le bonheur de la plupart de mes camarades de l'époque, je me suis laissé prendre au jeu des sentiments. De semaine en semaine, je découvrais la proximité tant physique qu'émotionnelle d'une relation. De son côté, son amour grandissait de façon exponentielle, me répétant à outrance qu'elle m'aimait, qu'elle n'avait jamais ressenti cela auparavant... Ses raisons ? Elles m'échappent encore aujourd'hui. « À la folie », c'était peut-être de cela qu'il s'agissait. Toujours est-il qu'après deux mois, du haut de mon pétale « un peu », je pris peur et réunis tout mon « courage » pour lui annoncer ma volonté de mettre un terme à notre histoire naissante. Elle tomba des nues et se noya dans un torrent de larmes... Des années que je me languissais d'une vraie relation, comme celles de Maxime, de

Florent, de Monsieur Tout-le-Monde en fait, et voilà que je mettais fin sans combattre à ma première réelle chance. Allez comprendre...

Ah, Aimer. Un mot simple à première vue, qu'on utilise à longueur de journée, à tort et à travers. La langue française nous y invite d'ailleurs en y réfléchissant, mettant à notre disposition le même mot que l'on parle de pizza ou de la femme de sa vie. Ai-je déjà seulement dit à quelqu'un que je l'aimais ? Impossible de m'en rappeler. Même face à ma mère, je sèche aujourd'hui comme le plus grand cancre de l'émotion. Au fond, je fais peut-être un blocage linguistique...

3.

À l'approche du centre, Aurélien reconnut le visage de Lucile, attablée à la terrasse du *Mercure* avec la « discrète » Anglaise de l'autre soir et une patiente dont les traits ne lui évoquaient rien. Il s'avança vers elles presque au ralenti, tournant et retournant dans sa tête quelques mots simples qu'il peinait à ordonner.

— Salut ! bredouilla-t-il d'une voix à peine audible. Lucile ?

— Salut Aurélien !

— Tu te souviens de... Euh, Éric m'a dit que tu restais là ce week-end. Ça te dit qu'on... qu'on se mette à la même table ce soir, vu que visiblement on peut s'installer comme on veut ?

Sa voix avait l'assurance d'une personne sujette au vertige qu'on aurait déposée sur le toit d'un gratte-ciel de Manhattan.

— Oui, excellente idée. Jamie reste aussi, ajouta-t-elle en pivotant vers l'Anglaise qui exhibait son rouge à lèvres flashy dans un franc sourire.

— Parfait ! lança-t-il avant de rester coi plusieurs secondes devant elles. Bon, je vous dis donc à ce soir alors...

Il entama un repli vers le centre.

— Tu veux prendre un verre avec nous ? lui proposa Lucile tout sourire.

— Euh oui, avec plaisir.

Au petit jeu des chaises musicales, Aurélien s'assit aux côtés de Lucile et Jamie, remplaçant numériquement Irène, qui s'était engouffrée dans son VSL, impatiente de retrouver mari et enfants. Jamie était alors engagée dans un monologue sur sa vie sentimentale, sur les difficultés de sa relation « longue » distance avec son boyfriend de toujours resté sur les bords de la Mersey. Il l'écoutait, en savourant son demi au soleil. *Liverpool, ce n'est pas le bout du monde non plus...* Avec Lucile, ils n'avaient guère l'occasion d'en placer une. Néanmoins, sur quelques franglicismes de l'Anglaise, ils échangèrent regards et sourires complices. Lucile avait des yeux étonnants, presque dorés dans cette lumière.

En terminant son verre, Aurélien jeta un nouveau coup d'œil à son portable.

— Il est quelle heure ? lui demanda Lucile, profitant d'une respiration de Jamie.

— Bientôt dix-huit heures trente. On ne va peut-être pas trop tarder, si on veut avoir une table ? Vous en pensez quoi ?

— Oui, je passe juste un coup de fil à Steven et j'arrive, leur annonça Jamie, en fouillant dans son porte-monnaie aux couleurs de Sa Majesté.

Dans le réfectoire, Aurélien et Lucile prirent place, l'un en face de l'autre, à l'une des rares tables dressées pour six.

— Elle parle toujours autant, Jamie ?

— Difficile à dire, c'est la première fois que je lui parle...

— Ah...

Lucile souriait, tandis que la perplexité se lisait sur chaque trait du visage d'Aurélien, qui ne savait, comme à son habitude, masquer la moindre émotion. Cette capacité qu'avaient certaines personnes à se livrer sur des choses aussi personnelles à de parfaits inconnus le sidérait. *On ne doit pas être conçu pareil...*, pensait-il souvent. Sur ces considérations, il se leva pour aller à la rencontre de Jeanine qui entrait dans le réfectoire. Il faut dire qu'on la reconnaissait de loin avec ses cheveux tirant sur le violet.

— Jeanine, vous vous joignez à nous ?

— Vous êtes ?

— ... Euh, c'est moi, Aurélien, on s'est rencontré dans l'ascenseur...

— Vous verriez votre tête, mon cher Aurélien... Ce serait avec grand plaisir ! C'est très gentil à vous, le remercia-t-elle, pendant qu'il l'aidait à s'installer en bout de table.

L'autre côté de la tablée se compléta rapidement d'un quinqua grisonnant, d'une autre retraitée et de Jamie qui débarqua pendant la soupe.

— Vous en avez pas assez de manger de la soupe tous les soirs les jeunes ? leur lança Jeanine en remuant sans conviction le contenu verdâtre de son assiette creuse.

Aurélien esquissa un sourire. Lucile aussi.

— Avec beaucoup de sel, c'est « mangeable ». Et puis, je ne suis là que depuis trois jours. Reposez-moi la question dans un mois...

— Eh bien moi mon cher Aurélien, j'en ai marre de ce breuvage quotidien sans le moindre goût.

Pendant son amusante diatribe, elle avait attrapé le bras du jeune homme. Un véritable spectacle ambulant auquel assistait Lucile en riant.

— Et vous ma chère, qu'est-ce qui vous amène parmi nous ?

— Lucile, je m'appelle Lucile. Mon genou.

— Comme Aurélien donc ?

— Oui. Comme Aurélien.

Ils attaquaient le plat de résistance et Jeanine était toujours aussi en verve.

— Et comment est-ce arrivé, si ce n'est pas trop indiscret ?

— Au travail bêtement, en descendant d'un avion...

— Pardon ?

— Oui, je suis hôtesse de l'air...

— En descendant d'un avion... ? reprit Aurélien estomaqué. Là, tu remportes, haut la main, la palme de l'accident ligamentaire le plus original.

— Merci, c'est trop d'honneur, amorça-t-elle en se décollant de sa chaise. Je tiens à remercier la pluie d'Antananarivo, les talons aiguilles de la compagnie, et évidemment ma grande maladresse sans qui je ne serais pas ici aujourd'hui.

Aurélien se retint d'applaudir, mais rit de bon cœur. Il imagina successivement sa chute dans l'escalier escamotable sous la pluie malgache, le regard interloqué des passagers sur le tarmac, et une cérémonie qui récompenserait les pires accidents, vidéos à l'appui.

— En tout cas, c'est bien les jeunes, de savoir rire. Surtout de soi. Croyez-en ma longue expérience, sans cela la vie serait bien terne...

Les autres convives partis, le surprenant trio termina ce souper dans la même bonne humeur. Écoutant les histoires savoureuses de Jeanine, Aurélien dégusta son yaourt à son rythme. C'était de loin le meilleur repas depuis son arrivée – malgré la bonne centaine d'arêtes de son poisson.[15]

— Vous avez une bien curieuse façon de manger votre yaourt mon garçon.

Aurélien s'arrêta net. Sur le qui-vive, Lucile et Jeanine guettèrent son prochain geste. Il se sentit rougir, et n'osant plus y plonger sa cuillère, il tenta une grossière diversion.

— Mangez Aurélien, on vous taquine.

Jeanine et Lucile détournèrent le regard, mais à peine engagea-t-il un mouvement vers son dessert qu'elles sourirent de concert.

Le trio prit ensuite la direction de la chambre de Jeanine, et dans l'ascenseur, cette dernière s'appropria le bras d'Aurélien, sous l'œil attendri de Lucile.

— Merci pour le repas. J'ai passé un excellent moment, mes enfants.

— Nous aussi, répondit Lucile.

— Passez une bonne soirée les jeunes...

Sa porte refermée, Lucile proposa à Aurélien d'aller prendre un verre au *Mercure*. Il était tôt, les journaux télévisés commençaient à peine. En redescendant, ils trouvèrent le hall d'entrée abandonné, aucune trace d'Hélène ou de ses collègues à leur poste frontière. Il laissa Lucile sortir la première (en bon gentleman poltron), et remarqua, amusé, les Crocs blanches aux taches de peinture multicolore à ses pieds.

— Encore vous ! les accueillit Erwan derrière son comptoir, tandis que Fargo faisait la fête à Aurélien.

— Tu vois à quoi on en est réduit pour tenir le coup !

— Ce n'est pas moi qui vais m'en plaindre. Un mojito, Lucile ?

— Oui, s'il te plaît.

— Et une pinte de Grim pour moi Erwan !

En préparant le cocktail, le barman leur raconta avec une nostalgie palpable qu'il y a à peine quelques années, à un petit pâté de maisons de là se tenait encore une discothèque

---

[15] À table comme dans la vie, Aurélien aimait que les choses soient simples, immédiates et sans efforts superflus.

que les patients d'*Océane* fréquentaient assidument. Et au petit matin, on assistait toujours au même manège : le videur rapportait inlassablement les béquilles oubliées sur place à l'accueil de l'établissement. Ah c'était le bon vieux temps... Dans l'attente de trinquer, Aurélien buvait chacune de ses paroles, de ses anecdotes. Mais tout cela, c'était avant le changement d'équipe dirigeante. Dorénavant, les sportifs de haut niveau ne juraient plus que par le Centre Européen de Rééducation du Sportif de Capbreton, le centre *Océane* n'accueillant plus qu'une majorité de personnes du troisième âge. Et pour couronner le tout, la nouvelle direction avait aussi durci les règles de vie au centre, avec notamment l'instauration du couvre-feu.

— La double peine pour moi. Vous imaginez pas la perte de chiffre d'affaires que cela a été. Heureusement qu'il y a encore le village de vacances au bout de la plage qui draine un peu de passage. Sans ça, j'aurais déjà mis la clef sous la porte depuis belle lurette...

Ce vendredi soir glissait sur Aurélien. Le travail de Lucile le fascinait. Rien à voir avec son métier de gratte papier surpayé, de *super comptable* allant pinailler d'usine en siège social à la recherche d'erreurs de comptabilisation ou de fraudes... Lucile, elle, parcourait le globe, découvrait une multitude de pays, de villes, de cultures : Aurélien avait mille questions. Quel était le pays qu'elle préférait ? Lequel l'avait le plus surpris ? À quoi ressemblait sa vie en escale ? Il entendit à ses réponses, à sa voix qu'elle aimait son travail, surtout pour la formidable liberté qu'il lui accordait, mais il sentit autre chose. Elle finit par avouer, à demi-mot, regretter par moments d'être toujours entre deux avions. Les deux ligamenteux reprirent un verre. « Assez parlé de moi », décréta-t-elle. « Parle-moi un peu de toi... » N'excellant pas dans l'exercice, il l'invita plutôt à lui poser des questions. Une sorte « d'Action ou Vérité » sans action. Autant de questions qui, en d'autres temps et dans d'autres bouches, l'auraient agressé, et qui ce soir dans la sienne, lui semblaient parfaitement naturelles. Malgré lui, il baissa sa garde, et se livra à elle comme rarement auparavant, sans retenue ni arrière-pensées. Comme une évidence.

— Et t'as des frères et sœurs ?

— Non, fils unique, lui répondit-il en se raclant la gorge. Mais j'aurais pu avoir une sœur, ma mère est tombée enceinte quelques années avant de m'avoir... Et je crois que j'aurais aimé ça, avoir une grande sœur : j'me dis que ça m'aurait peut-être permis de mieux comprendre la gent féminine, qui sait... En même temps, rien ne dit que si ma sœur était née, j'aurais vu le jour ensuite, donc tout bien réfléchi...

— Oui, c'est sûr... Allez, tiens une question moins personnelle, quoique : si on te donnait la possibilité d'avoir un superpouvoir, n'importe lequel, un truc vraiment impossible, lequel choisirais-tu ?

— J'ai combien de temps pour réfléchir ? C'est super dur comme question.

— Essaye !

L'espace d'une minute, il multiplia les moues et froncements de sourcils.

— Ça mériterait plus ample réflexion, mais comme ça, je dirais le pouvoir de revenir dans le passé, à certains moments de ma vie où j'aurais pu aimer faire les choses différemment, histoire d'y repartir de zéro, sans effacer bien sûr ma connaissance de ce qui s'est passé au-delà de ces points. Je ne sais pas si c'est très clair...

— Si, je vois très bien...

— Et toi alors ?

— Je dois dire que j'aime assez ton pouvoir... On pourrait le partager ?

Aurélien accéda à sa fantaisiste demande, et préférant éviter de devoir réfléchir à quels pourraient être ces moments charnières pour son existence, il lança l'idée d'un billard. Les yeux de Lucile pétillaient. Commença alors une partie qui n'irait jamais à son terme. *Une chose est certaine, le billard ne fait pas partie de ses occupations principales en escale.*

— Essaye de prendre la qu... la canne comme ceci, tu gagneras en stabilité.

Elle ricana.

— J'essaye de t'expliquer...

— Pardon, continue.

— Ensuite, tu visualises où tu dois taper la boule en fonction du trou que tu vises, plein axe ou légèrement sur un côté, et tu fais quelques mouvements comme ceci...

— Des va-et-vient ?

Il ne sut quoi lui répondre. Elle aimait jouer.

— Je crois que j'ai compris, reprit-elle sûre de son coup, avant de refaire une nouvelle fausse queue qui épargna fort heureusement le tapis déjà fatigué.

À cet instant, Erwan les rejoignit avec deux shots.

— Qu'est-ce que c'est ?

— Du chouchen. Goûtez-moi ça, vous m'en direz des nouvelles.

— Hummm, c'est bon. C'est au miel ? lui demanda Lucile en y trempant les lèvres.

— Oui, production maison. Par contre, je ne vous chasse pas les jeunes, mais il est presque minuit...

— Merde, le couvre-feu...

— On n'est plus des gamins quand même, râla Aurélien avant de reprendre docilement la direction du centre. Ça devait être sympa à l'époque... Ah si seulement on s'était pété le genou quelques années plus tôt !

La porte automatique du sas s'ouvrit. Ils rentrèrent sur la pointe des béquilles, et par chance, le poste d'accueil était toujours vide. Pas de sermon pour ce soir. Dans l'ascenseur, leurs regards jouèrent à la souris et... à la souris. Elle descendit au deuxième étage et lui fit la bise en laissant s'échapper sa béquille entre les portes de l'ascenseur. À l'étage supérieur, c'est l'esprit ailleurs qu'il traversa d'un pas léger le couloir jusqu'à sa chambre, oubliant même d'utiliser ses appuis de fortune. Il repensa en souriant à la maladresse chronique de Lucile. *Pas si étonnante sa chute malgache.* Une fois sous ses draps, il consulta son téléphone et sourit de plus belle à la découverte d'une photo de Florent dans un déguisement saugrenu devant l'horloge de la Vieille Ville praguoise, accompagné du message suivant : « On s'occupe bien de lui. LOL. On pense bien à toi... Take care ![16] ». Le cliché datait du début de soirée. Aurélien observa de son lit la lune étoilée au-dessus de l'Océan. Et avant de sombrer

---

[16] Prendre bien soin de moi oui, et plus si affinités.

dans un profond sommeil, il réalisa soudain qu'il avait passé toute la soirée sans même toucher à son portable.

Lucile

Un astre en avait chassé un autre. À mon retour du *Mercure*, j'avais omis de fermer les persiennes et en ce samedi matin, les premiers rayons du soleil me ramenèrent prématurément du royaume de mes songes torturés. Irène n'aurait pas oublié elle. Ma colocataire était, disons, très organisée, limite dirigiste. Oui, ça devait marcher droit chez elle, son mari et ses enfants ne devaient pas trop avoir leur mot à dire au quotidien... En son absence, j'aurais bien lézardé au lit, mais l'inattendu ciel bleu sans l'ombre d'un nuage m'en dissuada. Après une semaine grise et pluvieuse, une belle journée s'annonçait, autant en profiter. Aussi je décollai sans tarder de mon lit, et profitai d'avoir la chambre pour moi toute seule pour me préparer dans le plus simple appareil. J'avais pris l'habitude en escale, à l'abri des regards indiscrets dans de luxueuses chambres d'hôtel, de me balader, de danser nue. La liberté à l'état pur. Au centre, notre chambre donnait certes sur la ville, mais sans vis-à-vis direct ; de là, seules des mouettes égarées et bien mal intentionnées pouvaient me voir.

Au départ, la perspective du week-end seule au centre, sans personne du groupe, m'avait inquiété, mais il partait finalement sur de bonnes bases. On devrait bien se marrer avec Aurélien... En pénétrant dans le réfectoire ce matin-là, je cherchais d'ailleurs sa chevelure rousse, mais ne trouvai que les reflets violacés de Jeanine. Dérangée par sa hanche, elle avait connu une nuit difficile ; aussi, je décidai de lui tenir compagnie. De retour dans sa chambre, elle finit par s'endormir sous mes yeux. Cette femme était touchante ; elle pourrait passer son temps à se plaindre de ses pépins de santé, de la solitude de son quotidien, mais préférait a contrario rire dès que l'occasion se présentait, savourer chaque moment partagé. « Si seulement j'avais la moitié de cette force de caractère, de cette volonté... » Je la laissai se reposer et regagnai la terrasse et le bon air marin. En contrebas, des enfants jouaient sur la plage, non loin de serviettes abandonnées et même de parasols, dont les propriétaires nageaient dans une eau sans le moindre tumulte. À combien pouvait-elle être ? Quinze degrés, pas plus... « Ils sont fous ces Bretons », m'amusai-je. Et par vagues, les pensées me rattrapaient, les unes après les autres, au point que très vite, je perdis pied. L'heure du déjeuner approchait et nombre de patients faisaient déjà le pied de grue devant le réfectoire. Et par Toutatis, Aurélien apparut.

— Regardez qui voilà. Ne serait-ce pas la belle au bois dormant ? le taquinai-je, en lui faisant la bise.

Éberlué, il m'expliqua ne pas comprendre cette grasse matinée. Onze heures, c'était plus que ce qu'il dormait habituellement sur un week-end entier... L'ouïe distraite par l'odorat, je l'écoutai en tentant d'identifier les effluves qui émanaient de lui. Je connaissais ce parfum, mais impossible de mettre le nez dessus.

— Ça te dirait d'aller te balader sur le chemin côtier après le déjeuner, enfin si tu n'as pas prévu de faire la sieste bien entendu ?

— Ah, très drôle ! Avec plaisir ! Ce serait dommage de ne pas profiter d'une météo pareille, ajouta-t-il en prenant la direction du réfectoire. Qui sait si nous reverrons un tel soleil avant notre départ...

Étant passée prendre des nouvelles de Jeanine, j'étais à présent en retard pour notre rendez-vous. Je hâtai le pas dans les couloirs et trouvai Aurélien devant le centre, attendant sagement en pleine séance d'UV. Je m'approchai alors très lentement. « Bouh ! » Il sursauta, manquant de peu de tomber à la renverse du muret sur lequel il était assis.

— Désolée, je ne voulais pas te faire peur... Enfin si, un peu j'avoue.

En silence le plus souvent, je menai la danse le long de cet étroit sentier caillouteux, et découvris à cette occasion la beauté de la côte, des derniers remparts du continent avant l'océan. Avec le groupe, nous ne nous étions guère éloignés jusque-là d'*Océane* et de ses parties de tarots à n'en plus finir, et les tours au *Mercure* constituaient nos rares escapades. « En même temps, avec nos pattes folles... » Mais cette évasion des murs du centre tombait à pic ! Place à l'aventure ! Je surpris Aurélien en lui apprenant que comme lui et quelques autres du centre, je m'étais fait opérer à Paris, dans la même clinique des *Maussins-Nollet*. Étrangement, l'opération n'était pas venue sur le tapis la veille, alors que c'était généralement la seconde question de toute rencontre à *Océane*, après les circonstances de l'accident bien évidemment. Je remarquai alors que de discrètes ridules s'étaient formées entre ses sourcils, et il finit par m'avouer le fruit de ses pensées.

— Non, en fait je m'imaginais un vaste système de rétrocommissions entre les chirurgiens de la clinique des *Maussins* et le centre *Océane* pour amener de la chair fraîche au fin fond du Finistère... en sachant que mon chirurgien s'appelle Jaouen...

— Intéressant... Tu penses qu'Erwan est aussi dans le coup ?

— Ce n'est pas à exclure...

Je ralentis le pas pour attendre Aurélien qui n'avait que quelques jours de rééducation derrière lui, et en profitai pour m'imprégner des lieux. Les effluves de son parfum s'effaçaient pour se mêler à toutes ces senteurs qui fleuraient bon le printemps. Lui ne sentait rien ou presque de son aveu, la faute à des allergies chroniques, mais dont il ne se plaignait pas, du moins pas cette année. Il m'avoua même éternuer avec plaisir, car les pollens qui lui menaient la vie dure annonçaient surtout la fin d'un hiver dont il avait cru un moment ne jamais voir le bout. J'aurais bien hiberné, de mon côté...

— Tu connais le film *Un jour sans fin* ? renchérit-il.

— Oui, avec Bill Murray. J'adore ce film !

— Eh bien, c'était un peu ça mon hiver... Mais en moins drôle... Ça te dirait de faire une petite pause là, sur ce banc ?

Nous restâmes un moment, un bon moment même assis côte à côte sur ce petit banc comme suspendu au-dessus de l'océan. Seules nos béquilles entrelacées rompaient avec cette agréable promiscuité, alors que nous discutions de choses et d'autres — de nos chirurgiens respectifs, du centre *Océane*, de Jeanine — tout en nous montrant nos discrètes cicatrices.

— Tu t'es déjà demandé ce tu ferais si toi aussi, tu devais revivre continuellement la même journée ? l'interrogeai-je subitement.

— Un peu, juste après avoir revu le film en fait.

— Et ?

— J'ai pas mal d'idées qui m'étaient alors venu, comme apprendre à jouer d'un instrument, la guitare, le piano, peu importe, apprendre aussi à danser le hip-hop à l'image de tous ces artistes qu'on croise dans les quartiers touristiques, comme ça juste pour voir si j'en suis capable. Plein de choses en fait... Une fois libéré de la contrainte du temps, j'essayerai de faire tout ce que je ne fais pas au quotidien...

— Comme quoi ?

— Je sais pas... Comme prendre le temps de lire, de flâner sans but dans Paris au détour des rues ou encore d'aller parler aux inconnus pour tenter de comprendre un peu mieux le fonctionnement du cerveau humain... Et toi alors ?

— Déjà, j'aimerais que ce soit une journée de printemps ou d'été. Après, je crois que je me livrerai d'abord à toutes les exactions possibles, juste pour ressentir la décharge d'adrénaline au moment de passer à l'acte, même si j'imagine qu'avec l'absence de conséquences, l'excitation doit en prendre un coup. Et sinon, je crois que j'essayerai simplement de passer un maximum de temps avec les gens que j'aime, d'être auprès d'eux jusqu'au lendemain...

À cet instant, le temps n'avait aucune emprise sur nous. Le doux bruit de l'océan nous berçait, tandis qu'un léger vent soufflait dans les premières feuilles de l'année et nous décoiffait. Pour une fois, je ne ressentais pas le besoin de combler ces blancs à tout prix, et appréciais simplement ces respirations partagées.

Nous poursuivîmes notre petit bout de chemin jusqu'à apercevoir, de l'autre côté de la baie, le centre-ville de Douarnenez qui avait l'air tout mignonnet vu d'ici. Aurélien me rapporta les dires de l'ambulancier qui l'avait déposé à *Océane* : « un centre-ville très sympa et vivant, avec de chouettes restaurants... »

— Après, il faut savoir qu'il n'a jamais quitté le département...

Sur tout le chemin du retour, une idée me trotta dans la tête et à quelques hectomètres d'*Océane*, je m'arrêtai pour lui en faire part.

— On pourrait y aller ce soir, ça nous changerait du centre ?

— Où ça ? En ville ?

— Oui, ce n'est pas si loin et on a déjà bien repéré le parcours.

— Euh, oui en effet... mais tu n'oublies pas un petit détail ?

— Quoi ? Le couvre-feu ? Ça doit forcément être négociable... Viens, on va voir à l'accueil.

Je débordais d'enthousiasme, et accélérai le pas jusqu'à me heurter à un mur, prénommé Hélène. Nous eûmes beau argumenter, armés de toute la conviction du monde, Hélène resta inflexible. Le visage fermé, elle martela que le règlement, c'était le règlement. Et que ce dernier nous imposait de prévenir de toute sortie et d'être de retour pour vingt-trois heures dernier carat, sous peine de sanction.

— Je te reconnais toi, tu étais déjà avec Éric l'autre soir, je me trompe ? interrogea le fier cerbère.

Aurélien la remercia du renseignement en m'attrapant par le bras, et me souffla que c'était inutile d'insister. En le suivant, je me sentis bouillonner de l'intérieur. « On est quand même majeurs et vaccinés, non... » Aurélien tenta alors de capter mon regard.

— On aura essayé..., relativisa-t-il.

— À défaut, tu viens prendre l'apéro dans ma chambre ? J'ai une bouteille de blanc au frais...

— T'as un frigo dans ta chambre ?

— Oui, un mini. C'est ma coloc' qui l'a ramené.

— La chance ! Le mien est juste venu avec une putride odeur de pieds... Je dis ça, mais il est sympa Christian. Écoute, volontiers pour l'apéro !

Mon téléphone se mit alors à sonner.

— Dix-huit heures, chambre 215, c'est bon pour toi ?

Il opina et en un clin d'œil, je m'éloignai.

Au gré de nos pérégrinations verbales, la bouteille était déjà à moitié vide. Il adorait voyager, et considérait avoir pas mal roulé sa bosse comparativement à bon nombre de ses amis, mais à côté de moi, il se sentait le dernier des casaniers.

— Comparaison n'est pas raison Aurélien. Moi ça fait dix ans que j'officie pour Air France sur des moyens et longs courriers, c'est un peu normal, tu ne crois pas.

Il sauta sur l'occasion pour me questionner sur les fameux avantages Air France qui faisaient tant fantasmer les foules. Je le décevais en l'informant qu'avec la crise, ces avantages se réduisaient comme peaux de chagrin, et que dorénavant, nous n'avions plus droit qu'à quelques billets par an pour nous et nos proches, sous certaines conditions...

— C'est quoi « proches » au sens de la compagnie ?

J'esquissai un sourire avant de le resservir, versant à cette occasion la dernière goutte dans son gobelet en plastique.

— Marié dans l'année ! badinai-je.

Le sourire aux lèvres, il m'exprima de sérieuses réserves tout en regardant machinalement son portable. Son visage se figea. Nous avions raté le dîner. J'éclatai de rire. Interrogatif, il souriait. Sans réfléchir, je lui proposai d'aller manger un morceau au centre-ville. Un peu de suite dans les idées, voilà qui me changeait... Hésitant, il consulta à nouveau son smartphone et m'annonça une trotte de quand même trois kilomètres et demi...

— C'est pas si loin. Au pire, on prendra un taxi pour rentrer... On fait ça ?

— Dans l'ascenseur, Aurélien me regardait fixement.

— T'es toujours comme ça ?

— Comme quoi ?

— Non rien, oublie.

Nous arrivions dans le lobby. Personne, et les rares patients du week-end étaient encore à table : la voie était libre. Nous avançâmes à pas de loup, nous étions seuls. Mais soudain, surgi de nulle part, Hélène se dressa devant nous.

— Vous sortez ? Je n'ai pas à vous rappeler le couvre-feu ?

— Minuit, c'est bien ça ? tenta Aurélien face à un visage qui resta de marbre. Vous nous accordez même pas la permission de minuit, Hélène ? Soyez chic...

L'AMOUREUX

— J'ai vos noms Aurélien et Lucile, se contenta-t-elle sans se dérider, avant néanmoins de nous souhaiter une bonne soirée.

4.

À cette heure avancée, les lumières chaudes du soleil couchant caressaient la surface de l'eau et coloraient les parois de la roche, donnant à ce paysage des airs de carte postale. Aurélien avait beau emprunter ce sentier pour la troisième fois en deux jours, il était quelque peu dérouté : non par son caractère tortueux, mais par les yeux étonnants de sa comparse. Il y lisait une telle énergie, une telle soif de vie, de celle qui l'animait encore il y a quelques mois. Ils passèrent à côté du petit banc en bois non sans un regard prolongé et après trois quarts d'heure, ils arrivèrent à bon port, dans l'embarcadère de Douarnenez, où se côtoyaient de multiples restaurants de poissons et autres crêperies. Aurélien avait l'estomac dans les talons, et dans ces cas-là, il ne s'agissait pas de tergiverser. Parce que la faim justifiait les moyens, ils optèrent sous son impulsion pour *Le bigorneau amoureux*, le restaurant dont la combinaison du nom et de la devanture respirait le plus l'authenticité à son goût.

Entre la carte fournie de crêpes au sarrasin et l'ardoise présentant les spécialités du moment, Lucile hésitait encore, alors que face à elle, Aurélien avait déjà refermé le menu.

— Tu sais ce que tu prends Aurélien ?

— Oui, je vais partir sur une crêpe. Et toi ?

— Moi, c'est affreux, je ne sais pas du tout quoi choisir. Tout a l'air si bon, encore plus après quinze jours de potage et de plats tout préparés à *Océane*... Mais je vais me décider, rassure-toi.

Aurélien euthanasia le peu qu'il restait de son chewing-gum, et Lucile finit par faire son choix. Une crêpe salée copieusement garnie, suivie d'une autre sucrée dégoulinant de caramel au beurre salé plus tard, le tout accompagné d'une bouteille de cidre brut, Aurélien se réconciliait en grande pompe avec son estomac. Et alors qu'ils terminaient leurs bolées, un colosse à moustache tout droit sorti des cuisines vint à leur rencontre.

— Degemer mat ! Le repas vous a plu ?

— Trugarez[17]. Oui, c'était délicieux ! Vous ne voudriez pas venir cuisiner au centre de rééducation de temps en temps ? lui lança Lucile.

— Vous êtes à *Océane* ? Et vous êtes venus à pied, je veux dire en béquilles jusqu'ici ?

Ils acquiescèrent. À l'écouter, il s'agissait d'une sorte d'exploit. Il s'excusa un instant et revint avec trois verres de chouchen entre ses grandes paluches.

— Offert par la maison ! Mais pas un mot à ma femme..., chuchota-t-il, en faisant un clin d'œil au jeune homme. Ça vous donnera des forces pour rentrer, croyez-moi !

Lucile badinait avec le patron. Son sens du contact impressionnait Aurélien, elle engageait la conversation avec n'importe qui, et toujours avec la même aisance. De son côté, il vérifiait le temps de trajet estimé et regardait sa montre, il était déjà l'heure de rentrer. À chacun sa déformation professionnelle. En sortant du restaurant, un groupe de jeunes, dont la soirée ne faisait a priori que commencer, passa devant eux. Aurélien les accompagna du regard et se retourna vers Lucile, qui le fixait intensément avec ses yeux perspicaces.

— Ça te dit de...

— ... de les suivre ? l'interrompit-elle. Carrément ! J'allais te le proposer.

Au diable le couvre-feu ! pensa-t-il, traversé par l'excitation de l'interdit. Ils longèrent le port sur quelques centaines de mètres jusqu'à un grand bar, *Le Pourquoi pas ?*, qui portait bien son nom. Les yeux de Lucile s'ancrèrent dans les siens. La transgression commençait là, ils le savaient tous les deux, mais haussèrent les épaules dans un même sourire complice avant de pousser l'imposante porte... *Et vogue la galère !* Ils se postèrent au comptoir de cette réplique d'un vieux galion où la mousse coulait à flots au son d'un duo gothique aussi stylistiquement déroutant que musicalement entraînant. Lucile trépignait sur place.

---

[17] En bonne hôtesse de l'air polyglotte, Lucile faisait ici l'étalage de sa maîtrise de la langue bretonne, enfin des rudiments « bienvenue », « merci » et « au revoir ».

— Je te parie *Yellow Submarine* pour la prochaine, énonça-t-elle en sirotant son verre.

Aurélien reconnut les premiers accords du morceau suivant, il avait le titre sur le bout de la langue.

— Ah je l'ai ! T'étais pas loin, *Lemon tree.* T'avais la couleur jaune de correcte !

Elle dégaina un grand sourire en lui tapant gentiment sur le coude, renversant au passage quelques gouttes de sa bière sur son propre jean.

— Le principe de « l'arroseur arrosé », ironisa-t-il.

Après deux rappels enflammés, les clients quittèrent le navire. Il était minuit passé.

— Tu penses qu'Hélène a lancé un avis de recherche ? demanda-t-il avant d'avaler les dernières gorgées de sa pinte.

Sous l'enseigne du bar, Lucile se dirigea vers un groupe de fumeurs pour quémander une cigarette au plus charitable. Deux d'entre eux dégainèrent sur-le-champ cigarettes et briquets. L'un d'eux les questionna sur leurs béquilles, avant que sa copine ne surgisse pour le tirer par le bras.

— Tu viens, on va aux *Docks* !

— Les Docks ?

— Vous connaissez pas *Les Docks* ? C'est LE bar-boîte de Douarnenez, à même pas cinq minutes d'ici à pied.

Il les invita à se joindre à eux, le regard de sa copine s'assombrit encore.

— On va voir. Peut-être à tout à l'heure...

D'un pas chaloupé et décousu, rythmé par quelques envolées stridentes de ladite copine, ils s'éloignèrent. Entre deux volutes de fumée, Lucile crapotait, pensive. Mais leur décision était prise. Elle voulait continuer la soirée, et lui aussi. *Après tout, quelle différence entre rentrer à deux ou quatre heures du matin... En plus, on trouvera plus facilement un taxi en face d'une discothèque.*

— C'est drôle parfois la vie Aurélien. Ça va peut-être te paraître bizarre, mais ce soir, j'ai le sentiment d'avoir à nouveau quinze ans... de me retrouver en colonie de vacances, lui confia-t-elle en se mordillant la lèvre inférieure. Avec mes copines, nous nous relevions après l'extinction des feux pour sortir en douce... Ça fait des années que je n'y avais plus pensé... Si on m'avait dit que je revivrais ça ici...

La soudaine averse qu'ils avaient essuyée en route n'était pas parvenue à les détourner de leurs aspirations festives. Encore humides, réfugiés dans un recoin moins peuplé des *Docks*, ils se trémoussaient. Avec prudence certes, sur une musique dite commerciale, mais ils dansaient, apparaissant avec leurs béquilles au commun des fêtards comme deux ovnis dans le paysage. Mais tous ces regards braqués glissaient sur eux, comme les gouttes qui perlaient de leur toison. Aurélien regardait Lucile, radieuse, en Crocs sur la piste et repensait au récit de ses fugues nocturnes d'adolescente. Lui n'avait jamais connu les joies de la colonie de vacances, mais pouvait comprendre la douce nostalgie qui envahissait Lucile. Il retrouvait lui aussi ses bonnes vieilles habitudes noctambules, qui plus est en charmante compagnie. Leurs mouvements se déliaient peu à peu, jusqu'à l'hystérie collective provoquée par le tube planétaire des Black Eyed Peas, « *Tonight's gonna be a good night* ». Depuis des mois, il ne cessait de l'entendre partout, du supermarché aux salles d'attente, mais ces mots résonnèrent bien différemment ce soir-là. Quelques morceaux plus tard, il sentit une vibration au niveau de sa cuisse. Il consulta son téléphone, et se racla la gorge en découvrant le nom du correspondant : « Centre *Océane* ». Il montra l'écran à Lucile qui plongea la main dans son sac. Elle avait également un appel en absence. Elle le regarda incrédule, avant d'éclater de rire. « Oups ! »

À la suite d'un bref conciliabule, le plan était établi. Ils sortiraient de la discothèque et remonteraient la corniche pour rappeler le centre. La pluie avait cessé, mais pas le bruit des basses. Suffisamment loin de ce joyeux vacarme, Lucile porta le téléphone à son oreille, tandis que les néons des *Docks* se reflétaient à la surface de l'eau.

— Bonjour, euh bonsoir, c'est Lucile Picart.

— Vous êtes où ? entendit-il distinctement.

— Chez des amis à Douarnenez. On est vraiment désolés. On est allé manger chez eux et le temps a passé. Et comme ils ont un peu bu... On a bien cherché à rentrer par nos propres moyens, mais impossible de trouver le moindre taxi dans ce patelin. Et rentrer à pied nous semblait un peu périlleux, mais là, ils devraient pouvoir nous raccompagner très bientôt.

Lucile grimaçait. Plus justement, elle se retenait de rire.

— Oui, très bien. Encore désolés..., conclut-elle juste avant la tonalité.

Un éphémère silence enveloppa l'atmosphère encore humide.

— J'étais comment ? Suffisamment crédible ?

— On sera vite fixé, non ? rétorqua Aurélien d'une moue amusée.

— Tiens, ça me rappelle tout d'un coup les excuses bidon que j'inventais pour justifier mes absences à répétition au lycée...

De retour sur l'incontournable chemin côtier, nos deux fugitifs avançaient à tâtons. La boue s'était invitée à la fête, leurs béquilles s'y enfonçaient par endroits à tel point qu'Aurélien songea un moment à déployer les crampons anti-neige. Le vent s'était levé, chassant au large les nuages, et dans le ciel, les étoiles semblaient comme à portée de main, tandis qu'un brillant clair de lune leur éclairait la route.

— Au moins, on n'a pas menti sur un point : impossible de trouver un foutu taxi dans ce bled.

Lucile opina sans un mot. Elle grelottait. Il dut insister plusieurs minutes pour qu'elle accepte de mettre son sweatshirt molletonné.

— Mais tu vas avoir froid.

— Non, je te dis, ça va.

Elle marqua une pause, examinant le potentiel thermique du vêtement.

— Si tu es sûr, je veux bien alors. Merci.

— Au pire, si je suis malade demain, tu m'amèneras le petit-déj' au lit.

— OK pour demain matin, je t'amène un croissant et une chocolatine.

— Une quoi ? Tu veux dire « un pain au chocolat » ? Vous ne pouvez pas appeler ça comme tout le monde dans le Sud-Ouest...

La tête enrubannée dans la capuche, elle répliqua par un léger coup de béquille sur la hanche du jeune homme, qui feint de s'en offusquer. Cette fois, il menait la danse. Le vent dans le dos, il se laissait enfin porter par l'instant et l'apaisant bruit des vagues. Gagnés par le froid et la fatigue ambiante, ils ne se parlaient plus que par bâillements interposés. Pourtant si habitué à la pesanteur des silences, il embrassait à présent cette quiétude. Quelques mètres plus loin, il réalisa quelque chose. À ses côtés, sur ce chemin tant parcouru, il se sentit revivre après des mois d'anesthésie générale, goûtant à nouveau au charme des aventures nocturnes aux contours incertains. Il observait chaque élément avec l'émerveillement de l'enfant, avec l'immortalité du photographe. Il ne voulait rien oublier de cette soirée, ni demain, ni jamais. Même pas le couinement répété de ses Crocs sur le sol détrempé, un bruit entêtant qui le talonnait pas à pas et qu'il n'aurait échangé contre aucun autre.

— Tu t'en sors avec tes Crocs de marche ?

— Ça va, mais c'est quand même plus un modèle de soirée.

— Oui, c'est vrai qu'elles ont fait leur petit effet aux *Docks*, tes Crocs.

Aux abords du centre, ni elle ni lui n'étaient réellement emballés à l'idée d'une leçon de morale. Aussi, ils décidèrent d'un commun accord de tenter leur chance par la porte de derrière. À seulement quelques mètres de là, Lucile l'attrapa par le bras.

— Attends !

Une lumière attendait les deux fugueurs de l'autre côté de la porte-fenêtre. Était-ce Hélène qui faisait sa ronde ? Devaient-ils faire demi-tour, patienter ? Ils s'immobilisèrent et s'interrogèrent du regard. La lumière demeurait, et le cœur battant, Aurélien finit par se pencher vers cette source lumineuse, qui n'était autre... que la télévision. Plus précisément, des images de chasseurs qui avançaient sur la pointe des bottes dans une dense forêt, fusils à l'épaule. Et devant l'écran, un vieil homme somnolait en robe de chambre. *Je me suis toujours demandé qui pouvait bien regarder ces « Histoires Naturelles » au beau milieu de la nuit...* Ensemble, ils posèrent la main sur la poignée et, comme ces chasseurs avant un tir, retinrent leur souffle. Sans « Sésame, ouvre-toi », ni « Abracadabra », la porte s'entrebâilla comme par magie, sans que l'apprenti chasseur ne bronche.

L'air de rien, ils se dirigèrent d'un pas alerte jusqu'à l'ascenseur. Hélène rôdait peut-être non loin. Dans la cabine, leurs regards fuyants s'effleurèrent. Arrivée à son étage, elle se tourna vers lui, l'embrassa sur la joue puis sortit.

— J'ai passé une excellente soirée, murmura-t-elle pendant la fermeture des portes. Vraiment.

— Moi aussi..., répliqua-t-il seul dans la cage d'ascenseur.

5.

Les portes de l'ascenseur s'ouvrirent à nouveau, à son étage cette fois. Son lit l'attendait, mais Aurélien ne quitta pas immédiatement la cabine. Figé devant la glace, il observa encore quelques instants l'air béat de son double aux yeux rougis par la fatigue. Puis, il progressa en deux temps trois mouvements dans le corridor, où s'infiltraient les premières lueurs du jour, pour se retrouver devant sa porte. Il s'empressa d'y insérer la clef. Mais la serrure lui résista. Il retenta sa chance sans plus de succès. Au bord de l'agacement, il réessaya une dernière fois et réalisa, un peu idiot, qu'il tentait de pénétrer chez ses voisins de palier, qui heureusement ne semblaient pas être là. Une fois dans la (bonne) chambre, il se déshabilla à la hâte, laissa, en l'absence de Christian, ses quelques affaires à même le sol et s'écroula sur son lit, ivre de cette fatigue qui lui avait tant manqué ces derniers mois...

Pour la seconde nuit consécutive, il dormit d'une traite. Du sommeil du juste. À tel point que le lendemain, il mit de longues secondes à prendre conscience qu'on frappait effectivement à sa porte. Il se redressa, vaseux et saisi d'un sévère mal de crâne. On toqua à nouveau.

— J'arrive !

En caleçon, les yeux mi-clos, il tourna la poignée et découvrit sur le pas de la porte une Lucile toute pimpante, qui le dévisagea de haut en bas ainsi que son bazar en arrière-plan.

— Je te réveille la marmotte ? lui demanda-t-elle avec un malicieux rictus à la commissure des lèvres.

— Un peu... Ça se voit ? répondit-il en s'efforçant de garder les yeux ouverts. T'es bien matinale ? Tu m'apportes mes viennoiseries ?

— Ah non, j'ai oublié, admit-elle le visage soudain bien sombre.

— C'est pas grave, ne fais pas une tête pareille. Je n'ai pas très faim en plus.

Mais son regard demeurait évasif, sa bouche tordue.

— Il y a un problème ?

Elle, d'un naturel si spontané, hésita un moment.

— Mais, dis-moi, tu commences à m'inquiéter là.

D'une voix étranglée, elle se décida à lui raconter sa matinée. En allant au réfectoire, la personne à l'accueil l'avait interpellée pour lui signifier qu'elle était convoquée lundi matin à la première heure dans le bureau de la directrice. Aurélien l'écoutait, sans voix.

— Attends-toi donc à être convoqué également...

— Tu déconnes ? répliqua-t-il incrédule.

— Non malheureusement... J'ai moi aussi cru à une blague, mais elle était tout ce qu'il y avait de plus sérieux, en m'expliquant que je risquais un premier blâme pour notre escapade d'hier soir et qu'au second, c'était l'exclusion pure et simple du centre.

Les bras ballants, le jeune homme restait interdit. Il n'en revenait pas et se pinça même l'avant-bras pour s'assurer qu'il ne rêvait pas.

— Je te laisse te préparer... et on se voit au déjeuner. Tiens au fait, merci encore..., conclut-elle en lui redonnant son sweat. Et encore désolé pour la chocolatine.

En plein ascenseur émotionnel, Aurélien descendit pour le déjeuner en repensant à la surprenante soirée de la veille et à la tournure vraiment inattendue de son week-end... *Si on m'avait dit ça vendredi matin...* Il pénétra dans la cantine et guetta le moindre personnel présent. Lequel allait avoir le plaisir sadique de lui remettre sa convocation ? s'interrogeait-il. L'un d'eux semblait le regarder en coin avant de murmurer à l'oreille d'un de ses collègues. Était-ce lui ? Ou elle ? Et soudain, il sursauta. Son prénom venait de résonner dans le réfectoire. Il releva la tête, scruta autour de lui et aperçut Jeanine qui lui faisait de grands signes.

— Bonjour Aurélien. Je ne vous ai pas vus hier soir ?

— Vous savez Jeanine, vous pouvez me tutoyer.

— Je sais bien, mais à mon âge, j'ai mes petites habitudes. Et puis là, je parlais de vous et de notre chère hôtesse de l'air cascadeuse...

— Ah Lucile... Oui, on a raté le dîner. Du coup, on est allé manger en ville dans une crêperie.

Un large sourire illumina le visage de la vieille dame.

— C'est bien, vous avez raison les jeunes. Il faut en profiter.

En pleine digestion du peu qu'il réussit à avaler ce midi-là, il déplia un grand drap blanc sur le sable (à défaut de sa serviette de plage oubliée à Paris) et s'y allongea. Le soleil était de nouveau de la partie et il était bien décidé à profiter de la plage. *Qui sait ce qui m'attend comme punition...* Au bout d'un moment, Lucile et Jamie se joignirent à lui. Ils ne parlèrent ni de la soirée de la veille, ni des possibles sanctions à venir devant Jamie, qui très vite monopolisa à nouveau la conversation. Mais il ne pouvait s'empêcher d'y penser. En fin d'après-midi, le ciel se voila, des nuages menaçants s'amoncelèrent et l'air se rafraîchit subitement. Il en avait la chair de poule. Personne ne l'avait encore informé de sa convocation disciplinaire. Se pourrait-il qu'il passe entre les gouttes et que Lucile écope pour eux deux ? Ce serait tout sauf juste...

Bien planqué derrière ses lunettes de soleil contrefaites, Aurélien ressassait ces questionnements et observait Lucile. Il ne pouvait pas quitter le centre, pas maintenant...

Dimanche 6 avril 2010, 22 h 22,
Premier et peut-être dernier dimanche Océanique

Rien que d'écrire que ce pourrait être mon dernier dimanche au centre me... Je... Je ne sais pas réellement à vrai dire. Je ne trouve pas les mots pour décrire ce que je ressens à cette terrifiante idée... Une chose est sûre néanmoins, ils ne peuvent pas nous faire ça tout de même... On a rien fait de mal, si ? Juste au moment où je commençais à apprécier Océane et ses pensionnaires, on menace de me les enlever. C'est trop injuste (« C'est trop injuste » : ce n'est pas ce que répète sans cesse Caliméro dans sa coquille... ? Je crois bien en y réfléchissant, mais ça n'en demeure pas moins vrai pour autant.)

D'un côté, personne ne m'a encore signifié la moindre procédure disciplinaire à mon égard. Et me faire renvoyer aussi prématurément du centre serait vraiment une très, très mauvaise idée et compromettrait fortement mes chances d'une rééducation « rapide ». D'un autre côté, je ne peux pas décemment laisser Lucile porter seule le chapeau pour notre escapade. Pas elle. Pas moi. Non pas moi qui passe mon temps à me plaindre de l'incivilité urbaine qui règne à Paris, poussée par un égoïsme aveugle. Non surtout pas moi qui peste immanquablement contre ces « individus » qui doublent dans les files d'attente ou qui grillent la politesse dans les métros s'empressant de monter sans laisser descendre.

Convocation ou pas, j'accompagnerai Lucile demain matin chez la directrice et advienne que pourra. Au pis, je pourrai dire que j'essayais d'appliquer à la lettre les méthodes de Nathalie, « Bien dans sa tête, bien dans son corps »... Et peu importe ce qui m'arrivera demain, je ne changerai aucun détail au scénario de cet enivrant week-end, dont je me souviendrai longtemps. Non vraiment, je n'ai pour une fois aucun regret. Et dire que j'aurais dû être à Prague à la place...

« Pour le meilleur et pour le pire », voilà qui ferait un parfait titre pour ce week-end...

6.

— Monsieur Tissot, vous êtes accusé d'avoir fugué du *Centre de Rééducation Fonctionnelle Océane* de Douarnenez-Tréboul dans la nuit du 5 au 6 avril 2010 en compagnie de Lucile Picart ici présente. Reconnaissez-vous les faits qui vous sont reprochés ?

Aurélien tenta bien d'objecter, mais ses cordes vocales l'avaient abandonné. Il brassait de l'air devant le jury présidé par Madame la Directrice, accompagnée de ses assesseurs, le Docteur Le Guirec et Nathalie, qui hochaient la tête de désapprobation de façon synchronisée.

— Monsieur le Greffier, veuillez noter au dossier que par son silence, le prévenu reconnaît les faits. Monsieur Tissot, souhaitez-vous néanmoins porter à l'attention de la Cour d'éventuelles circonstances atténuantes pouvant expliquer votre geste ?

Complètement aphone, les mots restèrent prisonniers des cellules de son encéphale.

— Par conséquent, compte tenu des faits graves qui vous sont reprochés et de possibles effets de contagion chez les autres pensionnaires, et en l'absence de toutes circonstances atténuantes, je vous condamne à une exclusion pure et simple du centre, prenant effet immédiatement, statua Madame la Directrice d'un irrévocable coup de maillet. Monsieur le Greffier, veuillez procéder à...

— Non, hurla-t-il puissamment au cœur de cette paisible nuit.

En sursaut, Aurélien se redressa, haletant et en nage sur son lit.

— Ça va Aurélien ? Qu'est-ce qui t'arrive ?

— Hein ? Quoi ? Pardon Christian, je t'ai réveillé ?

— Un peu mon neveu. Tu m'as surtout fichu une de ces trouilles ! Heureusement que nos voisins dorment sans leur sonotone, sinon, tu réveillais tout l'étage...

— Désolé, j'ai dû faire un cauchemar, je pense.

— C'est rien, j'ai juste frôlé la crise cardiaque, mais à part ça..., plaisanta-t-il en se recouchant.

Le quinquagénaire se rendormit aussi vite qu'il s'était réveillé, laissant le jeune homme en pleine reconstitution du fruit de son inconscient tourmenté. Les images, les sons lui revenaient peu à peu en mémoire, par bribes plus ou moins floues. Et bien qu'il ne ferma plus l'œil jusqu'au lever du jour, il eut ce matin-là toutes les peines du monde à décoller de son lit.

Aux abords du réfectoire, il croisa Éric à mi-chemin de son habituel cocktail matinal, où la caféine réclamait immanquablement sa dose de nicotine.

— Salut Aurélien ! Tu m'as l'air bien fatigué... Finalement, vous ne vous êtes pas ennuyés ce week-end ?

— Hein ?

— Oui, Lucile vient de nous raconter. Sacrée histoire ! C'est juste moche pour sa convocation chez la Directrice. J'espère seulement qu'elle saura se montrer indulgente avec elle...

— Avec nous... Je vais l'accompagner. Il n'y a pas de raison qu'elle soit la seule à porter le chapeau. D'ailleurs, je te laisse, j'aimerais la voir avant pour qu'on se coordonne. À plus...

À la table des six, Aurélien ne retrouva que tasses et assiettes sales. Et Claire, la mine des mauvais jours. Laconique, elle l'informa que Lucile venait à l'instant de remonter dans sa chambre pour se préparer pour son audience. Elle était convoquée pour neuf heures, il ne devait pas traîner. En s'activant dans les couloirs, il tomba sur Nathalie, visiblement paniquée.

— Ah Aurélien, c'est toi que je cherchais. Il va falloir décaler notre séance individuelle. La Directrice m'a laissé un mot dans mon casier. Elle t'attend à neuf heures pétantes dans son bureau. Je peux savoir ce qui se passe ?

— Je t'expliquerai.

Il accéléra encore le pas vers les ascenseurs.

— Et surtout, ne sois pas en retard, elle déteste ça, lui cria Nathalie.

Il remonta en toute hâte à sa chambre. Déjà 8 h 43. Il fouilla dans ses placards et enfila son short le plus habillé ainsi qu'un élégant polo à rayures. Il se parfuma abondamment et se dirigea vers la chambre de Lucile. « Il vaut mieux qu'on accorde nos violons... enfin, nos pipos dans le cas présent... », pensa-t-il en chemin. Les mains moites, il frappa d'un coup sec, puis tambourina à sa porte. Sans succès. L'audience débutait dans moins de dix minutes maintenant, elle devait déjà y être. Entre stress et excitation, Aurélien se mit en route sans tarder.

Dans l'ascenseur, il cogita aux explications, plutôt aux excuses qu'il pourrait fournir à la Directrice, alors que son regard se perdait sur les menus de la semaine... Et les insipides potages quotidiens lui firent soudain plus envie que jamais. Il quitta la cabine comme un automate qui tournerait au ralenti et s'engouffra dans les allées désertes. Après quelques mètres, il ne put s'empêcher de faire l'analogie (sans exagération aucune) avec les couloirs de la mort des films américains où croupissaient les condamnés à la peine capitale. Comme eux, il n'en ressortirait pas indemne, il en était intimement convaincu... Et tout à coup, il aperçut Lucile, tirant une tête de six pieds de long à hauteur du fameux bureau, et sa gorge se serra. L'excitation envolée, il ne lui restait plus que le stress, un stress qui se propagea immédiatement jusque dans chacun de ses membres via son système nerveux. Comme paralysé de l'intérieur, il continua malgré tout sa marche inexorable vers Lucile et ledit bureau, réalisant que seules deux lettres séparaient le bureau du bourreau...

C'est alors que surgirent du couloir perpendiculaire Nathalie, Éric, Claire et Thomas, hilares et littéralement pliés en quatre. D'abord incrédule, il fallut quelques longs instants à Aurélien pour comprendre qu'il venait d'être le dindon d'une farce rondement menée. Il avait beau se rejouer en accéléré le film des vingt-quatre dernières heures, il ne s'était à aucun moment douté de quoi que ce soit. Face à lui, le visage de Lucile brillait de mille feux, et beau joueur, il ne put que lui concéder cette bataille.

— Non, bravo ! Vraiment... Mais celle-là crois-moi, tu ne l'emporteras pas au paradis ! lâcha-t-il, conquis et soulagé.

Thomas

Depuis ce matin, j'enchaînais (je devais bien l'avouer un brin nostalgique) les « dernières » à *Océane* : derniers abdos au réveil, dernier chocolat chaud au réfectoire, dernières manipulations par Ricardo, dernière séance collective dans cette joyeuse salle de torture et dernières parties de tarot endiablées avec la Team. Et maintenant, place à la cène. Une scène surréaliste, puisqu'à mon entrée, toute ma tablée se leva comme un seul homme pour se mettre au garde à vous. Il n'aurait plus manqué que la Marseillaise ! Vous auriez vu la tête des vieux de l'assemblée... À deux doigts de recracher soupe et dentier !

— Rompez convives ! Il ne fallait pas, c'est trop d'honneur.

— Au contraire matelot ! répliqua Éric.

Cette troupe allait me manquer. Au fil de mes quatre semaines au centre, ils étaient devenus une sorte de seconde famille. Je repensais alors aux membres qui nous avaient déjà quittés pour laisser leur place à Éric, Claire, Lucile et les autres. Et maintenant, c'était à mon tour de laisser ma place...

— Mon petit Tom, tu vas me manquer, tu sais..., me dit Claire en me passant la main dans mes cheveux à l'involontaire effet coiffé-décoiffé.

— Claire...

— Oui, je sais Éric, on avait dit... Pas besoin de me faire les gros yeux ! Je n'y peux rien moi, ça me file le cafard... J'ai l'impression de me retrouver dans ma salle de classe à la fin de l'année scolaire, à regarder mes ouailles quitter dans la précipitation leur bureau pour la dernière fois...

— Claire, fais un effort, c'est le dernier repas du petit..., insista Éric la bouche pleine.

Passé ce gentillet désaccord, notre belle famille retrouva très vite le sourire et la bonne humeur qui la caractérisait.

— Tu ne finis pas tes lasagnes Claire ? Je peux ? lui demandai-je, en connaissant déjà sa réponse, vu que j'avais pris l'habitude de terminer les restes qu'elle laissait à chaque repas au nom d'un curieux régime.

— Évidemment Tom, tu le sais bien, sers-toi.

En m'empiffrant des pâtes refroidies, je nous observai, nous formions une drôle de famille d'adoption. Claire était comme une seconde mère, toujours là pour moi, à me remonter le moral quand ça n'allait pas, et à me reprendre sur mes manières et mon français. Éric lui, quand il ne jouait pas les mères nourricières avec tout le rab qu'il extorquait aux serveuses, incarnait la figure paternelle, un père cool à la fois bien dans ses pompes, toujours à l'écoute et qui donnerait tout pour sa progéniture. Elle en avait de la chance sa princesse... Lucile quant à elle était la grande sœur de mes rêves, qui ne se prend jamais la tête et toujours partante pour déconner. Ça m'aurait changé de ma frangine, « Little Miss Parfaite », constamment fourrée dans ses bouquins, quand elle ne me balançait pas aux parents. Et mes parents, parlons-en. Mon père surtout avec sa rengaine rayée qui me sortait par les oreilles. « Si seulement tu pouvais être plus comme ta sœur... Qu'est-ce qu'on va bien pouvoir faire de toi ? » Lionel et Hervé enfin auraient été parfaits en oncles décontractés et cultivés qui auraient pu, pourquoi pas, m'inspirer à l'époque.

Mon cerveau dérivait lorsque Monique accosta à notre hauteur avec le plateau des laitages.

— Bah Monique, et moi ?

Elle fit demi-tour et déposa sur mon assiette un appétissant Paris-Brest, qui tranchait avec les fades yaourts nature ou aux fruits de mes camarades.

— Tu pourrais remercier Monique tout de même ! me poussa Éric.

— Merci Monique.

— Mieux que ça !

« Un bisou, un bisou », reprit très vite en chœur la tablée. Je me levai, embrassai les joues rougies et ridées de l'attachante serveuse, et la retins du bras. Je sollicitai alors Aurélien à la table voisine pour qu'il nous prenne en photo. Monique se fit prier, répétant qu'elle était fagotée n'importe comment. Elle finit par se recoiffer à l'aveugle, et moi, j'avais mon souvenir, ma photo de famille.

Nos gamelles terminées, un flot de patients convergea dans notre sillon vers le *Mercure*. Fargo salua notre arrivée et derrière son bar, Erwan fut très vite débordé par l'afflux de commandes, à son plus grand bonheur. Le fruit de toutes ses économies ne tanguerait pas, du moins pas ce soir ; les pots de départ, voilà ce qui le maintenait encore à flot. Les tournées se succédèrent et la mousse coula en abondance. « À notre cher moussaillon ! » Le moussaillon justement ne savait plus où donner de la tête. J'essayais de profiter au maximum de ces fugaces derniers moments, prenant plaisir à me rappeler les fous rires, les bêtises mais aussi les doutes partagés avec chacun d'eux. La nostalgie m'envahissait de toutes parts et lorsque Claire m'interrogea sur ma prochaine assignation, je ressentis qu'une page se tournait définitivement, que je revenais dans le temps réel, non sans une certaine émotion.

— En tout cas, je me répète, mais tu vas beaucoup me manquer. Sans toi, cela ne sera plus pareil ici, déplorait Claire.

— Mais si, tu verras. Vous allez vite trouver quelqu'un pour me remplacer et continuer à vous amuser. Je ne me fais aucun doute là-dessus.

— Sûrement, tu as raison... Le truc, c'est que tu es le premier à partir, le premier vraiment proche je veux dire, et que dans quelques semaines, on va tous s'en aller, reprendre le cours de nos vies : toi sur tes bateaux, Éric à Paris avec ses moquettes, Lucile aux quatre coins du globe...

Je n'étais pas le seul emporté par une puissante vague de mélancolie. En même temps, c'est toujours dur de refermer un livre, de s'en aller, tant pour celui qui part que pour ceux qui restent. Même pour moi qui avais pris l'habitude des au revoir depuis mon incorporation dans la Marine nationale... J'allais malgré tout lui dire que nous nous reverrions, que nous pourrions organiser des rassemblements d'anciens, mais Éric m'en empêcha.

— T'arrêtes de le déprimer, tu veux. Demain, il va retrouver sa petite chérie. Tu crois vraiment qu'il va nous regretter...

— Mais si bien sûr..., objectai-je mollement.

— Par contre, préviens Jennifer de bien aiguiser ses ciseaux, c'est vraiment plus possible cette tignasse. Ils ne vont jamais te laisser embarquer si tu te pointes comme ça... Après plusieurs pintes, je m'absentai quelques instants aux toilettes. Jenny. Ces dernières semaines, nous nous parlions au moins une heure tous les soirs, pendus au téléphone. Il nous était même arrivé de nous endormir en ligne... Nous en profitions, car en mission, le règlement nous réduisait à un quasi-silence radio. Nous avions aussi passé les derniers week-ends l'un sur l'autre, dans son petit studio du centre-ville de Brest au milieu des fumets laissés par les bons petits plats qu'elle me concoctait. « Ah Jenny, je te dois tellement... »

À mon retour, Éric demanda solennellement le silence et lança dans la foulée une idée bien saugrenue. « Un discours ! Un discours ! », entonna aussitôt l'assistance. Je jetai un bref coup d'œil vers la sortie et envisageai un instant la possibilité d'une fuite. Au cours de mes trois années au sein de la Marine, j'avais appris un tas de choses, mais l'art de s'exprimer en public n'en faisait manifestement pas partie.

— Plus fort ! beugla Tic ou Tac (je ne les ai jamais dissociés).

— Je disais, merci d'être là. Ça me fait très plaisir de passer une dernière soirée avec vous tous. Ma cheville m'a donné pas mal de soucis au centre, et chacun à votre manière, vous m'avez permis de surmonter les moments difficiles... Quand j'étais jeune...

— Écoutez-le, le vétéran ! m'interrompit à nouveau le duettiste anisé.

— ... Quand j'étais plus jeune disons, je partais chaque été en colonie de vacances, loin du Finistère, loin de tout, et j'adorais ça. C'était à chaque fois de réelles bouffées d'oxygène : des séjours, des aventures desquelles je ne revenais jamais vraiment comme j'étais parti. Et c'est ce que je ressens là devant vous aujourd'hui, au moment de quitter *Océane*. Et ça, c'est grâce à vous, à chacun de vous. Pour tout ça, et bien plus encore, merci ! Et à la vôtre !

Tous vinrent me saluer, trinquer une dernière fois. Je regardai à nouveau l'horloge. Il fallait vraiment que je rentre préparer mon paquetage. L'heure des adieux avait sonné. Je savais que je ne reverrais certainement jamais la plupart d'entre eux ailleurs que sur Facebook. Aurélien, le dernier arrivé, me souhaita bonne chance pour mes prochaines missions ; je l'exhortai pour ma part à profiter de chaque moment au centre, même si à l'écoute de ses exploits du weekend dernier, il n'avait visiblement pas attendu mes conseils pour cela. Au bord des larmes, « ma mère adoptive » me serra fort dans ses bras.

— Claire, j'arrive plus à respirer..., ironisai-je sous son étreinte.

— Pardon, mon Tom... Prends bien soin de toi et travaille ton tarot, fais-moi plaisir !

— Éric, merci pour tout...

— Attends, on va te raccompagner à ta chambre. En plus, il est bientôt vingt-trois heures, il ne faudrait pas qu'on enfreigne le couvre-feu, hein Aurélien ?

Je n'étais pas encore parti et le costume de la mascotte changeait déjà d'épaules. En attendant, je saluai pour la dernière fois Erwan qui trônait fièrement devant l'immense bannière d'hermine suspendue derrière son bar. Il rappela Fargo et les patients encore présents m'escortèrent jusqu'à *Océane*. Passé le sas du centre, Éric se lança dans une demi-révérence et présenta ses hommages à Hélène dans un grand sourire dont lui seul avait le secret.

— Merci à tous, je devrais pouvoir me débrouiller...

— Maintenant qu'on est là, on vient te border, plaisanta Claire.

Après plusieurs semaines de confinement, je les connaissais bien, trop bien même. Il se tramait quelque chose, une dernière blague, j'en étais certain. Aussi, durant le court et silencieux trajet en ascenseur, je recherchai dans leur regard fatigué un indice, mais ce ne fut qu'en pénétrant dans ma chambre que je compris. J'y trouvai mon lit impeccable, parfaitement replié : oui, un modèle de lit en portefeuille. Instantanément, je me tournai vers Lucile.

— Pourquoi toujours moi ? répliqua-t-elle sans parvenir cette fois à garder son sérieux.

— Heureusement que je suis allé en colonie...

Aussitôt l'hilarité générale dissipée, je mis gentiment tout ce petit monde à la porte. Et dans une ultime accolade, Éric me glissa à l'oreille de ne surtout pas couper les ponts avec mon père malgré toutes nos difficultés, que c'était important un père dans la vie et qu'il réaliserait vite qu'il avait toutes les raisons d'être fier d'avoir un fils comme moi... La gorge encore nouée, je téléphonai à ma copine tout en bouclant à la va-vite mon sac. Je lui racontai ma dernière journée à *Océane* et ne manquai pas de lui confier les derniers mots d'Éric :

— Si seulement mon paternel pouvait l'entendre...

— Je sais Tom...

— Merci Jenny. Qu'est-ce que je serais devenu si je ne t'avais pas rencontrée ? Je sais que tu n'aimes pas que je te dise ça, mais tu as réellement changé ma vie...

— Tom, je vais raccrocher...

— OK, j'arrête. Tu sais quoi ? Tu vas sûrement trouver ça idiot, mais ils vont vraiment me manquer, tous ces mous du genou...

Mercredi 9 avril 2010, 7 h 24

Ils s'étaient passé le mot... Comme Lucile aux Docks, Thomas comparait le centre à une colonie de vacances. Moi lorsqu'on me parle de colonie, c'est trou noir et feuille blanche au menu... Enfin presque. De rares images me reviennent à l'esprit, de vagues souvenirs aux contours imprécis de Loudéac, cette petite commune perdue au cœur de la Bretagne, où mes camarades de CM2 et moi étions partis une semaine en classe verte... Et ça s'arrête là. Enfant, puis ado, j'ai toujours refusé en bloc l'idée de partir avec une foule d'inconnus, loin de Deuil, loin de tout, et ma mère n'a jamais osé me tenir suffisamment tête. Qui sait ce que je serais devenu ? Assurément moins incollable sur le Tour de France... En fait non, je dis n'importe quoi, ce n'est pas tout. J'oublie Nos jours heureux, cette comédie du duo d'Intouchables qui m'avait télétransporté au cœur d'un de ces camps de vacances provinciaux. Un film en forme de cure de jouvence pour les deux réalisateurs qui nous avaient expliqué lors de l'avant-première que leur amitié remontait justement à une colonie. (À moins qu'ils n'aient inventé cette histoire en période de promotion pour booster les entrées...) C'est drôle comme on écrit, on chante, on met en scène souvent ce que l'on est, ce que l'on a été ou ce que l'on voudrait être. Sans oublier ce que l'on aurait voulu être...

Moi, j'ai toujours adoré le cinéma. Certaines années, ma carte illimitée et moi dépassons même la centaine de films. D'ailleurs, en cherchant bien çà et là, au fond de tiroirs et de pochettes, on pourrait reconstituer l'intégralité de ma filmographie de spectateur. Car c'est idiot, mais pour une raison que j'ignore, je n'ai jamais jeté un seul de ces tickets... Je vais voir de tout, des comédies aux drames, des thrillers à l'horreur en passant même par les documentaires. Le cinéma présente ce grand mérite, je trouve, pour quelques euros (quelques 6,55957 fois plus de francs à l'époque) de vous évader l'espace de deux heures de votre réalité. En fait, la seule chose que je ne supporte pas au cinéma (en plus des gens qui se croient dans leur salon), ce sont les bandes-annonces. Depuis aussi loin que je m'en

164

souvienne, à chaque lancement je me remplis les conduits auditifs de musique et je détourne le regard de l'écran. Quitte à passer pour un illuminé, je boycotte ces concentrés d'images, qui au motif de vous donner envie d'aller voir un film vous en dévoilent toute l'histoire, tous les rebondissements, toutes les meilleures blagues... Mais lorsque la lumière s'éteint, j'oublie tout et plonge corps et âme au cœur de la vie de ces personnages. J'aime, je souffre, je frémis... bref, je vibre avec eux et leurs histoires, cheminant généralement d'un désordre initial vers un équilibre final. Oui malheureusement, le happy end reste trop souvent la norme à mon goût et pas que dans le cinéma hollywoodien... On n'est plus des enfants, on sait bien que la vie finit rarement par l'idyllique épilogue « ils se marièrent, vécurent heureux et eurent beaucoup d'enfants ».

Je crois que c'est cela. Si je m'installe dans une salle obscure, c'est avant tout pour qu'on me raconte des histoires... Et pour peu que l'histoire mise en images résonne en moi, le film s'élève aussitôt dans mon appréciation, bien au-delà de toutes considérations techniques objectives, d'effets spéciaux ou autres. Comme pour Nos jours heureux. Je me vois ressortir de l'anonymat de la salle principale de l'UGC Ciné Cité des Halles, le sourire aux lèvres, mais aussi le cœur lourd et chargé de regrets. Sur le chemin de mon appartement, je m'étais laissé à imaginer l'adolescent timide et manquant de confiance en lui que j'étais, s'affirmer, faire entendre sa voix dans un groupe, s'émanciper et peut-être même séduire, au contact de Jean-Paul Rouve et d'Omar Sy (enfin de leurs personnages)...

Qui serais-je devenu si j'étais passé par la case « colonie de vacances » ? Je serais peut-être un autre aujourd'hui, qui sait... La vie semble tenir à bien peu de choses, à quelques décisions qui peuvent la faire basculer dans un sens ou dans un autre. Quand j'essaye de me représenter la vie, j'ai aussitôt en tête l'image d'une longue route, jonchée d'embranchements, de sorties qu'on hésite à prendre. « T'es sûr ? Oui, non ? Décide-toi, mais vite. » Et au final, tu rates la sortie et tu continues comme avant, sur la même autoroute... Ou bien tu sors, et là tu te rends compte que tu n'as

pas pris le chemin le plus direct, que tu es en train de t'égarer sur des petites routes sinueuses... Et fatalement, tu te
dis « Et si... ? » Toujours des « Et si... ? » Toujours l'envie
de revenir en arrière, de faire un « CTRL+Z »... Avec des
« si », je serais peut-être acteur aujourd'hui, oui moi acteur. Si au retour de cette classe verte bretonne, je m'étais
présenté à ce casting – un casting littéralement tombé du
ciel pour la série de téléfilms L'instit – avec plus d'envie, de
conviction et de confiance... Vous en doutez ? Oui, moi aussi
j'avoue, mais bon pour une fois que ma couleur de cheveux
m'offrait une quelconque opportunité...
Bref, j'en sais rien. En sait-on jamais quelque chose ? Après
tout, l'adage dit : « Avec des "si", on mettrait Paris en bouteille ». Mais en même temps, on dit aussi que « tous les
chemins mènent à Rome ». Cela vaut aussi peut-être pour
le centre Océane de Douarnenez-Tréboul...
P.-S. : Désolé pour ce billet qui n'a ni queue, ni tête et ne
mène nulle part j'en ai bien peur...

7.

Thomas quitta le centre tôt le lendemain matin direction Brest et Jennifer, alors qu'une nouvelle journée de soins commençait à *Océane*. En se dirigeant vers le réfectoire, Aurélien croisa Éric, en chemin pour sa cigarette matinale.

— Salut Aurélien ! T'as rangé ton beau polo au placard ?

— Tu sais Éric, je ne le sors que pour les grandes occasions, répliqua Aurélien, une fois n'est pas coutume pas mécontent de sa répartie.

— Au fait, par rapport à notre conversation d'hier soir, j'en ai parlé aux autres lors du petit-déjeuner et...

Éric marqua volontairement un temps d'arrêt aux accents dramatiques tout en grimaçant.

— Et je ne sais pas comment te dire ça... Mais bienvenue à la meilleure table du centre ! Nous t'accueillons avec grand plaisir, enfin si tu obtiens la bénédiction de Marie-Christine...

Si Aurélien avait été en possession de deux genoux en parfait état de marche (et surtout plus expansif), il aurait sauté de joie.

— Cool ! Je vais de ce pas faire ma demande de mobilité, se contenta-t-il dans un franc sourire. Merci Éric !

À son entrée dans le réfectoire, la plupart des tables étaient déjà débarrassées. Il réalisa qu'il n'était pas en avance, suite à la rédaction de son tortueux billet du matin. Il poireauta quelques instants devant le bureau de la responsable, et au moment où il allait renoncer, une voix sèche le fit tressaillir.

— C'est moi que vous cherchez ?

— Oui, bonjour, je voulais formuler officiellement auprès de vous une demande pour changer de place, et remplacer Thomas qui part aujourd'hui.

— Vous parlez de Thomas Mercier de la table numéro 12 ?

— Oui, sûrement... C'est la table de six juste derrière, avec une faible moyenne d'âge...

— Oui, c'est bien ça, la 12, soupira-t-elle. Je crois que j'ai déjà attribué la place à une entrée du jour, oui un certain Philippe.

Aurélien se figea un instant, avant de bredouiller.

— Mais vu qu'il n'est pas encore arrivé et que la table est d'accord pour m'accueillir, on peut faire un petit échange standard, non ?

— Ah parce qu'ils font passer des castings maintenant ! Comme dans toutes ces émissions de télé-crochets qui fleurissent en ce moment !

— Non, c'est juste qu'on s'entend bien et...

— Allez, c'est d'accord, vous avez de la chance. C'est mon jour de bonté aujourd'hui ! conclut-elle en intervertissant les calligraphies de leurs deux patronymes sur son plan de table.

En s'éloignant du réfectoire, Aurélien poussa un grand ouf de soulagement. Satisfait de ne pas avoir laissé passer sa chance, il dansait intérieurement sur le chemin de la salle de soins, mais ressentit très vite ce qui s'apparentait à un semblant de remords. *J'espère que Philippe aime le BMX...*

Ses marques trouvées au milieu des appareils et autres patients du groupe, Aurélien était désormais comme un poisson dans l'eau.

— T'as l'air en forme ce matin, Aurélien ? C'est quoi, tu t'es shooté à la juvamine ? Nathalie, je peux avoir la même chose s'il te plait ?

— *Si juvabien, c'est juvamine !*, répliqua le jeune homme à Michel en reprenant cet incontournable slogan publicitaire de sa jeunesse. Non, plus sérieusement, ça va. La vie pourrait être pire... Par contre, j'osais pas te le demander jusque-là Mich-Mich, mais les autres ont raison, tu voudrais pas changer de short ? À chaque fois que je te regarde dans ton petit short moulant et tes bas, j'ai l'impression de voir Michel Platini qui aurait atterri dans *La cage aux folles...* C'est assez perturbant.

Nathalie s'amusa de cet échange en se réjouissant de la bonne ambiance de travail qu'elle avait su insuffler à son groupe.

Sur son petit nuage, Aurélien intercepta Kevin dans l'antichambre du réfectoire juste avant le déjeuner. Il tenait à l'informer de vive voix de son déménagement. Il insista sur le fait qu'il ne devait pas le prendre personnellement, qu'il se découvrait juste des affinités avec Éric, Lucile, ... Lui qui n'avait rien dans les bras ramait sévèrement. Mais Kevin le soulagea.

— Je comprends, t'inquiète. Et si jamais tu veux te mater une vidéo de BMX ou deux, tu sais où me trouver !

À deux anecdotes de l'overdose de BMX, Aurélien n'en croyait pas ses oreilles. *Était-ce du second degré ou parlait-il vraiment sérieusement ?* Bien installé à la place laissée vacante par le jeune marin, il oublia vite cette question, rejoint par les deux doyens de la tablée, qui devaient flirter avec la cinquantaine.

— Salut, tu dois être Aurélien ? Moi, c'est Lionel.

— Et moi Hervé.

— Enchanté.

Après quelques banalités d'usage sur leurs articulations convalescentes, des circonstances de leurs blessures à leurs modes opératoires, un inconfortable silence s'invita à la table. Les deux quadras évoquèrent alors une anecdote de laquelle Aurélien se sentit aussitôt exclu. Heureusement pour lui, Lucile pointa vite le bout de son petit nez légèrement retroussé, précédant de peu Claire et Éric. Aurélien se leva pour serrer la main d'Éric et faire la bise à Claire qui le laissa en plan au beau milieu de l'échange de politesse.

— Toujours une seule bise en Bretagne, Aurélien ! lui fit remarquer Claire.

— Oui pardon, j'arrive vraiment pas à m'y faire.

— Ne t'excuse pas. Par contre, tu es assis à ma place...

— Ah désolé, je croyais que vous n'aviez pas de place attitrée. On peut changer..., répondit au quart de tour le jeune homme en se relevant.

Immobile, Claire le dévisagea quelques secondes dans un silence de cathédrale.

— Non, ça va assieds-toi, je te fais marcher, Aurélien. Éric disait donc vrai, tu es un sacré coureur toi...

Tous éclatèrent de rire, même Lucile qui ne s'offusqua nullement de la possible référence à l'expression « coureur de jupons ». Bien entouré, Aurélien parlait peu et observait beaucoup. En tentant de décrypter les uns et les autres, il percevait dans l'air et les conversations le vide laissé par le départ encore frais (ou chaud, c'est selon le moment du repas) de Thomas. Mais comme la nature a horreur du vide, la tablée fit rapidement tout pour le mettre à l'aise.

— Et tu fais quoi dans la vie ? s'intéressa Lionel.

— Je suis auditeur à Paris, dans...

— Attends, tu es payé à écouter la radio ? l'interrompit Claire interloquée.

— Non, c'est bien moins fun que ça. Je suis auditeur financier, dans un des quatre principaux cabinets. En gros, on vérifie que la comptabilité des sociétés ne comporte ni fraude ni erreur et qu'elle est bien en accord avec les principes comptables, fiscaux... Ce genre de choses passionnantes...

— Ah, très intéressant ! J'adorerais en savoir plus sur vos méthodes de travail. Il faudra qu'on s'en reparle, rebondit très sérieusement Lionel, qui année après année, avait maille à partir avec les commissaires aux comptes de l'entreprise pour laquelle il travaillait depuis bientôt une décennie. En tout cas, laisse-moi te dire que tu n'as pas du tout le physique de l'emploi, avec ton short trois fois trop large et ta barbe de trois jours.

— Comment je dois le prendre ?

— Bien. Dans ma bouche, c'est un compliment.

— Et sinon, tu as une petite amie à Paris ? Une auditrice peut-être ? se renseigna la curieuse institutrice, un sourire en coin.

— Non célibataire, Claire. Et toi ?

— Divorcée.

— Ah désolé, je ne...

— Ne le sois pas, c'est la vie. C'est comme ça. Et sans ce mariage, je n'aurais jamais eu mon p'tit Ronan.

Ils apprenaient à se connaître, et en un rien de temps, Aurélien se sentit déjà très proche de cette formation hétéroclite : Éric le grand manitou de la moquette, Claire la prêtresse du tableau noir, Lionel l'apôtre grisonnant du débit-crédit, Lucile la fille de l'air et Hervé l'entrepreneur bourru avec son petit marteau à la ceinture et sa faucille à l'esprit.

Et par-dessus tout, Aurélien appréciait l'idée de pouvoir, même l'espace de quelques toutes petites semaines, repartir de zéro dans un lieu où personne ne le connaissait et où il n'avait pas à rentrer dans la moindre case.

— Tu sais jouer au tarot ? s'inquiéta Hervé.

— Non, pas vraiment...

— Mais si, il a les bases et il apprend très vite, le contredit Éric.

En quittant la table, Aurélien regarda attentivement autour de sa chaise.

— Tu as perdu quelque chose ?

— Non, Claire, c'est bon, merci. C'est juste une habitude comme ça. Je suis du genre tête en l'air, alors je préfère assurer le coup...

Cet après-midi-là, devant le bureau du docteur Le Guirec, Aurélien souriait bêtement, sans raison apparente. À l'orée de sa première visite de contrôle, dix jours après son arrivée, tout lui semblait aller pour le mieux dans le meilleur des mondes. Comme un improbable alignement de planètes. Et au fond de lui, que tout aille si bien commençait à l'angoisser...

— Entrez, je vous en prie et allongez-vous là.

Elle ausculta son genou sous toutes les coutures, de sa cicatrice à son degré de flexion ainsi que la mobilité de sa rotule et la largeur de son quadriceps.

— Il progresse bien ce genou, le rassura-t-elle de sa voix chaude. Vous vous plaisez au centre ?

— Oui, je crois que je commence à prendre mes marques...

— C'est très bien. Comme je vous l'ai déjà évoqué, il ne faut jamais négliger la dimension psychologique dans toute guérison. De multiples études pointent du doigt les pouvoirs encore insoupçonnés du cerveau humain. D'ailleurs, en parlant de cela, vous avez pensé à ce que je vous ai dit la dernière fois, que votre présence à Océane n'était peut-être pas le fruit du simple hasard ?

— Un peu, répondit-il dans un demi-mensonge par anticipation.

— Et ?

— Et ça mérite encore réflexion..., botta-t-il en touche.

— Très bien, pensez-y, c'est important ! Et moi, je vous reverrai, vous et votre genou, en fin de semaine prochaine.

Le soir-même, en sortant de table, le groupe prit la direction d'une partie de cartes. Aurélien s'excusa auprès d'eux pour aller passer quelques appels.

— Salut Flo, comment tu vas ?

— Ah Aurélien, attends un instant... Oui, je t'écoute.

— Je te dérange ?

— Non, ça va, je suis juste encore au taf. C'est l'enfer en ce moment et avec les derniers préparatifs, je te raconte même pas. Heureusement que Morgane arrive à se dégager un peu plus de temps elle...

— Il vous reste beaucoup de choses à régler ?

— Non plus grand chose, mais tu sais, c'est comme partout, ce sont toujours les finitions qui demandent le plus d'efforts, qui sont les plus rébarbatives... Et au fait, un grand merci pour l'EVG. Les autres m'ont dit que Prague, c'était ton idée ! On a beaucoup pensé à toi, tu sais...

— Moi aussi, murmura-t-il dans une demi-vérité. Et content que vous ayez apprécié la ville et tous ses charmes...

— Bon et toi au centre, comment ça se passe depuis la dernière fois ?

— Écoute, étonnamment bien. Comme je te disais, j'ai eu très peur en arrivant dans ce qui ressemblait beaucoup à un hospice, mais j'ai rencontré des personnes très sympas, mon genou progresse bien et on a pas encore vu la pluie de la semaine ; aucune goutte en Bretagne, tu te rends compte.

— Aurel', fais attention avec ce cliché. Le Breton est assez susceptible sur le sujet et tu risques fort de t'entendre dire « qu'en Bretagne, il ne pleut que sur les cons ! » Je sais de quoi je parle, je te rappelle qu'une partie de ma famille vient de Saint-Malo...

— Je sais bien.

— Bon, parlons sérieusement. Que devient ton champion de BMX ?

— Grande nouvelle ! Le BMX, c'est fini ! J'ai réussi à changer de table ce midi. Non réellement, tout va bien et ça commence limite à me faire un peu peur...

— Oh toi, je te vois venir, tu vas encore me ressortir ta fameuse « théorie du boomerang », c'est ça ? Tu sais bien que je n'y ai jamais adhéré. Te prends pas la tête avec ça, profite plutôt de tes « vacances » pendant que les autres cravachent au taf, et remets-toi vite sur pied. Désolé, mais faut vraiment que j'aille finir un truc avant enfin de pouvoir rentrer.

— Pas de souci. Bon courage ! Et passe le bonjour à Morgane...

En raccrochant, Aurélien réalisa que les longues soirées derrière l'écran de son ordinateur à compiler d'interminables tableaux de chiffres et à rédiger de fastidieux rapports tout en épluchant des classeurs de factures ne lui manquaient pas beaucoup, bien au contraire. Il ressentit même comme une boule à l'estomac à la simple idée de reprendre le chemin de la Défense.

Le 9 avril, comme ce matin...

Deux billets dans la même journée : attention Aurélien tu deviens accro... Tiens, c'est drôle que je m'interpelle de la sorte sur le papier. Drôle mais pas si surprenant. J'ai parfois l'étrange impression de ne pas être seul dans mon enveloppe corporelle. Et comme le disait Sartre, « l'enfer, c'est les autres » (enfin, si mes souvenirs de cours de culture générale ne me trompent pas). Pour moi, l'enfer c'est cette petite voix avec laquelle je cohabite. Ange de la modération ou démon du pessimisme, je suis comme ces personnages des dessins animés de ma jeunesse, constamment tiraillés. J'aimerais être capable de savourer le moment présent, la chance même sporadique lorsqu'elle se présente, les périodes fastes, mais mon passager clandestin ne m'en laisse jamais le loisir. Au moins, il me prémunit contre les ascenseurs émotionnels de l'existence...

Ma « théorie du boomerang », Florent n'y a jamais cru. Malgré la litanie de preuves, issues d'une observation empirique rigoureuse, je n'ai jamais réussi à le convaincre. Pourtant, depuis son élaboration, il suffit que je me félicite à haute voix de quelque chose pour que le sort s'en mêle et vienne compromettre sans délai ce quelque chose. Aussi, depuis quelques années, je tente de me mordre la langue à chaque fois que je suis sur le point de défier ainsi le destin, mais le seul constat intérieur et silencieux suffit parfois à déclencher ses foudres. À Courchevel, je me suis laissé aller à rêver sur ce télésiège, et on a vu le résultat...

En fait, cette théorie du boomerang semble fonctionner selon une loi fondamentale : « Tout bonheur durable m'est strictement interdit... » C'est la raison pour laquelle je m'inquiète sérieusement des évolutions récentes. Ces tout derniers jours, je surfe sur une telle dynamique positive que cela ne peut pas durer. Et je sais pertinemment que plus tu lances un boomerang fort et loin sur le chemin de la chance et du bonheur, plus son retour t'explose au visage et fait des dégâts...

L'AMOUREUX

Quand on y pense, c'est un comble : moi qui déteste tant avoir tort, j'en suis à prier pour que ma théorie s'invalide, enfin...

Claire

— Mon chéri s'il te plaît, tu vas voir vous allez bien vous amuser avec papa, et nous on se voit le week-end prochain, sans faute.

— Oui, mais tu me manques... Tu reviens quand ?

— Bientôt, promis. J'en ai plus que pour quelques petites semaines au centre pour réparer mon genou et tu sais, Maman pense très fort à toi, sans arrêt...

— Je t'aime Maman...

— Moi aussi, je t'aime mon lapin. Et on se voit dans sept dodos ! Allez, je te fais de gros bisous tout mouillés... Tu peux me repasser Mamie s'il te plaît ? lui demandai-je avant de craquer et fondre en larmes.

Malgré les chouettes rencontres faites à *Océane*, je vivais cet éloignement forcé de mon poussin comme un véritable crève-cœur, et de toute évidence, je n'étais pas la seule.

— Il est comme ça depuis quand, Ronan ?

— Cela fait quelques nuits qu'il ne dort pas très bien le pauvre chéri, il a même mouillé son lit avant-hier. Mais dans l'ensemble, la semaine s'est bien passée, je t'assure. C'est juste ce soir en rentrant de l'école, je ne comprends pas très bien. C'est peut-être l'idée de voir son père... Je crois qu'il a rencontré quelqu'un...

— Ah ? Tu en es sûre ? Je n'étais pas au courant, mais tant mieux pour lui si c'est le cas...

— Et toi, ça avance comme tu veux ta rééducation ?

— Oui, mon genou progresse bien si j'en crois l'équipe médicale. Et puis samedi, on va passer la journée sur l'île de Sein avec trois autres patients. Ça devrait être chouette, bredouillai-je.

— Y aura des célibataires ?

— Maman...

— Quoi ma chérie, je m'inquiète pour toi, c'est normal. À ton âge, c'est de plus en plus dur de rencontrer quelqu'un de bien. Fais-moi plaisir, sois un peu ouverte !

— Très bien, je te laisse, je vais aller m'ouvrir. En attendant, embrasse Papa et Ronan pour moi.

Après une nuit en pointillés, je me levai pourtant du bon pied. Le SMS de mon fiston y contribua grandement. Il avait l'air mieux ce matin, ce qui atténuait quelque peu la culpabilité que je ressentais à profiter de bons moments loin de lui.

Aurélien, Lucile, Éric et moi nous installâmes confortablement dans la ligne de car 52B. J'observais les élèves qui s'en allaient terminer leur semaine dans une école ou un collège voisin, et ne pus m'empêcher de penser à mes chères ouailles du CE2. J'espérais que tout se passait bien pour ma jeune remplaçante. Je craignais que l'énergie débordante des plus turbulents ne mette à mal une vocation aussi jeune et fragile. « Ah mes adorables garnements ! » En parlant d'énergie et de garnements, je sentais chez Lucile, et dans une moindre mesure chez Aurélien, une réelle excitation à l'idée de cette nouvelle escapade. Même si cette semaine, ils n'étaient pas seuls, Éric et moi jouions les accompagnateurs de service. Enfin surtout moi pour le moment, puisque Éric chaperonnait à poings fermés contre le rideau rêche de ce car scolaire. Ah, Lucile et Aurélien, Aurélien et Lucile... Leur attirance mutuelle sautait aux yeux de tout *Océane*. Étaient-ils les seuls à ne pas la voir ?

Arrivés à Audierne, Lucile ne put s'empêcher de réveiller Éric en sursaut, et nous embarquâmes tous les quatre sur le ferry. Éric fila tout droit dans la cabine poursuivre sa nuit, et nous le rejoignîmes rapidement. Seul Aurélien resta de son côté sur le pont, dans le froid et l'humidité ambiante. À quelques mètres de notre loir de service, nous tentions de nous réchauffer et j'en profitai pour titiller Lucile sur Aurélien. Je vantai ses mérites, prêchai le faux pour savoir le vrai... Mais malgré mes nombreux appels du pied, elle demeurait évasive à son sujet. Tout juste convenait-elle s'être bien amusée le week-end passé en sa compagnie, et que derrière sa timidité se cachait quelqu'un de très sympa, d'attentif et qui savait rire.

— Tiens, Aurélien, quelle bonne surprise, on parlait de toi justement, repris-je en le voyant s'approcher les cheveux en pagaille.

En face de moi, Lucile se figea.

— En bien j'espère ?

— Oui, je disais à Lucile que je trouvais que... que tu avais eu une super idée en nous proposant cette journée sur l'île de Sein...

— Remercie plutôt Brieuc, l'ambulancier/guide touristique qui m'a déposé au centre. C'est lui qui m'a vanté les mérites de cette île...

Lucile respira. Je leur confiai que bien qu'ayant toujours vécu dans le Finistère, je n'y avais mis les pieds qu'une seule fois en tout et pour tout, lorsque j'étais encore enfant. Je n'en gardais d'ailleurs pour seul souvenir que le gigantesque phare de l'île.

— C'est bien souvent comme ça, non ? s'interrogea Aurélien à voix haute. Quand on est proche de quelque chose, on se dit qu'on a le temps, qu'on pourra toujours y aller plus tard... Je le vois bien à mon échelle : je suis persuadé qu'un touriste qui repart de Paris après une semaine connaît bien mieux la capitale que moi qui ai grandi à dix kilomètres de là et y vit depuis trois ans.

— Tu dois avoir raison... Je me souviens encore, quand nous partions en vacances à l'étranger avec le père de Ronan, je voulais tout voir, tout goûter, tout cocher des incontournables notés dans le Routard, ne sachant pas si j'y reviendrais un jour.

— Oui, c'est tout à fait ça, Claire. Et puis, il y a tant de choses à découvrir sur cette planète, tant de destinations... Après, j'imagine que pour toi Lucile, la perception est un peu différente, toi qui as la chance de partir à l'autre bout du monde sans arrêt.

Lucile semblait alors à des milliers de kilomètres de la pointe bretonne.

— Oui, j'étais comme vous à mes débuts chez Air France, je profitais de chaque escale pour visiter un maximum... Mais c'est vrai qu'après deux, trois, dix voyages, on se contente de plus en plus de glander avec l'équipage à la piscine de l'hôtel..., admit-elle un tantinet honteuse.

En accostant sur le débarcadère, je fis constater à mes camarades « parigots » qui se plaisaient souvent à critiquer la météo bretonne que le temps s'était dégagé.

— C'est le microclimat d'Enez sun[18], ça ! intervint un autochtone sur le retour du continent.

À notre descente, nous marchâmes tranquillement le long de l'artère principale et ses maisons à la palette de couleurs qui respiraient bon le calme et la sérénité. Comme sur la plupart des îles bretonnes, les voitures étaient bannies ; seuls quelques vélos y circulaient. Derrière certaines fenêtres, on pouvait apercevoir la vie des rares insulaires, principalement des personnes âgées en peignoir, sûrement surpris de voir des touristes claudiquer en béquilles devant chez eux à cette époque de l'année. Cela devait quand même être une vie à part, que de traverser l'existence sur un petit bout de terre de seulement quelques kilomètres carrés, isolés de tout, presque hors du temps... En poursuivant sur le rivage du quai des Français libres, des pêcheurs attirèrent l'attention d'Aurélien.

— Ils ramassent quoi si près du bord selon vous ?

— Sûrement des crustacés en tous genres, suggéra Éric, qui dans la foulée proposa de se mettre sans tarder en recherche d'une table pour le midi.

Du haut de mes quelques kilos superflus que je n'arrivais décidément pas à reperdre, j'enviais le métabolisme d'Éric, ce ventre sur pattes qui mangeait comme quatre et demeurait pourtant si svelte... Mais aujourd'hui, c'était jour de fête : même restreint, nous avions le choix du menu. L'éventail des possibles tenait en effet sur les doigts d'une main, et après consultation des cartes réduites et somme toute assez comparables des rares restaurants de l'île, nous nous décidâmes pour l'adresse avec la plus jolie terrasse. Un peu penaud, et en multipliant les formules de politesse, Aurélien demanda à la serveuse, pourtant joviale, ce qu'étaient des ormeaux. L'appellation « oreilles de mer » ne l'éclaira pas davantage. À sa décharge, ce mets raffiné n'était pas très courant, et sûrement encore moins à Paris. Il opta finalement pour « ces petits mollusques à la chair extrêmement

---

[18] Nom en Breizh de l'île de Sein (qui montra les limites de Lucile en breton).

savoureuse qu'on trouve sur certains littoraux bien spécifiques et soumis par conséquent à des quotas de pêche très stricts », que lui avait si bien vendus la serveuse. « Pour goûter ». Lucile l'accompagna dans ce choix et moi aussi en définitive, oubliant à cette occasion mon présent régime, tandis qu'Éric se léchait déjà les babines à l'idée d'une bonne pièce de bœuf.

En sirotant nos apéritifs, nous profitions des grandes bouffées d'air frais venu du large. J'étais comblée.

— Merci encore pour l'initiative Aurélien. On a beau bien se marrer au centre, ça fait du bien de pouvoir s'en évader, même le temps d'une journée.

— Ce n'est pas moi qui vais te contredire là-dessus, répliqua Lucile.

— Ça va, Aurélien et toi vous semblez avoir bien assimilé l'idée d'évasion, rebondit Éric.

Les deux fugueurs sourirent à la boutade de Mister Moquette.

— On fait ce qu'on peut... En même temps, il faut bien en profiter, d'autant que sauf contretemps médical, ma rééducation se termine déjà dans deux semaines et demie, souligna Lucile soudain un rien mélancolique. Je n'en reviens pas, j'ai l'impression d'être arrivée hier...

Il fallait savourer le moment, à commencer par ces ormeaux qui craquaient sous mes dents, libérant dans ma bouche un puissant cocktail de saveurs. Force était de constater qu'on ne nous avait pas menti sur la marchandise. Nous nous régalâmes tant et si bien qu'Aurélien demanda à la serveuse s'il pouvait conserver en souvenir une coquille d'ormeau. Déconcertée par cette demande, cette dernière s'absenta en cuisine et revint avec la précieuse coquille, nacrée et ornée de multiples cavités servant de système respiratoire au délicieux mollusque. « Il arrive que l'habit fasse le moine... » Aurélien la remercia vivement et Éric, qui aimait décidément plaire, en profita pour lui faire son habituel numéro de charme. Et au moment de partir, Aurélien interrogea la restauratrice sur le nom de la rue « le quai des Français libres ».

— Alain, mon chéri, tu peux venir un instant ?

Éric rentra aussitôt les épaules, s'enfonça sur sa chaise et enfila ses lunettes de soleil, tandis que je complimentai le chef qui s'essuyait les mains sur son élégant tablier noir. Je me serais crue dans cette nouvelle émission, *Top Chef*.

— Le jeune homme m'interroge sur le nom du quai. J'ai pensé que cela te ferait plaisir de lui répondre personnellement.

— Et comment ! En fait, c'est un héritage de la Seconde Guerre Mondiale mon garçon. Vous voyez, en juin 1940, lors du célèbre appel du Général de Gaulle, sur les 400 hommes qui l'ont alors rejoint en Angleterre, 130, dont mon grand-père, venaient de l'île de Sein, soit presque la totalité des insulaires masculins de l'époque. Et pour la petite histoire, c'est pour cet engagement que l'île de Sein a ensuite été faite Compagnon de la Libération en 1946.

Distraite, je m'attardais sur la silhouette de la serveuse, m'interrogeant sur sa recette secrète pour rester si menue avec un mari qui cuisinait si divinement bien. De son côté, Aurélien remercia le patron, qui fort d'un réel bagout embrayait déjà sur l'histoire du phare de l'île. Impatient de prendre la poudre d'escampette, Éric l'interrompit.

— Merci pour ces précieuses informations. Ça tombe bien, on avait prévu d'aller voir le phare. Merci encore, c'était délicieux !

Éric nous entraîna dans son sillage, et très vite, les groupes se formèrent. Les garçons prirent la tête des opérations, en éclaireurs, tandis qu'avec Lucile, nous conversions à distance raisonnable. Après deux semaines à *Océane*, je crois bien que c'était presque la première fois que nous nous retrouvions seules toutes les deux. Entre filles.

— Ronan, il ne te manque pas trop ?

— Si bien sûr, tu n'as pas idée... En plus, ma mère m'a appris qu'il se remet à faire des cauchemars la nuit. Et quand je l'ai eu hier soir au téléphone, il semblait si triste. Il voulait voir sa maman. Je serais bien rentrée, mais de toute façon il passe le week-end chez son père.

— Et ça va, ça se passe bien, entre vous je veux dire ?

— Avec son père ? On fait aller disons, même si je crois qu'au fond de moi, je ne lui ai toujours pas pardonné de nous avoir abandonnés... Tout cela pour se faire plaquer deux mois plus tard par sa jeunette...

Lucile se racla la gorge.

— Ah Christophe... Ma mère l'aimait tellement. Pour elle, c'était le gendre idéal, et elle ne manque pas de me le ressortir à chaque occasion : « Christophe par-ci, Christophe par-là... ». Pour elle, c'est limite moi qui l'ai poussé à partir... Mais bon, pour le bien de Ronan, j'essaye de faire abstraction de tout ça.

— Et lui, comment vit-il la situation ?

— Évidemment, ça a été très dur au début, il avait quoi, à peine quatre ans à l'époque, mais depuis il semble avoir compris que nous l'aimions toujours autant, juste dans deux maisons différentes... Non ce qui m'inquiète aujourd'hui, c'est que depuis quelques mois il me donne l'impression de se refermer un peu sur lui-même, il commence à avoir peur de beaucoup de choses, et je n'ai pas envie de ça pour lui. Plus que tout au monde, j'ai envie qu'il se sente bien dans sa peau, qu'il se construise du mieux possible malgré la situation.

J'avalai quelques gorgées d'eau, l'occasion d'une brève respiration.

— Depuis la séparation, ma mère n'a de cesse de me répéter « Ce n'est pas normal qu'il soit toujours fourré dans les jupes de sa mère comme ça... » ou encore « Tu le couves trop ce petit, laisse-le vivre bon sang ! », et jusqu'ici, je n'ai jamais voulu l'entendre. Mais ces dernières semaines au centre, je réalise qu'elle a peut-être raison. C'est plus fort que moi tu sais, je sens dans ses yeux qu'il a tant besoin de moi... Désolée de t'ennuyer avec tout ça, mais je crois que j'ai besoin que ça sorte...

— Tu ne m'ennuies pas du tout...

— Tout ça pour dire que j'ai décidé, à commencer par ce week-end, d'en profiter un maximum, pour moi mais aussi pour lui... Bon et toi Lucile, tu n'as jamais songé à en avoir ?

— Quoi ? Des enfants ?

J'opinai, et elle resta un temps silencieuse, se mettant à jouer avec ses bagues.

— C'est compliqué... Ma vie est compliquée...

— ...

— Disons que j'ai été pendant longtemps très attaché à un homme, qui en définitive s'est avéré plus attaché à sa situation qu'à moi...

— Un pilote ?

— Oui, ricana-t-elle en baissant les yeux. Je sais, ça fait cliché, non ? L'hôtesse qui s'amourache du pilote marié, on voit ça dans les mauvais téléfilms... Mais je l'ai vraiment cru tu sais, quand il me racontait à longueur d'escale qu'il n'aimait que moi en me parcourant le corps de ses baisers, me jurant qu'il allait prochainement quitter sa femme pour qu'on puisse fonder une famille, lui et moi.

— Il avait des enfants ?

— Oui, deux.

Sur ces mots, je ressentis comme un pincement au cœur.

— Et ça s'est terminé il y a longtemps ?

— Non seulement quelques mois... J'ai enfin trouvé le courage de couper les ponts. C'est d'ailleurs pour cela que j'ai déménagé à Toulouse, pour me reconstruire loin de lui. « Loin des yeux, loin du cœur », comme on dit... Mais les premiers mois s'avèrent assez difficiles... C'est dur de rencontrer des gens, de se faire des amis dans une nouvelle ville, surtout à mon âge. La plupart des trentenaires sont déjà bien installés, avec leur cercle d'amis, des enfants, des crédits... Et puis, il y a mon travail et mes déplacements continuels qui n'arrangent rien...

— Je vois parfaitement ce que tu veux dire. J'ai moi aussi ce sentiment de ne plus jamais rencontrer personne, en dehors de quelques nouvelles têtes à la rentrée de septembre, des nouvelles collègues tout droit sorties de l'école ou de bien trop rares nouveaux membres au club d'équitation... C'est drôle quand même : avec les nouvelles technologies, Internet, les réseaux sociaux, on n'a jamais été aussi proche des gens et en même temps aussi loin d'eux. Bienvenue au 21e siècle !

— C'est très juste..., abonda Lucile le regard éteint.

— Mais tu vas rencontrer des gens Lucile, j'en suis certaine. Il n'y a pas plus sociable que toi au centre...

— Oui, au centre... Mais bref, arrêtons de parler de ça si tu veux bien et profitons du moment, tu as raison. Tu crois qu'ils parlent de quoi les garçons ?

— De sport assurément. Il devait bien y avoir un match quelconque hier soir...

J'appris plus tard par Éric qu'ils n'avaient, pour une fois, pas parlé que ballon rond ou petite balle jaune.

Et de confidence en confidence, nous retrouvâmes nos deux éclaireurs au pied du phare noir et blanc, bien moins impressionnant que dans mon souvenir. Lucile m'apparaissait peu à peu sous un autre jour. Au centre, elle ne donnait à voir aux yeux de tous que sa face lumineuse, celle de la fille souriante, blaguant sans arrêt et débordant d'énergie. « Il faut toujours se méfier de l'eau qui dort... Les marins en savent quelque chose... »

— J'ai toujours été fascinée par les phares, depuis toute petite, leur confiai-je alors au pied de l'édifice. Je ne sais pas pourquoi, sûrement mon côté Bretonne qui s'exprime...

Dans le doux murmure de l'océan, ils levèrent à leur tour la tête vers la vigie.

— C'est vrai qu'il y a quelque chose de magnétique avec un phare, chargé de guider les bateaux, de leur montrer le chemin dans l'obscurité... C'est peut-être ça la raison pour laquelle ils nous fascinent autant, peut-être cherchons nous, nous aussi, notre phare, cette lumière dans nos vies... laissa échapper Aurélien à haute voix.

— Houlà, ça devient trop philosophique pour moi cette histoire, ironisa Éric. Par contre, si tu trouves du far avec un « F », je suis preneur !

— T'as raison Éric, je me suis égaré, se reprit Aurélien en souriant.

Le phare était fermé au public, aussi nous nous assîmes non loin, à proximité d'une colonie de mouettes et entourés par d'impressionnantes pierres, dignes des albums d'Uderzo et Goscinny que je lisais à Ronan pour l'endormir. Je pris d'ailleurs une photo pour la lui envoyer. Puis Éric, Lucile et moi nous laissâmes aller quelques minutes au bruit de la nature sauvage. Aurélien préféra, lui, errer aux alentours.

— Les siestes, je déteste ça. J'en ressors toujours plus fatigué qu'autre chose... Une vraie perte de temps ! nous expliqua-t-il à son retour.

— Moi je n'ai rien contre les siestes, bien au contraire, glissa Éric en s'étirant, non sans gratifier Aurélien d'un clin d'œil (enfin avec son tic, je ne sais jamais).

— Toi Aurélien, tu as vraiment besoin d'être constamment en mouvement..., lui fis-je alors remarquer. Tu ne ressens jamais le besoin de te poser, de souffler un peu ?

— Non pas trop, j'avoue... Depuis tout petit, j'ai l'impression que le temps file à cent à l'heure et que je rate déjà plein de choses. Alors c'est vrai qu'aujourd'hui, dès que j'en termine avec mes journées de taf à rallonge, je vais prendre un verre avec des amis, je m'évade dans une salle de cinéma histoire de me vider la tête, n'importe quoi, et le week-end je sors.

— C'est drôle, j'ai l'impression de m'entendre il y a dix ans, quand je sillonnais encore les routes toutes les semaines en bon commercial qui se respecte et que je courais les week-ends à droite, à gauche pour profiter des charmes de la capitale... Mais ça te passera un jour, tu verras..., ponctua Éric, étonnamment sérieux pour une fois.

— Éric a raison, c'est important de savoir prendre le temps aussi, conclus-je. Tu auras beau courir aussi vite que tu veux Aurélien, tu ne le rattraperas jamais vraiment...

Sur ces considérations un rien métaphysiques, nous rebroussâmes chemin sur un tapis de verdure, le terrain idéal pour travailler le déroulé du pas que nous ré-enseignaient au quotidien les kinés. Au centre, nous voyagions dans le temps à rebours, jusqu'à nos premiers pas, réapprenant ainsi le b.a.-ba de la vie. À mi-chemin, le téléphone de Lucile vibra à nouveau et elle s'écarta du groupe pour prendre cet appel en accélérant le tempo. Nous respectâmes son intimité et ralentîmes. Aurélien s'efforça tant mal que bien de ne pas la fixer de manière trop flagrante, mais malheureusement pour lui, son visage ne filtrait aucune émotion.

En fin d'après-midi, nous rembarquâmes pour le continent et à la descente du ferry, nous eûmes l'excellente surprise de découvrir que le dernier autobus venait tout juste de partir. Immédiatement, Lucile proposa l'idée de l'autostop. J'embrassai cette nouvelle expérience et en moins de cinq minutes, Lucile et moi fûmes prises en charge par un charmant couple de retraités qui nous déposa dans un bled voisin duquel partait un car pour Douarnenez. Les garçons débarquèrent près d'une heure plus tard et nous retrouvèrent à la terrasse du café donnant sur la gare routière.

— Vous en avez mis du temps !

— Règle numéro un de l'autostop : Les gens ne s'arrêtent pas pour prendre deux types en stop, même si l'un d'eux se déplace avec une béquille... Ça doit être la barbe, j'en sais rien, plaisanta Aurélien.

— Ils t'ont sûrement pris pour le Keyzer Söze[19] du Finistère ! renchérit Éric.

Nous ne pûmes nous retenir de rire de leurs déboires autour d'une bière de consolation en attendant le bus suivant.

À l'arrière du bus vide, Éric retrouva sans tarder sa position de prédilection, la bouche ouverte contre la fenêtre, tandis que la gravité battait en brèche la distance qu'Aurélien et Lucile s'étaient imposée tout au long de la journée. Par à-coups, Lucile s'assoupissait sur l'épaule d'Aurélien. Je détournai le regard de ce spectacle. Il semblait tellement mal à l'aise.

---

[19] Criminel au boitillement aussi légendaire que sa cruauté dans le film *Usual Suspects*. Si par un incroyable concours de circonstances vous n'avez jamais vu ce film, détruisez cette note sur-le-champ !

8.

Aurélien n'aimait pas son nez[20], il ne l'avait jamais aimé ; et ce bien avant que plusieurs accidents stupides (un pléonasme ? Le concernant : sûrement) ne viennent récemment le cabosser davantage. Mais à ses yeux, le pire restait encore son incroyable inefficacité. À quoi cela pouvait-il bien servir d'avoir un nez si long et si inélégant pour ne percevoir qu'un échantillon infinitésimal de senteurs ? Cette ostentatoire ironie qui le frappait en pleine face depuis toujours trouvait cependant quelques exceptions. Comme cette puissante odeur de chlore qui l'attendait en ce lundi après-midi. À quelques mètres d'elle, il rangea avec soin ses affaires dans le petit casier prévu à cet effet, et s'attacha l'élastique avec la clef autour du poignet. *Ce n'est pas bête du tout comme système pour ne pas perdre ses affaires...* Après quinze jours de bons et loyaux exercices et quelques appuis dans le pédiluve, le voilà enfin qui pénétrait, le moral au beau fixe, dans « LA » piscine du centre, rien à voir avec la grande baignoire qu'il avait jadis partagée avec cette chère Gisèle. Cet épisode lui semblait déjà bien loin.

— Aurélien, tu pourrais rendre le bonnet à la personne âgée à qui tu l'as piqué ? Ça ne se fait pas ces choses-là !

— Tais-toi Éric, tu vas me faire repérer, répliqua-t-il à ce baptême de l'eau, en insistant bien, à qui voulait l'entendre, sur le déterminant économique de son achat malheureux.

À travers les immenses baies vitrées qui donnaient sur l'océan, le soleil réchauffait généreusement le bassin et la kyrielle de genoux, de hanches et d'épaules qui s'activaient autour d'Aurélien. Adossé à un pan de la piscine, il se familiarisait avec l'environnement, en accompagnant le mouvement de pédalier que lui montrait Nathalie. Ses yeux s'égaraient parmi la foule, mais butaient sur l'absence de Lucile. *Où est-elle ? Elle devrait pourtant être là...* À la bourre et presque au pas de course, cette dernière arriva quelques ins-

---

[20] Plus qu'un cap, plus qu'une péninsule, la partie émergée de l'iceberg de son manque de confiance.

tants plus tard dans un joli maillot noir une-pièce et un bonnet de bain inimitable, un modèle gaufre blanc, semblable à celui d'Aurélien, mais qu'elle avait pris soin de customiser. « Lucile ! On ne court pas au bord d'un piscine ! », lui rappela Ricardo, son kinésithérapeute d'origine brésilienne, qui pointa également du doigt son nouveau retard.

— Désolé Ricardo, c'est mon chat... Il a eu une grave accident de jokari, j'étais au téléphone avec lé médecin, s'excusa-t-elle auprès de ce pauvre Ricardo, rivalisant d'inventivité à chaque nouvelle excuse.

En passant à la hauteur d'Aurélien, Lucile lui fit un discret clin d'œil et retrouva son groupe dans le fond de la piscine. Aurélien pédalait (assidûment) et rétropédalait (encore plus vigoureusement). L'histoire de sa vie se trouvait résumée en ces quelques gesticulations aquatiques : Aurélien Tissot ou tout l'art d'avancer d'une case pour reculer de deux... Mais l'arrivée de Chloé chamboula l'habituelle donne. S'installant juste à ses côtés, elle prit des nouvelles du week-end écoulé à *Océane*, l'interrogea sur son changement de table au réfectoire et le complimenta sur son couvre-chef. Aurélien avait la patate et cela se voyait. Il s'attardait sur le récit de leur escapade sur l'île de Sein et notamment des difficultés inhérentes à la vie d'autostoppeurs dans la région, même à moitié infirmes. Chloé déployait de larges sourires. À un moment, Nathalie s'excusa de les interrompre et confia au jeune homme une frite et un nouvel exercice à exécuter. Cela les fit sourire et ils poursuivirent en sous-marin leur échange.

— Comme ça, c'est bien Nathalie ?

— Oui, très bien Aurélien. Je sais pas pourquoi, mais mon petit doigt me dit que tu devais être du genre à bavarder au fond de la classe à l'école. Je me trompe ?

— Oui, ça devait m'arriver, je suppose, ironisa-t-il en pédalant.

Sauf qu'à l'époque, ce n'était « que » Maxime qui riait de ses bêtises. Aujourd'hui, son public était tout autre, et cela lui faisait quelque chose de voir une fille pareille rire de la sorte de ses anecdotes et de ses blagues. *En plus d'être risible, je suis peut-être un peu drôle sur les bords, et pas uniquement avec mes amis toujours bons publics...*

À quelques mètres de là, Ricardo se fendait de nouvelles remontrances amicales à l'égard d'une Lucile, encore moins concentrée qu'à l'accoutumée. Sauf que cette fois, elle n'essayait ni de couler ses camarades d'invalidité, ni d'arroser ce pauvre Ricardo. Elle ne s'amusait même pas des problèmes récurrents d'articles indéfinis du kiné sud-américain. Non, elle était aujourd'hui étonnamment calme, presque absente. Depuis le début de la séance, son regard déviait inlassablement vers Aurélien, et par conséquent vers Chloé qui semblait capter toute la lumière et l'attention du bassin. Les voir aussi proches, aussi complices ne laissait pas Lucile insensible, loin de là. Et malgré ses mouvements en dilettante, elle sentit son cœur battre de plus en plus fort dans sa poitrine. Elle ne pouvait plus nier l'intérêt qu'elle portait à ce grand dadais avec son bonnet de bain de grand-mère. Aux autres possiblement, mais plus à elle-même. Elle appréciait énormément Aurélien, la façon si particulière qu'il avait de la regarder lorsqu'ils étaient en tête-à-tête. Il la dévorait mais seulement du bout des yeux, comme si elle était la seule au monde mais sans toutefois oser la regarder trop longtemps de peur de se brûler les rétines. À son contact, elle retrouvait cette attention qu'elle avait connue en pointillés lors des quatre dernières années...

Mais comme souvent dans sa vie, elle était aux prises à de forts vents contraires qui la plongeaient dans d'intenses zones de turbulences. Elle ne s'était d'ailleurs dépêtrée de la dernière qu'à la faveur de son arrivée sur la pointe bretonne, sorte de sursis salvateur. Depuis de longs mois, elle sentait grandir en elle l'envie, ou plutôt le besoin d'avoir des enfants, de fonder une famille. Elle mettait cela sur le compte de son âge et du poids des représentations sociales. Engagée sur la pente vertigineuse vers la quarantaine (qui portait décidément bien son nom), elle s'imaginait déjà hôtesse sur le retour, seule et sans enfants, en marge d'une société de laquelle elle n'aurait jamais su prendre le bon wagon. En sa présence, ses rares amies ainsi que sa sœur cadette, toutes heureuses mamans en ménage, s'imposaient une réelle omerta sur le sujet ; l'expression « d'horloge biologique » était devenue le « Lord Voldemort » de la trentenaire, célibataire ou non d'ailleurs, et il ne s'agissait en aucun cas de prononcer son nom. C'est comme si Lucile était arrivée à un stade où la maternité primait même sur les modalités...

Lucile et ses pensées dérivaient dans l'eau chlorée et stagnante de cette grande pataugeoire. Elle arrima à nouveau ses yeux d'or sur Aurélien, et songea qu'aussi adorable fût-il, il devait être à mille lieues d'envisager fonder une famille...

Jeanine

Ah cette maudite hanche ! Selon mon chirurgien (si je l'avais sous la main celui-là...), j'aurais dû rapidement remarcher, « comme en quarante » s'était-il cru bon d'ajouter. J'aurais dû me méfier de sa tête de fouine. « On ne fait jamais assez confiance à ces premières impressions... » Cela faisait maintenant des semaines que ma prothèse de hanche bionique était branchée sur courant alternatif. Tantôt j'étais à peine capable de me traîner jusqu'aux toilettes, tantôt je me sentais en mesure d'aller enflammer la piste du thé dansant de Locmaria-Plouzané. J'entendais encore l'animateur au milieu de ses quarante-cinq tours ponctuer l'après-midi. « Et parlez-en autour de vous, car rappelez-vous bien : Plouzané de fous, plus on rit. » Nous avions été très peu à la comprendre la première fois. Je me demandais souvent ce qu'il y avait de pire : de perdre d'abord ses capacités motrices ou ses facultés cérébrales... « Au moins quand la tête fout le camp, la conscience de la dégénérescence physique part avec elle... »

Et comme un malheur n'arrivait jamais seul, le ciel faisait lui aussi grise mine. Par solidarité avec mon alitement forcé, le Soleil avait décidé de ne pas se lever. Cette journée s'annonçait donc aussi longue que terne... Une collection d'heures, de longues minutes, d'interminables secondes avec lesquelles j'aurais maille à partir, d'autant qu'avec l'âge, ces journées commençaient de plus en plus tôt, souvent avant l'aube. Alors oui, comme beaucoup d'autres vieilles dames, je m'étais finalement résolue à la pratique du tricot, mais plus pour tuer le temps que pour remplir les armoires de petits-enfants qui n'existaient pas...

Sans grande motivation donc, comme animées par un robot, mes aiguilles s'activaient de ligne en ligne jusqu'à la fin de la matinée où un appel me fit perdre le fil et mon compte. À l'autre bout, ma voisine m'informa sans prendre de gants du décès de Loïc Kervadec. J'en laissai échapper tout mon attirail. Loïc, le meilleur danseur de tango de Locmaria, je le connaissais depuis toujours : nous allions à la même école pendant la guerre, c'est dire... Et encore récemment, il m'avait été d'une grande aide avec mes commissions. « Ah Loïc, la bonté incarnée... » Au village, les gens jazzaient, ils racontaient qu'il avait toujours eu le béguin pour moi. C'était peut-être vrai après tout... En tout cas, je ne savais pas quelle épidémie fauchait toutes les personnes âgées du coin, mais depuis quelques mois on assistait à une véritable hécatombe. Le curé de la paroisse ne chômait pas... Aux funérailles de Loïc, il rappellerait comme à son habitude que les voix du Seigneur sont impénétrables, tandis que dans la maigre assistance, les survivants de notre classe d'âge entreprendraient un rapide recensement. Je les raterai sûrement... Dieu s'était toujours montré miséricordieux à mon égard. Encore aujourd'hui, à part ma hanche récalcitrante, je n'avais pas de réelle raison de me plaindre, et en raccrochant, je me martelai à nouveau que je devais bien profiter de ce séjour au centre qui m'évadait, au moins pour un temps, de l'hospice ambulant qu'était devenu le village.

Après *Les chiffres et les lettres* et avant *Questions pour un champion*, on frappa timidement à ma porte. C'était peut-être l'heure d'une collation, pensai-je en invitant mon visiteur à entrer. À défaut de blouse blanche, je découvris dans l'entrebâillement de la porte le joli minois de Lucile, qui venait gentiment s'enquérir de mon état.

— Je ne vous ai pas vue ce midi à la cantine, alors je me suis dit que je passerais vous faire un petit coucou après mes soins du jour. Vous allez bien ?

— C'est adorable ma chère ! Entrez, je vous en prie. Oui, aujourd'hui j'ai décidé de me faire livrer le déjeuner en chambre et je vous le déconseille, le service n'est pas du tout à la hauteur du standing de l'établissement...

— C'est bon à savoir, me sourit-elle avant de reprendre plus sérieusement. C'est de nouveau votre hanche ?

— Oui, depuis hier soir elle me joue de bien vilains tours celle-là. Mais à mon âge avancé, c'est un moindre mal je suppose.

— Oui j'imagine... En tout cas, je voulais vous dire que je vous trouve admirable. Je ne sais pas où vous puisez l'énergie d'être toujours positive, de voir constamment les choses du bon côté. J'aimerais tant en être capable moi aussi...

Elle me confia également que je lui rappelais beaucoup sa grand-mère : une femme droite dans ses bottes (et plus tard dans ses pantoufles), fidèle à elle-même et à ses principes en toutes circonstances, et de qui elle avait toujours été très proche. Et nous mettions le même parfum, semblait-il... Je compris entre les lignes, dans ses imparfaits et ses respirations saccadées qu'elle n'était malheureusement plus de ce monde.

— Et comment ça va avec Aurélien ?

— Pardon ?

— Vous m'avez bien entendu ma chère. Il ne vous laisse pas indifférente, je me trompe ? Et à voir la manière dont il vous regarde, je suis persuadée que la réciproque est vraie.

— Oui, non, on s'entend bien, c'est tout. Il est drôle, on rigole bien ensemble...

— Si vous le dites... Vous permettez que je vous raconte une petite histoire ?

Elle opina et je me lançai.

— Vous savez, quand j'étais jeune, l'époque était très différente de maintenant, mais j'étais un peu comme vous Lucile. J'avais des rêves de voyages plein la tête, l'envie de voir le monde, mais on m'a très vite fait comprendre qu'il fallait que je songe à me marier, à fonder une famille. On sortait de la guerre et l'important était de reconstruire, je suppose. Mes parents m'ont alors présenté un homme très bien, une vraie crème avec une situation prometteuse et quelques mois plus tard, nous unissions nos destins à l'église du village. J'avais à peine vingt ans.

En équilibre sur le rebord de mon lit, Lucile m'écoutait religieusement.

— Et pendant quelques années, j'ai été heureuse, très heureuse même. Je l'accompagnais dans ses voyages d'affaires – il travaillait dans l'import-export qui était en plein boom dans l'après-guerre – et nous allions en Angleterre, en Espagne et même en Afrique. Je dois dire que j'aimais cette vie d'expatriée, d'aventurière entre guillemets. Avec mes yeux de petite Bretonne, je découvrais un monde à mille lieues de tout ce que je connaissais. Et un jour, nous avons posé nos valises au Sénégal. Ah le Sénégal... Dakar... Tenez, certaines nuits je me revois encore me perdre dans les dédales de ses marchés, au gré de ses multiples senteurs et de sa collection de francs sourires. Je pouvais littéralement y passer des heures... D'autant qu'à cette époque, mon mari se tuait à la tâche, et j'oubliais ainsi, tant bien que mal, son manque, euh comment dire, d'appétit, de passion à mon égard ainsi que mes envies grandissantes d'enfants.

Ma visiteuse se racla la gorge et je lus toute son émotion dans la buée qui enveloppait ses pupilles.

— Et ?

— Et un beau jour, lors d'un cocktail guindé à l'ambassade, il arriva ce qui devait arriver. J'ai rencontré cette passion. Georges... Il n'était pas spécialement bel homme, avec son début de calvitie et son nez en cor de chasse, mais il avait du charme à revendre. Il appartenait à cette rare catégorie d'hommes pour qui l'on s'arrêtait de parler simplement pour l'écouter manier le verbe. Ce soir-là, on s'est à peine adressé la parole, mais j'ai tout de suite senti que le courant passait entre nous. Il ne m'a pas quitté des yeux de toute la soirée, il faut dire qu'à l'époque, sans me vanter, j'étais plutôt une belle femme. Et quelques jours plus tard, nous nous sommes revus au hasard d'un café du centre-ville. Je vous épargne les détails, mais j'ai alors vécu la passion que je ne pensais jamais connaître, de celle qui vous met dans tous vos états, de celle qui vous remplit l'estomac de papillons...

— Et que s'est-il passé après ?

— Après... Très vite, mon mari s'est vu proposer le poste de ses rêves à Paris et la mort dans l'âme, j'ai dû faire un choix... Un choix sans retour, ou plutôt si, puisque je suis rentrée dans ses bagages. Vous savez, les mœurs étaient très différentes alors, le divorce était très mal vu et je me suis raisonnée, en me répétant que de toute manière la passion ça ne dure qu'un temps et que malgré tout ce que je vivais avec Georges, j'aimais mon mari...

Sur ces mots, j'entendis tapoter sur le contre-plaqué. Aurélien passa à son tour sa petite tête par la porte et se proposa aussitôt de revenir plus tard.

— Non, entrez Aurélien, ne vous faites pas prier. Vous ne nous dérangez pas le moins du monde. Je dirais même plus, vous tombez à pic ! Je racontais à Lucile l'histoire que je vous ai évoquée l'autre jour.

Il s'installa au pied de mon lit, symétriquement à Lucile.

— Tout ça pour dire que j'ai eu une belle vie, la chance de voyager, mais je dois vous avouer aussi que je me demande encore parfois ce qu'il serait advenu si j'avais tout abandonné pour Georges, si je n'avais pas eu peur du qu'en-dira-t-on... C'est ce qui me fait dire aujourd'hui que dans la vie, il faut savoir écouter son cœur et tout faire, vraiment tout faire, pour ne pas avoir de regret !

Songeurs, mes deux visiteurs acquiescèrent mollement à mes pieds, sans se regarder.

— Vous savez les jeunes, contrairement à ce que l'on croit, surtout à votre âge, les belles rencontres ça n'arrive pas tous les jours et on se réveille vite à soixante ans en se demandant « Et si... ». Le temps passe si vite, vous allez voir...

Ils restèrent encore de précieuses minutes à mes côtés, à me tenir compagnie jusqu'à l'irruption prévue de Julien Lepers et de mon souper. Ils prirent alors congé, et je les vis s'éloigner avec tristesse. J'aurais tellement aimé avoir des petits-enfants comme ces deux-là...

— Merci les enfants ! Vous avez été les rayons de soleil de ma journée !

Mardi 15 avril 2010, 23 h 41

Georges, LA grande rencontre de Jeanine, remontait à plusieurs décennies, à plus d'un demi-siècle même, et pourtant, on imaginait encore aisément à la tonalité de sa voix la passion démesurée qui l'avait fugitivement consumée, passion dont les cendres restaient à jamais recluses dans son cœur et sa mémoire comme dans deux coffres-forts, où l'on met à l'abri ses biens les plus précieux... À l'écouter, le poids des convenances d'alors, du statu quo l'aurait emporté sur la passion. Moi en tendant l'oreille, j'avais identifié un autre suspect : la peur.

La peur, en voilà un sujet universel. Tout le monde a peur de quelque chose, et celui qui prétend le contraire est un menteur. Après tout, c'est normal d'avoir peur. Quiconque s'aventure sur des terres inconnues, se lance dans des activités nouvelles ou même simplement prend une décision, s'expose à l'incertitude, au risque. Car si l'on y réfléchit bien, rien n'est jamais sûr à 100 % sur cette Terre, hormis peut-être la finitude de notre temps et notre mortalité. Et quoi de plus effrayant que le risque ? Il fait naître nos peurs, ou du moins, les réveille : la peur de prendre la mauvaise décision, la peur de l'échec, la peur de perdre un temps déjà si fugace, et au fond la peur de mourir... Ouh là là (j'espère que ça s'écrit ainsi), je suis de nouveau d'humeur philosophique ce soir, heureusement qu'Éric est déjà couché...

Tiens, ça me rappelle ce qu'écrit Scott Peck dans le cadeau de Léa (dont il serait d'ailleurs temps que je termine la lecture un de ces quatre) ; pour lui, ce qui nous définit en tant qu'individu serait en grande partie ce que nous faisons de cette peur. La laissons-nous prendre le contrôle de nos vies, nous paralyser et faire fuir toutes les opportunités nouvelles ? Ou au contraire, parvenons-nous à vivre avec, comme deux colocataires ayant su trouver leurs marques au prix d'ajustements pour une vie harmonieuse et épanouissante ? Comme bien souvent, il ne s'agit en effet pas, à mon humble avis, de jeter le bébé avec l'eau du bain, mais bien de trouver le bon dosage, le bon équilibre. Car la peur nous prémunit aussi dans une certaine mesure de situations dangereuses, d'accidents potentiels. En d'autres occasions, elle nous invite aussi à nous dépasser, à repousser nos limites. À ce sujet, une phrase du livre m'a particulièrement marqué : « le courage n'est pas l'absence de peur, mais l'action malgré la peur. »

Ah le courage, en ai-je seulement fait preuve une fois dans ma vie ? Depuis toujours ou presque, j'ai peur, peur de tout : peur de mal faire, peur de ne pas être à la hauteur, peur de ne pas être assez... j'en passe et des meilleures. (En revanche, les serpents ça va !) Et à force de me cacher derrière mes peurs, de fuir, je n'ai au fond jamais su refermer la vanne des regrets ouverte à l'enfance... Pour Jeanine, l'unique regret s'appelle Georges ; les miens se prénomment Margaux, Émilie ou encore Camille.

Oui, je crois bien que c'est cela. Le risque ne fait pas naître la peur, mais il la réveille en nous. La plupart du temps, on préfère plonger la tête dans le sable bien profondément et nier la peur, la dissimuler, plus ou moins consciemment, sous un tapis d'excuses, de prétextes socialement acceptables. (J'ouvre ici une parenthèse, oui ça se voit, suis-je bête... Je réalise que c'est ce qu'a toujours fait ma mère : se trouver des excuses. Et je ne sais pas précisément pourquoi, mais Dieu que cela peut m'énerver lorsqu'elle m'en débite une bonne demi-douzaine à la suite pour justifier son inaction et balayer d'un revers de la main mes propositions pour la sortir de sa routine ! Ah le maudit confort de l'habitude...) Mais revenons à nos peurs. En les dissimulant de la sorte, on se voile la face, et on se dispense de gratter sous le tapis. Et c'est dommage parce qu'en fouillant, on y trouverait sûrement une peur et, en creusant encore un peu plus, une autre peur, plus enfouie celle-là, plus structurante aussi. Et ainsi de suite, jusqu'aux racines de LA peur. Comme une sorte de poupées russes de nos peurs.

9.

Depuis deux jours, la panoplie rééducative d'Aurélien s'était considérablement enrichie autour de baignades quotidiennes et d'exercices collectifs toujours plus ludiques et variés. Tout cela le confortait dans son impression qu'il était sur la bonne voie. Et sa kinésithérapeute partageait ce sentiment.

— Ça progresse bien tout ça ! lui confiait Nathalie en mobilisant sa rotule. Tu vas bientôt pouvoir recourir à ce rythme-là.

— Je sens aussi que ça revient, rien qu'au niveau de mon quadriceps qui reprend peu à peu forme humaine.

Sur sa table de massage, Nathalie sentait le jeune homme transfiguré par rapport au patient qui s'y morfondait quinze jours plus tôt à cause d'un EVG praguois. La rééducation portait ses fruits, c'était indéniable, mais elle intuitait d'autres facteurs explicatifs.

— Au fait, t'as trouvé une vengeance contre Lucile après son magistral canular de la semaine passée ?

— Non pas encore, mais je cherche toujours. D'ailleurs si tu as des idées, je suis preneur. Elle a vraiment placé la barre très haut.

— Oui, c'est sûr. Je vais y réfléchir. En tout cas, vous semblez vous entendre comme larrons en foire tous les deux ?

Aurélien nia une nouvelle fois l'évidence, mais personne au centre n'était dupe de l'attraction qui existait entre Lucile et lui. Et sans le savoir, Nathalie allait jouer les Cupidon.

— Aurélien, je me disais qu'avec tes progrès, tu pourrais demander à intégrer l'annexe. Elle vient d'être rafraîchie et on m'a invitée à la proposer à mes patients pour qui l'escalier d'accès ne serait pas un problème et qui pourraient être intéressés : les chambres sont un chouia plus spacieuses, mais surtout tu as moins de contraintes que dans le bâtiment principal...

À ces mots, les yeux d'Aurélien s'illuminèrent telles les galeries des grands magasins parisiens à l'approche de Noël. Il serait toujours soumis au couvre-feu, mais le personnel

serait moins regardant selon Nathalie. Cette liberté additionnelle qu'on agitait sous son nez lui rappela soudain les manèges de son enfance où à l'heure du goûter, il manquait de se déboiter l'épaule à bord d'un hélicoptère ou d'une voiture de course pour attraper le pompon et bénéficier d'un tour gratuit (même s'il n'en avait pas besoin, sa mère n'ayant jamais pu lui refuser quoi que ce soit).
— Je signe où ?

Trente-six heures plus tard, Éric détournait vers le mur la caméra de surveillance des parties communes de l'annexe, où se manigançait un apéritif. Plutôt une pendaison de crémaillère générale. Dès le déjeuner de la veille, Aurélien s'était empressé de partager sa découverte avec ses petits camarades, déclenchant un engouement massif. Un à un, ils défilèrent tout l'après-midi auprès de la personne en charge à l'administration. Une annexion dans les règles de l'art et sans déménageurs bretons. Chacun y prenait ses nouveaux quartiers ; certains en profitèrent, comme Aurélien, pour basculer sur une chambre individuelle malgré le léger surcoût, d'autres conservèrent, comme Lucile et Irène, la dynamique de collocation engagée, où finalement, la folie de l'une, toujours la tête dans les étoiles, équilibrait l'organisation de l'autre, toujours les pieds sur terre, et vice versa. Tous se réjouissaient en tout cas à l'idée de cette nouvelle page de leur aventure bretonne qui s'amorçait.

Dans le couloir évasé de l'annexe soufflait un vent de liberté venu du large, que seul le système apparent de vidéosurveillance venait tempérer. Fonctionnait-il réellement ? Quelqu'un regardait-il un éventuel écran de contrôle ? Les spéculations allaient bon train chez les locataires fraîchement débarqués, tandis qu'ils mettaient en place les festivités. L'alcool était bien évidemment interdit dans l'établissement, c'était stipulé noir sur blanc dans le règlement intérieur qu'ils avaient signé à leur entrée à *Océane*. Mais à l'abri des regards et des bandes vidéo, une amnésie collective s'empara des lieux. À la bonne franquette, chacun avait apporté un petit quelque chose, quelques bières en canette, une bouteille de jus ou encore divers gâteaux apéritifs. D'autres avaient puisé dans leurs réserves personnelles comme Tic et Tac, dont le sac à dos tintinnabula bon le verre dans l'escalier.

Une béquille dans une main, un gobelet dans l'autre, les patients oscillèrent, entre chips et bretzels, au gré des conversations et des affinités naissantes. Par petits groupes, ils visitèrent aussi la terrasse sur les toits de l'annexe qui donnaient sur l'océan. Dans un recoin, Claire et Aurélien faisaient plus ample connaissance.

— Tes chevaux ne te manquent pas trop ? s'intéressa Aurélien qui savait que la blessure de Claire était survenue lors d'un accident équestre.

— Si énormément, tu n'as pas idée. L'odeur du foin frais dans l'écurie, la douceur de l'encolure de ma jument, le contact du cuir... Je monte à cheval depuis que j'ai cinq ans, et je ne suis jamais resté aussi longtemps loin d'une selle. Parfois la nuit, je me réveille après m'être tapé du pied sur l'autre jambe...

— Oui, j'imagine plutôt bien ce que tu ressens. Moi courir et taper dans un ballon me démangent tellement... Mais c'est pour ça qu'on cravache tous les jours entre les mains des kinés, pour reprendre nos passions au plus tôt.

— Amen ! Tu vois Aurélien, j'aime mon fils plus que tout au monde, mais je ne pense pas que je pourrais me passer de ces moments où je ne fais qu'une avec mon cheval, qu'une avec moi-même en fait...

— D'ailleurs ton fils, comment va-t-il ? Il tient le coup sans sa maman ?

— Il fait de son mieux. Mais je sens bien que je lui manque quand je l'ai au téléphone, quand je rentre le week-end et qu'il m'enserre de toutes ses forces, quand dans la rue il ne me lâche pas la main... Parfois, je me dis que je le couve trop. Enfin, c'est ce que ma mère me rabâche depuis mon divorce... Ah, crois-moi, c'est dur d'être parent. On veut tous le meilleur pour nos enfants, mais parfois on se laisse déborder et on ne pense plus qu'avec nos yeux d'adulte...

— C'est sûr... Après, ta mère a peut-être raison... Je veux dire, c'est important que tu sois là pour lui, qu'il sente que tu l'aimes, mais dans le même temps, il faut que tu l'encourages au maximum à vivre des choses par lui-même, à faire plein d'activités... Enfin, ce n'est que mon humble avis. Il voit toujours son père ?

— Oui, tous les quinze jours.

— C'est bien...

Claire rebondit pour interroger Aurélien sur sa situation familiale, sur ses parents. Aurélien dépeignit grossièrement le portrait de sa mère ainsi que de son enfance monoparentale sans problème apparent, mais ne trouva pas les mots pour parler du père qu'il n'avait pratiquement jamais connu. Il accueillit avec soulagement l'arrivée providentielle d'Éric et Chloé. Aussitôt, la discussion se fit plus légère, le quatuor savourait cette ultime soirée avant le week-end. Tour à tour, ils détaillèrent leur plan pour ce repos hebdomadaire : Claire allait le consacrer à son fiston, Chloé à son compagnon et Éric à un « ami d'enfance » de la région qui fleurait bon l'alibi (Éric surfait ces derniers jours sur adopteunmec.com et son profil avait récemment atterri dans le caddie[21] de plusieurs célibataires connectées du coin avec qui il échangeait entre deux soins). De son côté, Aurélien resterait à *Océane*, c'était tout ce qu'il savait pour l'heure. Ah si, et que Lucile serait aussi là normalement...

Lucile, il jetait depuis plusieurs minutes des regards appuyés dans sa direction, lui qui l'écoutait rire au monologue de Philippe, le nouvel arrivant qui avait la chance de partager la table de Kevin, le prince du BMX. Partout où il passait, Philippe, on le remarquait, et on l'entendait aussi. Il parlait fort, et beaucoup. Pour preuve, il n'était là que depuis une semaine et pourtant tout le monde le connaissait. Philippe, dont le prénom taisait les origines bretonnes, approchait lui aussi de la trentaine, mais il avait toujours au premier contact la coquetterie d'entretenir le mystère sur son âge. La situation de cet ingénieur de formation était en tout point remarquable. En quelques années à Paris, après de brillantes études dans une des plus prestigieuses écoles françaises, il avait rapidement gravi les échelons d'une banque d'affaires

---

[21] Au supermarché de l'amour d'*adopteunmec.com*, les bonnes affaires masculines doivent savoir séduire ses serial shoppeuses pour espérer atterrir dans leur caddie virtuel.

(qui n'avait de bancaire que le nom) pour un salaire annuel qui avoisinait déjà les six chiffres. Rien ni personne ne semblait lui résister.

Gagné par l'inquiétude, Aurélien décrochait peu à peu de sa conversation et s'envoyait de grandes rasades de houblon. *Que peut-il bien lui raconter pour la faire rire ainsi ? Il a déjà tout ce bellâtre, il faut aussi qu'il vienne marcher sur mes platebandes ? C'est bien ma veine encore...*, pensa-t-il lorsque son gobelet en plastique se fissura de toutes parts dans sa main. Il s'excusa auprès de ses interlocuteurs et prit la direction de la table qui faisait office de bar. Il s'approcha par la même occasion de Lucile et Philippe. En postulant au Guinness book des records pour le plus lent remplissage de gobelet en plastique de l'Histoire, il tendit l'oreille à la voix affirmée et suave de Philippe. Aurélien se rappela alors le célèbre dicton « Sois proche de tes amis et encore plus proche de tes ennemis ». Aussi, son verre rempli à ras bord, il s'arma de bretzels voisins et s'immisça dans leur échange.

— Un bretzel fait maison ?

— Oui volontiers, abondèrent Lucile, puis Philippe.

Aurélien l'écouta monologuer sur ses exploits sportifs passés, mais en bon footeux, Aurélien marquait désormais son adversaire à la culotte. Il lui adressa quelques tacles sarcastiques en apparence anodins qui firent sourire Lucile mais que Philippe balaya d'un revers de la main. Le match était lancé, estima Aurélien, un match qu'il remporterait par forfait ce week-end en l'absence du « golden boy », qui profitait de sa rééducation pour rendre visite à ses parents. Mais une chose était sûre, il ne devait plus perdre de temps...

10.

— On sort ce soir ?

— T'entends quoi par « sortir » ?

— Je sais pas, en boîte.

Cette proposition décontenança un instant Aurélien. Contraint depuis le matin à une douce inaction par le ciel qui ne cessait de pleurnicher, il cogitait au programme possible de leur week-end, mais n'avait à aucun moment envisagé une nouvelle discothèque. Le calme avant la tempête, et comme Lucile l'en appelait de ses vœux, Aurélien s'exécutait. Derrière la baie vitrée, il surfa à la recherche d'un nouveau lieu de débauche, tous deux s'accordant sur l'idée d'expérimenter autre chose que Les *Docks*.

— Eurêka ! J'ai ! s'écria Aurélien.

Les yeux de Lucile éclairèrent la pièce jusqu'alors plongée dans la grisaille.

— *Le Moulin* de Plonéis. Ça a l'air d'être une « vraie » boîte en plus...

Pas besoin d'apporter plus d'eau à ce *Moulin*, la cause était entendue. Tout autant que lui, Lucile avait la bougeotte. Restait seulement à régler la problématique de l'acheminement sur place. Pas question cette fois de parcourir à pied les douze kilomètres de trajet. Aussi, Aurélien pianota encore quelques instants sur son smartphone sous le regard avide de la fille de l'air, et finit par dénicher un bus nocturne, visiblement en circulation, et qui pouvait les déposer à quelques hectomètres à peine du club.

C'est ainsi que peu de temps avant minuit — et après un enivrant digestif dans la chambre du jeune homme — ils quittèrent l'annexe en catimini, en ayant pris le soin d'entrouvrir une fenêtre accessible de l'extérieur pour leur retour. Ils ne prirent pas non plus le risque, même minime, de tomber nez à nez avec Hélène ou une des autres sentinelles, et contournèrent l'entrée du centre par la rue du Coulinec et des Sables blancs. Sous l'abribus, Aurélien observa Lucile de la tête au pied, de ses cheveux au vent à ses indéboulonnables Crocs : fidèle à elle-même. Aurélien de son côté, trau-

matisé par des expériences malheureuses avec la corpora-
tion des videurs de la capitale, s'était fendu d'un léger effort
qui se matérialisait par une chemise blanche au col Mao –
jolie mais particulièrement froissée par le trajet dans la valise. Pour l'occasion, il s'était également muni d'une béquille ; il n'en avait officiellement plus besoin, mais préférait
comme souvent se préparer au meilleur comme au pire.
Dans les deux cas, on n'est jamais trop prudent... Dans le
bus désert, ils s'installèrent sur les sièges à proximité du cor-
pulent chauffeur à qui ils expliquèrent leur lieu de destination.

— On en croise plus beaucoup des spécimens comme
vous ces dernières années. Auparavant, j'en avais tous les
week-ends, à la nuit tombée et aussi au petit matin.

— Oui, on a besoin de décompresser un peu de la rééduc-
cation, vous comprenez, lui confia Lucile égarée entre le premier et le second degré.

Sans détourner les yeux de cette route qu'il connaissait
sur le bout des doigts, Roger opina du chef et se lança dans
quelques vers de sa composition.

— « Mon chemin de ronde glisse le long des rives
    Emportant avec lui les nuances du vent,
    Les rameaux déliés et les plumes des grives,
    Les danses du ciel et les couleurs du levant. »

Estomaqués par la plume insoupçonnée du conducteur,
ils papotèrent durant les quelques minutes du trajet
jusqu'au fameux *Moulin*.

— Vous avez l'air de bien connaître le centre, Roger ?

— Oui, ma femme y travaille depuis vingt-cinq ans, ça
aide. Vous la connaissez sûrement, elle chapeaute la cantine
de sa main de fer...

— Marie-Christine ?

— Oui, c'est bien elle. Mais ne faites pas cette tête les
jeunes, je vous ai pas vus, les réconforta le poète à ses heures
perdues, avant d'éclater de rire. Allez, amusez-vous bien,
Lucile et Aurélien ! Et pas de bêtises, les amoureux !

Ils s'en défendirent d'une même voix, descendirent du
bus en riant et s'immobilisèrent face à ce grand moulin
planté au beau milieu de l'immense parking clairsemé.

— Ça doit être là... Allez Aurélien, t'as entendu Roger ? Amusons-nous, intima Lucile à son comparse en le tirant par le bras.

À l'entrée des lieux, les deux videurs aux physiques de déménageurs bretons élevés au Kouign-amann se pincèrent pour ne pas éclater de rire devant l'étonnant attelage qui s'avançait. Ce n'était pas tous les soirs que se présentait face à eux une femme en Crocs multicolores, qui plus est escortée d'un jeune homme en béquille. De peur d'être poursuivis pour discrimination au handicap, ils les laissèrent pénétrer dans *Le Moulin*, récoltant au passage un excellent sujet de conversation pour le déjeuner dominical.

Sur les coups de cinq heures du matin, l'attelage retrouva son carrosse mécanique. Roger, leur cochet de l'aller, avait fini son service et rejoint sur l'oreiller sa gente dame Marie-Christine avec une croustillante anecdote. Dans l'anonymat, son remplaçant les ramassa et ils s'affalèrent sur la dernière rangée. Sans tarder, Lucile s'effondra dans le creux de son épaule. À la limite du torticolis, Aurélien contemplait la sérénité de son visage. Il le revoyait radieux sous les néons, au milieu de tous ces regards interloqués. Toute la soirée, Aurélien s'était fiché des yeux rivés de tous ces jeunes (et des beaucoup moins jeunes) sur sa béquille, sur eux. Pour une fois, tout ce qui lui importait était l'instant hors du temps qu'il partageait. Embaumé par l'odeur prononcée de son shampooing, il se remémora aussi leurs tentatives de discussion à « l'écart » du bruit des basses, tous ses mots aboyés qui se transformaient en susurres au creux de son oreille. Il ressentait encore les frissons provoqués par l'électricité statique née du contact de la pointe de ses cheveux sur sa joue barbue. Il la dévisageait toujours et après quelques hésitations, il replaça délicatement une mèche de cheveux derrière son oreille. Il avait toujours rêvé de faire cela... Elle remua alors son visage endormi et un discret sourire s'y dessina. Aurélien sentit son cœur battre jusque dans ses tempes, la faute à un trop plein d'émotions. *Je me sens si bien avec elle. Elle est tellement incroyable, tellement imprévisible... C'est simple, je n'ai jamais rencontré une fille comme elle...* Et soudain, une pensée glaçante le parcourut jusque dans sa colonne vertébrale. Ils roulaient, mais pour combien de temps encore ? Leur carrosse arrivait bientôt à destination, et leur temps ensemble à *Océane* était désormais compté, à l'image des amours de vacances sur lesquels il avait toujours fantasmé. Et il sentait bien que ce ne serait pas encore aujourd'hui qu'il franchirait le pas de géant jusqu'à ses lèvres.

Au petit matin, le second réveil (à moins que ce ne fût le troisième) réussit à tirer Aurélien de sa sieste entamée avec les premiers rayons du jour. Les yeux encore partiellement collés, il se sentait en forme. Il avait toujours aimé se coucher à ces heures si matinales, où il s'écroulait sur l'oreiller avec le sentiment d'être allé au bout des choses. Sans hésitation, il se redressa d'un bond sur son lit ce matin-là. *On va voir qui c'est la marmotte !* Mais alors qu'il se préparait, une image revint le hanter. Une image floue, incomplète et entêtante, dont les contours se précisaient peu à peu. Il se tenait sur son premier vélo sur le parking d'un immeuble, celui de Deuil-la-Barre sûrement, et hésitait à se lancer. En face de lui, un homme l'y encourageait cependant. « Allez Aurélien, je sais que tu peux le faire, et au pire, papa est là pour te rattraper, fais-moi confiance... » Aurélien le regarda droit dans les yeux, serra son guidon de toutes ses forces et s'élança. Les premiers mètres furent tortueux, mais le jeune garçon réussit à se stabiliser sur l'engin. Il décéléra à l'approche de son père, qui disparut soudainement dans le décor. Désarçonné, Aurélien perdit l'équilibre et s'écrasa sur le béton... Devant la glace de sa salle de bains, Aurélien marqua une pause. *Est-ce réellement arrivé ? J'ai beau me creuser la cervelle, impossible de le savoir : en même temps, j'ai si peu de souvenirs de mes premières années, comme si quelqu'un avait pris le soin d'effacer la mémoire du disque dur de mon enfance... Et si, réel ou non, ce rêve étrange était un nouveau signe ? Il est peut-être temps que je reprenne contact avec lui...* En attendant, quelques vaporisations de parfum plus tard, il était déjà prêt et toqua à la porte de Lucile. Aucune réponse. Il retenta sa chance avec plus de conviction cette fois, c'était pour la bonne cause, se disait-il. La troisième tentative fut la bonne et c'est une Lucile presque méconnaissable qui lui ouvrit, les cheveux en bataille, un t-shirt d'homme trois fois trop grand et pieds nus.

— Oh pardon, je te réveille, la belle au bois dormant ? déclama Aurélien fier de lui, après l'avoir bien répétée dans le couloir.

— Non, pas du tout, répondit-elle en souriant. Laisse-moi deviner, on est convoqué demain à la première heure chez la directrice ?

— Très drôle ! Non par contre, t'as trente minutes pour te préparer...

— À quoi ?

— Surprise ! Mais ne tarde pas, le chrono tourne... Et si tu y parviens, t'auras même droit à une chocolatine !

Éreintée mais intriguée par le caractère énigmatique de ce réveil forcé, Lucile s'activa en quatrième vitesse malgré la pesanteur de son corps et de ses paupières. Sur ce coup, Aurélien la prenait à son propre jeu. Dans les temps impartis, il lui offrit comme convenu sa récompense chocolatée dont elle se délecta sur le chemin de l'abribus.

— Où va-t-on ?

— Tu verras bien, laisse-toi porter...

Quelques bouchées plus tard, elle lui emboîta le pas dans un nouveau car à hauteur de la plage des sables blancs.

— On retourne au *Moulin* pour un after ? plaisanta-t-elle.

Aurélien s'occupa des billets auprès du collègue de Roger. Durant le trajet, il parvint à ménager le suspense jusqu'au terminus de la ligne : Quimper. Lucile, qui avait entre-temps repris du poil de la bête, était ravie de l'initiative de son jeune compagnon.

— C'est ça ta grande surprise ? Voir Quimper et mourir, c'est pour ça que tu m'as tirée du lit aux aurores ?

Il faillit tomber les deux pieds dans sa remarque, mais se reprit juste à temps.

— Ah, ça ne te plaît pas ? Je me disais que cela pouvait être sympa pourtant..., s'apitoya-t-il avec des yeux de cocker.

— Je plaisante Aurélien, c'est une super idée ! En plus, j'adore errer dans les villes au hasard, sans réel but, sans impératif...

— Ahah ! J'avais saisi cette fois ! Tu sais ce qu'on dit :
« On peut tromper mille fois une personne, euh non, on peut
tromper une fois mille personnes... » Enfin bref, tu m'as
compris...

À leur descente du bus, ils s'élancèrent dans l'inconnu, au
son du ruissellement de l'Odet. En ce dimanche matin, la
ville respirait le calme, leur offrant un singulier contraste
avec l'agitation du *Moulin* de la nuit passée. Déphasés, ils se
laissèrent porter par le courant et ne croisèrent que
quelques coureurs dominicaux et des familles en deux
roues. Sur un joli pont, Aurélien se décida à proposer un
selfie, idée qui n'emballa pas le moins du monde Lucile.

— Attends, je dois être affreuse...

— Moi, je te trouve très bien, allez, lui répondit-il les yeux
plongés dans les siens.

Elle s'entêta encore quelques secondes avant de lui concéder une photographie. Le jeune homme manqua de faire
tomber son téléphone en passant son bras libre autour du
cou de Lucile, qui frémit alors de tout son être à cette proximité dont elle se languissait depuis sa séparation. Sa grimace et elle étaient parfaites sur le cliché, lui beaucoup
moins à son goût.

— Non Aurélien, on avait dit une photo...

Au fil de l'eau, les estomacs du tandem se réveillèrent à
leur tour. Sur le pouce, ils dégustèrent une savoureuse (et
très consistante) galette-saucisse en partageant une bar-
quette de frites sur le premier banc venu. Elle sentait le regard d'Aurélien qui la caressait du bout des yeux.

— Tiens, on tombera peut-être sur Philippe, ses parents
n'habitent pas Quimper ? lança de façon « anodine » Aurélien.

— Oui, je crois que c'est ce qu'il m'a raconté...

— Hummm, un vrai régal cette galette !

— Oui excellente, sauf pour ma ligne bien sûr !

— Ta ligne est parfaite, arrête. Enfin, je veux dire pour
ton âge.

Elle lui frappa gentiment l'avant-bras et il se l'attrapa en
grimaçant.

— Arrête, je t'ai à peine effleuré...

Le sourire aux lèvres, il reprit goulûment son déjeuner, avant de s'interrompre.

— Tiens, puisqu'on parle de ligne, petite question comme ça : imagine que tu es condamnée à mort et que tu as le droit, comme dans les films, à un dernier repas, un seul, que mangerais-tu ?

— T'en as de drôles de questions !

— C'est pas plus bizarre que tes questions de superpouvoirs...

Lucile baissa les yeux et fixa la fin de sa galette-saucisse.

— Je sais pas trop... Ah si, le cassoulet de ma mère... Et toi alors ?

— Peut-être une bonne raclette, enfin si j'ai le droit de la partager avec les gens que j'aime. Sinon, une bonne viande rouge, et dans tous les cas un dessert au chocolat, peu importe la forme.

Rassasiés, heureux d'être ensemble, ils reprirent leurs flâneries vers le centre-ville. Se sentant en confiance, Lucile annonça à Aurélien qu'elle avait un aveu à lui faire. De multiples idées traversèrent alors le cerveau du jeune homme et rebondirent sur ses parois comme des balles de flipper incontrôlées.

— Mais tu ne dois en parler à personne, c'est très important.

— Tu peux me faire confiance, je suis une tombe.

En triturant ses bagues, elle revint, avec détours et difficultés, sur l'accident qui lui avait coûté son ligament.

— Tu te souviens, je t'ai raconté que c'était un accident de travail...

— Oui, que tu étais tombé des marches de l'avion à Antanana... à Madagascar.

— En fait, ça ne s'est pas exactement passé comme cela... Je me suis bien blessé à Mada, mais autour de la piscine de l'hôtel, en déconnant avec le reste de l'équipage. J'ai fait une petite blague au copilote, qui a voulu se venger et j'ai fait une mauvaise glissade...

Aurélien était suspendu à ses lèvres. Dans un coin de sa tête, il s'était toujours dit que cette histoire de chute était trop incroyable pour être vraie, comme les accidents de *Vidéogag* de son enfance.

— Du coup, mes collègues ont eu l'idée d'inventer cette histoire pour que je puisse bénéficier de la protection spéciale d'un accident de travail, visiblement plus avantageuse... Je compte sur toi, car si jamais cela se savait, je pourrais avoir des problèmes... Tu es le seul à savoir.

« Tu es le seul à savoir. » Ses six petits mots de rien du tout le séparaient d'un coup du commun des mortels, de tous les Philippe du monde et des autres. *Lucile me fait confiance, elle m'estime, c'est désormais indéniable. Mais reste la question à un million d'euros : de quelle manière ? J'espère tellement que je ne me suis pas encore foutu malgré moi dans cette satané « friend zone »...*

Une fois dans le centre-ville, ils trouvèrent un glacier ouvert. Aurélien opta pour le mariage manichéen classique mais résolument efficace de la vanille et du chocolat, tandis que Lucile s'aventura sur un alliage improbable potiron épicé-pistache.

— Tu veux goûter ?

Il hésita une seconde en songeant à ce mélange de saveurs avant néanmoins d'avancer son visage. Lucile rata dans les grandes largeurs sa bouche, mais pas son long nez. Une fois encore, elle avait réussi son coup. Aurélien fit semblant de s'en offusquer, mais au fond de lui, il se réjouissait de leur taquine complicité. Après de « brefs » passages dans les rayons de quelques enseignes de vêtements[22] du quartier piétonnier, ils essuyèrent un violent orage. En quelques minutes, les rues quimpéroises étaient recouvertes d'immenses flaques dans lesquelles sans son genou convalescent, Lucile se serait amusée à sauter à pieds joints pour l'éclabousser. Trempés jusqu'aux os, à l'abri sous une arcade commerçante du déluge et d'un ciel qui ne laissait augurer aucune éclaircie rapide, ils observaient la pluie tomber lorsqu'Aurélien aperçut, à quelques numéros de là, la devanture de ce qui ressemblait fort à un cinéma. Une aubaine pour le cinéphile en manque qui proposa aussitôt à Lucile d'y laisser passer l'orage.

---

[22] Où la notion de relativité du temps prend tout son sens suivant que l'on est un homme ou une femme.

La seule séance approchante était pour *L'Arnacœur*, dont l'affiche et le casting auraient de toute manière convaincu le jeune homme. *Le hasard fait bien les choses pour une fois...* Enfoncé dans son siège, le cœur placide du coureur s'emballa à plusieurs reprises, à chaque fois que Lucile se penchait sur l'accoudoir pour boire à la paille de leur volumineux soda et qu'elle lui effleurait le bras. *Dois-je tenter de l'embrasser ? Au moins de lui prendre la main... Allez Aurélien, tu peux le faire !* L'histoire du film sur la découverte du réel amour, l'obscurité, leur connivence, tous les signaux étaient au vert. Mais en daltonien de l'amour, il ne voyait que du rouge, de l'orange au mieux. *Et si elle me repousse ?* Cette perspective le clouait sur son siège. *Philippe ne se poserait pas autant de questions lui...* Mais incapable de transcender cette peur, il s'agaçait tout seul et prenait de grandes rasades de soda. *Ah si seulement je pouvais être comme Romain Duris*[23] !

À leur sortie, la pluie s'était arrêtée. Le soleil se couchait sur cette journée et sur cette ville, dont les rues et trottoirs avaient déjà été drainés par l'œuvre combinée du vent et du temps. Entre deux flaques, ils débattirent du film sur le chemin de l'arrêt de bus.

— Tu n'as pas aimé ? se lança Lucile.

— Pourquoi tu dis ça ?

— Je ne sais pas, je t'ai senti, comment dire, contracté une bonne partie du film...

Il dut la contredire. Son côté fleur bleue, qui croit désespérément au grand Amour, et lui avaient adoré. Elle aussi, beaucoup. Elle ne lui avoua pas, mais elle s'était même efforcée de retenir quelques larmes, tant elle avait été émue par cette histoire qui lui rappelait tant les années perdues à attendre son pilote. Sous l'abribus, elle ponctua ainsi sa critique du film.

— Oui, ce film est assez juste je trouve. En amour comme dans la vie, on fait parfois fausse route et on a besoin d'un électrochoc...

---

[23] Acteur principal du film *L'Arnacœur*, à qui aucune femme ne résiste jamais très longtemps.

L'orage était passé, mais l'air ne manquait pas d'électricité. Lucile et Aurélien se tenaient à présent l'un en face de l'autre, dans un grand rayon de soleil. Le cœur sur le point d'exploser, il approcha son visage. Elle se mordilla la lèvre en le dévisageant, il faillit reculer, mais une forme salvatrice de gravité fit le pas qu'il n'osait faire. Leurs lèvres se caressèrent d'abord avec une grande délicatesse. Puis mutuellement apprivoisées, elles se laissèrent aller et leurs langues se mêlèrent à ce ballet dont les quelques ratés rendirent l'œuvre encore plus touchante. Plus humaine. Plus unique. Le bus les interrompit en les éclaboussant jusqu'aux genoux. Ils y montèrent, hilares et main dans la main.

Le bigorneau amoureux

TROISIÈME PARTIE :
LE BIGORNEAU AMOUREUX

« Une vie bien remplie est pleine de douleur. Mais la seule échappatoire est de ne pas vivre pleinement ou même ne pas vivre du tout. »

(Scott Peck)

Dimanche 20 avril 2010 : Le premier jour du reste de ma vie

Lucile. J'ai embrassé Lucile... Ou plutôt c'est elle qui m'a embrassé. Non, c'est moi qui ai fait le premier pas... Bref, on s'en fout. Le résultat est là, on s'est embrassé. Et je n'en reviens toujours pas. Ces lèvres étaient si douces, si chaleureuses, avec un goût de je ne sais quoi... En écrivant ces quelques lignes, j'ai subitement l'impression d'être une gamine de treize ans qui s'enferme à double tour dans sa chambre pour confier ses premières amours à son journal (à la différence près que le mien n'est pas estampillé Hello Kitty).

Longtemps, j'ai attendu celle qui viendrait bousculer mon cœur atrophié par le manque de pratique, par l'absence d'expérience de ces décharges de pure adrénaline qui vous font soudain dépasser les limites de votre enveloppe corporelle. Pendant quelques secondes, votre vie s'arrête, ou au contraire elle commence vraiment. Vous vous sentez fort, capable de soulever toutes les montagnes du quotidien, pour elle, pour vous. Vous sentez aussi que tout est possible, que tous les espoirs sont désormais permis. Vous n'êtes plus seul.

Une partie de moi meurt d'envie d'en parler à tout le monde, de le crier sur les toits de l'annexe, que le vent marin porte ton prénom et ma voix frêle qui n'a jamais mué à travers les dédales du temps, jusqu'à l'adolescent pétrifié à l'idée de déclarer sa flamme à Margaux, pour lui dire de se lancer, qu'il suffit parfois d'une étincelle...

Mais tu as raison Lucile, il vaut mieux ne rien dire, que les choses restent simples, à l'abri du regard des autres, d'autant que ma théorie du boomerang doit déjà lorgner, avec sadisme et appétit, sur ce début d'idylle.

Tiens, idylle ça rime avec Lucile... Je n'en reviens toujours pas. Toutes ces années à écumer les dancefloors surchargés et collants de la capitale à la recherche d'une âme esseulée qui reconnaîtrait la mienne parmi la foule, alors qu'elle m'attendait là, dans le réfectoire d'une sorte de maison de retraite perdue à la pointe bretonne...

P.-S. : On ne paie pas de droits d'auteur dans un journal intime ? Sinon, envoyez-moi la facture, Mme Breitmann, pour vous avoir emprunté le titre de votre film que j'ai tant aimé (et c'est un euphémisme).

1.

« Pour vivre heureux, vivons cachés. » Cette maxime populaire, Lucile la connaissait bien, trop bien même. Et même si l'on ne pouvait pas dire qu'elle lui avait particulièrement réussi lors de sa relation adultérine commencée en haute altitude (et finie en eau de boudin), elle demeurait persuadée de sa pertinence. Et encore plus dans un espace confiné comme le centre avec tous ses joyeux énergumènes.

— ... Les relations sont d'ordinaire déjà si compliquées... Et puis, ça pimentera les choses de se cacher, non ?

Toujours sur son petit nuage, Aurélien l'avait dévorée du regard sans jamais la contredire.

Aux premières lueurs de l'aube sur l'océan, Aurélien pénétra dans le réfectoire, frais comme un gardon. Dans son royaume des papilles résignées, Marie-Christine était, elle, déjà sur le pied de guerre, mais prit le temps de le saluer chaleureusement et engagea même un semblant de conversation. Très vite, elle s'excusa néanmoins, ne pouvant être au four et au « moulin », en insistant fortement sur ce dernier mot. Son poète de mari n'aura pas su tenir sa langue. « Pardon Marie-Christine, je ne voulais pas vous retenir, je peux être un vrai moulin à paroles parfois », répliqua Aurélien, avant de s'installer. Pour la première fois, la table était encore vide. *Les autres ne sont pas si matinaux en fin de compte...* Une nouvelle semaine de soins commençait à *Océane*, et Aurélien salivait. La banane aux lèvres et l'œil enjoué, il savourait chaque bouchée de ses tartines fraîchement ressorties de leur bain chocolaté.

— Ça alors, t'es tombé du lit Aurélien ?

Claire le sortit de ses pensées et amorça leur désormais traditionnel et interminable check[24] du matin qui laissait les dentiers voisins pantois. Eux, ça les faisait rire. Entre deux

---

[24] Depuis l'arrivée d'Aurélien à la tablée, Claire et lui rajoutaient chaque jour un geste à cette chorégraphie manuelle, remplaçant la classique poignée de main et contournant la complexité de la bise sur le territoire français (une bise en Bretagne, deux dans la capitale, trois ou quatre ailleurs).

lampées de chocolat, Aurélien prit des nouvelles du fiston de Claire et de leur week-end ensemble, tandis que les autres arrivaient au compte-goutte : Lionel, puis Hervé suivi de près par Éric et enfin Lucile.

— Houlà, t'as oublié de te réveiller toi ?

— Oui, je suis pas mal crevée. Mais bon, comme un lundi ! sourit Lucile en direction de son comparse.

— Qu'est-ce que vous nous avez encore fait tous les deux ? On ne peut décidément pas vous laisser un week-end sans que vous fassiez n'importe quoi ? s'amusa Éric, comblé de son côté par ces deux jours avec « son ami d'enfance », encore plus jolie qu'en photo.

Aurélien et Lucile se regardèrent furtivement, esquissèrent un sourire complice comme pour se demander « À toi ? À moi ? » La protection de leur secret commençait ici et maintenant.

— Rien, enfin si, une nouvelle boîte : *le Moulin* de Plonéis !

Claire connaissait de nom et n'en revenait pas de l'énergie de ses deux camarades. Cela faisait des années que bien qu'en pleine possession de ses moyens, elle ne sortait plus en discothèque. Des années aussi qu'elle était seule. Peut-être devrait-elle recommencer à sortir, et qui sait, elle rencontrerait peut-être à nouveau quelqu'un... Même si avec Ronan, les choses étaient naturellement bien plus compliquées qu'à l'époque, tant pour les sorties que pour les rencontres... Elle gambergeait toujours en touillant machinalement son café, lorsque Marie-Christine sonna le branle-bas de combat de la rééducation physique.

« Comme un lundi » donc, avec son lot de gênes ponctuelles, de douleurs résiduelles, mais aussi de petites victoires sur leur membre convalescent. Une journée de soins comme les autres, sauf pour Lucile et Aurélien. Ils remplirent leur journée de clins d'œil, d'allusions à double sens et de douces pics, et celle-ci glissa sur eux avec la volupté des plus belles heures de l'été. Au détour d'un couloir, les deux tourtereaux s'embrassèrent même, un baiser certes furtif mais chargé de toute l'excitation liée à la possibilité de se faire surprendre. Au soir, tout ce petit monde se retrouva avec la panse pleine pour une partie de cartes des familles.

L'ambiance était détendue et même Aurélien se prenait au jeu. Comme d'habitude il collectionna les erreurs tactiques, et comme d'habitude ses partenaires ne lui en tinrent pas rigueur pour un sou.

— Au fait, j'ai oublié de vous dire. J'ai croisé Chloé dans les couloirs cet après-midi...

— Et comment va-t-elle ? s'enquit aussitôt Éric.

— Ça va, elle bosse toujours autant. C'est fou quand même l'éthique de travail de cette fille, quand on y pense...

— C'est ça d'être passionnée et convaincue par ce qu'on fait, non ? « Quand on aime, on ne compte pas », rebondit Claire à la vocation d'enseigner intacte après plus d'une décennie.

— Oui j'imagine... En tout cas, elle s'est renseignée et il serait possible de participer en fin de journée à un cours de renforcement musculaire. Le centre mettrait un coach à disposition et elle m'a demandé si cela...

— Bonsoir tout le monde ! Vous faites quoi ? s'immisça Philippe le plus naturellement du monde. Oh pardon, tu disais quelque chose, Augustin ?

Aurélien resta un court instant bouche bée par l'intrusion du *golden boy, ce malotru qui se croyait vraiment comme chez lui.*

— Pas de souci, Philibert.

Les cartophiles sourirent à cet échange de politesses et Philippe s'excusa de son erreur.

— C'est rien. Je partageais juste aux autres la possibilité d'un cours de renforcement musculaire du haut du corps...

— Ce serait génial, j'ai l'impression de m'empâter à vue d'œil ces derniers mois, l'interrompit-il à nouveau, lui dont les tablettes n'avaient pourtant pas perdu un seul carré.

— Par contre, je ne suis pas sûr que les nouveaux puissent y prendre part...

— Je suis certain que ma kiné sera d'accord. Elle m'a d'ailleurs répété pas plus tard qu'aujourd'hui qu'elle était très satisfaite de mes progrès. J'ai déjà récupéré 105 degrés de flexion en dix jours et elle m'a laissé entendre que je repartirais sûrement avant les cinq semaines prévues.

— Parfait alors, se contenta Aurélien.

Cette idée emballa aussi le reste du groupe. Certains y voyaient la possibilité de s'entretenir et se dépenser, d'autres celle de rompre encore un peu plus avec l'aspect routinier du centre. Dans l'allégresse ambiante, Éric distribua une nouvelle donne. Claire offrit de laisser sa place à Philippe, mais Aurélien insista et profita ainsi du surnombre de joueurs pour se mettre en retrait de ces *maudites* cartes, qui malgré tous ses efforts se refusaient encore à lui. Bien lui en prit, car Philippe s'avéra redoutable, maîtrisant sur le bout des doigts tout l'art du tarot et ses moindres rouages. À distance, Aurélien jetait des regards complices et appuyés à Lucile dont le teint s'empourprait, et ne perdait pas non plus Philippe de vue. Comme un poisson dans l'eau, ce dernier frétillait autour des femelles du groupe. Fort heureusement (pour Aurélien), la partie tourna court, les organismes étant encore bien fatigués de leur week-end respectif. Philippe regagna sa chambre et ses dossiers, le reste de la troupe l'annexe.

Après avoir mis dans la confidence Irène, qui ne parut pas surprise outre mesure derrière ses petites lunettes rouges de lecture, Lucile resta quelques minutes l'oreille collée à la porte de leur chambre. Se rongeant ongles et sangs, elle hésitait encore, sachant pertinemment ce qui risquait de se produire. Sous sa couette, Irène disséquait l'agitation de sa colocataire qui lui rappelait celle de son aînée, lorsque son tout premier petit copain tardait à lui donner des nouvelles après s'être pourtant à peine quittés. C'en était vraiment touchant. À l'extinction du dernier bruit, elle se décida enfin, et sur la pointe des Crocs, alla effleurer la porte d'Aurélien, qu'il referma immédiatement derrière elle. Il se tourna vers elle avec un immense sourire aux lèvres, un sourire qui laissa même entrevoir pour l'occasion des morceaux d'émail. Il combla alors les quelques pas qui les séparaient, en manque de ce je ne sais quoi qu'avaient ses lèvres, et ils s'embrassèrent à nouveau avec l'intensité d'un premier baiser. Lucile se laissa pleinement aller, enivrée par le puissant parfum d'innocence que revêtait chaque moment partagé avec lui, s'en délectant comme du plus pur des nectars. Elle aimait par-dessus tout le contact subtil de sa barbe sur les contours de sa bouche, une véritable caresse qui la faisait frémir de tout son être. Mais très vite, le téléphone de Lucile les stoppa dans leur élan. Elle se hâta d'en couper la sonnerie et le rangea dans la poche de son jean. En silence, ils se regardèrent un instant dans le blanc des yeux et s'amusèrent de la situation.

— Je t'offre quelque chose à boire ? Je peux te proposer un verre d'eau ou... un verre d'eau ? Je suis désolé, mais je n'ai pas eu le temps de faire le ravitaillement.

— Dans ce cas, je vais prendre un verre d'eau, merci.

— Tout de suite, mais installe-toi, fais comme chez toi.

Elle s'assit sur le bord du lit, visiblement la tête ailleurs. *Peut-être s'est-elle sentie obligée d'accepter mon invitation,* s'interrogea déjà Aurélien qui tremblait presque en remplissant les gobelets en plastique. Il resta un moment debout, appuyé contre le mur à siroter son eau, tandis qu'ils chuchotaient, revenant sur les quelques épisodes comiques et parfois excitants de cette première journée incognito. Tout bien réfléchi, l'idée de clandestinité convenait aussi très bien à Aurélien.

— Tu ne viens pas t'asseoir ? l'invita Lucile.

Partagé entre l'excitation que son ample short ne savait masquer davantage et sa peur panique de ne pas être à la hauteur, il lambina jusqu'à elle, en apnée. Une fois sur le matelas, il eut soudain un flash de sa première fois avec une fille, une première expérience aussi tardive qu'expéditive à ses yeux... Il prit malgré tout les devants en l'embrassant goulûment avant de se laisser glisser dans le fond de son lit. Son cerveau tournait dans tous les sens, mais pas dans le bon. Leurs mains se baladèrent avec plus ou moins de maîtrise sur leurs corps remplis de désir, et sans se regarder, ils tombèrent le bas. Côte à côte, Aurélien passa alors les mains sous son chemisier et tenta maladroitement de dégrafer son soutien-gorge. Elle le regardait en souriant, lorsqu'à même le parquet, son blue-jean se mit de nouveau à vibrer pendant de longues secondes. Une première fois, puis une seconde. « Qui peut bien la harceler à cette heure si avancée de la nuit ? » Aurélien et son bon sens légendaire se seraient posé cette question en temps normal, mais voilà, les circons-

LE BIGORNEAU AMOUREUX

tances étaient toutes sauf normales. Une femme merveil-
leuse se trouvait dans son lit, à seulement quelques dizaines
de centimètres de lui et à moitié nue.

Lucile ferma alors les yeux, puis se mordilla la lèvre avant
un nouveau baiser. Ils tentèrent de passer à la vitesse supérieure, mais ils se heurtèrent rapidement à un obstacle de
taille : leur manque conjoint de mobilité rotulienne. Après
quelques tentatives infructueuses dignes de parties endiablées et dénudées du jeu Twister, Lucile se mit à rire et se
blottit contre le torse velu du jeune homme. À son tour, Aurélien força un rire de circonstance en laissant aller sa main
le long de la colonne et des vertèbres de sa fille de l'air. Sous
la couette, elle sentait battre contre sa tempe le rythme cardiaque du coureur de fond qui ne redescendait pas. Ils ne
chuchotaient plus. La pièce tout entière était plongée dans
le silence, un silence pesant pour la première fois depuis leur
rencontre. Chacune dans leur coin, leurs encéphales
jouaient au ping-pong : Aurélien s'insultait de tous les
noms, se reprochant son manque d'expérience et ses limites
articulaires qui allaient peut-être lui coûter la chance de sa
vie ; Lucile de son côté ne savait plus à quel saint se vouer,
connaissant parfaitement l'origine des coups de fil et autres
messages du soir qui agitaient son jean.

— Aurélien, tu crois qu'ils ont sorti une version du *Kâma
Sûtra* spéciale « ligamenteux » comme nous ?

Perdu dans ses questionnements, il ignora cette tentative
de désamorçage de leur embarras mutuel.

— Lucile, je peux te poser une question ? T'es drôle, t'es
belle, t'es intelligente... Alors, pourquoi ? Pourquoi moi je
veux dire ? ... Non laisse tomber, c'est débile comme question, je me suis entendu la poser... Laisse tomber.

Philippe

Je raccrochai tout juste d'un nouveau point d'avancement sur mes dossiers en cours. Car oui, malgré ma rééducation, je m'étais « proposé » auprès de mon responsable pour continuer d'apporter mon aide à l'équipe. En vérité, je n'avais pas trop eu le choix. La banque d'affaires est un environnement tellement compétitif que j'avais déjà eu peur que l'idée même d'une rééducation en Bretagne me condamne au placard, voire pire. Mon manager m'avait d'ailleurs fait les yeux ronds, mais avait finalement accepté, sous conditions de ce télétravail, cette requête qui me tenait tant à cœur. Je connaissais de réputation le centre *Océane* qui n'avait rien à envier à ses homologues parisiens et surtout cela faisait une éternité que je n'avais pas passé quelques jours en famille. L'occasion était trop belle. Alors, une fois mes soins du jour achevés, dans le confinement de ma chambre au confort très rudimentaire, je me paluchais de bon gré la centaine de mails quotidiens et me plongeais dans des analyses qui étaient tout sauf de la branlette intellectuelle. Y compris le week-end.

Le week-end dernier par exemple, entre les délicieux plats mijotés par ma mère (sa blanquette n'avait, elle, pas pris une ride), j'avais ainsi passé le plus clair de mon temps sur la table du salon le nez derrière mon ordinateur. Dans la cuisine, ma mère s'en était plainte à voix basse auprès de mon père en astiquant une à une les pièces de son plus beau service, tandis que lui se félicitait de mon irréprochable éthique de travail que j'avais nécessairement héritée de lui et qui m'emmènerait loin. Au dîner, ma mère avait bien tenté de détourner la conversation pour s'informer des dossiers récents de ma vie sentimentale, mais je préférais éviter d'aborder ce sujet avec elle, et ce, depuis maintenant plusieurs années, depuis que je collectionnais les relations sans lendemain.

— Tu n'as plus jamais de nouvelles de Julie ?

— Martine, laisse-le tranquille, tu veux. Tu ne vas pas encore le bassiner avec cette fille...

Je n'en voulais pas à ma mère. Elle s'inquiétait pour moi, quoi de plus naturel après tout. Ah Julie, ma mère ne l'avait jamais oubliée. Moi non plus d'ailleurs, pour être totalement honnête... Un premier amour, ça ne s'oublie jamais vraiment, et ce, malgré la bonne centaine de filles, toutes plus belles les unes que les autres, satisfaites le temps d'une nuit par nos acrobaties dans les moindres recoins de mon spacieux loft du 8e arrondissement (sans fausse modestie qualitative, j'aurais pu aller jusqu'à « comblées »). La vérité, c'est que je n'avais pas de temps à consacrer à de mièvres relations menant ailleurs qu'au pieu. J'étais marié à mon travail et pas question de lui être infidèle !

Ce nouveau débriefing téléphonique derrière moi, je sortis d'*Océane* en sifflotant et m'en allumai une petite sur le chemin du *Mercure bar* dont les écrans plats faisaient bien pâle figure à côté du mien. La soirée était douce, un léger vent consumait ma cigarette entre deux taffes. Le temps d'une soirée, je délaissais les problématiques complexes des rachats d'entreprises pour « l'opium du peuple ». Et j'avais bien mérité cette demi-finale aller de Ligue des Champions avec mes blaugranas[25] ! En plus, je devais y retrouver ma nouvelle tablée au complet, y compris les deux seules filles dignes d'intérêt du centre. Quel soulagement quand même d'avoir enfin pu me débarrasser de Kevin et de sa mortifère compagnie. À part nos origines celtes, nous n'avions strictement rien en commun lui et moi : lui était branché BMX, moi BMW.

J'écrasai mon mégot et pénétrai dans ce bar quelconque, à la faune d'anciens accros à la bibine. Un triste tableau qui me renvoyait à ma jeunesse provinciale et à mes premières sorties entre copains où j'étais ivre après deux bières. Mais de l'eau (et pas mal d'alcool) avait coulé sous les ponts. Je rejoignis le groupe et le bleu roi du maillot d'Aurélien m'agressa aussitôt les rétines. « Forcément, le rouquin est fan de Chelsea..., m'amusai-je tout seul. J'en connais un qui va passer une sale soirée ! » Conformément aux prévisions de l'ensemble des analystes et pronostiqueurs, le match fut

---

[25] Surnom de l'équipe catalane du FC Barcelone.

d'emblée à sens unique, une attaque-défense dans les règles de l'art, de laquelle Chelsea conservait tout juste la tête hors de l'eau. Les filles avaient déserté la table sous les coups de boutoir encore impayés de mes favoris catalans. C'était pourtant beau à voir une telle démonstration de football, mais elles semblaient s'amuser davantage autour du billard. Un score nul et vierge solda le premier acte, un petit miracle en soi pour ces frustes Anglais, et je profitai de la mi-temps pour en fumer une entre mecs, la partie des filles s'éternisant.

— Vous jouez à quel poste ? leur demandai-je.

— Moi, libéro, j'ai pas mal reculé avec l'âge, me répondit Éric. Avant, je jouais plus au milieu, relayeur ou devant la défense. Et toi ?

— Moi, j'évolue devant, à la pointe de l'attaque, et en bon « renard des surfaces », j'ai fini trois années de suite meilleur buteur de notre championnat. Et toi Aurélien, tu joues où sur le terrain ?

— Ça dépend. Notre équipe varie beaucoup d'une semaine sur l'autre, et je suis amené à pas mal changer de poste. Mes amis me surnomment « le couteau suisse » pour ma polyvalence et aussi pour mon nom, Tissot...

— Ah, le bouche-trou de service quoi ! Je plaisante, même si je trouve que la position occupée par un joueur sur le terrain en dit souvent long sur sa personnalité.

Je tirai alors une longue taffe et fis quelques volutes de fumée dans la direction de la table de billard.

— Et sinon, niveau filles, c'est un peu le désert ce centre. À part les deux petits lots là-bas...

— C'est sûr qu'on fait mieux en termes de club de rencontres, abonda Éric. À moins d'être attiré par la cougar ++[26]...

— Non, mais parlons franchement, vous connaissez la situation de la grande brune, la danseuse... Je lui ai sorti

---

[26] Compte tenu de la pyramide des âges d'*Océane*, les possibles cougars (femme d'âge mûr à l'appétit charnel débordant pour la jeunesse) ont dépassé depuis longtemps la date limite de copulation. La libido de ces mamies serait aussi éteinte que la race des cougars, cette espèce particulière de puma (aux États-Unis du moins).

quelques-unes de mes techniques... Et rien. Elle est les-
bienne ?

Éric me souffla qu'elle avait un copain depuis longtemps,
tandis que le supporter de Chelsea me regardait d'un œil
noir. J'y étais peut-être allé un peu fort entre le terme de
bouche-trou et la pauvreté affligeante du jeu de son équipe
de cœur.

— Et alors ? Je ne suis pas jaloux moi, ironisai-je. Et Lucile, elle a quelqu'un elle aussi ?

Éric resta quelques instants silencieux.

— Non, je ne crois pas... Mais sauf erreur, elle sort d'une
histoire difficile...

— Parfait ça ! s'exclama Philippe en se frottant les mains.
Vous avez déjà remarqué à quel point les filles deviennent
une proie facile dans ces moments-là. Il suffit d'appuyer sur
un ou deux boutons et hop, l'affaire est dans le sac. Ou plutôt
« into the sack »[27] pour les anglophones, fis-je en souriant
au fan de Chelsea qui resta stoïque.

Sur cette bonne nouvelle, je les invitai à retourner à l'intérieur, les hostilités n'allaient pas tarder à reprendre.

— Et bonne chance Aurélien ! Quelque chose me dit qu'il
va vous en falloir beaucoup pour espérer un résultat favo-
rable, le chambrai-je gentiment en lui tapant dans le dos.

En seconde période, à mon plus grand bonheur, l'outra-
geuse domination porta vite ses fruits et Barcelone se détacha au score par deux buts d'avance. À l'instar de son équipe,
Aurélien était lui aussi à la limite de la rupture et à quelques
centimètres de se retrouver les quatre fers en l'air. Complètement muet sur sa chaise, il semblait absent, comme résigné, et même l'improbable réduction du score sur un incroyable concours de circonstances ne lui redonna pas le
début d'un sourire. Beau joueur, je saluai mon adversaire du
soir qui desserra à peine les dents, et ponctuai cette soirée
en terrasse avec Lucile et Éric autour de nouvelles dosettes
de nicotine et d'un débrief croisé des parties de billard et de
football. Malgré ce but concédé, je ne voyais pas une seconde
le grand Barca se faire éliminer au match retour, pas aux

---

[27] Expression argotique anglaise pouvant se traduire par « au pieu »,
endroit où défilaient les conquêtes du séducteur patenté qu'était Philippe.

portes de la grande finale, et surtout pas par une équipe aussi pauvre.

De retour dans ma chambre, je consultai les derniers mails du bureau et une fois dans mon lit, je passai mon bras sous les draps jusque dans mon caleçon. Physiquement, c'est sûr que je préférais Chloé, mais si Madame est fidèle, Lucile fera très bien l'affaire ! Elle est pas mal conservée pour son âge et en plus, ça fait longtemps que je me suis pas tapé une hôtesse...

Mercredi 23 avril, 23 h 57

Un soir de défaite. J'ai soudain la désagréable impression que les choses m'échappent, qu'elles me glissent d'un coup d'un seul entre les doigts, comme le match du soir a échappé à mon équipe de cœur. De cœur mais aussi de raison. Chelsea, c'est une équipe défensive, bien organisée, disciplinée et besogneuse. Rien de clinquant comme le Barca, qui transpire dans chaque action, dans chaque dribble, dans chaque passe une maîtrise à la limite de l'arrogance. Et ce soir, c'est la suffisance du favori qui l'a emporté.

Mais appelons un chat un chat. Ce soir, le tableau d'affichage qui me dérange le plus, c'est : « Philippe 1 — Aurélien 0 ». Il n'y a pas à dire, ce type me sort par les yeux, de la tête aux pieds : son sourire d'abord, digne des pubs de dentifrice blancheur les plus ridicules, ses vêtements de créateurs qu'il arbore pour transpirer en salle de rééducation, jusqu'à ses élégantes chaussettes multicolores... Car Môssieur Philippe ne peut pas se résoudre à porter de vulgaires chaussettes Decathlon comme nous autres... Non, tellement imbu de sa « petite » personne, il dégage à tout moment une confiance en lui presque ostentatoire, que c'en est indécent pour les autres. Les choses allaient pourtant si bien avant qu'il ne débarque à Océane...

Je m'étais créé mon cercle à moi, un ensemble d'apparence très hétéroclite, mais au sein duquel je me sentais bien, vraiment bien. Comme à ma place. J'étais un nouveau moi, une meilleure version de moi, libérée de l'enracinement dans certains rôles qu'imposent les relations avec sa famille, avec ses amis de longue date... En passant le sas du centre, nous repartions tous de zéro et en l'espace de quelques petites semaines, je constatais avec satisfaction que j'étais visiblement apprécié, que les gens m'écoutaient quand je parlais, qu'ils riaient à mes blagues. Et puis, il y avait Lucile.

Alors oui bien sûr, je suis jaloux. Comment ne pas l'être ? Il a tout pour lui Philippe : une très belle situation, une tronche bien faite, de la tchatche et pour ne rien gâcher, une belle gueule. Je me dis de temps en temps que ça doit être agréable d'être dans ses chaussures, comme certains joueurs de Chelsea doivent parfois rêver de jouer au Barca. Mais, pour moi comme pour eux, ce n'est que le match aller après tout. Et dans la vie comme dans le football, il arrive que ce ne soit pas le meilleur qui gagne, non ?

Jeudi 24 avril, 1 h 07

Je ne dors toujours pas. Quarante-cinq minutes que je tourne et retourne ces quelques lignes dans ma tête sans parvenir à trouver le sommeil. J'ai encore besoin d'écrire, je crois. Je n'arrive toujours pas à me départir de l'image de son arrogant sourire. Comment fait-il bon sang ? En fait, je crois que j'ai compris. S'il m'énerve tant, ce n'est pas à cause de sa remarquable réussite professionnelle (mes dents n'ont jamais rayé aucun parquet...), ni de ses soi-disant conquêtes par centaines ou de ses vues affichées sur Lucile (même si j'avoue, je lui en aurais bien mis une en l'entendant parler d'elle ainsi)... Non, s'il m'horripile autant, c'est bien à cause de cette confiance démesurée en lui-même qu'il dégage en toutes circonstances. Une confiance qui fait cruellement écho au manque qui m'habite depuis toujours. C'est vrai que depuis l'adolescence, je n'ai jamais eu beaucoup confiance en moi ; la preuve en est, j'ai vingt-sept ans, et je n'ai jamais osé aborder la moindre fille qui me plaisait, ne me trouvant jamais assez bien pour elle et préférant en chaque occasion m'éviter la douloureuse expérience d'un rejet... Jusqu'à Lucile.

Et si après tout, c'était ce manque de confiance en moi qui était à l'origine de tous mes maux ?

2.

Entre deux mènes Lucile cogitait, mais pas à la prochaine carte maîtresse qu'elle pourrait abattre. Quelle mouche avait bien pu piquer Aurélien aujourd'hui ? Voilà ce qui la tracassait. Certes, ils s'étaient entendus pour rester discrets et vivre en secret — peu importe ce que c'était qu'il vivait — mais en ce jeudi, Aurélien avait passé sa journée telle une anguille dans les couloirs d'*Océane*. Tout bonnement insaisissable. À la sortie d'une nouvelle défaite, Lucile prétexta des appels téléphoniques pour tenter de le retrouver et de lever le voile « sur ce mystère ». Étalé sur son lit, Aurélien ne broncha pas à la première salve de phalanges contre sa porte, se contentant de fixer les gonds qui le séparaient de l'extérieur. À la seconde, il se décida à aller ouvrir. Une désarmante grimace l'attendait. Un sourire lui échappa, tandis que sa visiteuse força le passage jusqu'au milieu de sa chambre.

— Ça va l'ermite ? Tu veux qu'on t'appelle Bernard dorénavant ?

Aussi ridicule que ledit gastéropode, ce jeu de mots le dérida un peu plus.

— Tu ne joues pas aux cartes avec les autres ?

— Tu sais, moi et les cartes... Bon, qu'est-ce qui t'arrive ? Et ne me dis pas que ça va, Aurélien. Je pense te connaître un peu. Tu n'as quasiment pas ouvert la bouche de la journée, je vois bien qu'il y a quelque chose qui cloche. Et je ne suis pas la seule, tout le monde l'a remarqué.

Le regard fuyant, il nia sans conviction l'évidence quelques secondes, puis bravant ses inclinaisons naturelles, il se résolut à se confier. *C'est Lucile après tout.*

Dans la matinée, Nathalie aussi avait grimacé, une grimace radicalement différente. Malgré de profondes respirations, le genou d'Aurélien butait en flexion avant même la barre des cent degrés.

— ... Tout le reste est normal : le verrouillage, la mobilité de la rotule, la remusculation du quadriceps, mais il y a ce foutu manque de flexion. Mon rendez-vous de contrôle chez le médecin a d'ailleurs été avancé à demain. Et même si Nathalie s'est refusée à m'en dire plus, je me suis bien rendu compte à son visage que quelque chose l'inquiétait. Et j'ai un peu peur Lucile que ce quelque chose ne vienne ralentir ma rééducation.

Elle le serra fort contre elle, et lui indiqua qu'à partir de maintenant ils allaient multiplier les sessions glaçage, quitte à attraper des engelures articulaires. Elle tentait de le rassurer comme elle pouvait, mais à l'image de son genou, Aurélien était parfois buté.

— En plus, j'ai eu le malheur d'évoquer mes soucis à ma mère que je n'avais pas rappelée depuis quelques jours. Je savais pourtant que ça la mettrait dans tous ses états, mais je lui ai quand même dit... Et ça n'a pas manqué, ça a tout de suite viré au psychodrame. Entends-moi bien, je comprends qu'elle m'aime, qu'elle s'inquiète pour son fils unique, mais moi j'étouffe. Et ça, elle ne le comprend pas...

— ... Tu lui en as déjà parlé ? Avec ses mots, je veux dire ?

— Non, bien sûr que non, c'est impossible. Si tu savais, ce n'est pas une mère que j'ai, mais les chutes du Niagara. Crois-moi, j'aimerais qu'on se débarrasse de tous ces tabous entre nous, que je puisse parler à ma mère plus librement, comme mes amis parlent à la leur, mais impossible, c'est plus fort que moi, plus fort que nous...

Lucile se racla la gorge. L'émotion palpable du jeune homme la touchait en plein cœur.

— Tu connais le proverbe : « Là où il y a une volonté, il y a un chemin »...

— Je suppose, oui...

— Et avec ton père, vous vous entendez bien ?

— Avec mon père ? répéta-t-il aussi machinalement qu'inconsciemment pour se donner du temps. Comment dire, ça doit faire... vingt ans que je ne l'ai pas vu. Oui, plus de vingt ans même...

— Il est... ?

— Décédé ? Non, il est bien vivant. Je crois même qu'il habite à seulement quelques dizaines de kilomètres de Paris, et pourtant...

La jeune femme en avait les larmes aux yeux, tandis que la voix du jeune homme tremblait désormais presque sur chaque syllabe.

— Aurélien, tu n'es absolument pas obligé de me répondre, mais je peux te demander pourquoi ?

Il tenta alors de réguler sa respiration saccadée, hésitant à prendre (comme à son habitude) l'échappatoire tendue.

— Tu veux savoir le pire ? Je ne sais même pas... Au divorce de mes parents, j'avais à peine cinq ans, et de mémoire, les relations étaient très tendues entre eux deux. Mon père quittait ma mère, et moi par la même occasion, pour une autre femme. Le tribunal a confié ma garde exclusive à ma mère, mon père n'a pas semblé s'en offusquer outre mesure et puis le temps a passé, les mois, les années, puis les décennies... Et aujourd'hui, si je le croisais dans la rue, je ne le reconnaîtrais même pas.

Ses quelques mots n'avaient l'air de rien ; pourtant, ils étaient ô combien précieux. Dans l'intimité de cette anodine chambre de l'annexe du centre de rééducation *Océane* de Douarnenez-Tréboul, Aurélien se mettait réellement à nu pour la première fois. Jusqu'à cet instant, il n'avait fait allusion à son père que du bout des lèvres à un public trié sur le volet, Léa et Florent pour ne pas les nommer. Lucile mesurait la valeur de chaque mot, de chaque intonation, de chaque respiration si porteuse de sens. Elle ne connaissait que trop bien le poids des choses du passé qu'on traîne au quotidien comme de bien lourds boulets. Et à la lumière de ces confidences sur l'oreiller, elle le comprenait encore davantage.

— Tu sais, vous êtes tous les deux adultes maintenant, rien n'est définitif Aurélien, tant que vous êtes en vie...

Sur ses mots, la carapace déjà fragilisée de l'hôtesse vola en éclats et elle s'effondra en larmes. Les bras du jeune homme l'enveloppèrent, mais demeurèrent malhabiles, comme empotés. Il eut beau lui frotter le bras, elle reniflait comme une enfant en pleurs, et peinait à recouvrir une respiration normale.

— Je te dis ça Aurélien, c'est pour toi. Crois-moi sur parole, tu ne veux pas te réveiller un jour en apprenant que le père que tu n'as jamais connu n'est plus..., bafouilla-t-elle.

Elle porta la main à sa bouche, puis se moucha, une opération qu'elle laissa volontairement traîner.

— Moi aussi, j'ai perdu ma mère il y a presque vingt ans... et tu vois, je donnerais tout pour la savoir à quelques dizaines de kilomètres...

— Je suis désolé, sincèrement. Elle est morte de quoi ?

— D'un cancer... Un cancer du pancréas. Elle nous a quittés en à peine quelques mois seulement... Inconsolable, Lucile ne s'en était jamais réellement remise.

— ... Et ton père ?

— Il va bien maintenant, il est génial mon père. Il m'a toujours soutenu et Dieu sait que j'ai pu lui en faire voir de toutes les couleurs à l'époque. Oui sans lui, je ne sais vraiment pas ce que je serais devenue... Même si, malgré tous ses efforts, il n'a jamais pu combler totalement ce que représente l'absence d'une mère pour une ado de treize ans... C'est si dur de se construire sans une mère, surtout à cet âge-là...

Touché au bord des larmes par son histoire, Aurélien n'eut pas à chercher bien loin pour se représenter une telle perte.

— Oui, j'imagine... Et ta petite sœur, quel âge avait-elle quand c'est arrivé ?

— À peine neuf ans, mais elle était déjà forte à l'époque, avec les pieds bien sur terre. Tout le contraire de moi en fait. Et c'est drôle, mais c'est encore le cas aujourd'hui. Elle est restée là-bas, s'est mariée et a eu deux magnifiques choupettes dans le sud-ouest profond, à quelques kilomètres de la maison familiale que mon père ne s'est jamais résolu à vendre, et moi je suis partie, dès que j'ai pu et le plus loin possible... Comme si j'avais besoin de fuir cette douleur...

— Et aujourd'hui, tu y reviens...

Aurélien la serra contre lui de toutes ses forces, de tout son cœur. Il la sentit soudain si proche qu'il en oublia la distance physique qu'il avait ressentie ces derniers jours, depuis leur acte manqué dans cette même chambre. À l'unisson, ils s'étaient ouverts l'un à l'autre comme jamais, allant même jusqu'à se montrer leurs cicatrices les plus intimes.

Leurs respirations apaisées s'alignèrent, se calquèrent l'une sur l'autre pour ne faire bientôt plus qu'une.

Rattrapée par l'émotion, Lucile s'assoupit comme un bébé dans le creux de ses bras. Il ne se passerait rien entre eux, une nouvelle fois. Mais Aurélien s'en moquait. Leurs retrouvailles intimes n'avaient suivi aucun des scénarios qu'il s'était imaginés, et alors... Ce qu'ils avaient partagé ce soir valait bien plus à ses yeux que tous les coïts du monde. Et en reniflant l'odeur de son shampooing, de multiples pensées lui traversèrent l'esprit : de son genou récalcitrant à l'adolescente orpheline d'une mère qu'il tenait dans ses bras, sans oublier cette récurrente résolution du premier de l'an jamais mise en œuvre. *Et si Lucile avait raison ? Après mon rêve de l'autre nuit, l'heure est peut-être venue que je fasse la connaissance de mon père, enfin s'il en a envie lui aussi...*

Nathalie

« I can't wait for the week-end to begin, I can't wait for the week-end to begin... » Sous le jet chaud et puissant de ma douche, je m'égosillais sur les maigres paroles de ce vieux tube que crachait mon radioréveil ce matin. Je ne chantais jamais avant. Il faut dire que j'avais toujours eu une voix de crécelle, enfin d'après mon ex... « Et autant il est facile de se voir tels que nous sommes, autant s'entendre est plus compliqué. » Néanmoins depuis que je vivais en pavillon, je faisais régulièrement fi de ces considérations et donnais quartier libre à mes cordes vocales. Au fond, je ne gênais aux entournures que mes colocataires à huit pattes trop occupés à tisser leur toile dans leur coin pour s'en offusquer.

« I can't wait for the week-end to begin », un choix musical fort à propos de l'animateur en ce vendredi, et sur lequel je me trémoussais tout en me savonnant. Cela me rappelait tant nos soirées en boîte entre filles, et pas que pour la mousse. À l'époque, nous sortions beaucoup mes amies et moi. Je ne raffolais pas particulièrement des ambiances impersonnelles des discothèques, des odeurs de vomi qui vous prenaient à la gorge dans les toilettes ou de celles de cigarettes qui imprégnaient vos vêtements pour plusieurs jours, mais j'aimais ces moments avec elles, à s'éclater sans se soucier de la veille ni du lendemain. Et puis, c'était aussi l'occasion de faire des rencontres, en chair et en os. Aujourd'hui, j'en étais réduite à croire au miracle d'un prince charmant qui tomberait en panne sèche devant mon portail ou d'un de ces homologues boiteux avec qui je réapprendrais à marcher à deux. Et dans l'attente, je m'étais même résolue à recourir, du bout des doigts, à la pseudo-magie des algorithmes dans l'espoir d'un conte de fées moderne qui ne serait pas que virtuel. « Tu parles, le dernier ne m'a jamais rappelé... »

Je sortis de ma douche dans les vapeurs chaudes de ma salle de bains et essuyai la buée sur le miroir. Tiens cette ride, elle n'était pas là hier. Et celle-là... Je m'enduisis le visage de crème tout en soupirant face à ces plis qui proliféraient à vitesse grand V, d'autant que nous étions déjà le 25 avril. Dans deux mois jour pour jour, j'aurais quarante ans. L'angoisse.

Mais je ne devais pas me laisser abattre, d'autant que je passais mon temps à prôner la « positive attitude », certains patients et collègues allant même jusqu'à parler de prêche. À mon arrivée à *Océane*, j'avais notamment eu le droit un matin à un poster géant de Lorie placardé sur mon vestiaire. J'y croyais toujours. En plus, Lionel m'avait très gentiment conviée ce week-end dans sa maison à Brest pour fêter la fin de sa rééducation au centre. Depuis ma séparation, je n'étais plus retournée à Brest qu'en cas d'absolue nécessité, mais l'attention de Lionel m'avait touchée et je songeais fortement à accepter. D'ailleurs, en ce vendredi matin, l'approche du week-end se ressentait chez tous mes patients, sauf chez Aurélien que je retrouvai dans ma salle de massage avec la même tête de six pieds de long qu'il y a quelques semaines.

— Houlà, ça ne va pas toi ?

— Non pas trop. J'ai vu le docteur Le Guirec ce matin...

— Oui, c'est vrai, c'était aujourd'hui. Pardon, ça m'était complètement sorti de l'esprit. Alors, qu'est-ce qu'elle en dit de ta flexion ?

Ses yeux de cocker fuyaient mon regard, tandis que sa voix, orpheline de toute la vitalité des dernières semaines, me rapportait les propos du médecin : « ... des causes multiples pouvant aller jusqu'à l'algoneurodystrophie ». Il était marqué, et je pouvais le comprendre, rien que le nom avait de quoi faire peur !

— Ah, elle a parlé d'algo ?

— Oui, elle m'a expliqué que c'était un phénomène inflammatoire à l'intérieur du genou, un truc assez rare qui devait concerner tout au plus quelques cas par an, et pour lequel il n'y avait pas à proprement parler de traitement.

Au fond de moi, je n'étais qu'à moitié surprise par ce possible diagnostic. En effet, on attribuait souvent l'apparition de l'algo chez un patient à des déterminants psychologiques, comme un stress excessif. Rien d'incompatible en soi avec ce que j'entrevoyais de la personnalité d'Aurélien.

— Elle m'a aussi précisé que nous nous reverrions en fin de semaine prochaine pour faire le point et que dans l'intervalle, je devais tâcher de ne pas y penser, que c'était le meilleur moyen pour que ça se débloque. Plus facile à dire qu'à faire, quand on vous spécifie que si ce diagnostic est confirmé, cela peut prendre plusieurs mois pour...

— Je comprends, mais elle a raison, tu sais. Et je suis sûre qu'il va finir par plier ce genou, de gré ou de force, tu m'entends. Fais-moi confiance... Et sinon, quel est le programme du week-end ?

— Lionel m'a invité chez lui avec les autres, mais je ne me sens plus trop d'humeur.

— Au contraire, tu dois y aller. Le moral, c'est la clef Aurélien, ne l'oublie jamais. Et puis, si tu as la moindre douleur, tu auras un kiné sous la main, Lionel m'a également proposé.

Le lendemain soir, Aurélien remuait son corps sur les tables du *Tour du Monde* avec Claire, Éric et Lionel ainsi que toute la faune locale. Planté au milieu du port de Brest, ce bar mythique, le bébé de Kersauson, ravivait en moi des bribes de lointains souvenirs, de toutes ces soirées arrosées autour de planches de charcuterie éventrées et de bouteilles de vin siphonnées. La tradition voulait qu'en fin de soirée, tout le monde danse sur les tables. Je ne pense pas que le docteur Le Guirec avait cela en tête pour Aurélien, mais il semblait enfin s'amuser, oubliant pour un temps son genou, qui bougeait à cet instant plutôt bien. Sa journée avait été d'un tout autre acabit. Lionel avait pourtant mis les petits plats dans les grands, avec un programme aux petits oignons : un tour sur le marché du village où les Parigots avaient pu découvrir les fraises de Plougastel, puis un bon gueuleton avant une promenade digestive salutaire au bord de l'eau. Mais rien de tout ça n'y avait fait. Les sourires d'Aurélien demeuraient forcés, ses prises de paroles minimalistes. Errant en retrait du groupe comme une âme en peine, sa journée s'était résumée à se frotter la rotule et à chercher Lucile du regard. Il se passait quelque chose entre eux, ou du moins lui en mourrait d'envie ; j'en étais convaincue, presque autant que deux et deux font quatre. Lucile aussi semblait moins... comment dire... moins Lucile qu'au centre. Ce concentré de bonne humeur continuait certes de blaguer avec tout le groupe, néanmoins, j'eus plusieurs fois comme une sensation d'absence en l'observant. Et puis, il y avait eu tous ces appels. Je n'avais aucune idée de qui pouvait bien l'appeler ainsi, mais son visage se refermait à chaque vibration. Aurélien l'avait aussi forcément remarqué.

Subitement, Lionel tenta de me hisser sur la table, mais je déclinai. Il sembla déçu, et je ressentis l'envie immédiate de le rejoindre, de changer ce « non » en « oui », de ne pas laisser filer ma chance, mais le poids du passé et de mes kilos superflus l'emportèrent. Son invitation ce week-end n'était peut-être pas anodine. En repensant à la journée écoulée, je réalisai qu'il m'avait adressé plusieurs compliments déguisés. Son supposé intérêt me flattait. Certes, ce n'était pas Brad Pitt, mais il y avait une grande douceur qui se dégageait de lui, une vraie bienveillance. Et puis, sa chevelure poivre et sel lui donnait un petit côté Richard Gere. Mais je me faisais sûrement des films, une fois de plus... La vérité, c'est que j'avais perdu toute confiance... « Bon sang, fais-toi violence, ma pauvre Nathalie ! Si tu continues comme ça, tu vas finir seule avec un chat et tes araignées dans ton petit pavillon de Pouldergat... »

À l'approche de la fermeture, l'ambiance monta encore d'un cran. Des débuts d'échauffourées éclatèrent autour de nous, entre des hommes mais aussi des femmes visiblement trop avinés. C'était aussi ça le *Tour du Monde*. Il était l'heure de partir. Claire, Lucile et moi émîmes le souhait de rentrer, tandis qu'Éric motivait Aurélien à poursuivre la soirée dans le centre-ville. Il hésita quelques secondes dans le vent frais de la rade et se laissa convaincre par un ultime argument d'Éric : « La nuit est encore jeune ! »

— Je fais attention Nathalie, promis ! me glissa-t-il avant que les chemins de nos deux groupes ne se séparent.

3.

Sous l'impulsion d'Éric et d'un puissant vent dans le dos, les deux hommes suivirent la voie de tramway en chantier, direction *Le Stendhal*. Au *Tour du Monde*, Éric était allé à la pêche au bon plan de sorties sur Brest et avait remonté cette adresse d'un groupe de filles qui devaient y poursuivre la soirée.

— Je peux te poser une question Aurélien ?

— Oui, bien sûr !

— Il y a quelque chose entre Lucile et toi ? Je te demande ça, car l'autre soir au *Mercure*, quand Philippe nous a révélé son intérêt pour Chloé et Lucile, je t'ai bien regardé et tu n'as pas bronché. Alors, je me demandais... Car je sais que moi, ça m'aurait rendu fou s'il avait parlé ainsi d'une fille pour qui j'éprouvais quelque chose...

— Avec Lucile ? Non, oui on s'entend bien, on a passé de super moments ensemble au centre, mais c'est tout.

— Vraiment ? J'aurais pourtant mis ma main à couper qu'elle te plaisait...

— Heureusement que tu t'es abstenu dans ce cas, plaisanta Aurélien.

— Au temps pour moi alors. On verra très vite s'il parvient à ses fins. Ce type m'impressionne quand même, il dégage une telle confiance en lui. Et crois-moi sur parole, la confiance en soi, ça cartonne auprès des filles !

Aurélien trépignait derrière le bar, mais les serveurs les ignoraient royalement. Sur le point d'avouer la vérité à Éric, il avait au dernier moment renoncé, se réfugiant tout autant derrière leur adorable secret que dans son habituelle pudeur. Il plongea la main dans sa poche, et comme s'il venait de recevoir un message de la plus haute importance, il concentra toute son attention sur l'application météo de son téléphone.

— Ton téléphone vibre, Lucile !

— Laisse sonner, c'est pas important...

En attrapant le téléphone, Claire remarqua que l'appel provenait d'un numéro inconnu. Qui pouvait bien l'appeler à cette heure-ci ?

— Lucile, j'espère que tu ne m'en voudras pas de te poser cette question, mais ces derniers jours, j'ai remarqué que tu recevais un tas d'appels que tu laissais s'échouer sur ta messagerie. Je me permets de te demander ça, car à chaque vibration, ton visage fait la même grimace contrariée, avant que tes yeux ne se perdent dans le vide. Tu sais que tu peux m'en parler si tu le souhaites, je suis là...

Dans la salle de bains de la chambre d'amis aux accents suédois qu'elles partageaient pour la nuit, Lucile se brossait les canines et se triturait les méninges. Elle ne savait plus quoi faire. Plus du tout. Devait-elle en parler à Claire ? Ou bien garder cette histoire pour elle ? La situation la dévorait tellement de l'intérieur qu'elle se rinça la bouche et cracha le morceau.

— C'est mon ex. Depuis une semaine environ, il n'arrête pas de me laisser des messages, de m'envoyer des textos. Il me soutient qu'il ne peut pas vivre sans moi, qu'il a bien essayé de respecter ma décision, mais que je lui manque trop.

— Ah je vois...

— Et attends, ce n'est pas tout... Il me jure qu'il est désormais prêt à tout quitter pour moi. Il suffit d'un mot de ma part et il demande le divorce, il me l'a juré sur la tête de ses filles...

— À ta fille ! trinqua Aurélien.

— À l'amour ! reprit Éric en descendant d'une traite sa chartreuse, le shooter maison du *Stendhal*. Au fait, c'est décidé Aurélien. À mon retour, je vais quitter ma copine.

— Quoi ? T'es sûr ? T'as bien réfléchi ?

« On n'est jamais sûr de rien dans la vie », mais il avait pesé le pour et le contre pendant cette parenthèse rééducative. La séparation serait difficile, il était encore attaché à elle, mais il ne pouvait plus tolérer les tensions entre elle et sa fille adorée. Sans oublier cette jalousie maladive qui rongeait depuis toujours leur couple de l'intérieur.

— Encore un peu et on finissait dans Confessions intimes ! Au moins, ce bête accident m'aura permis de prendre conscience de ces choses-là et de mettre un peu d'ordre dans ma vie sentimentale. Ah, la vie, l'amour... Tout ça, c'est compliqué : on a beau aimer sincèrement quelqu'un, faire un tas d'efforts, il arrive parfois que les choses ne fonctionnent pas comme on le voudrait. Peut-être que si je l'avais rencontrée avant, qui sait... Tu vois Aurélien, avec les années, je me dis que la vie c'est quand même beaucoup une question de timing...

— Au contraire Claire, c'est le pire timing qui soit. Il faut qu'il se rende compte maintenant qu'il m'aime cet idiot, juste au moment...
— Au moment où quoi Lucile ?
Démaquillé et sous la couette, il était grand temps de tomber le masque.
— Autant que tu aies toutes les pièces du puzzle. Je crois que j'en pince pour Aurélien...
— Oh mon Dieu, ça alors ! Quelle nouvelle ! Désolé Lucile, mais ça crève les yeux de tout le monde que vous vous plaisez. Pour tout te dire, Éric a même lancé des paris sur le jour où vous tomberiez dans les bras l'un de l'autre.
Lucile se tut un instant.
— Quelqu'un a misé sur dimanche dernier ?
— Non, c'est pas vrai ! Enfin ! Raconte ! s'emballa Claire en tapant des mains.
— Oui, on s'est embrassé... Et c'était beau, c'était vrai, doux comme du coton. Ça a l'air stupide dit comme ça, mais je ne sais pas trop comment l'expliquer autrement. Je sais juste que quand je suis avec lui, je me sens bien. Il m'écoute, me fait rire, me touche par sa sincérité. Les week-ends qu'on a passés tous les deux étaient parfaits, si légers... Oui, c'est ça, quand je suis avec lui, je me sens jeune et insouciante.

Jeune et jolie, Angélique renseigna pleine d'assurance son numéro dans le portable d'Éric, plongé dans son vertigineux décolleté.

— Appelle-moi ! lui intima-t-elle avant de l'embrasser effrontément une dernière fois.

Accoudée au bar, sa copine sirotait d'ennui (et de jalousie) les résidus de glace pilée et de menthe qui se morfondaient dans le fond de son verre. À côté d'elle, Aurélien demeurait sans voix, obnubilé par la simplicité de la relation qui venait de se nouer sous ses yeux. Puis, les deux filles s'éloignèrent et les hommes recommandèrent un verre.

— Tu m'as pas beaucoup aidé sur ce coup-là ? Elle te plaisait pas ?

— Non, c'est pas ça. Elle était très jolie au contraire, mais...

— Mais quoi Aurélien ? Arrête un peu avec tes « mais », toujours des « mais » ! Et arrête aussi de te poser autant de questions, vis bon sang ! Lâche le frein à main ! T'es pas mon genre, mais t'es pas mal comme mec, sportif, intelligent, tu gagnes bien ta vie. Tu sais ce qu'il te manque : un brin de confiance en toi, c'est tout !

— Si c'était qu'un brin...

— Quoi ?

— Oui, tu as sûrement raison.

Les mots d'Éric s'égrenaient lentement dans l'esprit torturé d'Aurélien. *Comme quoi, on peut s'imaginer vivre à cent à l'heure, alors qu'on n'a même pas desserré le frein à main...* Et après une nouvelle rasade de Jack Daniel's, Éric ponctua :

— C'est bien beau dans la vie de réfléchir à tout, d'essayer de tout prévoir, mais parfois il faut aussi savoir prendre des risques, pour ce qu'on veut vraiment...

— Le problème Claire, c'est que je ne sais plus du tout ce que je veux. J'aurais reçu ces appels il y a un mois, j'aurais sûrement replongé à pieds joints. Cette fois, il est peut-être réellement décidé à quitter sa femme... Pardon Claire, je réalise que ça doit être dur pour toi de m'entendre parler de ces choses-là.

— Non ça va. J'imagine qu'un jour ou l'autre, on se retrouve toutes des deux côtés de ces triangles amoureux dont la vie a le secret.

— Peut-être...

— Et Aurélien, tu l'aimes ?

— Si je l'aime ? Je ne sais pas, c'est trop tôt, il me plaît beaucoup c'est sûr. Après il y a la différence d'âge, d'aspiration...

— Tu entends quoi par « aspiration » ?

— Je sais pas... Des enfants par exemple. Quand je vois ma sœur cadette, toutes mes amies, toi, je me dis que moi aussi, j'ai envie d'en avoir, que ma vie ne serait pas complète si je n'en avais pas. Oui, je crois que cette idée me terrifie, mais en même temps, j'ai pas envie de faire n'importe quoi, de me précipiter et d'être une mauvaise mère...

— En fait, ton histoire Lucile, c'est un peu comme un problème de conjugaison : tu es prise entre un passé d'amante qui remonte à la surface, un présent de femme qui te redonne l'envie de croire en l'homme et un futur incertain de mère qui t'obsède.

— Oui, dis comme ça, ça résume plutôt bien la situation : et en tant que prof, t'as un avis ?

— Le présent, c'est toujours le plus simple, après...

Sur la plage de Douarnenez, le week-end touchait à sa fin et tout ce petit monde avait regagné *Océane*. Et à l'approche du couvre-feu, Aurélien pénétra dans la chambre de Lucile qui referma avec précaution la porte derrière lui.

4.

— ... Allez, j'arrête de me lamenter, tu dois en avoir marre à force. Et toi alors, mon grand ? Bientôt prêt à recourir ?

À l'autre bout du fil, Aurélien s'étrangla.

— Oui, d'ici 2011, ça devrait le faire, enfin je touche du bois. Non plus sérieusement, ici les dernières évolutions ne sont pas très encourageantes : mon genou s'entête à ne pas plier. Et ne va pas me dire qu'il est aussi buté que son propriétaire !

Léa devina tout : les plis de son visage, le rictus de son sourire, la lueur triste de son regard... Depuis leur rencontre, il avait toujours su manier l'ironie et le sarcasme à merveille, deux armes d'auto-défense massives dont elle était aussi une fervente pratiquante.

— Motus alors, mais sache que je n'en pense pas moins, répliqua-t-elle néanmoins avant de laisser échapper un rire sonore plein de connivence. Et que disent les médecins ?

Aurélien lui partagea alors le diagnostic préliminaire d'algoneurodystrophie, un mot incasable au Scrabble mais aussi long que les dérapages calendaires qu'il occasionne. Pour Aurélien, l'équation était claire : en cas d'algo, c'était toute sa perspective de reprendre une vie normale qui s'éloignait. Léa l'écoutait, et espérait silencieusement que vie normale ne rimait pas avec vie d'avant.

— Et tu sais pas la meilleure ? Cela ne touche qu'une poignée de patients par an ! Et qui aurait décroché le gros lot ? C'est bibi !

— Oui Caliméro, le taquina-t-elle. Et sinon, comment ça se passe dans ton club du troisième âge ?

Finies les lamentations accessoires, l'occasion qu'il attendait se tenait là, à portée de lèvres. La raison première de son appel tardif tenait en trois syllabes : Lu-ci-le, trois syllabes qui lui brûlaient les lèvres. Depuis plusieurs jours, il sentait monter en lui l'envie, le besoin de parler d'elle à quelqu'un, de partager la marée incontrôlée de sentiments qui allaient et venaient avec elle. *Et qui sait, Léa pourra peut-être m'aider à comprendre ce qui vient de se passer.* Il hésita malgré tout encore quelques secondes.

— T'es encore là, mon grand ? Allo ?

— Oui pardon. En fait, je voulais te parler d'autre chose. Je crois que j'ai rencontré quelqu'un...

— C'est génial ! Elle s'appelle comment ? Dire que tu m'as laissé déblatérer mes habituelles salades... Je t'écoute, je veux tout savoir !

— Elle s'appelle Lucile.

La voix pleine d'émotions, il revint sur les dernières semaines à ses côtés. De leur rencontre à leurs fugues nocturnes au nez et à la barbe des cerbères du centre, en passant par leurs discussions si intimes et si franches. Sans oublier leur premier baiser. Il n'omit aucun détail jusqu'au goût de ses lèvres, au plus grand bonheur de son amie qui en l'écoutant revivait l'émoi de ses amours de jeunesse. Comme Jérôme... Jérôme Fleury. C'était pendant cette colo, en Vendée. Ah que de bons souvenirs ! Tiens, je me demande ce qu'il a bien pu devenir..., s'évada-t-elle l'espace d'un instant.

— Et quel âge a-t-elle cette Lucile ? Soixante ? Soixante-dix ans ?

— Ahah... Non, mais elle est un peu plus âgée. Elle a trente-quatre ans, mais tu la verrais, elle a l'énergie d'une étudiante. J'ai parfois du mal à la suivre, tu imagines, et pas uniquement à cause de ma patte folle.

— Je suis tellement contente pour toi, mon grand. Si tu savais... Même si je ne t'ai rien dit à l'époque à la clinique, j'ai tout de suite su que ton exil breton était une bonne idée !

— Oui, ce n'est pas moi qui vais te contredire là-dessus...

— Et vous... vous vous êtes juste embrassés ?

— Oui.

La voix du jeune homme retomba d'un coup.

— Pour le reste, il y a comme un blocage, et je ne parle pas seulement de nos genoux, même s'ils n'aident pas ces deux-là.

— Tu veux dire quoi ?

Aurélien se figea quelques secondes. *Comment expliquer quelque chose que je ne comprends pas moi-même ?*

— Je ne sais pas trop. Ce soir, je l'ai retrouvée dans sa chambre, et j'ai tout de suite senti comme une distance. Quelque chose n'allait pas. Je lui ai demandé si j'avais fait quelque chose. Elle m'a juré que non, que ce n'était pas moi mais elle, qu'elle était un peu perdue en ce moment. J'ai essayé de comprendre ce revirement, mais elle n'a rien voulu me dire de plus si ce n'est qu'elle était fatiguée. « Lucile fatiguée », c'était bien la première fois que ces mots étaient associés à *Océane*...

De l'autre côté du combiné, Léa l'écoutait sans en perdre une miette, touchée par ce qui était en train de se passer. Ils se connaissaient depuis plus de cinq ans maintenant et Aurélien ne s'était encore jamais confié à elle de la sorte, sur des aspects aussi intimes. Jusqu'ici, il avait toujours fait preuve d'une telle pudeur qu'elle s'était parfois demandé s'il était encore puceau.

— Je t'avoue que je ne sais pas trop comment l'interpréter. C'est peut-être ce Philippe qui ne cesse de lui tourner autour, avec ses grands airs. Ou bien autre chose... À mon tour d'être un peu perdu je crois, d'autant qu'elle termine sa rééducation ce mercredi, dans trois petites journées... T'en penses quoi toi ? En tant que fille...

— J'entends qu'elle ne sait plus trop ce qu'elle veut, mais tu sais, ça nous arrive souvent à nous les filles, concéda-t-elle dans un rire triste. La question est de savoir si tu tiens à elle ou non. Et si tu tiens à elle autant que le son de ta voix me laisse à penser, tu ne dois pas hésiter une seconde et foncer. Sinon, tu vas encore le regretter, comme avec cette petite blonde à l'École[28] que tu n'as jamais osé aborder.

Léa entendait son tourment intérieur jusque dans sa respiration.

— Tu te rappelles de *Zombieland*, « Time to nut up or shut up ![29] ». Crois-moi, je suis parfaitement consciente que ça peut faire peur, mais certaines choses valent bien un brin de courage, non ? Tiens, je ne sais pas si tu as lu cette définition du courage dans le bouquin que je t'ai offert, mais je l'aime assez : « Le courage, ce n'est pas l'absence de peur...

— ... mais l'action malgré la peur ». Oui, je l'ai lue.

---

[28] À chaque établissement scolaire, sa chimère ! Du primaire à l'École de commerce, Aurélien avait toujours eu de la suite dans les idées, et dans l'inaction...

[29] « C'est le moment de mettre vos c**illes sur la table ou de vous taire ! » Et pas besoin d'attendre d'être entouré par des centaines de zombies pour vous décider à agir.

Aurélien en profita pour la remercier, pour tout. Pour son écoute, ses conseils mais aussi pour ce livre qui lui avait ouvert de nouveaux horizons. Et aussi pour le journal intime qu'il qualifia « d'excellente idée ».

— Je t'embrasse mon grand et tu me tiens au courant ! Sans faute, hein ?

Il s'y engagea avant de raccrocher. De nouveau seul dans sa chambre, allongé sur son lit, il se félicita d'avoir une amie comme Léa, et bercé par le bruit du vent dans les rideaux, s'assoupit dans un flot de pensées. *Elle me comprend si bien Léa, parfois même sans que j'aie à prononcer le moindre mot. C'est drôle comme j'ai toujours réussi à me confier à elle plus qu'à n'importe quel autre de mes amis, y compris Flo... laissant avec elle le gros de ma pudeur et de ma peur du ridicule aux vestiaires... Non, j'ai vraiment beaucoup de chance de l'avoir rencontrée. J'espère sincèrement qu'elle trouvera le bonheur, elle le mérite tant...*

Lundi 28 avril, 16 h 42, J-2

Tellement de choses m'ont traversé l'esprit pendant cette nouvelle séance de kinetech, pendant cette nouvelle journée de soins, mais une seule m'obsède réellement : Lucile quittera Océane dans moins de quarante-huit heures. Je ne peux chasser cette pensée de mon esprit. Et harnaché à cette machine de torture, je n'ai pu m'empêcher d'observer les va-et-vient de mon genou qui bloque inlassablement sur le même palier. Un peu comme moi au fond. Je sens bien qu'ils ont raison, tous autant qu'ils sont : Éric, Léa et même Jeanine dans son style, mais j'ai beau faire des efforts, c'est plus fort que moi, quelque chose me retient toujours : j'ai peur. Oui, c'est bien de cela qu'il s'agit. J'ai peur, peur d'être rejeté, peur qu'elle ne veuille finalement pas de moi...

Je pourrais l'inviter à passer dans ma chambre ce soir. Rayonnante, elle y pénètrerait, je l'embrasserais du bout des lèvres et lui demanderais de s'asseoir, là sur le lit. Je lui dirais que j'ai besoin de lui parler. Gênée, elle acquiescerait d'un léger mouvement de tête. Je m'élancerais alors, pour un grand saut dans le vide. Ma voix nasillarde serait étouffée par la peur, je me mélangerais les pinceaux pour lui dépeindre ce que je ressens pour elle. Je n'oserais lui dire que je n'ai encore jamais ressenti cela pour personne, de peur qu'elle me prenne pour un ovni de l'amour. Je lui dirais que je comprendrais aisément qu'elle ne partage pas mes sentiments, que je n'ai pas grand-chose à lui offrir et que je n'ai jamais su me projeter. Je ne lui dirais pas que je l'aime. (D'ailleurs, est-ce réellement de l'amour que je ressens pour elle ?) Je m'arrêterais alors de parler, et une chape de silence plomberait l'espace confiné. Je la regarderais fuir mon regard, pour se concentrer sur ses Crocs, sur ses mains et ses bagues qu'elle se mettrait à triturer, ne sachant pas comment m'avouer qu'elle s'est bien amusée avec moi ces dernières semaines, mais qu'elle allait retourner à son quotidien dont je ne faisais pas partie. Elle m'enroberait sûrement cela dans une douce excuse du genre « Je ne crois pas aux relations longues distances » ou bien « avec notre différence d'âge, notre histoire est condamnée d'avance »...

Mais l'espace de ces points de suspension, je réalise que je n'ai pas envie de fuir, pas cette fois. Léa a raison. Pour une fois dans ma vie, je vais sortir de ma zone de confort et tenter d'aller de l'avant. J'en ai marre des regrets, je n'ai jamais connu que ça, les regrets. Et puis, elle m'a embrassé, non ? Plusieurs fois, et de tout son être. Cela ne peut pas être anodin. Tout comme son sourire, tout comme ses yeux qui dès que nous sommes tous les deux semblent briller d'une flamme supplémentaire. Sans oublier ces moments de grande intimité où elle m'a notamment partagé au bord des larmes l'histoire de sa mère décédée. Non, ce ne sont pas des choses que l'on fait avec le premier venu. Et puis, au pire, si jamais elle me repousse, je n'aurais que deux jours à vivre avec le ridicule de la situation.

Oui, c'est décidé ! Je vais le faire, je vais prendre un risque. Et au diable la facilité de me réfugier dans le cadre familier mais limité de mon passé ! C'est ça aussi grandir, me dirait Scott. Et qui sait, elle me confiera peut-être que les mêmes papillons peuplent son ventre, qu'elle n'osait pas aborder la question de peur que je ne ressente pas la même chose qu'elle, qu'elle ne soit à mes yeux qu'une amourette de vacances, un passe-temps, voire un trophée dans un tableau de chasse. Elle se relèverait alors, s'avancerait vers moi, m'attraperait le visage dans ses douces mains et m'embrasserait rageusement après m'avoir avoué qu'elle m'aimait. Nous nous allongerions sur le lit, elle m'enlèverait mes vêtements, j'en ferais de même avec les siens, sans jamais la quitter des yeux. Nous nous caresserions alors, l'atmosphère se ferait de plus en plus chaude, nos corps de plus en plus humides. L'excitation à son paroxysme, nos articulations convalescentes ne viendraient cette fois pas entraver la communion de nos corps et de nos âmes. Nous nous abandonnerions alors à la magie du moment, et elle crierait, ne pouvant contenir davantage son plaisir, nous moquant complètement que nos voisins de palier nous entendent ou pas... Puis, collée à ma poitrine, elle resterait silencieuse, avant de me demander comment je verrais mon avenir. Je resterais coi et indécis comme je sais si bien

le faire. Je la sentirais alors s'éloigner, d'abord impercepti-
blement, puis de plus en plus. Nous tenterions d'être prag-
matiques et sans le savoir, notre histoire serait déjà finie.
Merci journal, merci mais tu ne m'aides pas du tout sur ce
coup-là. Qu'elle m'aime ou non, notre histoire serait...
Pourquoi tout est toujours si compliqué dans ma tête ? Je
peine à respirer, le sang tambourine contre ma tempe,
quand je réalise soudain que je fais peut-être fausse route.
Et si derrière ma peur de l'échec se cachait plutôt une autre
peur : la peur de réussir ? Ça existe bien en sport : en ten-
nis, on appelle ça le syndrome du petit bras...
Merde, il est déjà 17 h 30... Il faut que je la voie.

5.

En descendant à la hâte les quelques marches de l'annexe, Aurélien croisa Lucile, à contre-courant, la tête dans les nuages. Sans réfléchir, il lui proposa une dernière balade sur le chemin côtier. Sur leur chemin côtier. Lucile accepta, sans la moindre hésitation. Rien de surprenant après tout, elle venait à sa rencontre.

— Alors, impatiente de reprendre la direction des airs ?

— Comment dire ? Disons que je ne trépigne pas plus que ça à l'idée de quitter *Océane* et de retourner à la vie réelle. En vérité, c'est même tout le contraire...

Aurélien ne répondit pas tout de suite. Boitillant sur ce chemin avec elle, il savourait l'instant présent et songea qu'en l'espace de quelques toutes petites semaines, la perspective de reprendre sa vie d'avant coûte que coûte s'était considérablement vidée de son sens. L'urgence était ailleurs.

— Je n'arrive toujours pas à croire que tu pars déjà ce mercredi. C'est fou comme le temps a passé vite, je nous revois encore sur ce sentier, anxieux à l'idée d'un morne week-end... Une chose est sûre, ces dernières semaines ont été tout sauf mornes.

Lucile soupira, soudain très nostalgique.

— C'est vrai... Je nous revois fausser compagnie à Hélène pour nous y engouffrer à la tombée de la nuit. Je me souviens que tu traînais la patte, enfin la béquille, et que l'orage menaçait. L'air était lourd et tu parlais peu.

— En même temps, je mourrais de faim, j'économisais mes forces.

— Oui, je me rappelle avec quelle envie tu t'es jeté sur ta crêpe au *bigorneau amoureux*. On aurait dit que tu n'avais pas mangé depuis huit jours... D'ailleurs, il faudrait que j'appelle le patron pour réserver ; je pensais proposer un petit dîner demain soir, en mode « qui m'aime me suive ».

— C'est une invitation ? Laisse-moi consulter mon agenda.

Elle le frappa sur le bras. Il lui répondit d'un large et franc sourire. Il aimait tant la taquiner.

— Moi, je me souviendrai longtemps de notre sortie des *Docks* pour rappeler le centre avec notre histoire qui tenait aussi peu la route que tes Crocs dans la boue. Tes fameuses Crocs de soirée, je peux encore les entendre couiner à chacun de tes pas.

— C'est un chouette souvenir en effet...

En s'enfonçant encore sur le sentier et dans leurs souvenirs, Aurélien se tourna d'un seul coup vers Lucile pour lui partager une grande décision.

— Sinon, je voulais te dire Lucile. J'ai beaucoup réfléchi suite à l'autre soir dans ma chambre, et je crois que je vais reprendre contact avec mon père... Tu as raison, il est temps.

— C'est vrai ? Je pense que tu fais bien. On a beau dire, on a beau faire, des parents, on n'en a que deux... Et il faut en profiter tant qu'ils sont là...

Sans préméditation, la main gauche d'Aurélien chercha celle de Lucile. Leurs doigts s'imbriquèrent naturellement, aussi parfaitement que les pièces d'un même puzzle. Un moment précieux qu'ils tentèrent de savourer à sa juste valeur. La valeur de l'éphémère. Quelques cailloux plus loin, à la hauteur du petit banc, Lucile proposa une halte. Toujours main dans la main, ils admirèrent en silence le panorama. Ils le reconnurent à peine. Leurs béquilles avaient disparu du paysage et ils étaient devenus proches, tellement proches. Elle déposa encore une fois sa tête dans le creux de son épaule, et elle renifla son parfum pour en capturer chaque effluve, chaque note. Lucile était de ces gens à croire en la toute-puissance de la mémoire olfactive. Aurélien, lui, fixait le panorama pour en mémoriser chaque détail : ce drôle de cumulus à la forme de coquillage dans le ciel bleu azur, l'épais filet d'écume blanche à la surface de l'océan tourmenté et les variations rougeoyantes de la roche aux prises avec la houle en cette fin de journée. Puis il ferma les yeux. Une sorte de photographie mentale, sa manière à lui de figer l'instant, avant de se jeter à l'eau.

— Tu veux passer dans ma chambre ce soir ?

Comme réduites au silence, les mouettes se turent et les éléments se figèrent. À l'image d'Aurélien suspendu dans sa chute libre aux lèvres de l'hôtesse. Elle finit par redresser la tête et déposa en douceur un baiser au goût de sel à la commissure des lèvres du jeune homme, dont le cœur s'envola à nouveau vers les sommets. À seulement quelques hectomètres du centre, n'importe qui aurait pu les surprendre. Qu'importe, à cet instant il n'y avait plus d'*Océane* ni d'océan. Juste eux deux, en parfaite symbiose avec les éléments et prêts à défier l'inconnu et tous leurs démons.

Ce soir-là, à l'heure du couvre-feu, Lucile s'agitait dans sa chambre. Discrètement pomponnée, elle se parfuma derrière le lobe des oreilles et souhaita une bonne nuit à Irène. Elle se faufila jusqu'à la chambre d'Aurélien et tapota à la porte, avant de s'y introduire.

— Je ne suis pas venue seule, annonça-t-elle en désignant la bouteille de vin blanc dans sa main droite.

Aurélien l'embrassa et la débarrassa.

— C'est la même bouteille que...

— ... que le premier vendredi dans ma chambre. Tu te souviens de ça ?

Il se mit à rire en sortant de son mini réfrigérateur la jumelle de la bouteille apportée par Lucile. Leurs verres se vidèrent au rythme de leurs souvenirs en commun. Cela faisait moins d'un mois qu'ils s'étaient rencontrés et pourtant ils regorgeaient déjà d'un stock d'anecdotes dignes d'un vieux couple. Et sans crier gare, l'alcool leur monta à la tête.

— Et si tu venais me rejoindre..., lança Lucile, sagement assise sur le rebord du lit.

Aurélien, qui en mourrait d'envie depuis de longues minutes, quitta sa chaise et s'exécuta d'un pas lent. Lucile remonta alors sa main le long de la cuisse du jeune homme, qui renversa le fond de son verre sur le sol.

— Laisse ça, c'est pas grave, lui intima-t-elle en le débarrassant du gobelet.

— Donne-moi une seconde, ça va coller si on passe pas un peu d'eau, se défendit Aurélien.

— Je ne te savais pas si maniaque, ironisa-t-elle en le retenant par le bras.

Puis elle l'attira jusqu'à elle, et l'embrassa. Il goûtait à nouveau au parfum de ses lèvres. *Comment vais-je faire pour vivre sans ?* Se refusant à penser au lendemain, il l'embrassa à son tour, de ses baisers fougueux et passionnés que se donnent les jeunes amoureux sur le quai d'une gare. Leurs mains avides s'aventuraient dans leur intimité respective en quête de volupté. Sans avoir eu à poser directement la moindre question, Aurélien tenait sa réponse. Lucile l'appréciait, vraiment. Il s'arrêta un instant, le souffle court, pour contempler son corps à moitié dénudé et ses yeux qui brillaient de mille feux. Il ne put contenir un rictus.

— À quoi tu penses ?

— À Philippe.

— Pardon ?

— Oui, non pas comme ça, dit-il en rougissant déjà. À un moment, j'ai cru qu'il te plaisait et que c'était la raison pour laquelle tu avais été parfois distante, à Brest notamment.

Lucile s'esclaffa.

— Philippe ? C'est pas du tout mon genre. J'ai déjà trop donné avec les types comme lui, si imbus d'eux-mêmes qu'ils vous font miroiter monts et merveilles et au final, ne pensent qu'avec leur sexe.

Aurélien lui mangea la bouche de plaisir. Aurélien 2 — Philippe 1. Ils se dévêtirent encore davantage, leurs pantalons terminèrent leur course dans la mini mare de vin. Puis, Lucile glissa innocemment la main dans son caleçon et le cœur d'Aurélien battit la chamade. Son cerveau n'était plus du tout irrigué et il laissa échapper ces quelques mots.

— Lucile attends, il faut que je te dise quelque chose, attends... Je tiens à toi, vraiment je veux dire...

Sa voix vacillait sous la sincérité.

— ... et je ne suis pas sûr d'avoir déjà ressenti ça pour quelqu'un.

Chaque parcelle de son visage confirmait ses mots.

— Moi aussi je tiens à toi, mais laissons ça à demain tu veux. Tu n'as pas envie de moi ?

— Si bien sûr ! Ça se voit, non ?

— Alors, tais-toi !

Elle ne lui donna d'ailleurs pas le choix et plongea sa langue dans sa bouche, tandis que la main maladroite du jeune homme infiltra sa culotte déjà légèrement détrempée. Le bruit de leur désir s'élevait dans l'annexe endormie, leurs visages se déformaient de plaisir. Tous les feux étaient au vert et même le daltonisme d'Aurélien n'y changerait rien. Rien ne saurait plus se mettre en travers de leur route charnelle.

Et soudain leurs souffles haletants et leurs gémissements disparurent, étouffés dans un puissant vacarme. L'alarme incendie hurlait. Stoppés dans leur élan, ils se regardèrent circonspects, et décelèrent vite des bruits de portes qui claquent, puis les voix des premiers curieux. Au beau milieu de la nuit, un cortège de peignoirs, de pyjamas et de caleçons se regroupa dans le corridor ; seuls manquaient à l'appel les deux tourtereaux. Tout en écoutant l'oreille collée à la porte les supputations qui allaient bon train, Aurélien trouva la blague de très mauvais goût, alors que son excitation retombait. *Si ce n'est pas Lucile, c'est forcément un coup d'Éric. En tout cas, c'est vraiment la poisse que ça arrive pile maintenant.* Sous les draps, Lucile n'entendait rien du conciliabule extérieur. Ses préoccupations étaient de tout autre nature. Sur le point de se laisser aller à la légèreté du présent, cette alarme retentissait à ses oreilles comme un puissant rappel à l'ordre, comme pour l'empêcher de franchir une ligne rouge. C'était de toute évidence un signe du destin...

Après quelques minutes de palabres, le calme revint dans l'annexe et tous regagnèrent leur lit. Aurélien distingua alors clairement la voix d'Éric.

— Vous ne trouvez pas ça drôle quand même que les deux seuls à ne pas être sortis soient Lucile et Aurélien ? Je crois qu'on tient nos suspects...

Des suspects ? Des victimes plutôt. Cette alarme avait réveillé leurs démons et sonné le glas de leurs préliminaires. Lucile se serra contre lui en sous-vêtements et s'endormit presque aussitôt. Contre son torse, Aurélien sentait aller et venir la fine respiration de Lucile avant de succomber à son tour à la fatigue. *Au moins, on ne pourra pas cette fois me reprocher de ne pas avoir essayé...*

Le lendemain matin, Aurélien débarqua, le ventre vide, dans la grande salle pour la séance collective. Se sachant piètre menteur, il avait délibérément sacrifié le rituel du petit-déjeuner pour repousser l'interrogatoire de la tablée. Au milieu des appareils et des cages métalliques, il s'avança vers son groupe en regardant ses pieds, comme un condamné jusqu'à l'échafaud. Il sentit très vite dans sa poitrine le poids des regards braqués sur lui. Il les ignora du mieux qu'il put et installa la poulie sur les parois de la cage pour réveiller ses ischiojambiers atrophiés.

— Eh bien, j'en connais un qui n'a pas les yeux en face des trous ce matin ? lui fit remarquer une Nathalie égale à elle-même. Tu m'as monté ça n'importe comment ! Laisse-moi faire.

— Merci Nathalie, je suis un peu à côté de mes pompes.

Éric prêtait une oreille attentive à leur échange tout en s'activant dans la cage voisine.

— C'est vrai qu'on se serait bien passé de l'alarme..., glissa-t-il, joueur.

Il informa en détail Nathalie de l'épisode de l'alarme incendie qui avait réveillé toute l'annexe au milieu de la nuit. Le jeune homme sentit des vagues de sang empourprer son visage.

— Une alarme ?

— Tu n'as rien entendu ? T'es bien le seul...

— Tu sais, j'ai le sommeil lourd, très lourd même. Une nuit, une demi-douzaine de pompiers et de policiers ont tambouriné à ma porte pendant plus d'une heure sans que j'entende quoi que ce soit. En même temps, j'étais un peu alcoolisé...

Nathalie et le reste du groupe étaient tout ouïe.

— Mais j'y pense. Tu n'es pas le seul à ne pas avoir réagi. Toi aussi Lucile, t'as un sommeil de plomb ?

Lucile, qui longeait les murs depuis le matin, le fit répéter.

— Ah non, moi j'ai bien entendu le boucan malheureusement et pourtant je dors avec des boules Quies ! Mais Irène était déjà sur le coup, alors je suis resté sagement sous ma couette jusqu'à ce que ça s'arrête. Mais c'est vrai que comme toi, je m'en serais bien passée, ponctua-t-elle en baillant.

— Sagement... Bien sûr...

Acculé dans sa cage, Aurélien envia l'aplomb de sa comparse. Aucun signe extérieur ne la trahissait.

— On ne m'enlèvera pas de l'idée que je trouve étrange que vous soyez les deux seuls à ne pas être sortis voir ce qui se tramait...

— Dis-moi Éric, tu n'essayerais pas par hasard de me faire porter le chapeau pour une de tes blagues ? C'est sûr qu'avec mes casseroles et à la veille de mon départ, je suis la pigeonne idéale, se défendit habilement Lucile, sans se départir de son espiègle sourire.

Rouge comme une pivoine, Aurélien, lui, la jouait profil bas en se demandant ce que pouvait bien soupçonner Éric. *Nous croit-il responsables du déclenchement de l'alarme, pour ce qui serait une des dernières plaisanteries de Lucile au centre ? Ou bien s'imagine-t-il un seul instant ce que nous faisions au moment de l'alarme ?* À tort ou à raison, une attention toute particulière accompagna leurs moindres faits et gestes, de la salle de torture au réfectoire en passant par les longs couloirs d'*Océane*. « L'affaire de l'alarme incendie » était sur toutes les lèvres. *Comme si j'avais besoin de ça, alors que Lucile part dans moins de vingt-quatre heures maintenant...*

Lucile

« Demain à la même heure, je serai en route pour l'aéroport. L'heure de reprendre mon envol, mais pour où ? »
À vrai dire, je n'arrivais pas réellement à réaliser que cela faisait déjà cinq semaines que j'avais entamé ma rééducation à *Océane*. Et oui, déjà. Cinq semaines, un battement de cils à l'échelle de mon existence, et pourtant... Avec l'agitation des derniers jours, je n'avais pas eu le loisir d'y réfléchir. Pour être franche, je m'y étais refusée, un peu comme ces autruches qui enfouissent profondément leur tête dans le sable.

Une dernière fois, je rassemblais mes affaires de piscine et prenais la direction du bâtiment principal. J'avais quelques minutes à tuer et décidai de rendre une courte visite à Jeanine que je n'avais pas vue depuis plusieurs jours. Mais je trouvai porte close. Je regagnai l'ascenseur, dans lequel je zyeutai machinalement le menu de la semaine. Du gratin dauphinois pour le déjeuner de jeudi, comme d'habitude. Il n'était pas si mauvais leur gratin, n'en déplaise à Éric. Je resterais bien pour en reprendre une dernière portion... Mais je devais regarder la vérité en face, l'heure de quitter le centre, son bol d'air vivifiant, ses pensionnaires et son gratin dauphinois avait sonné, et je devais me préparer à retrouver l'atmosphère étouffante, le vide et les boîtes de conserve de mon deux-pièces toulousain. Sans parler des piscines des hôtels aseptisés de tous ces pays en développement, où je ne faisais que poser le pied. Rien que d'y penser, ma respiration s'obstruait... La sensation de manquer d'air... Je n'étais pas prête. Pas prête à refermer la parenthèse enchantée d'Aur..., d'*Océane*. Pas si vite.
— Allez Lucile, tu te calmes et tu te remotives. Ce serait trop bête de ne pas profiter au maximum de ces dernières heures..., je me martelais dans l'ascenseur.
Dans le vestiaire, je me déshabillai et m'accoutrai une ultime fois de mon ridicule bonnet de bain. Mon temps ici ne se mesurait désormais plus qu'en heures, quelques malheureuses heures et leurs cocktails de dernières fois. Aussi, en

sortant du pédiluve, j'envoyai bouler le protocole et sautai dans la piscine, comme une enfant.

— Lucile ! Qu'est-ce que je t'ai déjà... Et puis laisse tomber... se résigna le patrouilleur Ricardo.

Dans le bassin, l'anarchie la plus totale régnait, à croire que j'avais donné le ton avec mon « éclaboussante » entrée : les ballons volaient dans tous les sens, les frites servaient d'épées et les kinés ne contrôlaient plus rien ou presque. Ils avaient capitulé, pour aujourd'hui.

— Cette fois, ce n'est pas de ma faute, Ricardo !

Tout sourire, il afficha sa parfaite dentition. Je lui avais donné du fil à retordre au cours de ces semaines, mais quoi qu'il en dise, j'allais lui manquer. Enfin peut-être. Éric me taquina encore avec cette histoire d'alarme et je blaguai avec Marcel, sa bedaine et son épaule raplapla toute poilue : « Marcel, je reviendrai t'accorder une revanche au watervolley, promis ! » Ils allaient tous me manquer, je me sentais si bien ici, comme dans une bulle. Je croisai alors le regard toujours plein de douceur d'Aurélien qui s'appliquait en bon élève sur ses mouvements. Lui et ses pommettes allaient terriblement me manquer. À la fin de la séance, je lançai l'idée d'une petite photo souvenir. Nathalie alla chercher son téléphone, tandis que dans l'eau se rassembla autour de moi une douzaine de patients. Je conviai aussi Ricardo à prendre la pose avec nous. Il refusa avant de se laisser convaincre, je savais me montrer persuasive (chiante pour certains). Il s'agenouilla au bord de la piscine et lorsque Nathalie annonça « Cheese ! », je tirai sur son bras de toutes mes forces. La tête la première, il but une grande tasse de chlore avant de me rendre la monnaie de ma pièce dans l'hilarité générale. En me douchant, je souris à l'idée que je devais ma présence ici à une blague au bord d'une piscine. Je bouclai la boucle, en quelque sorte.

Pour mon pot de départ, l'annexe avait fait le plein, et cela me faisait vraiment chaud au cœur de voir tous ces visages familiers ainsi rassemblés une dernière fois. Tout autour de moi, les gobelets en plastique s'entrechoquaient, se renversaient sur le carrelage du corridor. Le succès de l'invitation me fit juste craindre pour le bar, d'autant que dans le lot figuraient quelques assoiffés notoires, des Bretons de souche qui faisaient honneur à leur réputation. Dans un coin, certains se livraient à de sérieuses messes basses : peut-être se perdaient-ils encore en conjectures sur cette histoire d'alarme qui avait alimenté toutes les discussions du jour à *Océane* ? Ou bien fomentaient-ils une dernière blague à mon encontre ? Dans les deux cas, c'était de bonne guerre. L'ambiance festive me laissait toutefois un goût entêtant et amer dans la bouche, celui de la nostalgie. Je ne voulais pas partir, pas maintenant, pas déjà. Puis, Jeanine fit son apparition, tout apprêtée pour l'occasion. Avec l'aide des garçons, elle brava les escaliers et m'embrassa, émue. Avec sa voix éraillée, elle me glissa une nouvelle fois à l'oreille que nous allions très bien ensemble, Aurélien et moi. Je laissai échapper un sourire sans la contredire cette fois, et la persévérante entremetteuse me serra fort dans ses bras. Je sentis des larmes monter et courus me réfugier aux toilettes.

— Ah te voilà enfin ! Assieds-toi, on va t'équiper.

À peine remise de mes émotions, je m'avançai d'un pas inquiet vers le cœur de l'annexe où une table basse m'attendait, face à plusieurs rangées d'assises. Qu'est-ce qu'ils mijotaient ? Claire et Irène m'équipèrent de brassières orange fluo et Éric prit la parole.

— D'après nos informations, lorsque tu ne tortures pas les patients des centres de rééducation, tu officierais sur le fleuron de l'aviation civile française en tant qu'hôtesse de l'air. Aussi, pour faciliter ta prochaine reprise du travail, je te propose une petite remise à niveau en nous guidant à travers les procédures de sécurité en cas de crash ou d'amerrissage forcé. Allez tout le monde, encouragez-la un peu !

Des applaudissements fournis s'élevèrent, je me sentis rougir et jetai un œil amusé à la caméra de surveillance.

— C'est une excellente idée, sauf que je connais les gestes moi, pas les instructions, on a une bande audio pour ça sur Air France. Mais si l'un d'entre vous se sent de faire la voix off, volontiers !

Un moment d'hésitation gagna mes passagers de fortune, qui regardèrent leurs pieds pour certains, fouillèrent dans leurs poches pour d'autres. On aurait dit un groupe d'élèves à qui on demanderait un volontaire pour passer au tableau.

— Si personne ne se dévoue, j'ai bien peur que cela ne tombe à l'eau... Heureusement, j'ai déjà les brassières.

Je me réjouissais déjà en me redressant, quand Aurélien se leva.

— Pas si vite !

Il progressa entre les rangées de sièges, prit place à mes côtés et s'élança de sa voix frêle. L'ordonnancement n'était pas parfait, mais on sentait qu'il avait l'habitude de l'avion ainsi qu'une excellente mémoire.

— ... Nous vous rappelons que ce vol est non-fumeurs, et qu'il est strictement interdit de fumer dans l'annexe, n'est-ce pas Éric. Qui sait, ça pourrait déclencher l'alarme incendie... En cas de dépressurisation de l'appareil, priez si vous le sentez, sinon un masque à oxygène tombera automatiquement à votre portée. Tirez sur le masque et ajustez-le à votre visage. Et n'oubliez pas, charité bien ordonnée commence par soi-même. Vous responsabiliserez ainsi vos enfants, même en bas âge, à apprendre à s'en sortir par eux-mêmes dans ce bas monde. Voilà, je crois qu'on a fait le tour...

— Et en cas d'évacuation ? le testai-je.

— Une évacuation bien sûr, ce n'est jamais arrivé depuis 1992, mais allons-y. Euh... Dans ce cas, localisez les issues de secours les plus proches de vous... Oui, c'est ça et rappelez-vous, celles-ci peuvent se situer derrière vous. Les issues de secours justement sont situées à l'avant, au centre, à l'avant et à l'arrière de la cabine. C'est bien, tu suis ! Un dernier message à l'attention du personnel naviguant : prenez garde de ne pas chuter dans l'escalier en quittant l'appareil, il paraît que c'est déjà arrivé... Merci à tous de votre attention et prenez un dernier verre avant le décollage vers le restaurant pour les passagers concernés. Et merci encore d'avoir choisi *Air Océane*, en espérant ne pas vous revoir de sitôt dans ces murs.

Comme pour un atterrissage réussi sur certaines destinations, les passagers applaudirent, et sur la recommandation du chef de cabine improvisé, ils filèrent sans attendre vers le bar. De vrais morts de soif qui enfantèrent en moins de deux un embouteillage digne des heures de pointe à CDG.

— Pour un type casanier, tu t'es pas mal débrouillé. Si jamais tu envisages une reconversion...

Nous trinquâmes complices, les yeux dans les yeux. Avec Aurélien, nous étions complémentaires. Il était la voix, la tête, la raison ; j'étais les gestes, le corps, la passion.

Pour notre départ vers le restaurant, une dernière surprise m'attendait. Tous se postèrent de part et d'autre de l'annexe et joignirent leurs béquilles. Une sorte de haie d'honneur pour PMR[30] ! « Je dois ressembler à une véritable écrevisse, c'est malin. » Au *bigorneau amoureux*, le patron avait réagencé tout son espace pour nous accueillir. Il se souvenait très bien de nous. Pour mon dernier repas, nous étions... treize à table, mais heureusement je n'étais ni croyante, ni superstitieuse. Tout le noyau dur d'*Océane* était attablé autour de moi : Claire, Éric, Chloé, Philippe, Jeanine... Et Aurélien bien sûr, qui s'était assis à ma droite. J'aurais d'ailleurs bien dîné en tête-à-tête, juste lui et moi, comme lors de notre première fugue... Mais je m'efforçai, malgré une mélancolie grandissante, de profiter de chacun d'eux, en nous remémorant à l'occasion les épisodes de complicité partagée.

— Ça en fait des souvenirs en à peine quelques semaines, résumai-je. Ça va vraiment me faire tout drôle de ne plus voir vos têtes pas réveillées au petit-déj'...

— Et dire que dans seulement quelques jours, vous serez tous repartis..., se projeta Claire qui en connaissait un rayon question nostalgie. Parfois, j'aimerais avoir le pouvoir de figer l'instant, ce serait chouette de prolonger les bons moments de l'existence...

— Tiens, je pense à ça, et si on se donnait tous rendez-vous ici même, disons dans un an, pour un week-end de retrouvailles..., lançai-je sans même réfléchir.

Cette idée fit l'unanimité autour de la table et nous trinquâmes pour sceller cet engagement. Je ne sais pas si ce fut le fait d'avoir une perspective future, mais je parvins alors à savourer davantage l'instant présent : chaque bouchée,

---

[30] Les rugbymen n'ont pas le monopole de la haie d'honneur ; les Personnes à Mobilité Réduite y ont droit également !

chaque vanne, chaque éclat de rire se gravaient en moi... Et après le succulent dessert, le patron débarqua avec une tournée de chouchen pour faciliter notre digestion, et me remercia d'avoir choisi son humble établissement pour fêter mon départ.

— Ne me remerciez pas, j'aime beaucoup votre restaurant. L'accueil est parfait, et on y mange toujours très bien. Sans oublier son nom, *Le bigorneau amoureux*, je ne sais pas pourquoi, mais ça me parle... J'aime beaucoup l'image !

— Une idée de ma femme ! Aussi bizarre que cela puisse paraître, c'est l'image d'un bigorneau qui lui est venue à l'esprit lors de notre première rencontre, nous confia le colosse dans son saillant tablier. Allez comprendre !

Sur le pas de son restaurant, il me souhaita « Bon vent ! », et les capitaines de soirée, articulairement aptes, nous ramenèrent en un seul morceau au centre. Le temps pour une poignée d'entre nous d'un ultime verre au *Mercure*, d'une ultime partie de billard qui attesta de mon absence totale de progrès dans le domaine et d'un ultime au revoir à Erwan et Fargo. J'eus soudain l'impression d'être engagée dans un pèlerinage exhaustif de mes semaines passées à *Océane* et dont je cochais chacune des cases, les unes après les autres. Je regagnai ensuite ma chambre. Claire, Éric, Aurélien et Irène se tenaient juste derrière moi. Je poussai la porte et découvris une véritable pagaille, limite capharnaüm : du papier toilette pendouillait de partout, des lampes à l'armoire en passant par le lit, les cadavres de l'apéro du soir gisaient à côté de mon oreiller et cerise sur le gâteau, mon lit était en portefeuille. « La réponse du berger à la bergère », comme on dit. Et quand j'ouvris l'armoire pour en décrocher le papier suspendu, une pluie de confettis s'abattit sur moi. Rideau !

Couvertes de la tête aux Crocs, je ris aux éclats avant de subitement fondre en larmes. Claire me prit aussitôt dans ses bras.

— Pleure pas Lucile... Sinon, tu me connais, je vais m'y mettre aussi...

— C'est rien, c'est juste beaucoup d'émotions, voilà tout.

Comme annoncé, Claire se mit à pleurer en pensant à l'éclatement de notre petite famille, et les garçons abandonnèrent leur simulacre de rangement pour nous envelopper de toute leur envergure.

— Quelque chose me dit que je vais bien dormir cette nuit, sanglotai-je en les raccompagnant, enfin si tu nous épargnes toute mauvaise blague Éric.

— J'allais justement t'en parler, ironisa-t-il à son tour.

Après avoir remis un semblant d'ordre dans la pièce avec Irène, j'attaquai, sous son œil amusé, ma valise, la première d'une longue série. Je n'étais pas du tout à ce que je faisais. Je m'en fichais de mes bagages comme de l'an quarante ; ce que je voulais moi, c'était profiter de chaque heure, de chaque minute, de chaque seconde qui me restait à *Océane*. Je voulais être avec lui, mais était-ce réellement une bonne idée ? Je m'étais si souvent trompée en matière d'hommes... Quelques minutes de va-et-vient mental plus tard, la valise sonnait toujours aussi creux, et je me décidai à traverser les vapeurs d'alcool du visqueux couloir de l'annexe pour écrire une nouvelle page de notre histoire.

Je m'apprêtai à frapper, mais quelque chose retint mon bras. Une force invisible et inexplicable. Était-ce la dernière page de ce joli livre, que je ne voulais pas refermer ? Toujours est-il, mes doigts glissèrent d'envie le long de sa porte, caressant l'idée d'un présent et pourquoi pas d'un futur avec Aurélien. Mais soudain, les sept années qui nous séparaient, mon envie d'enfant et les messages de mon ex me suppliant de lui donner une autre chance me revinrent en tête comme autant de boomerangs. Haletante, je rebroussai chemin en catastrophe.

— Tu es déjà de retour ? me demanda Irène, en relevant la tête de son roman à l'eau de rose.

— Oui, ce n'était pas une bonne idée après tout...

Je m'installai alors derrière notre bureau et gribouillai quelques mots sur une feuille à la lueur de notre petite lampe.

6.

Silencieuse, Lucile chemina dans le couloir au ralenti. Direction : la sortie. Une issue définitive cette fois, pas une fugue éphémère. Sur sa droite, Hélène, la gardienne du temple, saluait ce départ d'un rictus de soulagement. Mais Lucile ne la voyait pas. Elle ne discernait pas grand-chose. Tout autour d'elle était flou, comme plongé dans une épaisse brume matinale. En tâtonnant vers les portes mécaniques, elle manqua de se prendre les pieds dans le tapis logoté et de prolonger son séjour au centre. Elle parvint néanmoins jusqu'au sas, où le temps sembla s'arrêter un instant. Elle se retrouvait, seule, entre deux mondes : derrière elle la colonie, joyeuse et insouciante, devant elle le retour à la vraie vie, sérieuse et glaçante. Sa respiration était contrariée, son petit cœur tout mou battait sans relâche.

— La vie est si difficile parfois... Si seulement quelqu'un pouvait me prendre par la main et me montrer le chemin. J'aimerais tant que tu sois là à mes côtés maman..., murmura-t-elle d'une voix étouffée.

Un pas après l'autre, elle atteignit le perron. Son trolley chargé, son VSL n'attendait plus qu'elle. Tout était prêt pour son départ, tout sauf elle. Sans regarder derrière elle, Lucile avança, insensible au bruissement du cortège de béquilles qui la suivait. Elle ne devait pas craquer, elle devait rester forte. Elle prit une profonde inspiration devant la portière arrière du véhicule, puis se retourna. Elle découvrit alors la foule rassemblée. Pour elle, juste pour elle. La gorge serrée, elle s'installa dans le VSL et la balaya du regard par la vitre : les yeux rougis de Claire, la dernière salve de clignements intempestifs d'Éric et le mouchoir en tissu dans la main parcheminée de Jeanine. Et enfin la petite tête d'Aurélien, qui dépassait à peine, tapi dans le fond. Son regard était fuyant, lui aussi se sentait à deux doigts de fondre en larmes. L'espace d'une fraction de seconde, il pensa à sa mère en se disant que *les chiens ne font pas des chats...* La main de Chloé passa chaleureusement dans son dos et il força tant mal que bien un sourire de circonstances. Pour Lucile. Seulement pour elle.

— On est partis, Mademoiselle ? lui demanda le chauffeur, les mains déjà sur le volant.

Elle ne répondit pas tout de suite, contemplant l'idée folle de rouvrir sa portière et de filer l'embrasser aux yeux de tous.

— Mademoiselle ? On peut y aller ? Il ne faudrait pas que vous ratiez votre avion.

— Un instant s'il vous plaît.

La parenthèse d'*Océane* se refermait là et maintenant. Les larmes réprimées jusqu'alors se mirent à couler, mais elle les dissimula habilement derrière son appareil photo, et le temps d'un flash immortalisa l'improbable bande d'*Océane*.

— C'est bon, sanglota-t-elle.

La voiture démarra. Une nuée de mains et de béquilles s'élevèrent sur le parvis et en guise d'au revoir, Lucile se fendit d'un dernier sourire. Après seulement un petit mois à *Océane*, ce départ c'était comme si on lui arrachait une partie d'elle-même. Les rues de Douarnenez défilaient devant ses yeux embués, et Lucile serrait les dents. Chaque senteur, chaque lumière, chaque souffle de vent la ramenaient à des souvenirs qu'elle était déterminée à défendre bec et ongles. Une fois sur la nationale, elle consulta les clichés sur son appareil. Elle zooma sur les visages et découvrit une myriade de sourires, à l'image de l'indéfectible sourire qu'elle avait arboré cinq semaines durant. Quoiqu'il advienne désormais, elle se rappellerait à jamais cette parenthèse océanique.

À plusieurs kilomètres de là, Aurélien avait lui aussi filé à toute vitesse. Il n'avait jamais aimé les adieux, et naturellement, il avait haï celui-ci. Arrivé dans sa chambre, il se jeta sur son lit et les blocages inflammatoires de son genou étaient à ce moment le cadet de ses soucis. À l'abri des regards, il se laissa aller à sa peine immense de l'avoir vue partir, mêlée à l'incertitude qui planait sur leur relation. Juste avant son départ, ils avaient marché ensemble, l'espace de quelques fugitives minutes le long de la plage. Et malgré l'air marin, tous deux avaient très vite suffoqué sous l'épais voile d'émotions collé à leurs basques. Leur présent au centre s'était achevé avec ces quelques pas, sans qu'aucun d'eux ose faire le premier, et aborder la question d'un possible futur.

Au bout d'un moment, il se redressa et en essuyant ses larmes, aperçut sous sa porte, une enveloppe blanche sur laquelle il déchiffra en lettres rondes renversées : « Aurélien ». Il se précipita pour la ramasser, et l'observa sous toutes les coutures. Le sang frappait contre ses tempes. Il mourrait d'envie de lire le contenu du message laissé par Lucile, mais il était pétrifié. Les doigts tremblotants, il finit par la décacheter avec la plus grande délicatesse, et respira profondément.

Aurélien,
Je ne sais par où commencer. Tu t'en seras rendu compte, je ne suis pas la meilleure pour dire les choses (oui, à mon tour de recourir à l'euphémisme). Je vais tenter de faire court, car je ne veux pas empêcher Irène de dormir. Ce soir, après avoir rangé le boxon mis dans ma chambre (merci encore), je suis venue devant ta porte. J'étais à deux doigts de frapper, mais je suis restée plantée là, comme une conne. J'avais, j'ai pourtant des choses à te dire, des choses qu'il faut que je te dise.

Aurélien, tu es un garçon formidable je t'assure, bourré de qualités humaines si précieuses dans le monde dans lequel on vit, où tout le monde passe son temps à se regarder le nombril. Toi, tu fais attention aux autres, tu les écoutes, tu ne les juges jamais. J'aimerais tant que tu parviennes à le voir toi aussi. Car, s'il te manque bien une chose, c'est juste un peu de confiance en toi. Je suis tellement persuadée que tu pourrais accomplir de grandes choses si tu croyais ne serait-ce qu'un tant soit peu plus en toi. Voilà, je voulais que tu le saches, que tu saches tout le bien que je pense de toi et que je n'ai pas été capable de te dire de vive voix.

Moi, je ne suis pas un cadeau tu sais, et n'ai malheureusement pas grand-chose à t'offrir. La Lucile que tu as connue au centre est très loin de celle que je suis au quotidien. Je suis plus du genre à me noyer dans des verres d'eau sans arrêt. Oui, c'est ça, encore aujourd'hui, « à mon âge », je suis complètement paumée... Plusieurs fois ces dernières semaines, je me suis dit que j'aurais aimé te rencontrer dans d'autres circonstances, à une période moins embrouillée, même si j'ai l'impression, pour être totalement honnête, que ça fait un moment que j'avance à tâtons dans un épais brouillard. Je m'étais dit que j'allais faire court et voilà que je tartine et dérive. Tu vois, aucune suite dans les idées...

En fait, je réalise pourquoi je n'ai pas frappé ce soir. Je n'ai pas la moindre idée de ce que je veux, et il serait tout sauf juste de t'embrigader là-dedans. Bref, je m'énerve moi-même de t'écrire ces lignes sans queue ni tête. Mais dans tous les cas, et quoi qu'il arrive, sache bien une chose : je suis très heureuse d'avoir croisé ta route, Aurélien Tissot.

P.-S. : J'espère réellement que nos folles escapades n'ont pas été à l'origine de tes récentes difficultés articulaires. Si c'était le cas, sache que j'en suis sincèrement désolée ; je sais à quel point reprendre le sport et ta vie d'avant compte à tes yeux... Pense donc à bien glacer ton genou, je sais d'expérience que tu as tendance à oublier...

Chloé

J'en avais marre. Chloé Tendon en avait marre de son patronyme. Elle voulait divorcer. Depuis des semaines, j'avais beau faire de mon mieux, m'astreindre à tous les exercices et soins possibles et imaginables, pendant et en dehors des séances, les progrès se faisaient toujours attendre et cette douleur lancinante ne me lâchait pas d'une semelle. Mon chirurgien m'avait pourtant prévenue à ma sortie de la clinique, « le chemin de la guérison sera long et difficile. » Mais à ce point...

— Allez, du nerf ! La séance est bientôt terminée, nous exhortait Yoann dans son épais jogging en coton au milieu des tapis de gym. Qu'est-ce qui vous arrive aujourd'hui ? Vous êtes mous comme des chamallows !

Il devait raffoler des chamallows, Yoann. Depuis la mise en place du cours de renforcement musculaire, il nous affublait souvent de cette image saugrenue pour nous motiver. Sans grands résultats.

— Oh oui, des chamallows grillés sur la plage, ça serait une bonne idée, non ? Vous en pensez quoi ?

Telle fut la réaction de Lucile à la toute première évocation de cette friandise par notre coach. « Quelle énergie ! », m'étais-je dit alors. Une énergie hautement communicative qui contaminait tout le groupe. Mais aujourd'hui, un vent de démotivation soufflait dans les rangs. En soulevant les mini-haltères de couleur de Yoann, j'observai mes camarades, plus amorphes les uns que les autres, presque sans vie. Le plus atteint était sans surprise Aurélien, qui errait dans *Océane* depuis le midi comme une version inoffensive et déprimante du fantôme de l'Opéra. Que s'était-il passé entre eux ? Dans le lot, seul Philippe restait égal à lui-même, dans son débardeur trois tailles trop petites qui laissait ostensiblement transparaître sa musculature soignée. Volontaire, appliqué et aussi très lourd.

— La première fois que je t'ai croisée, je me suis tout de suite dit que tu avais des cheveux resplendissants. Là, en m'approchant, je repense de plus en plus à cette pub de L'Oréal, tu sais celle contre les pointes sèches...

Il aimait jouer, mais je ne rentrerais pas naïvement dans son jeu, pas cette fois, même si je l'aurais bien complimenté sur son début de calvitie et ses golfes frontaux.

— À mon âge, tu sais...

— Pourquoi tu souris comme ça ?

— C'est drôle quand même quand on y pense : avec l'âge, le budget shampooing des femmes augmente, alors que celui des hommes chute...

Ce fut plus fort que moi. Comme cette dernière série d'abdos que j'effectuai, une fois n'est pas coutume, en dilettante pour clôturer ce cours. Un cours à oublier, l'archétype du jour sans. La salle se vida d'ailleurs sans tarder, alors que dégoulinant, Philippe me tenait encore la jambe.

— Ah Aurélien, tu fais quelque chose maintenant ? Ça te dirait d'aller prendre un verre ? le suppliai-je dans un clin d'œil que j'espérais suffisamment explicite.

Il parut surpris l'espace d'un instant.

— Là, tout de suite ? Euh, volontiers, on est parti. À plus Philippe !

En nous installant sur la terrasse déserte du *Mercure*, Fargo le fêta comme son maître et une esquisse de sourire réapparut sur son visage.

— Merci Aurélien. Il ne voulait vraiment plus me lâcher aujourd'hui.

— De rien, Chloé. Ça me fait toujours plaisir de rendre service, surtout lorsqu'il s'agit de Philippe.

Il sourit plus franchement.

— Le truc je crois, c'est de ne surtout pas rentrer dans son jeu. J'ai quelques amis qui utilisent des techniques de drague similaires, tu vois ce genre de compliments négatifs dans l'optique de se rendre plus désirable aux yeux de la fille qu'ils convoitent en la rabaissant.

Aurélien avait raison et je le savais pertinemment. Ce n'était pas le premier à me faire du rentre-dedans. Je lui confiai que j'étais néanmoins plutôt contente de cette drague agressive, qui nous donnait l'occasion de nous parler un peu.

— Comment va ton tendon ? Tu sens que les sensations reviennent petit à petit ?

D'entrée, il appuyait là où le bât blessait.

— C'est pas encore ça... Je le sais bien pourtant, tout le monde m'a dit et répété que ce serait long, que je ne rechausserais pas les pointes en un claquement de doigts, mais là, je commence un peu à perdre patience, car j'ai toujours mal. Et Philippe qui me parle de la « pointe » de mes cheveux...

— Petite boulette sémantique en effet. Après, pour ton tendon, je crois, enfin je crains qu'ils n'aient raison... Une telle blessure demande du temps, et effectivement beaucoup de patience, même si j'imagine aisément qu'avec tous les efforts que tu fais au quotidien, tu voudrais que les choses aillent plus vite. Fais-moi confiance, je vois très bien...

Je restai sans voix, l'œil plongé dans mon thé. Mon copain m'avait tenu un discours en tout point identique la veille au soir quand je lui avais fait part de ma lassitude grandissante devant l'absence de progrès notables, et je lui avais presque raccroché au nez. « C'est fou comme parfois les gens peuvent te rabâcher sans cesse certaines choses et bien qu'une petite partie de toi sache qu'ils ont raison au fond, tu peux te refuser à les entendre... Jusqu'à un certain point, comme si les idées avaient elles aussi besoin d'infuser. »

— Tu as raison, je sais ça. Mais j'ai tellement envie de reprendre la danse, si tu savais. Et en même temps, j'ai tellement peur...

— Peur de ne pouvoir redanser comme avant, c'est ça ?

— Oui entre autres, confessai-je du bout des lèvres en touillant le contenu de ma tasse. Tu sais, des blessures au tendon ont mis fin aux espoirs de beaucoup de danseurs, et des bien plus jeunes et talentueux que moi... Et puis à un moment, il faut peut-être arrêter de rêver et regarder la vérité en face : elles sont rares les danseuses, végétant dans les spectacles régionaux, à avoir percé à mon âge, même en pleine possession de leurs moyens... J'ai quelques contacts au Conservatoire de Brest, je me dis que je pourrais enseigner... Je suis désolée de t'ennuyer avec tout ça, mais je me pose beaucoup de questions ces derniers temps, sur beaucoup de choses, et je n'ai personne réellement à qui en parler.

— Tu ne m'ennuies pas, bien au contraire. D'autant que plus j'avance dans la vie, plus je me rends compte que c'est important de s'entourer de gens, des gens à qui l'on puisse parler franchement, se confier sur ce qui nous tracasse, sur nos dilemmes existentiels, sans la peur constante d'être jugé.

Ses mots, la sincérité dans sa voix résonnèrent étrangement en moi, et sans fausse pudeur, je me confiai à lui.

Je mentais, je l'avais cette personne. Manu. Mon copain. Enfin l'homme de ma vie. L'homme de mes dix dernières années. Tout, il savait tout de moi. Je lui racontais tout. Nous étions toujours aussi proches, mais depuis quelques mois, quelques années même, notre relation s'était peu à peu vidée de sa passion originelle, au point que j'aurais été bien incapable de dire à quand remontait la dernière fois qu'il était venu me surprendre à la sortie de mon école de danse avec un bouquet de n'importe quoi (même de pissenlits défraîchis cueillis sur le chemin comme cette fois-là), la dernière fois qu'il m'avait invitée au restaurant sans un anniversaire quelconque à célébrer, ou encore la dernière fois qu'il s'était jeté sur moi dans le couloir pour me faire l'amour sauvagement...

— C'est dur d'identifier dans une longue relation les points d'inflexion, les signes avant-coureurs avant qu'il ne soit trop tard, enfin j'imagine... Je n'ai jamais connu que lui...

Aurélien détourna le regard et reprit une gorgée de bière.

— Pardon, je suis désolée de te raconter ce genre de choses, je ne veux pas te mettre mal à l'aise avec mes histoires, mais j'ai le sentiment bizarre qu'à toi, je peux parler de ces choses-là, que tu m'écoutes réellement, sans arrière-pensées...

— Tu veux bien arrêter de t'excuser sans arrêt ! C'est pas vrai ça, on dirait moi...

— Oui, désolée... Oups !

Il fit mine de s'agacer encore davantage.

— Par contre, il faut que tu saches que je suis sûrement la personne la plus mal placée qui soit pour donner le moindre conseil en relation de couple. Jusqu'à aujourd'hui, mes rares histoires n'ont jamais dépassé le cap des quelques mois. Je t'invite donc à prendre tout ce que je pourrais dire avec beaucoup, mais alors beaucoup de réserves. On est d'accord ?

J'opinai en trempant mes lèvres dans la camomille tiédie.

— Tu vois, quand j'écoute un certain nombre d'amis me parler de leurs problèmes de couple, quand je t'écoute, j'entends souvent revenir cette idée d'un endormissement de la passion, voire d'une disparition, qui serait synonyme d'un amour en danger. C'est peut-être vrai, encore une fois, je suis tout sauf un expert. Mais personnellement, en observant les couples autour de moi, j'y vois de plus en plus une étape naturelle et incontournable dans une relation, le moment où après être tombé amoureux de l'autre, par hasard, par chance, par ce que tu veux, on décide d'être avec lui, de l'aimer véritablement, pour ses défauts autant que pour ses qualités... Et le vrai problème selon moi, c'est que cela va à l'encontre de toutes les représentations de l'amour, héritées des contes de notre enfance et perpétrées aujourd'hui par les comédies romantiques ou les chansons d'amour, dont on nous abreuve à longueur de journée.

— C'est bien beau dit comme ça, mais dans la vraie vie, c'est une tout autre paire de manches, crois-moi...

— Je n'en doute pas une seconde, mais c'est justement là que, pour moi, tu sais si tu aimes suffisamment une personne ou non, si vous êtes prêts à faire les efforts nécessaires pour faire face aux aléas de la vie, pour affronter vos différentes peurs et pour évoluer conjointement. Ou si au contraire vous prenez la première bretelle de sortie pour vous engager sur une autre route... Mais tu l'as dit, ce n'est encore à mon niveau que de la pure théorie malheureusement... J'ai récemment trouvé dans un livre une image qui me plaît assez sur le mariage et qui vaut aussi pour le couple je suppose. Le couple est un peu comme « le camp de base pour les alpinistes : s'ils veulent pouvoir escalader des montagnes, ils se doivent d'avoir un bon camp de base, un endroit avec un abri, des provisions, où l'on peut se reposer et reprendre des forces avant de s'aventurer vers de nouveaux sommets »...[31]

---

[31] Rendons à Scott (Peck) et à *son chemin le moins fréquenté* ce qui leur appartient.

— Je vois l'image... Et c'est vrai, ça donne à réfléchir, même si parfois, j'aimerais que les choses soient plus simples, juste de temps en temps...

Je soupirai ce qui me restait d'air dans les poumons, et enchaînai.

— Tiens, tu sais quoi ? C'est une pensée un peu bizarre je te préviens, et le prends surtout pas mal, mais je me dis en t'écoutant que tu aurais fait un excellent psychologue. Non, ne ris pas, c'est vrai. Tu aurais toutes les qualités pour...

— En tout cas, c'est chouette de pouvoir parler ainsi tous les deux. C'est juste dommage que nous n'ayons pas eu plus d'occasions pendant mon séjour...

— En même temps, tu étais assez occupé, non ?

Il s'étrangla avec les dernières gouttes de son houblon.

— D'ailleurs, ça va ? Tu tiens le coup ? Je te demande ça, parce que j'ai senti pas mal d'émotions tout à l'heure sur le parking.

— Oui, ça va. C'est juste que ce sera différent sans elle ici, elle avait toujours la pêche, et puis on s'entendait bien...

— ...

— Allez, je peux te le dire à toi, après tout ce que tu viens de me partager. Avec Lucile, euh comment dire... nous sommes sortis ensemble. Dit comme ça, ça fait très enfantin. Ça l'était peut-être après tout. Tu vois, je comprends de plus en plus les discours des pots de départ qui comparent immanquablement *Océane* à une colonie de vacances pour adultes temporairement limités dans leur déplacement...

— Désolé de vous interrompre les jeunes, mais c'est l'heure du souper chez vous, nous rappela Erwan.

Aurélien me proposa de reprendre cette conversation après le repas et insista pour régler l'addition. D'ordinaire, je refusais toujours, à la fois contre une forme de convention sociale héritée d'un autre temps et pour ne jamais me sentir redevable financièrement de qui que ce soit.

— Très bien, mais la prochaine est pour moi !

Ce soir-là au réfectoire, les plats s'enchaînèrent — un bouillon sans saveur, des lasagnes maison sans âme et un yaourt sans surprise. D'une semaine sur l'autre, c'était toujours les mêmes plats, toujours les mêmes bains d'huile. Ces menus si prévisibles commençaient vraiment à me sortir par les yeux, d'autant que pour la première fois depuis long-temps, aucune plaisanterie ne vint les agrémenter. Le vers de Lamartine « Un seul être vous manque et tout est dépeu-plé » résuma parfaitement notre dîner. L'œil rivé sur la chaise inoccupée, Claire évoqua le vide laissé par l'hôtesse et en filigrane son départ imminent. Éric laissa Monique servir tranquillement et engloutit ses lasagnes, en se remé-morant à haute voix le palmarès des meilleures blagues de Lucile au centre. Aurélien fut au final celui qui en parla le moins... Mais ses yeux en disaient aussi long que tous les ro-mans du 19e siècle réunis. Et pour la première fois, il peina même à finir son assiette, avant d'esquiver la rituelle partie de tarots.

— On en était où déjà ? me demanda Aurélien en nous réinstallant au *Mercure*.
— Tu me disais qu'il s'était passé quelque chose entre Lu-cile et toi...
Sans trop oser me regarder dans les yeux, il me raconta alors leur histoire, avec un grand souci du détail et une émo-tion intacte. De leur rencontre ici même sur la terrasse du *Mercure* à leurs premières « chevauchées » côtières, je revi-vais à travers ses paroles ma rencontre avec Manu. Cet ami d'amis m'avait tout de suite plu. Pourtant, ce grand nigaud avait mis des jours, des semaines à faire le premier pas. Pen-dant qu'Aurélien me décrivait leur rapprochement progres-sif, ce jeu du chat et de la souris jusqu'à leur premier baiser, je revoyais le pas penaud et la voix non assurée de mon Manu en train de me courtiser, les mains dans les poches, me partageant à la nuit tombée sa passion pour les étoiles. Des mois plus tard, il m'avait confié que j'étais, moi la jeune et belle danseuse, aussi inaccessible à ses yeux que tous ces astres. Puis, en écoutant Aurélien s'étendre sur son premier baiser avec Lucile, je pouvais encore ressentir vaciller mes genoux, l'électricité statique dans mes cheveux au contact de Manu et ses mains sages dans mon dos, tandis que nos lèvres dansaient, pour la toute première fois, une chorégra-phie improvisée et pourtant millénaire. Aurélien évoqua en-suite à demi-mot les tentatives avortées dans sa chambre

avec beaucoup de pudeur. Je me replongeais alors dans nos premières semaines ensemble où Manu avait failli se consumer de désir dans l'attente que je sois prête. En l'espace de quelques minutes, Aurélien venait, sans le savoir, d'octroyer à mon histoire avec Manu une réelle cure de jouvence.

— Et vous allez vous revoir ?

— Ça, c'est la question à un million d'euros... J'en sais rien, je l'espère vraiment en tout cas... Mais visiblement, elle est paumée en ce moment, elle ne sait plus du tout ce qu'elle veut, et dit ne pas vouloir « m'embrigader là-dedans »... Comme si elle parlait d'une entreprise criminelle...

La tonalité de sa voix avait subitement changé.

— Tu sais, ce doit être assez naturel pour une femme d'être un peu perdue à la trentaine...

— Je ne te suis pas.

— Je veux dire que, si je suis totalement honnête avec toi, si je doute autant ces derniers temps, pour ma blessure, pour la danse, pour Manu, c'est aussi parce que je vais avoir trente-trois ans et que mon horloge biologique est bien enclenchée... Et que tout le monde autour de moi est là pour me rappeler ce petit tic-tac, à commencer par ma mère qui à chaque fois que je l'appelle me demande si j'ai quelque chose à lui annoncer...

Soudainement droit sur sa chaise, Aurélien me regarda comme si je venais de lui confier un des plus précieux secrets de l'humanité.

— Ça pourrait expliquer pas mal de choses en effet...

Mercredi 30 avril, H+10 après Son départ

Et si Chloé avait mis le doigt dessus... ? Et si ce qui jouait contre moi ces dernières semaines était une horloge contre laquelle même le plus habile et aguerri des démineurs ne pouvait strictement rien... ? Cela pourrait expliquer beaucoup de choses : son désintérêt récent pour son métier d'hôtesse et ses voyages aux quatre coins du globe, sa décision de se réinstaller dans le Sud-Ouest non loin de sa famille, l'enthousiasme avec lequel elle m'évoque ses petites nièces ou encore la confusion de ses sentiments à mon égard...

Bref, je n'en sais rien... Ce que je sais par contre, c'est qu'elle me manque. Je donnerais beaucoup pour l'entendre venir gratter à ma porte, pour qu'une alarme incendie nous surprenne dans la moiteur de mes draps, pour re-goûter simplement au parfum de ses lèvres. Et elle n'est partie que depuis dix heures... Pfff...

Dix heures seulement... Heureusement que Chloé était là aujourd'hui. Je ne sais vraiment pas comment j'aurais résisté à la fin de cette journée sans elle. J'ai apprécié ce moment en sa compagnie, c'était simple, naturel, sans artifice. C'est fou comme l'image peut parfois nous induire en erreur sur les gens. En croisant Chloé dans la rue, grande, élancée, une démarche de danseuse, le commun des mortels pourrait se dire « Regarde celle-là pour qui elle se prend ! », même si évidemment, la perception varierait sensiblement selon l'orientation sexuelle de l'observateur... Même en la côtoyant un peu, on pourrait encore penser qu'elle nous prend de haut avec la distance qu'elle maintient entre elle et nous. Mais quand on apprend à la connaître, on découvre vite que cette distance, c'est avant tout de la fragilité, à l'image de son rêve de petite fille de devenir danseuse professionnelle, rêve auquel elle continue de s'accrocher coûte que coûte avec une admirable détermination. Enfin, ce n'est là que mon interprétation... Parfois, j'aimerais pouvoir entendre les pensées des gens, juste l'espace d'une journée ou deux, histoire de connaître ce qui les anime, ce qui les tourmente et aussi la manière dont ils me voient, même si cette capacité pourrait vite se révéler terrifiante et amener n'importe qui à consulter.

Aux yeux de Chloé, je ferais un bon psychologue. C'est drôle d'entendre une fille, que je connais au final très peu, confirmer l'orientation scolaire que j'avais failli prendre dix ans plus tôt... Comme quoi, je n'étais peut-être pas si éloigné de la vérité à l'époque. C'est vrai que j'ai plutôt une bonne capacité d'écoute, d'analyse, et qu'à défaut d'expérience, je pense être doté d'une certaine dose de bon sens qui me permet une réelle empathie avec les autres. Alors pourquoi ne suis-je pas plus capable de m'en servir à des fins personnelles ? Pourquoi est-il toujours plus facile de discerner chez les autres les prophéties auto-réalisatrices qui les poussent à agir constamment de telle ou telle façon, alors que dès qu'il s'agit de moi, tout s'emmêle dans ma tête ?

Les cordonniers sont-ils forcément les plus mal chaussés ?

7.

Étendu sur son lit, Aurélien relut à nouveau la lettre de Lucile. Puis, il fixa le plafond et découvrit toutes les fissures causées par le temps malgré la récente rénovation. Au bout de quelques minutes, il ferma les yeux, et son bras droit se mit à chercher quelque chose sur le matelas, une présence à la peau de pêche qui s'était évanouie dans la nature. Il appuya alors « l'oreiller » de Lucile contre son visage à la recherche de senteurs, de traces olfactives qui lui confirmeraient que leur histoire avait bien existé ailleurs que dans ses rêves les plus fous. En vain. Le doux oreiller plaqué contre sa poitrine, il tenta de s'endormir pour la retrouver, mais il n'avait pas sommeil. Il était tôt pour lui, tôt pour eux. D'autant que les mots de Lucile ne lui accordaient plus une seconde de répit mental. « Tu es un garçon formidable, bourré de qualités... », « Je n'ai pas grand-chose à t'offrir », « quoi qu'il arrive, sache une chose : je suis très heureuse d'avoir croisé ta route, Aurélien Tissot. » Il en connaissait chaque idée, chaque mot, jusqu'à chaque virgule ou presque.

Il se redressa d'un coup et le matelas lui apparut soudain démesurément grand et vide. L'idée lui traversa alors l'esprit que ce lit, à mi-chemin entre le king size et le lit simple de dortoir, avait été moulé pour eux, juste pour eux : suffisamment spacieux pour qu'ils puissent y tenir avec leur articulation convalescente et suffisamment compact pour encourager leur proximité. Il soupira, et attrapa son smartphone. Il ouvrit son album photo et lança la vidéo de leur numéro de duettistes, récupérée plus tôt auprès d'Éric. Sa voix d'adolescent ne l'agaça presque pas. Non, à cet instant, toute son attention était tournée vers elle, ses gestes tout en rondeur, son sourire qui éclairait l'annexe et la complicité qui les unissait. Le cœur lourd, il regarda l'image se figer sur les inimitables Crocs multicolores, et actualisa sans tarder sa messagerie. Surplombant une enfilade de mails professionnels et de conversations avec ses amis d'École dont il avait depuis des jours perdu le fil, il s'arrêta sur quelques syllabes en gras, qui formaient un prénom et un titre. Après un moment d'hésitation, il cliqua dessus, et le temps de chargement du message lui parut infini.

All'Océane !
De : Lucile Picart – À : Aurélien Tissot   23 h 46 (il y a 15 minutes)

Salut Aurélien,
Je t'envoie juste quelques lignes pour te dire que je suis bien rentrée, un vol sans encombre (et j'ai fait très attention en descendant de l'avion...). Par contre, l'arrivée chez moi a été plus compliquée : mon appart était encore plus bordélique que ma chambre après mon pot de départ et plus poussiéreux que la tienne, c'est dire !
Voilà, vous me manquez déjà... Je pense bien à vous.
P.-S. : Début de la kiné demain, mais à onze heures, j'aurais le temps de dormir pour une fois...

Après l'avoir relu à trois reprises, le temps pour lui de le mémoriser, il se lança dans une réponse. Il rédigea d'abord quelques phrases, effaça puis recommença.

AllÔ'Toulouse !
De : Aurélien Tissot – À : Lucile Picart   0 h 34 (il y a 9 heures)

Salut Lucile,
Merci pour ton message. C'est gentil de penser à nous... Comme ça, ma chambre est poussiéreuse, tu plaisantes j'espère ?! Et oui, fais gaffe en descendant des avions désormais, ce serait bête que ça t'arrive effectivement ;-)
Sinon, le facteur est bien passé ; par contre, il a dû se tromper de porte, car la description faite ne collait pas trop au destinataire... Sans parler de celle de l'expéditrice ! Tu sais Lucile, dans la vie c'est toujours très difficile d'être juge et partie ; selon moi, tu te sous-estimes beaucoup, tu es un vrai rayon de soleil, qui ne demande qu'à briller bien au-delà de la pointe finistérienne, tu donnes le sourire aux gens qui ont la chance de t'entourer. Tu aurais vu le repas de ce soir sans toi, une véritable soupe à la grimace !
Après j'entends ton égarement, mais sache que quoi qu'il arrive, je suis moi aussi très content de t'avoir rencontrée, Lucile Picart.

P.-S. : Hier soir, j'étais adossé à ma porte, le doigt sur mon téléphone à composer un message que je ne t'ai jamais envoyé... ☹
UMP[32] : Sois sérieuse demain chez la kiné, finie la rigolade, faut bosser !

Les yeux à peine ouverts, Aurélien se saisit de son portable pour consulter sa messagerie. Comme d'habitude, le réseau ramait, et son cœur palpitait, mais il ne découvrit qu'une demi-douzaine d'offres promotionnelles et de newsletters en tout genre. Sur le rebord de son lit, ses épaules s'affaissèrent et il se mit à frotter son genou meurtri comme les héros des contes moyen-orientaux frottent une lampe de génie. Trois vœux lui suffiraient amplement.

Quelques heures plus tard, en face d'un couple de personnes âgées qui hurlaient dans leurs sonotones mal réglés, Aurélien poursuivait sagement sa digestion dans le couloir devant la porte du docteur Le Guirec avec une curieuse impression de déjà-vu. Un mois plus tôt, il se trouvait assis là, sur cette même chaise, la tête toute tournée vers une guérison rapide. Articulairement, on était encore loin du compte. Son genou donnait en effet du fil à retordre à tout le personnel soignant, à commencer par Nathalie. La pauvre ne savait plus à quel saint se vouer. Le matin même, tandis qu'Éric, Claire, Philippe et les autres peaufinaient leur rééducation, les collègues de Nathalie et leur apprenti respectif s'étaient relayés auprès d'Aurélien, devenu malgré lui un véritable cas d'école.

— J'ai un peu l'impression d'être une bête de foire, Nathalie. Tu penses que je pourrais faire payer l'auscultation ? plaisanta-t-il.

Impuissante, Nathalie se félicitait néanmoins de l'état d'esprit de son patient. Car l'image n'était pas si éloignée de la réalité. Tout le monde y était effectivement allé de sa théorie, de sa tentative, et de son petit conseil pour débloquer ce genou, jusqu'à Jean-Marc et sa solution radicale : l'hypnose.

---

[32] Les prérogatives du CSA ne s'appliquant pas aux courriels et autres missives, je me permets de rétablir l'alternance politique si chère à la 5e République avec ce descendant du RPR et ancêtre de LR face au « PS parci », « PS par-là ».

Sceptique de nature, il avait accepté sans même réfléchir. *Après tout, cela ne pourra pas me faire de mal et qui sait...,* avait-il post-rationnalisé, philosophe. *Si ma mère savait que j'envisage de recourir à l'hypnose...* Sens dessus dessous, Aurélien s'entêtait par contre sur sa messagerie et à défaut de courriel de Lucile, il ouvrit un message du bureau. Il le parcourut en diagonale sur deux lignes et referma son téléphone. Il n'avait pas du tout la tête à penser au boulot, pas maintenant.

Sur le papier jetable de sa table, le médecin manipula son genou dans tous les sens, et confirma le diagnostic de possible algoneurodystrophie.

— C'est vraiment dommage, car à part la flexion, votre genou se remet bien : la cicatrice est belle, vous avez retrouvé une extension complète et votre cuisse commence déjà à se remuscler. Mais il y a ce problème de flexion. Et il est un peu gonflé aussi. Vous glacez régulièrement ?

Aurélien baissa les yeux.

— Oui j'essaye... Du coup, qu'est-ce que vous me recommandez pour mon souci de flexion ?

— Personnellement, je vous conseillerais une pause thérapeutique de quelques semaines, pour voir si cela se débloque de lui-même, avant d'envisager d'autres traitements. Mais je vous invite à prendre contact avec votre chirurgien pour un second avis.

— Ah quand même... Et ça voudrait dire partir quand avec cette option ?

— Le plus tôt possible. J'ai bien peur qu'en poursuivant les soins, qu'en essayant de forcer, on fasse au final plus de mal que de bien...

Décontenancé par ces sages paroles, Aurélien tenta malgré tout de se projeter intérieurement sur les prochaines heures.

— Je vous laisse prendre contact avec votre chirurgien, mais je suis personnellement convaincue que ce serait la meilleure solution.

— Très bien Docteur. J'essaye de l'appeler immédiatement. Au revoir et merci.

Une fois sur le pas de la porte, il se retourna vers elle.

— Je voulais vous dire aussi, j'ai beaucoup réfléchi à ce que vous m'aviez sous-entendu à mon arrivée, que je n'étais peut-être pas là à *Océane* par hasard et je me dis aujourd'hui que vous aviez sûrement raison... J'y ai trouvé pas mal de réponses, même si j'aurais apprécié en repartir sans algo dans mes bagages...

La femme docteur s'approcha et, dans un franc sourire, posa sa main sur son épaule.

— Je suis fière de vous Aurélien, et ne vous en faites pas outre mesure pour cette algo. J'ai lu quelque part que la maladie existe bien souvent avant les symptômes, qui correspondent déjà au début de la guérison..., lança-t-elle énigmatique. Je vous laisse méditer là-dessus, et je vous souhaite une très bonne continuation ! Et n'hésitez pas à me tenir au courant...

— Sans faute. Merci encore Docteur !

À la terrasse du bar situé juste en face, Aurélien tentait de déchiffrer l'énigme médicale et réalisa qu'il vivait là ses dernières heures au centre *Océane*. Tout était organisé, il partirait demain après le déjeuner pour Paris et son chirurgien le prendrait dès le surlendemain matin entre deux rendez-vous. Son téléphone vibra. C'était un message de sa mère qui s'inquiétait de ne pas avoir de nouvelles récentes. Chamboulé, il ne ferait pas (cette fois) l'erreur de la rappeler aussitôt. Il consulta plutôt sa messagerie et découvrit avec bonheur que Lucile lui avait répondu quatre minutes plus tôt. Enfin.

All'Ouest...
De : Lucile Picart – À : Aurélien Tissot   15 h 54 (il y a 4 minutes)

Hello,
Je rentre tout juste de ma première séance de kiné toulousaine. Les équipements sont très loin de ceux du centre, mais c'est pitchounet et la fille m'a l'air compétente et très cool. Elle parle beaucoup, mais sans jamais te gaver. Et tu sais pas la meilleure ? Elle m'a dit que certes il y avait encore un peu de boulot, mais que j'avais déjà très bien récupéré. Comme quoi, j'ai tout de même bien bossé à Océane.

Sinon, je dois avouer que j'angoisse un peu par rapport à ma visite médicale de reprise, lundi prochain à Paris. J'ai peur que la médecine du travail me dise que je ne suis pas prête à revoler et m'assigne à résidence toulousaine. En fait, je ne sais pas très bien, ça serait peut-être pas mal que je me pose un peu... Par contre, je suis sûre d'une chose, ça me fait vraiment bizarre d'être de retour. Je n'aurais jamais imaginé que le centre me retourne à ce point... Allez, j'arrête de m'apitoyer, d'autant que ma sœur devrait passer me voir ce soir, normalement avec ses deux choupettes.

Et, dis-moi, comment va Océane ? Éric et Claire se préparent gentiment au départ ? Et toi ? Tu glaces ton genou, j'espère ! Depuis mon départ, tu n'as plus d'excuses...

P.-S. : Pendant mes exercices aujourd'hui, je m'imaginais encore dans cette salle de rééducation, juste à côté de toi...

PS2 (pour le geek qui sommeille en toi) : J'ai fait une nuit de dix heures cette nuit, à croire que j'avais du sommeil à rattraper...

À l'Ouest, y'a du nouveau !
De : Aurélien Tissot – À : Lucile Picart   16 h 16 (il y a 7 heures)

C'est chouette pour ta sœur et les petites ! Et ne t'en fais pas trop pour ta visite de contrôle, tu as tellement bien travaillé au centre : t'as toujours été sérieuse en piscine, tu n'as jamais fait le mur, au propre comme au figuré, jamais escaladé celui de l'annexe pour rentrer au petit matin et t'as même bossé ta proprioception jusque sur les dancefloors du coin. La patiente modèle en quelque sorte ! J'arrête de te taquiner, c'est cool pour ta kiné, vous deviendrez peut-être amie, qui sait !

Ici, Nathalie ne sait plus quoi faire de moi. Ce matin, elle a même sollicité Jean-Marc (je ne sais pas si tu vois, c'était le kiné un peu bizarre avec la longue queue de cheval qui faisait soit chamane égaré en Bretagne, soit fan de tuning...) pour pratiquer sur moi une séance d'hypnose de la dernière chance. Et tu vas rire, mais j'ai accepté. Sauf que dans l'intervalle, j'ai revu le docteur Le Guirec qui m'a tout bonnement préconisé une pause thérapeutique. Les pistes d'athlétisme et les terrains de foot s'éloignent, mais bon, j'essaye de rester positif... En fait, je crois que je ne réalise pas vraiment, tout s'est enchaîné à une telle vitesse ces derniers jours entre mon algo, ton départ et maintenant ça...

En tout cas, ça me fait réellement plaisir d'avoir de tes nouvelles. Je pense fort à toi.

P.-S. : D'ailleurs, je me disais, comme on me réexpédie à Paris demain, j'y serai pour le week-end... Du coup, si jamais ça te tente qu'on se voie, n'hésite pas... Pareil si tu ne sais pas où dormir, j'ai un peu de place dans mon mini studio du Marais, en tout bien tout honneur évidemment !

Entre deux lampées de bière, Aurélien caressa le doux pelage de Fargo qui ne le quittait plus. *Peut-être le sixième sens canin...*

— T'as une amoureuse, toi ? Beau comme tu es, à tous les coups ! Je me trompe ? C'est bien ce que je pensais... Et moi ? À toi, je peux le dire. Je sais pas si tu vois Lucile, tu semblais bien l'apprécier. Moi aussi en fait, et plus que ça encore...

— Je dérange ? Tu préfères que je vous laisse ? plaisanta Claire.

Aurélien ne l'avait pas entendue arriver dans son dos.

— Ne sois pas bête, assieds-toi.

— Alors, qu'est-ce qu'elle t'a dit ?

— Qui ça ?

— Bah le docteur Le Guirec, qui d'autre ? lui demanda Claire avec un léger rictus.

Les mains toujours liées par le secret qui l'unissait à Lucile, il attribua son étourderie au contrecoup de sa visite et au verdict médical, qu'il lui partagea avec une moue sans équivoque.

— Quoi ? Tu pars demain, c'est pas vrai ?

— Et si...

— Je n'en reviens pas, tout ça pour nous griller la politesse à Éric et à moi !

— Oui, c'est mon côté sans-gêne, ça...

— Attends, mais j'y pense, ça ne nous laisse plus que ce soir pour t'organiser un truc...

— On n'est pas obligé, tu sais.

— Ah si ! Faut marquer le coup, et puis, ça fera tourner les affaires d'Erwan ! Ne bouge pas, je m'occupe de tout...

8.

« Un discours, un discours... » Le regard hagard, Aurélien faisait de son mieux pour domestiquer sa respiration tout en rassemblant ses idées, ses mots. Tous ses camarades déjà partis étaient passés par la case discours ; pourtant, dans le tumulte des dernières heures, il n'avait rien préparé, espérant secrètement que ce supplice lui soit épargné. Parler en public n'était pas loin d'être sa pire hantise, même si l'exercice ne l'avait pas dérangé outre mesure lors de leur récent numéro improvisé avec Lucile. Mais une peur aussi profondément ancrée ne s'effaçait pas si vite. Elle remontait loin, sûrement à ce « fameux » spectacle monté dans le cadre de l'échange franco-allemand entre des élèves de son collège et des homologues venus de la banlieue de Francfort. Les mots du poème *Der Zauberlehrling*[33] de Goethe l'avaient hanté des nuits durant. Et le jour J, le jour de monter sur scène devant la centaine de parents réunis dans la salle des fêtes de la commune, ces quelques strophes ânonnées lui parurent durer une éternité malgré toutes les aspirations qu'il avala. Il avait depuis cherché à tout effacer de sa mémoire, de sa voix chevrotante jusqu'aux balanciers incontrôlés de son corps d'adolescent complexé.

Il se tenait debout devant la dizaine d'autres patients, les genoux malades et chancelants, lorsque les premiers vers germaniques lui revinrent brusquement. Il les chassa d'un coup de balai imaginaire et, fort d'une profonde inspiration, il demanda le silence :

— Vous allez vite vous en rendre compte, je ne suis pas un grand orateur... En fait, je déteste ça, comme beaucoup je pense. Et vu les circonstances, disons précipitées de mon départ, je n'ai strictement rien préparé. Alors, je vais faire court, vous ne m'en voudrez pas, vous verrez. Que dire ? Mon genou capricieux me contraint en effet à amputer mon séjour ici parmi vous de quelques soins, de quelques piscines, de quelques soupers. Et de quelques bêtises aussi. Si

---

[33] Le traumatisme associé à ce poème sur le Harry Potter allemand du 19e siècle explique peut-être le manque d'appétence d'Aurélien pour toute forme de magie sur Terre.

on m'avait dit il y a un mois, à mon arrivée ici dans ce qui ressemblait fort à une maison de retraite, si on m'avait dit que cela me ferait quelque chose de repartir, je n'aurais pas misé une piécette dessus... Oui, parfois il ne faut pas se fier à ses premières impressions, et donner une réelle chance aux lieux, aux situations et aux gens de vous révéler leur véritable nature... Car oui, je quitte *Océane,* certes avec un genou encore bien en chantier, mais avec énormément de super souvenirs, de fous rires et de moments vrais, sincères, partagés avec chacun d'entre vous. Avant de venir ici, je me disais que l'air breton pourrait me faire du bien pendant cette pause forcée dans ma vie parisienne, et j'étais loin, très loin du compte même. Alors merci à tous pour ça, et santé ! Même si la santé à *Océane,* ça va, ça vient comme un kinetech...

Il sourit à son trait d'humour, tandis que son cœur ralentissait timidement : sa voix avait tenu et il n'avait pas joué à la balançoire humaine cette fois. Le sourire aux lèvres, il trinqua avec chacun d'eux, un à un. Il passait ainsi en revue cette foule hétéroclite qui n'avait en commun que des déficiences articulaires momentanées, ces personnes, ces horizons différents qui ne se seraient probablement jamais croisés dans un monde si compartimenté.

Aurélien tenta de profiter encore un peu de chacun d'eux, jusqu'au dernier moment. Chloé s'approcha de lui et glissa un morceau de papier dans sa poche.

— C'est mon numéro de téléphone et mon adresse mail, lui chuchota-t-elle à l'oreille. Je serais heureuse qu'on puisse garder le contact. Et n'hésite pas si tu ressens le besoin de parler, d'écrire à quelqu'un... À propos de quoi ou de qui que ce soit... Je dis ça, je dis rien...

— Ça marche ! Et réciproquement !

— Mais attention s'il te plaît, que mes coordonnées n'atterrissent pas dans de mauvaises mains, comme celles de « Don Philippe »...

Il la rassura et captura pour une des dernières fois la pureté de son sourire.

— Et surtout, garde ce joli sourire, Chloé Tendon ! Tu sais, je t'admire. Sincèrement. C'est beau d'avoir une passion comme la tienne et de t'y investir corps et âme comme tu le fais. Moi, je me rends compte que je n'ai jamais rien fait d'un tant soit peu artistique de toute ma vie et...

— Et c'est bien dommage, car je suis persuadé Aurélien que tu as une réelle sensibilité artistique, ça se sent ces choses-là ! Et comme tu as déjà la persévérance nécessaire, Marathon man...

Claire passa alors sa petite tête à côté de l'épaule de la danseuse et se joignit à eux.

— Tu ne pouvais pas attendre quelques jours de plus, non ?

— Désolé Claire... Profite bien de ces derniers jours et on garde le contact. Promis ? Et tiens, je te nomme responsable de l'organisation de notre premier rassemblement dans un an !

— Plutôt deux fois qu'une !

Les yeux brillants de l'institutrice s'enthousiasmèrent à cette idée.

— Et Claire... Non laisse tomber.

— Si, quoi ?

— Avant de partir, je tenais à te partager quelque chose, c'est un conseil qui vaut ce qu'il vaut, mais je sens qu'il faut que je t'en parle. C'est à propos de Ronan...

— Je t'écoute.

— Je pense que tu devrais le laisser, comment dire, plus respirer, même si c'est difficile parfois. Tu vois, j'ai moi aussi grandi seul avec ma mère, qui m'a toujours aimé plus que tout, qui m'a toujours accompagné partout, et si au début, sa présence me rassurait, elle a fini par m'étouffer, à tel point que je n'ai jamais vraiment réussi à m'affirmer dans l'ombre de sa présence. Résultat, j'ai toujours manqué de confiance en moi. Pour te dire, j'ai même arrêté le foot en club, alors que j'adorais ça, parce que j'en étais arrivé à me demander si je jouais dans l'équipe première pour mes qualités ou pour l'investissement sans faille de ma mère dans la structure. Tu vois le genre... Ça me fait tout drôle de m'entendre te raconter ça, c'est la première fois que je parle de ça à quelqu'un... Bref, tout ça pour te dire de ne pas hésiter à pousser Ronan à vivre ses propres expériences, à se confronter au monde, à partir en colo, et parfois même contre son plein gré. Crois-moi sur parole, il t'en remerciera plus tard, quoi qu'il en dise sur le moment...

— Merci Aurélien, ça me touche que tu me racontes tout ça, vraiment, même si tu aurais pu éviter d'attendre la dernière seconde !

— Oui, c'est tout moi ça, mais mieux vaut tard que jamais... Ça ferait une bonne épitaphe l'heure venue ! Et tiens dernière chose, pendant que je suis lancé : ne sacrifie pas de potentielles histoires pour lui, en son nom... Ce ne serait pas non plus un cadeau à lui rendre... Ma mère l'a fait pour moi, quelques fois, et aujourd'hui, elle se retrouve à vivre seule avec un chat...

— Aucune chance, je suis allergique aux chats...

Elle lui sourit et après un dernier check de leur invention, elle le comprima dans ses bras et lui chuchota « Merci encore Aurélien... Allez file ! » en le libérant de son étreinte. Aurélien éleva alors la voix.

— Bon, faut vraiment que j'y aille, ma valise m'attend. Et puis, je ne voudrais pas enfreindre le couvre-feu pour la première fois la veille de mon départ...

Une partie de lui avait beau être partie quarante-huit heures plus tôt avec Lucile, il n'en demeurait pas moins submergé par l'émotion. Il tourna alors les talons et quitta *Le Mercure bar* en emportant avec lui une collection de sourires et un dernier aboiement de Fargo. Sur le chemin de l'annexe, il se retourna une première fois, puis une seconde. La vie animait encore ce bar perdu au milieu de nulle part, dans la fraîcheur de la nuit naissante. Et quelques pas plus loin, une main se posa sur son épaule.

— Tu croyais quand même pas que j'allais te laisser filer comme ça, à l'anglaise toi le fan de Chelsea. Je voulais juste te dire que j'étais très content d'avoir fait ta connaissance et on se voit à Paris sans faute, hein ? lui intima Éric dans ce qui se voulait être un clin d'œil.

Aurélien hocha la tête. Son sourire silencieux valait acceptation.

— Et dernière chose : je voudrais que tu te rappelles bien, et pour longtemps, ce que je t'ai dit dans cette boîte à Brest : ne laisse pas passer les opportunités sans même essayer, elles ne sont pas si nombreuses que ça au final, même si l'ère du numérique semble assez prometteuse. Mais ce n'est pas la question... Encore une fois, tu as tout pour toi, alors ne gâche pas ta chance quand elle frappe à ta porte...

Une virile accolade clôtura l'échange et chacun repartit dans sa direction. Aurélien regarda encore à plusieurs reprises vers *Le Mercure*, en retenant ses larmes. *C'est con d'être si sensible, je ne suis même pas resté cinq semaines... On dirait ma mère...* Il détestait toujours autant les adieux, mais après quelques mètres, il ressentit une sensation inhabituelle l'habiter, comme une forme de paix intérieure.

Vendredi 2 mai, TGV Quimper-Paris

Me revoilà dans le train, un mois plus tard. Je ne sais pas s'il faut dire déjà ou seulement un mois. Ces dernières semaines ont été si riches en émotions, comme si j'avais été emporté dans un tourbillon, un tourbillon nommé Lucile. Et en même temps, chaque journée avait sa pesanteur, sa routine au final avec tout le cérémonial des soins et de la vie du centre.

Le trajet en VSL jusqu'à la gare est passé à toute vitesse. Mon chauffeur était beaucoup moins loquace que Brieuc (d'ailleurs, je n'aurais probablement jamais l'occasion de lui dire que je les ai goûtées ces fameuses fraises de Plougastel...), et je m'en suis parfaitement accommodé. Je voulais profiter de chaque détail pour graver encore un peu plus ses souvenirs dans ma mémoire. Deux jours à peine après Lucile, je me retrouvais à mon tour de l'autre côté de la portière, de l'autre côté des adieux, du côté de celui qui part et laisse derrière lui les bons moments. J'ai dissimulé mon émotion derrière mes fausses Rayban, j'ai salué tout le groupe, Claire, Éric, Chloé, Jeanine et même Philippe... Et nous avons roulé, le rétroviseur du temps bien réglé. Un dernier regard vers le centre, vers l'annexe, et dans une ultime bourrasque de vent, nous sommes arrivés sur la plage avec l'océan à perte de vue, un océan que nous admirions il y a peu avec Lucile du haut de notre petit banc. Puis nous avons traversé le port de Douarnenez, l'occasion pour moi de me retourner sur l'enseigne du bigorneau amoureux, et de me souvenir des Docks de l'autre côté du port sur la corniche. Et quelques kilomètres plus loin, le panneau directionnel indiquant Plonéis, dont je revoyais encore si précisément le moulin géant sur le parking...

Voilà ce que je ramène dans mes bagages, des souvenirs à foison, et la sensation que quelque chose s'est passé durant ce mois d'avril. Car n'en déplaise au dicton vieillot, je me suis découvert d'un fil, d'un long fil même... Alors oui, j'étais venu chercher un genou en parfait état pour reprendre au plus vite le cours de ma petite existence, et je repars de ce point de vue avec plus de doutes que de certitudes, la faute à cette maudite algo. Mais je ne peux pas, je ne dois pas oublier tout le reste : je suis finalement parti en colonie (certes une décennie plus tard, mais mieux vaut tard que jamais, non ?), j'y ai fait de très belles rencontres (une tout particulièrement), des personnes avec leurs blessures, leur désordre et au bout du compte, je me suis redécouvert moi, peut-être même simplement découvert, loin des cercles bornés dans lesquels j'évolue à Paris. Depuis combien d'années vis-je ainsi, comme un hamster dans sa jolie cage, passant ses journées à manger, dormir et s'entêtant à tourner le plus vite possible dans sa roue bien huilée à la recherche de quelque chose, de quelqu'un, de lui-même ? La chance se cache parfois là où on ne l'attend pas...

Océane est, et restera une grande bouffée d'oxygène dans ma vie, un peu comme toi journal. Tu sais, j'étais un peu réticent la première fois que je t'ai ouvert, je cherchais mes mots et mes idées, j'y allais du bout du stylo, tu as dû le sentir, mais plus les pages avançaient, plus ma main se déliait et avec elle mon cerveau. Je prenais confiance, c'est important la confiance. Et rapidement, je me suis ouvert à toi, sans pudeur ni tabous, osant aller à la rencontre de questionnements et de sentiments sommeillant en moi depuis tant d'années pour te les partager. Voilà, je tenais à te remercier sincèrement pour ton écoute attentive et bienveillante et pour tout le bien que tu m'as apporté ces derniers mois.

Tiens, on arrive déjà au Mans... Dernier arrêt avant Paris...

9.

Le menton planté dans le creux de sa paume, Aurélien regardait défiler les derniers paysages ruraux et verdoyants avant le béton de la capitale. Son attention vagabondait, et se porta soudain sur la tablette devant lui et plus particulièrement sur la couverture de son livre « Le chemin le moins fréquenté », dont il avait relu quelques passages en début de trajet. *La vie est-elle si difficile après tout, Scott ? Ou bien est-ce nous qui, par notre système de pensée, par nos actions, par nos peurs, nous la compliquons à ce point, tout seul en quelque sorte ?* Scott ne se manifesta pas. Par contre, des cris stridents lui répondirent et interrompirent son questionnement : un enfant en bas âge, écarlate, s'agitait à quelques sièges de là. Sous la pression populaire insidieuse, son père désœuvré abattit ses cartes une à une. Après lui avoir expliqué l'impact de son comportement sur les autres passagers, il tenta de lui vendre la perspective d'une bonne glace s'il se tenait tranquille jusqu'à Paris, avant de hausser la voix en désespoir de cause. Mais rien n'y faisait – le gamin continuait à hurler. L'homme se leva alors pour attraper un sac de jouets, qu'il renversa accidentellement dans l'allée. Tout le wagon se mit à souffler comme un troupeau de bœufs, et Aurélien lut sur le visage, dans l'attitude de cet homme dépassé par sa petite tornade humaine tout l'embarras qui était le sien à cet instant. *Le pauvre, ça ne doit vraiment pas être facile d'être parent dans de telles situations... Et dire que je devais être aussi insupportable que cet enfant à son âge, à en croire ma mère...* Pour ne pas l'accabler davantage, Aurélien détourna le regard, consulta son téléphone et se redressa d'un bond sur son siège.

<u>Mais glace, bon sang de bonsoir !</u>
De : Lucile Picart – À : Aurélien Tissot   16 h 30 (il y a 10 minutes)

Ah merde ! J'imagine à quel point cela a dû être dur à entendre pour toi, mais je suis contente de lire que tu gardes le moral. Rappelle-toi ce que rabâchait constamment Nathalie « Bien dans sa tête, bien dans son corps ! », et puis ce n'est l'affaire que de quelques petites semaines ton algo. Je sais que tu envisageais sûrement autre chose, mais après dis-toi qu'on est en avance par rapport à ceux qui ne passent pas par un centre. Ah sacré Aurélien ! Tu ne peux décidément jamais faire les choses comme tout le monde[34]...

De mon côté, j'ai vu ma sœur et ses petites hier soir. Une très chouette soirée. Par contre, elles ont tellement grandi les deux choupettes depuis la dernière fois que j'ai failli ne pas les reconnaître. C'est fou comme on change vite à cet âge... Il faudrait que tu les voies, elles sont de plus en plus adorables, même si je sens un certain potentiel de bêtises chez Louise, la cadette... (Et avant que tu dises quoi que ce soit, non je ne l'y incite pas...)

Merci pour ton invitation pour ce week-end, mais je ne sais pas encore. Ne te méprends pas, ça me ferait très plaisir de te voir, mais je ne suis pas sûre que cela soit une bonne idée, c'est le gros bazar dans ma tête et dans mon cœur en ce moment, et la dernière chose que je veuille, c'est te décevoir et te faire souffrir... Please, don't expect too much from me ![35]

Je vais encore y réfléchir, mais tu es sûre de vouloir me voir ? Tu ne préférerais pas te retrouver un peu peinard chez toi ? Car sache que si je viens, c'est avec mes conditions : chocolatines à chaque petit-déjeuner, massage avant chaque coucher, glaçage de genou pour toi et me laisser dormir au moins trois heures par nuit...

Comme chaque message de Lucile, Aurélien le parcourut en long, en large et en travers. Dans sa tête, il accolait sa douce voix sur ses mots hésitants, entendait son parfait accent anglais sur sa prière et imaginait sa charmante moue gênée sur ses points de suspension.

Bien sûr que j'ai envie de te voir Lucile, quelle question !

<u>Mais je glace, Miss Surgelé ! (Picart, les surgelés... OK, je sors, enfin je pars !)</u>
De : Aurélien Tissot – À : Lucile Picart   16 h 54 (il y a 4 heures)

---

[34] Douce ironie pour Aurélien qui depuis toujours n'aspirait qu'à être un peu plus comme tout le monde...

[35] « S'il te plaît, n'attends pas trop de choses de moi ! » Lucile semble elle aussi plus à l'aise pour dire certaines choses dans une langue étrangère.

Je te réponds rapidement du TGV, qui ne va pas tarder à entrer dans Paris.

D'abord, c'est cool pour ta sœur et tes nièces, elles devaient être contentes de retrouver leur « tata blagues » ! Oui, tu ne me feras jamais croire une seconde que tu ne leur apprends pas quelques tours par-ci par-là pour rendre chèvre ta sœur !

Ensuite, pour mon genou, je sais que tu as raison, même si c'est un peu dur à entendre sur le moment quand on t'annonce ça... Tu vois, pour cette fois, j'aurais vraiment aimé faire comme tout le monde. ;-) Mais bon, je vais prendre mon mal en patience, je n'ai pas trop le choix après tout. Ah la patience, « la mère de toutes les vertus », comme on dit, une inconnue que j'ai l'impression de commencer à apprivoiser, même si mon impatience naturelle se débat encore...

Enfin, concernant tes demandes, sache que tout est négociable : pour la chocolatine notamment, car juste en bas de chez moi se trouve une excellente boulangerie, meilleur ouvrier de France en 2008, excusez du peu ! On sent presque l'alléchante odeur de pain de mon studio...

Plus sérieusement, je te laisse décider, je ne t'influence pas, même si ça me ferait vraiment très plaisir de te voir.

P.-S. : En pièce jointe, tu trouveras une petite photo prise ce midi avec Jeanine à la cantine. Elle a pleuré quand je suis venu lui dire « Au revoir », je ne savais plus où me mettre. Elle m'a demandé en chuchotant si j'avais de tes nouvelles... J'ai opiné de la tête en souriant et elle m'a sauté au cou (enfin, façon de parler) pour m'embrasser. J'espère que tu ne m'en voudras pas, mais je me suis permis de lui donner ton numéro de téléphone.

ÉPILOGUE

« L'important, ce n'est pas la destination, mais le voyage. »

1.

Et s'il ne venait pas... Il aura changé d'avis...
Plus les minutes passaient, plus Aurélien doutait. Réfugié dans le mouvement, il battait le pavé du trottoir d'en face sans relâche. Telle une sentinelle, quelques dizaines de mètres dans un sens avant de faire demi-tour, sans jamais perdre de vue l'objet de sa surveillance : la porte d'entrée du numéro 83 de la rue de Vaugirard. Une tâche plus ardue qu'en apparence à l'heure où une armée de costumes et de tailleurs défilait d'un pas pressé sur ces trottoirs, gênant les allées et venues et la surveillance d'Aurélien. Le quartier d'affaires de Montparnasse bouillonnait, comme lui. Perdu dans des scénarios variés, il frôlait les épaules de ces bons petits soldats du capitalisme, pendus à leur smartphone et s'agaçant du slalom imposé par le trafic de l'heure de pointe. Il entra en collision avec l'un d'eux qui pesta sans même relever la tête.
Quand l'extraordinaire rencontrait le routinier.
Après plus de vingt ans, arriverais-je seulement à le reconnaître ? Et qu'allons-nous bien pouvoir nous dire après tout ce temps ?
Aurélien guettait toujours le numéro 83 à la recherche d'une silhouette immobile, d'un visage, d'un air de ressemblance. Ses jambes chancelaient tandis que son genou bloqué se rappelait à son bon souvenir. Pris au piège de ses molaires, balloté de droite à gauche, son chewing-gum passait lui aussi un sale quart d'heure. Puis soudain, l'accalmie. Un homme de taille moyenne s'était posté devant le restaurant et scrutait les alentours. L'homme aux cheveux gris demanda une cigarette à un de ces passants pressés, et l'alluma. Il tira quelques taffes appuyées et finit par apercevoir l'immobile sentinelle. Il se signala à lui d'un geste de la main. Aurélien en avala son chewing-gum. Et en le dévisageant, il s'engagea sur la chaussée, se fit copieusement insulter par un cycliste qui passait par là, mais parvint à gagner le trottoir en un seul morceau. L'homme s'était débarrassé de sa cigarette et venait à sa rencontre.
— Bonsoir Aurélien.

— Bonsoir...

Inertes, comme pétrifiés, ils se firent face un instant.

— Je peux t'embrasser ?

Aurélien acquiesça, et encore à l'heure bretonne, s'arrêta après une bise, laissant son père au milieu du gué pour une seconde. Il le suivit jusqu'à l'intérieur de cette brasserie au décor « Vieille France » assumé. Là, de part et d'autre de la table dressée sur une jolie nappe à carreaux, les deux hommes se regardèrent quelques secondes en chiens de faïence. Le moment tant attendu, tant redouté aussi.

— Désolé pour le retard, mais se garer à Paris devient encore plus compliqué qu'avant. Tu es rentré il y a longtemps de Bretagne ? Comment va ton genou ?

— Ça fera une semaine demain, mais tu savais que j'étais en centre de rééducation...

— Oui, ta mère m'en avait parlé. Elle s'inquiétait pour toi et je m'étais renseigné sur le centre *Océane* qui avait plutôt bonne presse. Alors, bientôt prêt à recourir ?

Aurélien regarda ce père qu'il n'avait pour ainsi dire jamais connu et qui semblait néanmoins au courant de tout ce qui le touchait de près.

— Euh... Pas tout à fait, j'ai un syndrome inflammatoire assez rare qui va légèrement décaler ma reprise du sport, mais je garde espoir.

— J'imagine que cela doit te démanger... Je le vois depuis qu'on m'a interdit de vélo à cause d'une soi-disant tendinite rotulienne, je sens que je suis plus irascible, qu'il me manque quelque chose. Mais bon, il paraît que c'est juste une question de patience...

— Oui, je vois ce que tu veux dire... Moi, c'est au moment où on m'a enlevé le sport que j'ai réellement pu me rendre compte à quel point il était important dans mon équilibre... Mais bon, « tout vient à point à qui sait attendre », comme on dit. Et en attendant, je fais d'autres choses, je prends plus le temps, je lis un peu... Alors comme ça, tu fais du vélo ?

— Oui pas mal. Chaque été, avec des amis on va même se faire quelques étapes de montagne du Tour de France, à notre rythme bien sûr, et à l'eau claire.

La serveuse passa prendre leur commande, mais aucun d'eux n'avait encore ouvert la carte. Ils commandèrent d'emblée deux bières, et plongé dans le menu, Aurélien se détendit avec ces premiers mots échangés, tétanisé qu'il était à l'idée d'un dîner truffé de silences.

— Je vous écoute, Messieurs.

— Je vais vous prendre une entrecôte avec le gratin dauphinois maison, lui répondit Aurélien. Saignante s'il vous plaît.

— Excellent choix ! Et pour vous, Monsieur ?

— La même chose.

La serveuse repartit en cuisine, et ils bavardèrent encore un peu de sport, avant que son père ne se décide à entrer dans le vif du sujet.

— Je dois t'avouer que ton message m'a beaucoup surpris, après toutes ces années... Une bonne surprise, entendons-nous bien, et j'espère que tu ne m'en voudras pas de te demander ça : mais pourquoi ? Pourquoi maintenant, je veux dire ?

— Je ne sais pas trop... Enfin si. Ces derniers mois, après mon accident et avec tout ce qui a suivi, j'ai eu pas mal de temps pour réfléchir, pour me poser un certain nombre de questions... Et pour être franc, cela faisait déjà plusieurs années que je me disais que je devais reprendre contact avec toi, mais sans jamais oser. Une sorte de pouvoir de la dynamique, du statu quo, je ne sais pas si tu vois ce que je veux dire...

— Oh si, trop bien...

— Et puis je me disais que vu ton silence, tu n'avais pas forcément envie de me revoir... En tout cas, pas assez au point de faire le premier pas...

Dans les cordes, son père accusa le coup, lui qui s'était retenu toutes ces années pour respecter la volonté supposée de son fils.

— Si tu...

— Et voici vos entrecôtes saignantes, accompagnées de leur gratin dauphinois maison ! Bonne dégustation Messieurs !

— En tout cas, je me réjouis que tu m'aies recontacté. Tu le sais, je me suis remarié, mais je n'ai jamais eu d'autres enfants, c'est dire à quel point tu comptes pour moi.

Le sourcil droit d'Aurélien se leva.

— Tu n'as jamais eu d'autres enfants ? J'en étais pourtant persuadé...

— Eh non... Nous n'avons jamais pu en avoir, c'est comme ça.

Une petite partie d'Aurélien refusait d'entendre ce que lui racontait son père. *Pourquoi ai-je toujours cru le contraire ?*

— Et tu fais quoi dans la vie ? Tu travailles bien dans l'import-export ?

— Oui, dans le fret qu'il soit aérien, maritime, routier... Enfin pour encore quelques tout petits mois. Je pars à la retraite à l'automne...

— On dirait que ça ne t'enchante pas ?

Son père lui confia son étrange sensation. À la différence de la majorité de ses amis qui comptaient les années et les mois jusqu'à la « libération », comme les enfants attendent le Père Noël, lui fuyait les calendriers comme la peste. Apprécié de tous à son travail, il se refusait de songer à cette échéance fatidique dans une sorte de déni de retraite, espérant secrètement que le gouvernement décide du jour au lendemain d'allonger l'âge légal de départ à la retraite ou la durée de cotisation. D'aussi loin qu'il s'en souvenait, il avait toujours éprouvé un réel bonheur à se lever, bien souvent avant même les premières lueurs du jour pour éviter les bouchons, et à contribuer au transit de caisses d'un bout à l'autre du globe, voyageant à sa manière à travers elles. Tout allait lui manquer : les pauses clopes avec ses collègues de toujours, leurs discussions à la machine à café jusqu'au stand grillade du restaurant d'entreprise... Cette PME, c'était comme une seconde famille pour lui. Et sans l'admettre, il ressentait également l'angoisse de la page blanche, à l'aube de la retraite.

— C'est beau d'être attaché à son travail comme ça...

— Et toi ? Tu te plais dans ton travail ? C'est un grand cabinet...

— Oui, c'est sûr. Et puis j'apprends beaucoup, en intervenant chez des clients de secteurs très différents, avec des problématiques financières propres...

Aurélien marqua alors un temps d'arrêt, et regarda son père. Ce dernier mastiquait la tendre viande de son assiette, en savourait chaque bouchée, si heureux de pouvoir enfin partager pareil moment avec son fils, la chair de sa chair. Comme s'ils n'étaient pas restés plus de vingt ans sans le moindre échange, hormis les laconiques cartes de Noël qu'il recevait de son fils en remerciement du chèque paternel. Ces cartes, il les conservait précieusement dans une jolie boîte, avec quelques photos, bulletins de notes et autres diplômes que la mère d'Aurélien lui avait fait parvenir au fil des ans. De temps à autre, il s'enfermait pour lire et relire l'aridité émotionnelle de cette écriture ronde et appliquée, sur laquelle le temps n'avait aucune prise.

— Pour être totalement honnête, je ne suis pas particulièrement pressé de reprendre le chemin de La Défense. Ces derniers mois je me suis laissé aller à envisager d'autres voies. J'ai notamment repensé aux études de psychologie que j'avais songé à entreprendre après le baccalauréat et pour lesquelles je me dis aujourd'hui que j'aurais pu être plutôt doué. Et aussi...

— Oui, quoi ? lui demanda son père la bouche encore pleine.

— Non, c'est une idée un peu folle, mais j'aimerais bien écrire tu vois, raconter des histoires qui puissent parler aux gens, mais je sais, c'est une idée farfelue...

— Des chiffres aux lettres ? Oui, ce serait original comme parcours... Après tu sais, je pense que dans la vie, il est vraiment essentiel de faire quelque chose que l'on aime, quelque chose qui fasse sens pour nous. Je vois tellement de personnes, j'entends tellement d'histoires de personnes qui se lèvent chaque matin avec la boule au ventre et finissent par développer des ulcères, voire pire.

— Oui, mais ce ne sont que des idées comme ça. Ce serait fou de tout plaquer ainsi...

— Tu sais Aurélien, « Les folies sont les seules choses que l'on ne regrette jamais »... Ce n'est pas moi qui le dis, mais Oscar Wilde. Et puis, tu sais que je suis là pour te soutenir en cas de besoin...

— C'est gentil... D'ailleurs, je tenais à te remercier de vive voix, d'avoir toujours été là financièrement au cours de toutes ces années pour ma mère et moi, pour que je ne manque de rien, d'avoir payé mes études...

— Ne me remercie pas, c'était le moins que je puisse faire...

Un tendre silence accompagna les quelques bouchées suivantes.

— Elle est vraiment excellente cette viande, reprit Aurélien.

— Oui, ça faisait longtemps que je n'en avais pas mangée d'aussi bonne. Si tu aimes la viande rouge, il faudra que je t'emmène dans cet endroit où ils font des côtes de bœuf pour deux à tomber par terre... Enfin si ça te dit bien sûr...

Aurélien hocha la tête en guise d'approbation.

— Et ta... ta femme, elle est déjà à la retraite ?

— Oui, elle a quelques années de plus. Elle trépigne à la maison à l'idée de sabrer le champagne pour le premier jour du reste de notre vie... Et toi, je ne t'ai même pas demandé : tu as une petite amie ?

— Non, pas vraiment... Disons que... j'ai rencontré quelqu'un au centre de rééducation, mais la situation est un peu compliquée...

— En quoi ?

— C'est compliqué... Comment résumer ça ? Tu vois, elle est hôtesse chez Air France et voyage par conséquent beaucoup. Et puis, elle est un peu plus âgée que moi et se pose aussi beaucoup de questions... Bref, on va voir...

— OK, je t'embête pas plus avec ça, mais rappelle-toi que « l'amour n'a pas d'âge ».

— C'est aussi d'Oscar Wilde ?

Son père esquissa un sourire. La serveuse arriva pour les débarrasser et jouer les tentatrices avec l'alléchante carte des desserts. Les deux hommes hésitèrent.

— Vous êtes de la même famille ? s'aventura-t-elle dans l'attente.

— Pourquoi Mademoiselle ?

— Je vous demande ça, parce que vous avez le même menton et quelque chose aussi dans le regard.

— Oui, c'est mon père.

— Vous voyez, je ne me trompe jamais sur ces choses-là !

Retourné, son père choisit de terminer leur premier repas ensemble sur une note chocolatée. Aurélien avoua qu'il aurait aussi bien pris le « suprême au chocolat », mais qu'en souvenir du Finistère, il allait plutôt se laisser tenter par le millefeuille au caramel et beurre salé. Tandis qu'Aurélien dégustait une à une les feuilles de sa pâtisserie, son père l'invita à goûter son dessert, et ils finirent par partager.

— Merci pour le repas, mais j'aurais pu régler...

— Non, ça me fait plaisir. Et merci à toi, tu n'imagines pas ce que cela représente pour moi...

Deux bises plus tard, son père l'étreignit l'espace de quelques intenses secondes, tout à sa joie de pouvoir enfin prendre son fils dans ses bras, après tant d'années, se revoyant d'un coup à la maternité avec ses gestes non assurés et maladroits. Il le libéra finalement, au grand dam d'Aurélien qui aurait bien prolongé cet instant de communion père-fils.

— Je ne sais pas si cela peut te tenter, mais une de tes cousines se marie cet été, près de Saint-Malo, et je me disais que tu pourrais peut-être venir, ce serait l'occasion pour toi de rencontrer cette branche de ta famille. Tu pourrais venir avec ton amie. Je te laisse y réfléchir, mais ne te sens pas du tout obligé...

Aurélien lui indiqua qu'il y réfléchirait et son père prit la direction de son véhicule.

— Papa ? OK pour le mariage, lui cria Aurélien.

Son père le gratifia d'un dernier sourire. Puis, à l'abri dans l'habitacle de sa berline, il téléphona à sa femme et de chaudes larmes s'écrasèrent sur le cuir du volant.

— C'est merveilleux ! Par contre, fais bien attention sur la route !

— Il m'a appelé Papa...

À quelques mètres de là, Aurélien se retourna vers la bouche du métro et bloqua sur le nom du restaurant « *Ô temps perdu* ». *Mon père l'avait-il choisi exprès, comme un vœu pieux ? Après tout, ça se rattrape peut-être le temps perdu...*

ÉPILOGUE

M'man

— Dis Hercule, tu veux bien arrêter de traîner dans mes pattes comme ça !

L'ordre régnait dans mon appartement, le soufflé au fromage montait tranquillement dans le four et une appétissante odeur se propageait désormais jusque dans l'entrée. Aurélien n'allait plus tarder. Un mois et demi après l'avoir abandonné sur le quai à Montparnasse, je retrouvai enfin mon petit bonhomme. Lors de mes récents appels, il avait tout fait pour donner le change, sûrement pour ne pas m'inquiéter davantage, mais son problème inflammatoire, son algo machin chose, devait de toute évidence le miner. Je m'étais renseignée tant bien que mal sur internet, et les témoignages n'auguraient rien de bon. « Vraiment, je ne te félicite pas Mémé Alice... » La sonnette de l'interphone retentit et je me précipitai à la porte. Dès sa sortie de l'ascenseur, je me plaquai contre son torse, sans vouloir m'en décoller.

— Je suis si contente de te voir, si tu savais ! Regarde-moi, t'as pas un peu maigri, toi ?

— Merci M'man, dis tout de suite que j'ai une salle mine ! Si tu veux, je repars faire le plein d'UV dans un parc... Quoique ça sent quand même très bon ici, allez la bronzette attendra.

— T'es bête ! Et oui, comme tu as refusé de me dire ce que tu voulais manger, je t'ai préparé un soufflé. J'espère que ça te plaira.

Je le remerciai de rendre visite à sa vieille mère et l'informai de la sollicitude de tout le voisinage à l'égard de son état de santé. Il me demanda bien à son tour de leurs nouvelles, mais sans conviction, et en déambulant dans les différentes pièces. Aussi je ne m'étendis pas, d'autant que leurs situations respectives étaient, chacune à leur manière, loin d'être au beau fixe. Comme souvent d'ailleurs.

— Tu ne remarques rien ?

— Si bien sûr, l'espèce de construction, pour Hercule je suppose. Un vrai coq en pâte cette bestiole. D'ailleurs, il ne s'empâterait pas un peu lui ?

— Ah son arbre à chat. Oui, mais non. Autre chose ? Je t'aide, c'est dans l'espace salon-salle à manger...

— T'as encore changé la disposition des meubles ?

— Mais non, j'ai tout repeint, j'en avais marre. Ce qui était blanc est devenu noir et inversement. Tu n'aimes pas comme ça ?

— Si si..., admit-il du bout des lèvres. L'important, c'est que cela te plaise à toi.

— Oui, et puis ça change un peu...

Déçue par son absence de réaction, je l'invitai à passer à table et lui servit une belle assiette, haute en couleurs.

— Alors, raconte-moi tout ! C'était comment ce centre ?

— Bah M'man, je suis parti presque cinq semaines... Par où veux-tu que je commence ?

— N'importe ! Quand je t'appelais là-bas, tu ne me disais presque rien ; c'est simple, j'avais toujours le sentiment de te déranger.

Entre deux bouchées, il me parla du centre, de l'océan voisin, du bar du coin. Et embraya sur toutes les jolies rencontres faites sur place, sur leur infernale tablée et sur quelques anecdotes savoureuses. J'entendais à sa voix qu'il ne s'était pas ennuyé. Il s'attarda ensuite sur Jeanine, une femme adorable qui lui rappelait mamie par beaucoup d'aspects. À son évocation, les larmes remontèrent instantanément, mais je les retins de toutes mes forces, mon bonhomme n'aurait pas apprécié.

— ... Par moments, j'avais l'impression d'être comme en colonie de vacances. C'est drôle la vie quand même, moi qui ai toujours refusé quand tu voulais m'y envoyer à l'époque...

— M'en parle pas, je te revois encore piquer de véritables crises rien qu'à cette idée !

— Et oui, comme quoi on peut tous changer..., lança-t-il, un drôle de rictus au coin des lèvres.

Je ne trouvai rien à répondre et bientôt on n'entendit plus que le bruit des couverts sur les assiettes et les miaulements intéressés d'Hercule.

— Et ton genou alors ? Tu sais, ça me fait vraiment beaucoup de peine pour toi, ton algo machin chose...

— Algoneurodystrophie. Oui, que veux-tu, c'est la vie... Il n'y a rien à faire pour l'instant, seulement être positif, attendre et espérer qu'elle me laisse rapidement tranquille. Après tout, quelques mois de plus, ce n'est pas la fin du monde...

En picorant dans mon assiette, j'implorai à nouveau ma grand-mère disparue à l'aide. « Ne le laisse pas tomber cette fois et débarrasse-le fissa de cette algo... » Pendant cette prière, il me confia qu'avec certains autres patients, il avait un peu enfreint le couvre-feu certains soirs pour sortir. À demi-surprise, j'écoutai la joie non dissimulée dans sa voix me partageant ces gentilles transgressions, et me délectai de la drôle de flamme qui brillait dans ses beaux yeux.

— Et j'y pense, le mariage de ton ami Florent approche, non ? Y aura qui ? Des personnes que je connais ?

— Oui, beaucoup d'amis d'École bien sûr, Polo, Tom, Kiki... Léa aussi...

— Ça va être sympa, tu salueras Léa pour moi. Et tu penses que tu seras rétabli d'ici là ?

— Non, par contre, j'espère que d'ici là, j'aurais pu reprendre la rééducation, enfin croisons les doigts. Dans l'attente, il faut que j'avance sur les animations et sur le discours. On sera pas loin de deux cents invités aux dernières estimations, tu imagines...

Ah se marier... J'espérais tant que mon bonhomme puisse enfin rencontrer quelqu'un lui aussi, parce que ce n'est vraiment pas drôle d'être seul. Mais il ne me racontait jamais rien. Pourtant, j'aimerais tant qu'il me parle de ces choses-là... À défaut, je m'inquiétai de l'impact de son absence prolongée sur son travail. Il me rassura, répétant qu'on verrait bien à son retour comment les choses se passeront.

— Pourquoi tu souris, M'man ?

— Pour rien.

— Mais si, je vois bien qu'il y a quelque chose...

— Je ne sais pas, c'est assez difficile à dire, mais tu m'as l'air différent. Comme plus apaisé. C'est peut-être juste la barbe ou une sensation comme ça...

— Non, je pense que tu as raison. Je sens que cette parenthèse m'a vraiment fait le plus grand bien. Cela m'a permis de prendre des vacances de moi-même, de la dynamique dans laquelle j'étais enfermé depuis des années. C'est comme si l'espace des dernières semaines j'avais enlevé mes œillères et que les choses m'apparaissaient soudain plus clairement.

Je dévisageai mon bonhomme. Il était habité d'une force que je ne lui connaissais pas et qui le rendait étonnamment optimiste.

— Je crois que je manquais tout simplement de confiance en moi, j'avais peur en fait, peur de beaucoup de choses et que du coup je me réfugiai sans arrêt derrière des prétextes, derrières des excuses pour rester dans ma zone de confort et ne pas me confronter à ces peurs qui me collaient à la peau depuis si longtemps... Après, je sais pertinemment que cela ne sera pas tous les jours facile, que tout ne va pas changer du jour au lendemain d'un simple claquement de doigts, mais tu vois, j'ai décidé d'arrêter de me mentir, d'arrêter de me voiler la face, pour tenter d'être la meilleure version de moi-même possible. Vaste projet, hein ?

J'étais estomaquée par les mots qui sortaient de sa bouche.

— Tu ne dis rien M'man ?

— Si, c'est très bien... Tu m'en vois ravie pour toi, si cet accident t'a au moins servi à ça...

— Mais tu sais, je suis persuadé que tu pourrais t'en inspirer. Pas pour l'accident de ski bien sûr, surtout au mois de mai, mais pour le reste. Toi aussi, tu pourrais arrêter de vivre dans le passé, laisser tes peurs aux vestiaires et regarder devant avec envie.

Malgré tous mes efforts, le barrage lacrymal était à deux doigts de céder.

— C'est facile à dire pour toi, t'es jeune, t'as toute la vie devant toi...

— Mais toi aussi M'man ! Tu vois ça, c'est typiquement le genre d'excuses dont je te parlais. Tu viens à peine de fêter tes soixante ans, t'es encore jeune... T'en as pas marre de cette routine, à Deuil ? Rien que le nom file le cafard. Je ne sais pas, tu pourrais voyager, t'inscrire dans un club de peinture, de sculpture ou de ce que tu veux d'ailleurs. T'as toujours été très douée avec tes mains : regarde un peu ce que tu as réussi à créer à partir de ces blocs de plâtre ! Et puis, qui sait, tu pourrais rencontrer de nouvelles personnes, et pourquoi pas refaire ta vie. C'est tout le mal que je te souhaite, et je suis sûr que papy et mamie seraient d'accord avec moi s'ils étaient encore là. Ils t'aimaient, et moi aussi ! Et puis tu sais, dans la vie tout n'est pas forcément tout blanc ou tout noir ; il y a beaucoup de gris aussi, et plein d'autres couleurs. Tu vois, j'ai parfois l'impression que par moments, tu oses t'aventurer sur de nouveaux territoires, comme avec la lecture récemment, mais que dès que tu t'y sens à ton aise, tu t'y enfermes à double tour dans une sorte d'excès au lieu de rechercher une forme d'équilibre...

Sans voix, je fixai mon grand bonhomme. Il y avait tellement de vrai dans ses quelques phrases que je ne savais que répondre... Mais surtout, mon fils m'aimait. Ces mots tout simples que je désespérai d'entendre sortir de sa bouche ouvrirent finalement les vannes.

— Non M'man, ne pleure pas, s'il te plaît.

— C'est rien, je t'assure. Ça va... Comme ça, tu m'aimes ?

— Oui, bien sûr !

— Pourquoi tu ne me le dis jamais alors ? J'ai besoin de l'entendre, tu sais...

Mon grand bonhomme vint me serrer dans ses bras, et je sentis son petit cœur battre très fort. Ou peut-être était-ce l'écho du mien ?

— Merci... T'entendre dire que tu m'aimes comme ça me donne beaucoup de force, tu sais. Et promis je vais essayer, dès que j'en aurais fini avec mon régime, que j'aurais perdu ces quelques derniers kilos...

— Après, c'est bien d'essayer M'man, mais c'est encore mieux de réussir.

— Donne-moi encore quelques semaines, et tu vas voir, tu ne vas plus reconnaître ta vieille mère !

— Tiens, à ce propos, j'oubliais...

Il se tut subitement en s'éloignant vers l'entrée.

— ... Je t'ai acheté le livre que Léa m'avait apporté, tu te souviens. J'espère qu'il t'aidera toi aussi à te poser les bonnes questions et à sortir des sentiers battus et rebattus.

— Merci, je l'attaquerai dès cet après-midi, sans faute, sanglotai-je sans oser lui préciser que je venais de boucler la lecture de mon troisième Agatha Christie de la semaine.

Il insista pour débarrasser la table. Je restai avec le fameux livre et Hercule, à qui je consentis un dernier morceau de fromage. Aurélien regagna ensuite sa chaise et je sentis chez lui une inhabituelle émotion.

— Et sinon, je voulais te parler d'autre chose, M'man...

Sa voix se fit tout à coup plus hésitante, il cherchait ses mots et son regard me fuyait. Après quelques faux départs, il me révéla avoir repris contact avec son père. Silencieuse, je tombai des nues. Il m'avoua y songer depuis maintenant plusieurs années, l'avoir inscrit à de multiples listes de bonnes résolutions du Nouvel An, sans jamais oser jusque-là faire le premier pas, inquiet de l'accueil de son père, et aussi de ma possible réaction.

— Et tu l'as revu ?

— Oui, on est allé dîner à Paris, l'autre soir.

— C'est bien, tu as eu raison, lui murmurai-je la gorge nouée.

Je lui confiai que depuis toutes ces années, son père me demandait régulièrement de ses nouvelles et que sa démarche avait vraiment dû lui faire plaisir. Avant de reprendre sa route, il s'attarda aux grandes fenêtres du salon qui baignait dans une lumière tout estivale, et contempla de nouveau le terrain de son enfance. Et dans ce halo de lumière qui l'irradiait, je crus voir se dessiner sa fossette ainsi qu'un grand et beau sourire sur le profil de son visage. Après quelques instants tapie dans l'ombre, je me décidai à le rejoindre et m'arrimai à son flanc gauche. Il passa son bras autour de mes épaules, sans un mot, comme pour m'emmener vers cette lumière.

Dix minutes plus tard, du haut de mon perchoir, j'accompagnai mon grand bonhomme du regard, il repartait vers Paris d'une démarche certes boitillante mais sacrément assurée. Comme s'il savait désormais où il allait. J'avais toujours cru que s'il se rapprochait de son père, il s'éloignerait forcément de moi... Et si au final, j'avais eu faux sur toute la ligne...

2.

Le long de l'artère principale qui le ramenait vers la gare, Aurélien sentait la transpiration poindre dans son dos. Les premières chaleurs du mois de mai s'annonçaient, et il les accueillait avec bonheur. Que le froid hivernal de janvier lui semblait loin. Deuil n'avait plus rien à voir avec cette ville fantôme, grise et triste, qu'il avait passé des jours à observer du haut de l'appartement familial, immobilisé avec une boule à l'estomac. Des groupes de collégiens traînaient de-ci, de-là aux abords de l'école, les hormones en ébullition. La plupart d'entre eux séchaient les cours de la fin de journée pour profiter des rayons du soleil. Aurélien chemina d'un pas léger au milieu de cette jeunesse, de sa jeunesse. *C'est moi ou dans l'ensemble, ça s'est plutôt bien passé ? Etonnamment bien même. Je n'avais finalement pas de raison de m'inquiéter. Elle semble l'avoir bien pris, en apparence du moins. Ah, j'aimerais tant qu'elle se réveille effectivement de cette interminable anesthésie et qu'elle recommence enfin à vivre...* En arrivant aux abords de la gare, son attention se fixa sur un nouveau lotissement en construction, qui attestait de l'élargissement de la petite couronne. *C'est fou quand même ce que la ville a pu changer en quelques années, après vingt ans d'immobilisme...* Même les trains de banlieue s'étaient modernisés. Dans le wagon flambant neuf, Aurélien scruta les passagers à la recherche d'un visage familier qu'il ne trouva pas. Il consulta alors les dernières publications de ses amis sur Facebook, et passa de ceux qui profitaient des ponts du mois de mai dans des contrées exotiques, à ceux qui se lamentaient des récents déboires de leurs vies quotidiennes, sans oublier tous les autres. Mais il ne vit aucune nouvelle de Lucile. Elle lui avait bien dit qu'elle se refusait à la mode des réseaux sociaux, jugés trop impudiques et intrusifs (à l'exception de Copains d'Avant). À hauteur de Saint-Denis, il contempla au loin, rêveur, la butte Montmartre et le Sacré-Cœur. Ah Paris, la ville de l'Amour... *Lucile, où es-tu ?* Dans un soupir, Aurélien actualisa de nouveau sa messagerie.

Désolée pour le retard, le Coucou suisse ! (Tissot, les montres suisses... OK, je sors aussi, enfin je décolle !)
De : Lucile Picart – À : Aurélien Tissot   15 h 03 (il y a 3 minutes)

J'ai beaucoup pensé à toi hier soir. Irène m'a appelée pendant leur pot de départ groupé, à elle, Chloé et Jeanine. Ils avaient l'air de vraiment bien s'amuser, ça m'a presque donné l'envie de sauter dans le premier avion...
Comment vas-tu ? La confirmation du diagnostic par ton chirurgien n'a pas entamé ton moral ? Encore une fois, ce n'est que l'affaire de quelques petites semaines et après, tout rentrera dans l'ordre, j'en suis persuadée... enfin si tu suis les consignes à la lettre, bien entendu ! Sinon, j'espère que tu profites bien des retrouvailles avec le Marais, avec tous tes amis, et que tu sors un peu pour ne pas perdre les mouvements appris aux Docks et au Moulin... ;-)
Désolée de ne pas avoir donné trop de nouvelles ces derniers jours, mais je crois que j'avais réellement besoin de temps pour remettre un peu d'ordre dans mes idées. D'autant que, crois-le ou non, la médecine du travail m'a déclarée apte au service. Je revole dès après-demain pour Caracas, avant Antananarivo. Mais entre les deux, j'aurai quelques jours d'escale en France, que je pensais en partie passer sur Paris. Une bonne amie m'a proposé de m'héberger, mais si ta proposition tient toujours, on pourrait se voir... Tu me dois toujours une chocolatine, ou inversement, je m'y perds...
Enfin, j'espère que tu ne m'en veux pas trop de ne pas être venue te voir le week-end dernier, mais comme je te le disais plus haut, j'avais vraiment besoin de faire le point. J'espère que tu comprends...
P.-S. : J'ai eu Jeanine au téléphone hier soir, qui m'a encore demandé de tes nouvelles. Je ne sais vraiment pas ce que tu lui as fait, mais elle m'en demande à chaque fois. Quand elle a une idée quelque part, elle ne l'a pas ailleurs... Tiens, ça me rappelle vaguement quelqu'un...

Anytime[36] pour un coucou ;-) (T'es vraiment allée la chercher loin celle-là ?)
De : Aurélien Tissot – À : Lucile Picart   15 h 15 (il y a 5 heures)

Avant tout, ça me fait vraiment très plaisir de te lire comme à chaque fois, et d'apprendre que tu t'apprêtes déjà à sillonner à nouveau les airs. Comme quoi, j'avais tort de remettre en cause le sérieux de ta rééducation. ;-)
De mon côté, j'essaye d'obéir au pied de la lettre à mon chirurgien, en sachant que sa principale et même unique recommandation est de ne pas penser à mon genou. Et je dois dire que jusquelà, je me surprends moi-même, malgré quelques rechutes passagères où je voudrais déjà recourir...
Et bien entendu que mon offre tient toujours, même pour t'héberger si tu le souhaites... D'autant qu'avec la prolongation de mon arrêt de travail, le Coucou suisse a du temps à revendre ! Dis-moi juste où et quand, et j'y serai !
Je t'embrasse.
P.-S. : J'ai repris contact avec mon père et on a même dîné ensemble mardi. Ça m'a fait tout drôle après plus de deux décennies sans le voir, mais merci, merci mille fois... Car c'est un peu à toi que je dois d'avoir enfin trouvé le courage de faire ce premier pas vers lui...

---

[36] Quand tu veux pour un coucou... Aurélien (« le coucou suisse ») l'attend à n'importe quelle heure du jour ou de la nuit.

Léa

« Un de perdu, dix de retrouvés ». Le prochain qui avait le malheur de me sortir cette ineptie, je l'étripai sur place et me débarrassai de son corps dans l'étang du domaine. Ça nourrirait les canards ! Et puis, « un mariage, un enterrement », ça semblait un juste équilibre, non ? Ils avaient le beau rôle, tous autant qu'ils étaient, à exhiber devant mes yeux éplorés leur amour débordant, leurs surnoms mielleux et leur engagement de pacotille. J'aurais dû suivre mon instinct et rester chez moi à vider des pots de glace en pleurant devant des chimères de comédie romantique, et tant pis pour le cliché. Non, se faire larguer n'est jamais chose aisée, mais encore moins à une semaine de se rendre à un mariage. Depuis la mairie, je me sentais comme la pestiférée du groupe. « Plus que quelques heures à tenir », me répétais-je. Il me fallait une cigarette et vite. En sortant à l'air libre, j'aperçus, seul sur un banc, mon âme sœur dans sa version la plus platonique et m'avançai discrètement à sa rencontre.

— Bouh ! m'écriai-je à son oreille le faisant renverser une partie de sa coupe de champagne. Qu'est-ce que tu fais là tout seul mon grand ?

— Rien, je réfléchissais un peu. Tu refumes toi ?

— Oui quelques-unes par-ci par-là... Très joli ton nœud papillon, lui confiai-je en redressant ses deux ailes. Je tenais à te féliciter pour ton très chouette discours. Flo a semblé très touché et j'ai trouvé ça à la fois très personnel et très juste, même si je n'étais pas le public le plus réceptif aujourd'hui...

— Oui, je suis désolé, j'ai appris pour... Pourquoi tu ne m'as pas appelé ?

Je lui expliquai que je n'avais pas voulu le déranger entre les derniers préparatifs du mariage et ses difficultés articulaires. Oui, je mentais, et il le comprit très vite. La vérité, c'est que je me sentais stupide d'y avoir cru, de m'être entêtée à ne pas voir la myriade de signes de ces derniers mois et surtout de n'avoir pas su entendre les doutes émis par mon double. Il s'énerva presque et me rappela qu'il était là pour moi quelles que soient les circonstances, que les amis servaient à ça aussi et que jamais rien ne changerait cela.

— C'est gentil mon grand..., marmonnai-je en collant ma tête dans le creux de son épaule.

— Et je vais te dire encore un truc : si cet abruti est incapable de se rendre compte de la chance qui était la sienne, de la fille géniale que tu es, et bien tant pis pour lui !

Il s'arrêta sur ces adorables compliments et ne m'asséna pas le fameux dicton qui me sortait tant par les yeux, les oreilles et même les trous de nez. Il profita de l'occasion pour me remercier à nouveau pour le livre et le journal intime qui étaient tombés à pic dans sa vie.

— Et toi au fait mon grand, t'as des nouvelles de Lucile ?

— Ah Lucile... On s'est revu, à Paris il y a une quinzaine de jours lors d'une de ses escales...

— Et ?

— Et tout s'est très bien passé, comme si nous étions toujours là-bas. On a passé de super moments : on s'est baladé le long de la Seine au rythme des péniches, c'était un peu plus touristique et moins venteux que notre Océan Atlantique, mais on s'en fichait. Nous étions contents de nous retrouver, tout simplement. On s'est remémoré les souvenirs du centre, et au bout d'un moment, je lui ai pris la main et elle ne m'a pas repoussé. Je me sentais tellement vivant à ses côtés si tu savais. On s'est posé à la terrasse d'un bar à côté de Beaubourg, je l'ai emmenée dîner au *Café de l'industrie* et tout semblait comme à *Océane*, l'anonymat en plus. Le soir, elle a même dormi dans mon petit studio et j'ai cru que c'était le début de quelque chose...

— Tu as cru ?

Il se passa la main dans les cheveux et poursuivit la voix chevrotante.

— Oui, car le lendemain, en traînant dans le quartier, je l'ai sentie distante, embarrassée, comme si elle voulait me dire quelque chose sans trop savoir comment s'y prendre. Je lui ai finalement demandé si ça allait, et c'est là qu'elle a proposé de s'asseoir sur un petit banc au bord de l'eau.

— C'est pas bon ça...

— Oui, comme tu dis... Et une fois assis, elle a lâché la bombe, enfin les bombes.

— ...

Après avoir insisté sur la sincérité des sentiments qu'elle éprouvait pour lui, elle lui apprit qu'elle avait entretenu ces dernières années une relation passionnée et passionnelle avec un homme marié, un pilote qui lui avait fait miroiter la perspective de quitter sa femme pour fonder une famille avec elle. Sauf que ce jour n'était jamais venu. Lucile s'était alors lassée et avait rompu la mort dans l'âme. C'était peu avant le centre, mais la séparation s'était transformée en épiphanie pour lui. Il ne pouvait plus vivre sans elle, pas un jour de plus, pas un vol de plus, il en était maintenant convaincu et lui envoyait des dizaines de messages en ce sens.

— Et je n'ai rien vu, ou rien voulu voir... Et dire que j'ai été jaloux d'un autre patient du centre, alors que la réelle menace était bien sous mon nez, mais dans l'activité silencieuse de son téléphone portable...

Il se leva et fit quelques pas dans un silence qui rivalisait en intensité avec le bruit de la fête à l'intérieur.

— Attends, tu ne m'as pas parlé de plusieurs bombes ?

— Effectivement. La seconde s'appelle l'horloge biologique. Chloé avait vu juste, ce petit tic-tac s'était mis en marche chez Lucile et devenait de jour en jour plus assourdissant... Et c'est vrai que personnellement, la perspective d'avoir des enfants me paraît à des années-lumière. Dans bien des aspects, je ne suis encore qu'un gamin...

— C'est si triste mon grand...

— C'est comme ça, soupira-t-il en grimaçant. Elle aura traversé mon existence comme une luciole fend l'obscurité, de manière aussi fugitive qu'intense... Elle m'a quitté en me disant qu'elle tenait trop à moi pour me donner de faux espoirs... Et moi je suis resté là, sans bouger. J'ai regardé la bouche de métro les avaler, elle et toutes mes illusions...

— Je suis tellement désolée pour toi...

— Ne le sois pas. Vraiment. Certes, c'est très dur en ce moment, je ne vais pas te mentir, il m'arrive encore de pleurer en y repensant... Mais pour une fois dans ma vie, j'ai osé m'aventurer sur les montagnes russes de l'Amour, et tant pis si la redescente fait sacrément mal... Et puis, en réfléchissant à tout ça, j'ai réalisé une chose incroyable, qui va sûrement te surprendre, peut-être même te faire rire : je crois que mon accident à Courchevel est probablement la meilleure chose qui me soit jamais arrivée...

— Pardon ?

— Je t'avais prévenue. Oui, ça m'a permis de prendre du temps pour moi, de finalement découvrir les joies d'une colonie de vacances, d'y faire de très belles rencontres et aussi d'entrevoir une meilleure version de moi-même, une sorte de version 2.0 si tu veux, plus confiante en ses capacités, plus affirmée et au final plus optimiste.

Je peinai à reconnaître le garçon que je connaissais. Un autre homme se tenait devant moi, dans ses plus beaux habits de lumière, sous une lune proche de la plénitude.

— Et puis, rien que le fait de savoir que j'ai pu plaire à une fille pareille, même l'espace de quelques semaines, je ne sais pas, ça me donne une sorte de force, d'assurance... Mais bon, assez parlé de moi, pour une fois... Ça s'arrange un peu à ton boulot ou l'univers de la mode est-il toujours aussi impitoyable avec toi ?

— Impitoyable, c'est un peu exagéré. Je ne suis peut-être tout simplement pas faite pour ce monde-là... Ça ne t'arrive jamais de mettre tout en œuvre pour quelque chose, de faire des pieds et des mains pour l'obtenir et que dès que tu t'en approches, cette chose perd de son intérêt au point que tu en oublies même les raisons de ta motivation initiale ? C'est un peu ce que je ressens, et après ce qui s'est passé la semaine dernière, je songe de plus en plus à tout plaquer pour partir à l'étranger. Je ne t'en ai jamais parlé, mais j'ai toujours été attirée par le Japon. Alors pourquoi ne pas aller y vivre quelques mois...

— Oui, pourquoi pas... C'est vrai que ça peut être le moment idéal pour une telle expérience et qui sait, tu trouveras peut-être la lumière au pays du Soleil Levant... Pardon, blague pourrie...

— Oui, tu l'as dit ! Voilà un domaine sur lequel tu n'as pas fait beaucoup de progrès dans ton centre...

Il fit la moue et mine de tourner les talons, avant de me confier appréhender son imminent retour au bureau. Dès ce lundi, il réendossera son costume d'auditeur financier dans la jungle de la Défense.

— Je ne sais pas, mais j'ai l'impression d'avoir perdu le goût des chiffres, l'envie de les faire parler...
— Et tu voudrais faire autre chose ?
— Peut-être. Je me disais que je pourrais reprendre des études de psychologie, ou bien quelque chose d'encore plus extravagant.
— Comme quoi ? T'expatrier au Japon ?
— Non, dit-il en ricanant. Tu ne te moques pas, hein ? Promis ?
— Accouche !
— N'ayant jamais rien fait d'artistique dans ma vie, je réfléchissais à l'idée d'écrire des histoires, un roman pourquoi pas...
— Romancier ? Ce serait classe. Et puis, je t'y verrais bien, toi qui es toujours si pointu, voire pointilleux sur les mots... Par contre, pour la comédie, il faudra bosser les jeux de mots !

La fête battait son plein, et nous, nous étions seuls sur notre banc, en marge du monde. Je me représentais mon meilleur ami à la terrasse d'un café parisien, en train d'écrire sur les touches usées de son clavier le prochain best-seller que tout le monde s'arracherait pour Noël. Ou, bien au chaud dans le confinement d'un cabinet à aider Monsieur et Madame Tout-le-Monde à mettre des mots sur leurs malaises et à avancer. Comme lui ces derniers mois. Dans les deux cas, il avait toutes les qualités pour, j'en étais certaine. À quoi pouvait-il bien penser de son côté en terminant sa coupe de champagne ? Peut-être m'imaginait-il à dix mille lieues de là, perdue sur le carrefour de Shibuya, au milieu de centaines de Tokyoïtes, à la recherche de ce que je voulais faire de ma vie...
— Nous voilà bien tous les deux. De retour à la case départ, comme deux losers sur le grand échiquier de la vie. Tu ne te dis jamais Aurélien, qu'on a dû se tromper à un moment, qu'on est en retard, à la traîne, quand tu les regardes tous lancés dans des carrières fulgurantes vers les sommets, presque tous mariés, certains déjà parents, d'autres propriétaires avec un crédit sur le dos alors que nous tâtonnons encore sur tous les plans de nos vies ?

Il se tourna vers moi, un immense sourire aux lèvres.

— J'ai dit quelque chose de drôle ?

— Non. Je pourrais me le dire, objectivement. Il y a quelques mois, je l'aurais sûrement fait, mais plus maintenant. Si ces derniers mois m'ont fait prendre conscience d'une chose, c'est bien que la vie n'est pas un sprint, mais une course de fond. Oui je sais, ça m'arrange bien, moi le marathonien, mais c'est vrai... Certains ont à coup sûr pris un meilleur départ que nous, mais qui te dit qu'une partie d'entre eux ne va pas se brûler les ailes, partie trop vite ou dans une mauvaise direction... Aujourd'hui, l'important à mes yeux, c'est vraiment d'avancer à mon rythme, en me posant les bonnes questions, en osant affronter mes peurs, même les plus ancrées, et en n'hésitant jamais à sortir de ma zone de confort. Et qui sait, peut-être trouverai-je, trouverons-nous, nous aussi, du sens à tout ceci...

— Tu as sûrement raison... En tout cas, si ni toi ni moi ne sommes mariés à quarante ans, on prendra un raccourci !

ÉPILOGUE

Samedi 21 juin 2010, 19 h 02

En feuilletant tes pages au hasard, je suis retombé sur mes tout premiers billets. À l'époque, je me morfondais à Deuil depuis plusieurs semaines, réclamant à cor et à cri le brin de chance dont manquait cruellement mon existence. À ce moment-là, je ne le réalisais pas encore, mais ma chance avait tourné un mois plus tôt, sur cette providentielle bosse de Courchevel.

Tu vois, je me dis aujourd'hui que Scott Peck, dont je t'ai déjà beaucoup parlé, a totalement raison lorsqu'il évoque les accidents. Comme pour beaucoup d'autres aspects de nos vies, des plus sérieux comme les maladies aux plus futiles comme les files d'attente, notre cerveau semble conditionné à ne voir et à ne retenir que le négatif. En même temps, doit-on réellement s'en étonner quand on observe simplement le prisme avec lequel les journaux télévisés traitent l'information jour après jour, faisant inlassablement leurs gros titres sur les crimes, catastrophes et drames en tous genres ? Alors pour cette raison et pour bien d'autres j'en suis sûr, nous ne voyons pas tous les accidents que nous évitons au quotidien, toutes les fois où nous prenons la bonne caisse au supermarché, tous les virus et autres bactéries que nos anticorps repoussent... Et nous passons alors notre temps à nous lamenter sur notre triste sort à la moindre contrariété.

Et quand bien même en cas d'accident, de contretemps ou bien de blessure, il ne tient au fond qu'à nous de garder les yeux suffisamment ouverts pour discerner les opportunités dont regorgent ces évènements contraires. Ne dit-on d'ailleurs pas, « À toute chose malheur est bon » ; ma grand-mère le répétait souvent en tout cas... De son côté, Scott (oui, on est intime désormais) utilise ce très joli mot de « serendipity », qu'il qualifie comme le don de trouver des choses de valeur sans les avoir cherchées, ou quelque chose d'approchant. J'aime beaucoup cette idée et la mélodie de ces quelques syllabes, serendipity, à tel point que j'aurais envie de me laisser porter par elle jusqu'à la fin de mes jours...

Mais j'arrête de t'embêter pour l'heure, d'autant qu'à force, je vais finir par être en retard...

ÉPILOGUE

Aurélien

Je ne suis effectivement pas en avance, mais je décide malgré tout de me rendre à pied dans le Quartier Latin. De toute manière, ils seront probablement en retard, comme d'habitude. « Ah les joies de la banlieue... » Je prends tout mon temps, je flâne d'autant qu'en ce samedi, la France fête la Musique et l'arrivée de l'été. Mon œil s'attarde sur les terrasses pleines à craquer, mes oreilles s'accrochent aux accords des concerts improvisés par des musiciens en herbe sur les places et trottoirs animés, mes narines perçoivent les puissantes odeurs de grillade des vendeurs ambulants. Il règne une atmosphère de fête dans les rues, des Parisiens et touristes de tous âges dansent sur des sonorités variées et je me laisse aller à réfléchir au cours immuable des saisons et des rituels qui leur sont associés. Après un morne hiver renfermé sur moi, tout s'est emballé au printemps comme dans une forme de renaissance. Et voilà désormais l'été qui frappe à la porte... Je chemine à travers l'île Saint-Louis et ses glaciers *Berthillon*, lorsque le visage de Maxime apparaît sur mon smartphone.

— Ouais, Aurélien t'es où ? On est au niveau de la fontaine Saint-Michel comme convenu.

— Déjà ? J'arrive à hauteur de Notre-Dame, je suis là dans cinq minutes.

Je les y retrouve tous les trois, Maxime, Lucas et Julien, fidèles à eux-mêmes, une canette de bière à la main, devant un groupe de rock à l'énergie communicative. Je m'approche et ils font mine de ne pas me reconnaître avec ma barbe de trois jours. Dans l'allégresse musicale, nous rattrapons le temps perdu. Je suis heureux de les revoir et c'est visiblement réciproque.

— Ça fait vraiment plaisir de se retrouver comme ça pour une petite soirée, tous ensembles. J'ai l'impression que ça fait une éternité..., s'enthousiasme Lucas.

Oui, six mois, presque jour pour jour, pour être exacte. C'était la veille de ma chute.

— Espérons que cela ne se finisse pas comme la dernière fois. J'aimerais bien que mon genou droit se rétablisse avant de me faire le gauche.

— Pardon, j'avais pas réalisé..., s'excuse Lucas un peu confus de sa maladresse.

— D'ailleurs, t'en es où avec ton genou ? s'enquiert Maxime.

Je les rassure, et les informe de la reprise de ma rééducation après la disparition de la menace algoneurodystrophique. Partie comme elle est venue celle-là, sans trop savoir pourquoi.

— Et normalement, je devrais pouvoir reprendre le sport d'ici la fin de l'été.

— Comme quoi, tout s'arrange, relativise Maxime.

— Eh oui, il suffisait d'être patient, ce qui, vous me connaissez, a toujours été ma qualité première. Mais bon, on en apprend tous les jours sur soi.

Maxime me souffle en se déplaçant dans les rues du Quartier Latin, d'un concert à l'autre, qu'il me trouve en forme. Pas étonnant, c'est le cas.

— Disons que je suis dans une bonne dynamique, admets-je en effleurant le tronc d'arbre voisin. Et dans un bon état d'esprit.

Quelques heures et verres plus tard, nous poursuivons cette soirée bien née dans un club du centre de la capitale, dont une collègue m'a récemment parlé. Pouvoir y rentrer à quatre garçons, certes propres sur eux mais non accompagnés, promet déjà d'un bel avenir. À l'image de notre première partie itinérante, le son du DJ résident est très éclectique, presque un peu trop à mon goût avec des tubes tout droit sortis des années 1980 qu'il mélange sans ménagement auditif avec des morceaux ultra contemporains, à commencer par le tube de l'année, « Tonight's gonna be a good night ». « Tiens, ça faisait longtemps... » Au diapason avec mes trois amis, nous rivalisons d'inventivité sur la piste, moi y compris, porté par des paroles auxquelles j'ai plus que jamais envie de croire. Mon genou, mon manque d'assurance, le regard des autres, rien de tout ça ne m'empêchera de profiter de cette soirée.

Mais soudain, en redressant la tête, mon regard s'échoue sur une belle inconnue accoudée au bar, comme une sirène sur son rocher. Ses mèches blondes tombent sur ses épaules, et encadrent un visage qui m'ensorcèle aussitôt. Un de ces visages qu'on pourrait passer le reste de son existence à admirer. Des yeux d'un tel bleu qu'on voudrait s'y noyer. « Belle » est un effroyable euphémisme. Elle est magnifique, resplendissante et bien plus que cela encore. C'est simple, on dirait un ange déchu et débarqué au milieu de cette soirée endiablée.

Incapable d'attirer l'attention de la serveuse, elle tourne la tête vers la piste et nos regards se croisent. Elle baisse les yeux, semble se mordiller la lèvre inférieure et un discret sourire illumine l'œuvre d'art qu'est son visage. Il s'en dégage une indicible fragilité, qui la rendrait presque abordable au commun des mortels. Ce sourire m'obsède ; un de ces sourires à vous provoquer une crise cardiaque. Qu'on me foudroie sur-le-champ pourvu que ses fragiles lèvres me ramènent à la vie, ou avalent mon dernier souffle.

Mon corps ralentit, comme pour mieux profiter de cet instant de grâce. J'ai soudain une impression de « déjà-vu »... Sur la piste noire de monde, je n'ai plus d'yeux que pour elle. Elle esquisse un nouveau sourire dans ma direction, et je m'élance corps et âme. Mais aussitôt, mes pensées s'embrouillent. J'ai peur, c'est insensé, elle est si... Je sens mon cœur frapper contre ma poitrine. Les images des fantômes de ma jeunesse que je n'ai jamais osé aborder défilent dans ma tête. La voix d'Éric m'exhortant à plus de confiance en moi réduit au silence le bruit des basses, alors que je slalome entre toute cette jeunesse survoltée et passablement éméchée. Le sol de la discothèque colle sous mes semelles, certains me bousculent, mais rien ne pourra me faire sortir de mes gonds et me dévier de ma trajectoire. Je suis prêt pour le grand plongeon, enfin.

— Bonsoir, je peux tenter de commander un verre en ta compagnie ?

Elle me regarde avec ses grands yeux, et je me sens fondre.

— Pourquoi pas. À deux, on aura peut-être plus de chance...

Je suis complètement sous le charme, et bois chacune de ses paroles. Elle se moque gentiment de ma façon de danser, et je lui parle de mon genou convalescent. Elle m'apprend qu'elle aussi s'est rompu les ligaments croisés deux ans plus tôt. Je la fais rire avec les anecdotes qui ont parsemé mon chemin depuis Courchevel. « Quelle coïncidence tout de même ! » Je plane littéralement, et prie de tout mon cœur pour que la serveuse nous ignore encore de longues minutes. Mais cette dernière se décide à nous voir. Il me faut agir et vite. J'insiste pour régler son verre, et me heurte à un mur.

— On fait un marché ? Je paye celui-là, et tu paieras le prochain, m'aventuré-je.

Après une courte hésitation, elle opine de la tête en souriant, mon cœur s'affole à nouveau et nous trinquons.

— À ton genou.

— Merci, c'est gentil. Mais j'y pense, je ne me suis même pas présenté. Je m'appelle Aurélien.

— Océane, enchantée.

REMERCIEMENTS

Un immense MERCI à mon trio de relecteurs si complémentaires et si disponibles tout au long de ce magnifique voyage littéraire. Nadège, Christophe, Jordi, sans vos critiques sans concession, sans vos pistes d'améliorations et sans vos encouragements à persévérer, « le bigorneau amoureux » n'aurait sûrement jamais vu le jour. Merci.

Merci aussi à Enviedecrire.com et à ses collaborateurs, dont l'œil professionnel et le sens du détail m'ont permis de me remettre en question et de parvenir à écrire l'histoire que vous venez de lire.

Merci enfin, au trio artistique et graphique, Hanna, Patrick et Vincent, dont la mise en commun des talents et savoir-faire a abouti à cette couverture et à cette quatrième, qui à mes yeux, reflètent l'atmosphère et la tonalité du récit.

Je pourrais remercier bien d'autres personnes pour leur soutien, mais je me contenterais de saluer les petits hasards de la vie qui nous amènent à emprunter une route plutôt qu'une autre et à trouver en chemin des pièces du puzzle de notre identité et du sens que nous souhaitons donner à notre existence.

Serendipity, merci.

Un mot de l'auteur

En écrivant ces quelques lignes de remerciements, je réalise que l'histoire du bigorneau amoureux ne m'appartient déjà plus. Elle est désormais à vous, entre vos mains, et mon vœu le plus cher est que cette histoire vous plaise, vous touche et peut-être même résonne en vous.

Et si vous avez apprécié, aimé voire adoré ce voyage, n'hésitez pas à en parler autour de vous, vous donnerez quelques onces supplémentaires de sens au bigorneau amoureux.

N'hésitez pas non plus à me laisser un avis sur la plateforme Amazon, à me suivre sur ma page Facebook ou encore à me partager vos ressentis et critiques par l'un des médias ci-dessous, le bigorneau et moi ne sommes pas susceptibles :

Facebook :

https://www.facebook.com/arnaudlequertierauteur/

Instagram :

https://www.instagram.com/arnaud.lequertier/

Twitter :

https://twitter.com/pologator

Mail :

arnaud.lequertier@gmail.com

Dépôt légal : Juin 2017

ISBN : 978-2-9561017-1-0

Imprimé par CreateSpace